太宰治は
ミステリアス
Mysterious

吉田和明

社会評論社

はじめに

私の太宰論は、いわゆる太宰論者たちの書くものとは違う。彼らのものは、太宰を〈聖化〉しようとするものだ。対し、私のそれは、〈聖化〉を排除して、太宰や太宰の作品について考えてみようとするものだからだ。

太宰ファンにおいては、この〈聖化〉への願望がなおさらに著しい。

私の太宰論は、故に多くの太宰論者、太宰ファンの思いを裏切るものだといっていい。講演会などに呼ばれて行くと、よくファンの人たちから、「あなたは太宰を嫌いなようですが、だったらなぜ、太宰について書くんですか」といったような質問を受ける。ファンの人たちにとっては、私の書いたものが太宰を貶めているように思えるのだろう。

むろん、私は太宰が嫌いなわけではない。太宰の作品をこよなく愛しているし、太宰も好きだ。私はただ〈聖化〉を排除し、真実の太宰を見極めようとしているにすぎない。それが、彼らの気にさわるのだろう。

しかし、私はこのスタンスを崩すつもりはない。いくら太宰論者や太宰ファンの人たちから嫌われようともである。〈聖化〉された太宰は、太宰ではない。そんな太宰について、いくら語ったところでなんの意味もない。そして、それは当の太宰に対しても、失礼なことなのではないかと私は思うのだ。〈聖化〉され、すでに神話の森の住人と化した太宰を、その森の外に連れ出すこと。そうした試みこそが必要なのだ。

さて、私は前々から、太宰を殺したのはファン（文壇や取り巻きを含む）だと、述べてきた。本著でも、そのことに言及している。いや、本著そのものが、それをベースにして形づくられているといっていい。

本著の内容について、簡単に述べておこう。

私は、太宰の青年期（前期といわれる時代）に繰り返されたとされる心中未遂、自殺未遂は、存在しなかったと考えている。昭和五年の田辺あつみとの心中未遂事件についても、たまたま田辺あつみが死んでしまったというにすぎないのだと……。また、自己存在が脆弱であった太宰は、時代のマス・イメージに引きずられざるをえない存在としてあった……。

この二点から、太宰の中期といわれる時代への転換点といわれる〈石原美知子との結婚〉の問題と絡めて、「姥捨」と「富嶽百景」という作品への新解釈を提示する。また、太宰を「私小説作家」と見ること、戦時中の太宰を「芸術的抵抗者」と見ることに、アンチを唱えるつもりである。

さらに、山崎富栄との玉川上水での心中事件をめぐる問題に言及する。

そして、〈太宰の死顔は微笑んでいた〉という、今日、太宰ファンに信じられている話や、〈山崎富栄に殺されたんだ〉という話が、どのような理由で語られるようになり、どのような理由でファンに信じられるに至ったのかを、明らかにするつもりだ。

前者は別に罪のあるものではない。それで、誰が傷つくというものでもない。しかし、それと併せて語られたこの後者についてては、私は太宰を論じるものとして、どうしても許すことができない。富栄さんを殺人者にしたてて、どうしようというのか。それもなんの根拠もなくだ。とんでもない話である。私は彼らデマゴギストたちの人権意識を疑う。いや、その人間性を疑う。

私はむろん、これまで先達によって積み重ねられてきた太宰論の歴史に敬意を払うものであるが、これだけはいただけない。本著においては、私がその戦犯だと考える亀井勝一郎、井伏鱒二、そして三枝康高について、彼らがなぜそんなデマゴギーの喧伝者とならざるをえなかったのかを明らかにするとともに、彼らを徹底的に論難するつもりである。

むろん、その他にも、この玉川上水事件にはミステリアスなことが多い。

たとえば、二人が玉川上水に入水したとき、どんな衣服を身に着けていたのかも、今日、すでにわからないのだ。あるいは、二人の身体は赤い紐で結ばれていたという。その紐を切った人物も、すでに特定できなくなっている。にもかかわらず、入水する以前に青酸カリを服んでいたといったような数々の神話が、先の〈太宰の死顔は微笑んでいた〉〈太宰は富栄に殺されたんだ〉といったことなどとともに、いまだまことしやかに語られている。そうした一つ一つのことに対しても、その謎解きを含めて、本著において逐一、言及するつもりである。

残されていた山崎富栄の日記についても、従来とは違う解釈を、私は提示するつもりだ。そこに書かれていたことも、またミステリアスなのである。

それら、作品に対する新解釈の提示や、太宰を「私小説作家」や「芸術的抵抗者」だとすることへのアンチ、二人の死をめぐって様々になされた言説に対する謎解きや、論難を通じて、そして山崎富栄の日記への新解釈を通じて、私はこれまでの太宰論を、本著において徹底的に破壊しつくそうと思う。神話の森の外に、太宰治を連れ出そうと思う。

今年、二〇〇八年は太宰没後六十年、来年二〇〇九年は生誕百年の年にあたる。これを機に、これまでの太宰論を脱構築し、新しい太宰論創生の元年としたい。そんな大それた希望を、私は抱いている。

私にとっては、三冊目の太宰論になる。読みやすく書いたつもりである。ぜひ、最後まで読んでいただきたい。これまでとは違った太宰が、そこには佇んでいるはずである。

第1章

Mysterious

『水上心中』事件と結婚をめぐる謎

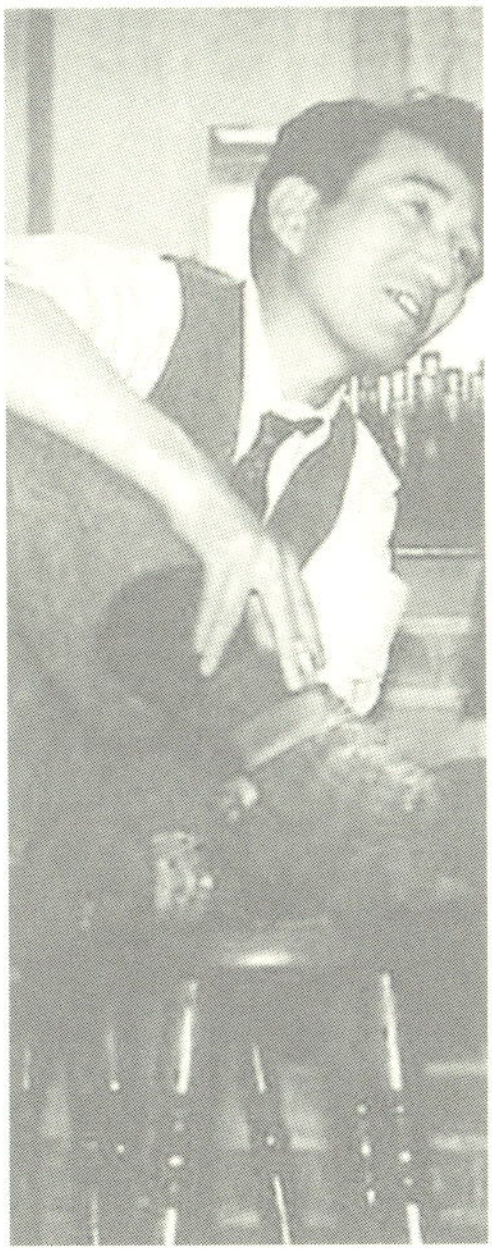

1　三十歳初夏にもたらされた縁談

「富嶽百景」という作品が書かれた中期といわれる時代は、他の二期に比べ、太宰にとってもっとも安定した、そして健全な生活を送っていた時期だと一般的にはいわれています。しかし、本当にそうなのか。はじめに、そんな問題提起をしておきたい。

昭和十四年一月八日、太宰は井伏鱒二の世話で、石原美知子と結婚します。美知子さんは、明治四十五年一月三十一日生まれ、太宰より三歳年下です。山梨県甲府市水門二十九番地、理学博士石原初太郎の四女で、東京女子高等師範学校地歴科を卒業しました。太宰と結ばれた当時は、山梨県都留高等女学校で歴史と地理の教諭をしていた。そうした才媛を嫁にもらい、一市井の作家として、太宰はこの時期、すぐれた作品を数多く生みだすことになります。肉体的にも健康をとりもどし、小説家としても認められて、精神的にも物質的にも安定したからでしょう。昭和十四年にはこの「富嶽百景」の他に「女生徒」「畜犬談」を、昭和十五年には「春の盗賊」「駆込み訴え」「走れメロス」「女の決闘」「盲人独笑」を、昭和十六年には「清貧譚」「東京八景」「新ハムレット」をといった具合いにです。たしかに表面的には、波瀾の前期はあとかたもなくぬぐいさられたかに見えます。しかし、太宰の内面においては、はたしてどうであったのか。実は依然として、前期の波瀾が続いていたのではないか。

この中期といわれる時代は、前期が小山初代《おやまはつよ》との時代、後期が太田静子、山崎富栄との時代とするなら、石原美知子との時代といえるわけです。

第1章　「水上心中」事件と結婚をめぐる謎

1　三十歳初夏にもたらされた縁談

★1　井伏鱒二に、「解説」(『太宰治集上』昭和二十四年十月、新潮社)という文章がある。そのなかにある次のような一節が、水上心中事件が事実であるとの思い込みを、太宰ファンや研究者の間に流通させるのに、優れて力があったと考えられる。むろん、太宰の師である井伏が書いたものだということで、である。

「前年、十二年の春、この『姥捨』に書いてあるような事件が起ったので、『東京八景』に書いてあるような結果に立ち至った。私はこれらの事件に関する覚書を保存しているが、今ここにその文を引用する意志もその必要も感じない。すでに『姥捨』が正確に事件の真相を告げている。」

覚え書きがあるのなら、ぜひ、公開してほしかった。そこになんと書かれていたのか、僕にはとても興味がある。むろん、そんな覚え書きなどもとより存在しないと、僕は考えているのだが……。

で、この中期といわれる時代は、昭和十四年一月に美知子さんと結婚してから昭和二十年の終戦の頃まで、あるいは美知子さんとの結婚を意識して井伏鱒二の滞留する山梨県御坂峠の天下茶屋に赴いた、昭和十三年九月から昭和二十年の終戦の頃まで、とするのが一般的な見方なわけです。

しかし、そうだとするならば、こうもいえないでしょうか。つまり、小山初代とのことについて心の整理をしようとして「姥捨《おばすて》」を書きはじめたときを、その始まりとしなければならないのではないか、とです。「東京八景」のうちに、「私は、その三十歳の初夏、はじめて本気に、文筆生活を志願した。思えば、晩い志願であった。私は下宿の、何一つ道具らしい物の無い四畳半の部屋で、懸命に書いた。……やがて、『姥捨』という作品が出来た。Hと水上温泉へ死にに行った時の事を、正直に書いた」とありますが、そのときからとしなければならないのではないか。

つまり、よくいわれるように、太宰が荒れてすさんだ前期という時代を清算し、新しい生活をはじめようとした、そのことをもって中期の始まりだとするならばですね。

「姥捨」は、『新潮』昭和十三年三月十日号に載った作品です。太宰がこの作品をいつ書き始めたのかははっきりしませんが、美知子さんとの縁談の話があって以後であるのは間違いない。太宰はこの作品を八月十三日に書きあげ、九月十三日に御坂峠へと出かけて行くことになります。

ちなみに、ここにいう「三十歳」は数え年ですから、その「初夏」とは六月十九日の誕生日をはさむ二十八歳の終わりの頃か、二十九歳になったばかりの頃と考えていいでしょう。そして、太宰が井伏さんに、美知子さんの経歴を書いた便箋と見合い写真を見せられ

★2　井伏鱒二「解説」（『太宰治集上』昭和二十四年十月、新潮社）

★3　井伏鱒二「亡友」（『別冊風雪』昭和二十三年十月）のうちに、次のような一節がある。

「『いや、女給さん結構です』と中畑さんが云った。北さんも『連れ子さえなければ、誰だって結構です』と云った。／『女給から捜すのなら、修治君自身で捜せばいいでしょう』と私は云った。『その代りに、カフェー通いをしなくっちゃいけませんね。カフェーに通うお金を、修治君に充分に提供することですね。チップなんかも、けちけちするわけには行かないですね。それに、あの人はカフェーなんかに一人で行くと、女の前で口もきけない性分ですからね。』／『その点、よくわかっています』と北さんが云った。『酒をのめばパビナールを注射する心配も薄らぐわけだ。しかし、あの鎌滝に押しかけている連中だけは、連れて行ってもらいたくないね。なあ中畑君、そうだね。』／二人は太宰君にカフェー通いを勧めるため鎌滝に行った。／その翌日あ

たのは、この二十九歳の誕生日の前後の頃だったと推測されます。

さて、太宰治が、水上温泉からちょっと入ったところにある谷川温泉の山中で、小山初代と心中未遂事件を起こしたのは、昭和十二年の三月下旬のことです。年譜には、そうあるわけですね。その後、東京に帰ってきてから初代と別れたというわけですね。★1 太宰は、初代さんと別れた後、六月三十一日のことだったといわれていますが、初代さんと暮らしていた部屋を引き払い、近くの、ひどく古びた、西日が差し込む素人下宿の二階の四畳半に引っ越します。東京市杉並区天沼一丁目二百十三番地（現在の東京都杉並区天沼三丁目十二の十七）鎌滝方へです。その頃の生活については、「東京八景」のうちに、次のように書かれています。

「私は、ひとりアパートに残って自炊の生活をはじめた。焼酎を飲むことを覚えた。歯がぼろぼろに欠けて来た。私は、いやしい顔になった。私は、アパートの近くの下宿に移った。最下等の下宿屋であった。私は、それが自分に、ふさわしいと思った。これが、この世の見おさめと、門辺に立てば月かげや、枯野は走り、松は佇む。私は、下宿の四畳半で、ひとり酒を飲み、酔っては下宿を出て、下宿の門柱に寄りかかり、そんな出鱈目な歌を、小声で呟いている事が多かった。」

「二、三の共に離れがたい親友の他には、誰も私を相手にしなかった。私が世の中から、どんなに見られているのか、少しずつ私にも、わかって来た。私は、無知驕慢の無頼漢、または白痴、または下等狡猾の好色漢、にせ天才の詐欺師、ぜいたく三昧の暮らしをして金につまると狂言自殺をして田舎の親たちを、おどかす。貞淑の妻を、犬か猫のように虐

たりから、太宰君のカフェー通いがはじまった。行くさきは新宿T字型街のスタンド酒場である。いっしょに出かける相棒は、そのころ荻窪川南の下宿にいた塩月君にきまっていた。たまにクラさんという中年の人も加わったが、たいていは塩月君同伴がおきまりであった。塩月君は酒ぎらいなおとなしい青年だが、そのころどこにも勤めていなかったので相棒の役目もそんなに面倒でもなかったろう。ところが太宰君の話では、塩月が背の低い女給に好かれるようになったのに、太宰自身はさっぱり芳しくないそうであった。／『僕は、クラさんよりもまだ駄目です。きのうも看板になってから、黄色いスエッターを着た女給が帰るのを送って行ってやろうとすると、手を振って僕に帰れというのです。黄色いスエッターを着た腕を振って、帰って下さいと云うのです。』／その女給は四谷花園町の煙草屋の二階に下宿して、病身の従兄を養っているという話であった。／『あぶないね。従兄だというのは、たいていがヒモにき

待して、とうとう之を追い出した。その他、様々の伝説が嘲笑、嫌悪憤怒を以て世人に語られ、私は全く葬り去られ、廃人の待遇を受けていたのである。私は、それに気が附き、下宿から一歩も外に出たくなくなった。」

また、「鷗」のなかの次のような一節も、その頃のことを書いたものでしょう。

「おまえは、いま、人間の屑、ということになっているのだぞ。知らないのか。／私は、それを知っている。いやになるほど、知らされている。……かみなりに家を焼かれて瓜の花。そんな古人の句の酸鼻が、胸に焦げつくほどわかるのだ。私は、人間の資格をさえ、剝奪されていたのである。……私は、人から全然、相手にされなかった。何を言っても、人は、へんな眼つきをして、私の顔をそっと盗み見て、そうして相手にしないのだ。……人の噂に依れば、私は完全に狂人だったのである。しかも、生まれたときからの狂人だったのである。それを知って、私は爾来、唖になった。人と遭いたくなくなった。何も言いたくなくなった。何を人から言われても、外面ただ、にこにこ笑っていることにしたのである。／私は、やさしくなってしまった。」

部屋には、机と電気スタンドと万年床があるだけだったといいます。井伏鱒二[★2]はその部屋を見て、「荒涼の感じを徹底させようとしている悲痛なる意中が察しられた」と後に回想しています。

しかし、実際はどうだったのでしょう。いや、いささかデフォルメされているとはいえ、太宰の内面の真実としては、たしかにこのとおりであったのでしょう。太宰の周辺には、この頃から、太宰文学に魅せられた若者たちが集まりはじめていました。太宰の部屋は彼らの溜まり場のようになっていて、彼らは昼間からお酒を飲み、文学を談じたり、将棋を

まっている。まあ考えものだね。』／私は気休めとは反対のことを云った。」

2　「姥捨」が書かれた本当の理由

★1　井伏鱒二「亡友」（『別冊風雪』昭和二十三年十月）

★2　津島美知子『回想の太宰治』（昭和五十三年五月、人文書院）

★3　長篠康一郎『太宰治武蔵野心中』（昭和五十七年三月、広論社）には、この遺書の下書きについて、次のように書かれている。文中に「遺書」とあるのが、それである。

「ある文献によると、これらの遺書は破って屑籠に放り込んであった、と書いてあるのを読んだことがある。だが、最初の発見者である野川アヤノ、増田ちとせ、黒柳家の主婦の語るところでは、はじめから破ってあったのではなく、発見した時はそれぞれ小机の上に重ねて置いてあったという。もし、太宰治の遺書を破った者があったとすれば、その後に富栄の部屋に入った誰か（男性）であることは、疑いようのない確かな事実である。」

指したり、ごろごろして、半ば居候のようになっている者もいたといいます。彼らのなかには、また太宰文学の崇拝者というよりも、太宰をおだて、たかることを目的としていた者もいたようです。そんな若者たちに囲まれて、お山の大将をしながらも、太宰の内面は荒涼としたものだったのでしょう。

北芳四郎と中畑慶吉が、その太宰の部屋を訪ねていくと、その若者たちは玄関と反対側の出口から逃げ出す。北さんと中畑さんは、太宰の一番上のお兄さんで津島家の家長である文治さんに、太宰の監視役を頼まれていた人です。太宰が馬鹿なことをやらないように監視するとともに、なにかしでかしてしまったときは、その後始末をする。昭和五年の鎌倉・小動崎《こゆるがさき》での田辺あつみ（戸籍名・田部シメ子）との心中事件のときも、この二人が後始末に奔走しています。で、太宰のこの天沼の下宿での生活を見て、北さんと中畑さんは、これではしょうがない、なんとか太宰にこの自堕落な生活をやめさせなければならない、と思案します。結局どういう結論になったかというと、嫁をとらそう、ということになった。

初代と別れたさびしさをまぎらわそうとして、こんなことになっているんだ、と北さんと中畑さんが考えたのかどうかは知りませんが、二人はその件について、井伏さんのところに頼みにいくわけです。また、前のようにパビナールなんかを打つようになったら困るし、自殺事件も困る。嫁さんをあてがえば、少しは生活も落ち着くだろう、ということでしょう。しかし、郷里の津軽では、太宰の不行跡が知れ渡っているので嫁を探すのは難しい。カフェーの女給さんでもなんでもいいから、こちらで誰か探してもらえないだろうか。もう、井伏さんにお頼みするしかない。カフェーの女給さんには実に失礼な言い方なんで

長篠のいっていることが真実であるのかどうかの判断は、僕にはつきかねる。というのも、長篠がこの三人に、たとえば「破られた状態で屑籠から見つかった遺書（本当は下書き）は、あなたたちが最初に部屋に入ったときからそうして屑籠にあったんですか」と聞いたのか、あるいは「あなたたちが最初に部屋に入ったとき、遺書はどこにあったんですか」と聞いたのか判断がつかないからである。前者のような聞き方であるのなら問題はないが、後者のような聞き方であったとしたら、当然三人はそれを正式の遺書を指すものだと判断して、「小机の上に重ねて置いてあった」と答えるだろうからである。

長篠は、小机の上の状態について、同著の内に書いている。「池水は濁りににごり藤波の／影もうつらず雨降りしきる／録左千夫歌太宰治／と書かれた色紙が小机の上に置かれ、そのほか数冊のノートが重ねてあって、それにも富栄の筆跡で、『伊豆のおかた（太田静子）にお返し下さい』と

すが、じゃ、しばらく太宰にカフェー通いをさせてみよう、ということになった。いえ、本当の話です、これは。

で、取り巻きの若者たちのなかから、おとなしそうな塩月赳《しおつきたけし》がカフェー通いの付き添いとして選ばれて、ついていくことになった。しかし、しばらくすると誰彼の区別なくついていくようになってしまったということです。では、その首尾はというと、結局、駄目でした。取り巻きの連中ばかりが面白おかしく遊んだだけで、太宰はちっとも女給さんには持てなかったということです。★3 この塩月さんという人は、太宰の小説「佳日」のモデルになった人です。

2　「姥捨」が書かれた本当の理由

阿佐ヶ谷に「ピノチオ」という小料理屋がありました。太宰たちが、よく通っていた店です。そこの長女との縁談の話なんていうのもあった。条件が、小説家志望、あるいは劇作家志望の人なら誰でもいいというのですから、願ってもない。ですけれども、これもうまくいきませんでした。太宰は乗り気だったのですが、先方に井伏さんがその旨を伝えると、「太宰さんなら、お断りすることに話をきめていました」、と連れなかったということです。どうも、太宰のところに出入りしていた一人が、太宰のことをぼろくそにいって、話をぶち壊したということらしいんですけれどもね。井伏さんが「亡友」★1 という原稿のなかに、そう書いていています。

と、まあ、そんなすったもんだがあって、その後に、美知子さんとの縁談の話が持ちあ

伊馬春部氏宛に書きそえてあった」と。しかし、長篠は書いてはいないが（ということは知らなかったのか）、ここにはまた、妻美知子に宛てた正式の遺書も置かれていたのである。三人は、この正式の遺書の存在を知っていた。つまり、三人は、この正式の遺書について尋ねられたものと誤って、答えたかもしれないからだ。

むろん、小机の上の正式の遺書の存在を長篠が知らなかったとしたら、後者のような聞き方をした可能性は高い。

★4 『新潮』七月号（平成十年六月六日発売）のグラビアに載った遺書の写真は三枚。次のような文面が読みとれる。一枚目は、「子どもは皆　あまり出来ないようですけど　陽気に育ててやって下さい　たのみます／ずいぶん御世話になりました　小説を書くのがいやになったから死ぬのです」。二枚目には、「のです、いつもお前たちの事を考え、そうしてメソメソ泣きます。」の文字。そして三枚目の写真には、「津島修治／美知様／お前を／誰よりも／愛して

がるわけです。

　先ほども話しましたように、太宰が井伏さんにその縁談話を聞かされたのは、つまり美知子さんの経歴を書いた便箋と見合い写真を見せられたのはですね、昭和十三年六月の、太宰の二十九歳の誕生日の前後の頃であったと考えられます。

　美知子さんが後に書いた『回想の太宰治』[★2]によると、井伏さんのお弟子さんで高田秀之助という人が、当時、新聞社の甲府支局に勤めていた。その高田さんが、甲府のバス会社に勤めている斎藤文三郎という人の長女と婚約していた。その関係で、井伏さんも斎藤さんを知っており、そちらへと話が持ちこまれることになった。長女の婿となる人の師からの依頼であるということで、斎藤さんの方では、太宰にふさわしい相手をと物色し、そうして美知子さんに白羽の矢が立ったのだということです。

　ちょっと、しつこいかな。実は、この「姥捨」という作品を書きはじめたときをもって、太宰の中期ははじまったのではないか、そのことを証明したいわけです。「姥捨」という作品は、この美知子さんとの結婚のために書かれた作品だったのではないか。美知子さんとの縁談話が持ちあがったが故に書きはじめられた作品だったのではないか。そのことを証明したい。それが証明できれば、太宰の中期は「姥捨」を書きはじめたときにはじまった、といえる。むろん、美知子さんとの結婚こそは、太宰が新しい生活をはじめることを「世間」に対して宣言する象徴的儀式のようなものとして、あったわけですからね。「姥捨」が、その新しい生活をはじめるために、そのために必要な美知子さんとの結婚という儀式をつつがなく執り行なうために、書かれた作品であったとするならば、そういえるわけです。


いま／した」の部分と、「津島美知様」とある封筒。遺書は、藁半紙九枚に毛筆で書かれ、封筒に入れられていた。これらの遺書の写真は、この藁半紙九枚のうちの二から三枚目、六枚目、九枚目にあたる。昭和二十三年十月に刊行された『自叙伝全集太宰治』に掲載された写真は、この二枚目と三枚目。つまり、藁半紙九枚のうちの六枚目と九枚目にあたる。なお、この『自叙伝全集太宰治』は、太宰の弟子であった田中英光が編集したものである。田中はあとがきで、「真の遺書はこの巻頭にその一部の写真を載せた外には、今まで全く公表されていない」と述べている。以降、平成十年にいたるまで太宰の遺書は公開されることがなかった。

　さて、『新潮』七月号には、これらの遺書について「初公開」の文字が躍っているが、述べたようにそれは事実に反する。『新潮』らしからぬミスである。この『新潮』七月号のグラビアには、他に太宰生前の写真や新しく発見されたとされる「人間失格」草稿、いや、「姥捨」という作品は、そうして美知子さんとの結婚のための首級として、「世間」に対して提出されたものなのですよ……。もとより、僕は、そう見ているわけです。

太宰は、酒や麻薬に溺れ、自殺未遂を繰り返すという無頼な生活を送っていた。そうした無頼な生活として現象する前期という時代に、喪失すべき自分など、もうどこにもないところにまで追いつめられていった。かつて、そうした自我喪失へと至る過程、その必然性ということについて、話をさせていただいたわけです。このことについては、「太宰治というフィクションⅠ・Ⅱ・Ⅲ」（『太宰治というフィクション』所収）に詳しく書きましたので、そちらの方もぜひ参照なさって下さい。太宰治とは、「〈他者の視線〉によるフィクション化に加えるに、自らの存在自体の〈非在化〉を経た存在、つまり〈非在〉（フィクション）としか形容のしようのない存在である」ということについてです。それが、太宰治という存在のあり方の本質なのです。

太宰にとって、最後にできることはといえば、自分をそこまで追いつめた時代や社会という現実（マス・イメージ）に、太宰の言葉でいう「世間」というものに、己が存在をあずけ、そのなすがままにまかせることだけであった、といった情態にまで追いつめられていった。年譜的にいうと、初代と別れて後の沈黙の一年半、いくつかの短いエッセイの他、昭和十二年十月の「燈籠」（『若草』十月号）をのぞいて小説を発表しなかった時期があるわけです。「東京八景」のなかの言葉でいうと、「死ぬる気魄も失って寝ころんでいる間に、私のからだが不思議にめきめき頑健になって来た」という、太宰の前期から中期へのいわゆる「転機」といわれる時期がですね。

「如是我聞」草稿、井伏鱒二の太宰宛て書簡なども掲載されている。

もう少し述べておこう。『新潮』編集部は雑誌発売に先立ち、五月二十三日に記者会見を開き、「遺書は初公開」と発表した。それを受けて、翌日の新聞には、「没後50年、太宰治の妻あての遺書初公開」（東京新聞）、「太宰『妻への遺書』来月没後50年遺族らが公開」（読売新聞）などの文字が躍った。なお、『新潮』側はこのとき、同時に「人間失格」の草稿が発見されたことについても発表したため、「『人間失格』草稿見つかる」（日本経済新聞）、「『人間失格』の草稿発見」（毎日新聞）とそちらを採る新聞もあった。この記者会見については、『サンデー毎日』平成十年七月五日号の「NEWS HUNTER」のページが、次のように伝えている。

「そもそも会見自体が、異例だった。連絡から1時間後の午後6時半に開かれるあわただしさ。『午後7時まで会見室を出ないで下さい』と要請して始まったのだ。その理由は、間もなく分かった。

話すと長くなりますので、端折りますけれども、太宰は「世間」に己が存在をあずけることによって、「世間」との和解に向かう時期を迎えていたわけです。それが、この「転機」といわれる時代なわけです。俗な言葉でいうならば、「世間」に対して敗北し、その敗北感を噛みしめていた時代だといえばいいでしょうか。むろん、世間一般の僕たちのそれとは、レベルが違うわけですが……。で、私はもう昔の私ではありません、以後二度とあなた様に反逆いたしません。結婚もいたします。それで許していただけるのならそうします。え、だめ。結婚することも許してはくれない？　それでは、これでどうでしょう、ということで、証として「世間」に対して差しだした首級が、「姥捨」という作品であったのではないか。まさか、自分の首を切って差しだすわけにはいきませんからね。僕には、そう思えるわけです。

「姥」を捨てるという話なわけでしょう。その「姥」というのは、初代さんのことですよね。「姥」扱いなわけですよ。それに、この話、不倫をしてしまった初代さんが自分から死ぬといいだした、ということになっている。自分は、それを止めようとしたし、仕方なくひきずられていったけど、そこでもいろいろ工夫して、薬を少なく服ませるとかですね、初代さんが死なないように努力したんだ、という筋書きですよね。自分を責めるようで、実は自分を責めていない。ちょっと、これはひどい。おそらく、そこには美知子さんの家、石原家に対する配慮があったのではないか。僕にはそう思えるんです。この作品、美知子さんとの縁談の話があってから、書きはじめられた。それ故、配慮が働いて、こうしたちょっとひどい筋書きになったのではないか。婿になるわけですから、石原家の世間体も考えなければならなかったわけですよ。太宰の悪い評判というのは、すでに広まって

NHKが、午後7時のニュースで速報したのだ。／『NHKは、早くから情報をつかんでいたが、前日に東京新聞が『井伏鱒二と太宰の書簡発見』とスクープしたので、どこかに出し抜かれるのではないかと警戒し、急きょ放映したのだろう』（関係者）。『新潮』側としては、各社のメンツを配慮して急きょ会見したのだろうが、『NHKに流れるとはどういうことだ』と逆に学芸記者たちの怒りもかったのである。」

この記者会見の後、配信する記事のために、通信社から僕のところにこの遺書発見についてコメントを求めてきたが、この遺書が新発見ではないことを指摘することはできなかった。急であったので、それがどこに掲載されていたのかを、確認しえなかったからである。今、考えると実に残念である。なお、この遺書発見についてコメントを求められたときのことは、当時、香山リカさんと週交替で担当していた『北海道新聞』「本音のコラム」欄に書いたので、それをここに引用しておこう。

いるわけですから、そんな人になぜ美知子ちゃんをお嫁にやったのと、「世間」から後ろ指を差されないようにしなければいけない。ひどい人のようにいわれているけれども、それほどのことはありませんわ、本人はいたっていい人よ、と笑ってごまかせるぐらいには、しなければいけないわけですよ。

そこには太宰自身の、自己合理化の機制も働いていたに違いありません。自分を良い子にしたいわけです。むろん、しかしそうした書き方をしながらも、そこには……。もう二度とこんなことはいたしません。こんなことになってしまうような、荒れてすさんだ生活はいたしません。そうしたメッセージを含ませることも、太宰は忘れてはいません。ご迷惑をかけて、申し訳ありませんでした、というメッセージをですね。こうした視点から見ると、「姥捨」は、実に嫌らしい作品です。

むろん、嘘であろうと、なんであろうと、反省文とか始末書というのは、そうしたメッセージが相手に伝わればいい。それが大事なわけです。豊臣秀吉の前に差しだされた明智光秀の首級が、本当に明智光秀のそれであったかどうかなんてことは、どうでもいいことなんです。豊臣秀吉が、それを明智光秀のそれだと認知すればそれでいい。ただそれだけなわけです。子供の頃、悪さをして学校で書かされた反省文のことを、思いだしてみて下さい。わざとらしい文言を綴った覚えがないですか。誰にも覚えがあるでしょう。それでいいんです。しかし、もちろん、その文言は生き続けるわけです。それが恐い、わけですけれどもね。

というようなわけで、「姥捨」という作品は、太宰が結婚のために、「世間」との和解のために差しだした首級だといったのです。

「太宰治が山崎富栄さんと玉川上水に入水心中する際、妻である美知子さんに宛てた遺書が、この度『人間失格』の草稿などとともに発見され、公開された。先月二十四日の各紙は、それを大きな扱いで報じていた。この公開された遺書について、僕も通信社からコメントを求められた。しかし、僕はその求めに応じることができなかった。たとえば、『太宰がなぜ自殺しなければならなかったのか、この遺書はその謎を解明するための重要な手がかりを与えてくれるものだ。まさに第一級の資料である』とでも言えばいいんだろうなあ、とも思ったが、僕にも研究者としての自負がある。それはできない。／というのも、今回公開されたのは、九枚あるうちの四枚にしかすぎない。その四枚に書かれている内容も、妻子への思いを綴った一節を含めて、目新しいものはない。太宰の自殺直後に発見され、公になっているこの遺書の下書き数枚があるが、それと比べて、さほど重要な異同があるとは思えない。いや、四枚のうちには、しかし、それでもまだ許してもらえなかったわけです。結婚のための、「世間」との和解のためのハードルは、もっと高かったわけです。

太宰は、井伏夫婦の媒酌で結婚することになるわけですけれども、夫婦宛てに、次のような「誓約書」を書かされています。

「このたび石原氏と婚約するに当り、一札申し上げます。私は、私自身を、家庭的の男と思っています。よい意味でも、悪い意味でも、私は放浪に堪えられません。誇っているのでは、ございませぬ。ただ、私の迂愚な、交際下手の性格が、宿命として、それを決定して居るように思います。小山初代との破婚は、私としても平気で行ったことではございませぬ。私は、あのときの苦しみ以来、多少、人生というものを知りました。結婚というものの本義を知りました。結婚は、家庭は、努力であると思います。厳粛な、努力であると信じます。浮いた気持ちは、ございません。貧しくとも、一生大事に努めます。ふたたび私が、破婚を繰りかえしたときには、私を、完全な狂人として、棄てて下さい。以上は、平凡の言葉でございますが、私が、こののち、どんな人の前でも、はっきり言えることでございますし、また、神様のまえでも、少しの含羞もなしに誓約できます。何卒、御信頼下さい。」

で、「昭和十三年十月二十四日」の日付けと、「津島修治」と名前を入れて、印が押してある。

この「誓約書」は後々まで、太宰の死後にまで、尾を引くことになります。太宰の妻・美知子さん宛ての遺書のうちにあると推測される「井伏さんは悪人です」という文言は、

遺書の下書きの方にはある『みんな いやしい欲張りばかり 井伏さんは悪人です』がない。その分、資料的価値としても落ちる。だから、通信社の人にも、僕は、『残りの五枚の方に興味がある。そこには井伏に対する太宰の思い、あるいは『如是我聞』に書かれているような同時代の作家への批判の言葉が綴られているのではないか』と話した。／さて、二十四日の各紙のうちには、残りの五枚は『身内的な内容で遺族が公開を見合わせた』と報じているものがあった。それが本当だとするならば、それはおそらく太宰が『桜桃』のうちに『四歳の長男は、痩せこけていて、まだ立てない。言葉は、アアとかダアとか言うきりで一語も話せず…』『しばしば発作的に、この子を抱いて川に飛び込み死んでしまいたく思う』と書いた長男正樹さんのことであろう。あるいは、一緒に死んだ富栄さんのことが、何か書かれていたのか。どちらにしろ、この遺書が、ある全国紙が言うような『意外ともいえる内容の遺書』などではないこ

溯るならばこの「誓約書」にその原因があるのではないか、なんて議論が今でもなされているのですからね。今、僕は、遺書のうちに〈あると推測される〉という言い方をしましたが、それはまだ遺書そのものの全文が公開されてはいないからです。では、この一節がなぜ、遺書のうちにあるだろうと推測できるのかといえば、いっしょに死んだ山崎富栄さんの部屋の、ごみ箱に棄てられていた遺書の下書き★3とおぼしきものに、その一節があるからなんです。遺書の下書きとおぼしきものは、太宰の死の直後に公開されています。また、遺書の一部は、昭和二十三年十月に文潮社というところから刊行された『自叙伝全集太宰治』に、写真が掲載されています。その後、平成十年になって『新潮』同年七月号が「太宰治没後五十年」という特集を組んで、グラビアに当の遺書の写真を載せていますが、「遺族の意向により一部非公開」とされた部分が多く、残念ながらこの一節を確認することはできませんでした★4。

文言が残ることは恐い、という話ですね。太宰はこの一札、つまり「誓約書」にずいぶん縛られたんじゃないのかな。それが、最後の最後に、「井伏さんは悪人です」という言葉になって現象したとはいえないか。つまり、その言葉を書かせる理由の一つには、この一札の件があった、と思えるわけです。

ところで、僕は、「姥捨」に書かれたような心中事件が本当にあったのかどうかは疑わしい、と考えているんです。以前から、そう主張してきました。というのも、実はそれは、昭和五年十一月二十八日夜の、田辺あつみとの鎌倉・小動崎での例の心中事件の、焼き直しなのではないか。そう思えるからです。あつみさんとの心中事件については、太宰は何

とだけは確かだ。」

ちなみに、遺書の下書きには次のようにあった。

「（不明）簡単に解決可（不明）信じ居候　永居するだけ皆をくるしめ　こちらもくるしく、かんにんして被下度　子供は凡人にてもお叱りなさるまじく／筑摩、新潮、八雲　以上三社にウナ電、」

「皆、子供はあまり出来ないようですけど、陽気に育てて下さい　あなたを　きらいになったから死ぬのでは無いのです　小説を書くのが　いやになったからです　みんな　いやしい　欲張りばかり　井伏さんは悪人です」

ところで、遺書については、小野正文『太宰治をどう読むか』（昭和三十七年二月、弘文堂）に、次のような興味深い一節がある。

「同年（昭和二十三年―筆者注）六月十六日付の青森の新聞『東奥日報』を見ると、／『作家太宰治氏　入水自殺か　遺書を残して家出』という見出しで――東京都北多摩郡三鷹町下連雀一一三作家太宰治氏（40）――本名津島修治――は、十三日夜美知子夫人に遺

度も何度も作品化しています。「薬」「道化の華」「狂言の神」「虚構の春」「東京八景」「人間失格」などといった作品にですね。実は、「姥捨」も、その一バリエーションにすぎないのではないか。[★5]

というのも、これらの作品のうち、薬を服んだというふうに書かれているのは、「虚構の春」だけなんですね。後は皆、入水したということになっている。「虚構の春」だけが、薬を服んだ後、苦しくなって、岩の上でのたうちまわっているうちに、岩から海のなかに落ちた、という話になっている。実際は薬を服んだだけで、入水などしていないし、岩からも落ちていない。つまり、その事件に原型を借りた。薬を服んだ場所を、小動崎の岩の上から水上の山中へと移した。そして、実際の事件では相手の女性は死んでしまったのだけれども、「姥捨」では太宰は相手の女性を死なせないように工夫をする、というようになっているわけですけれどもね。いや、太宰がではなくて、主人公の「嘉七」がですね。

では、仮に僕のにらんだとおりだったとして、太宰はなぜ「姥捨」において、心中事件が実際にあったように描いたのか。初代さんとの心中事件がですね。

首級として差しだすために、その方がいいと考えたのかもしれない。と同時に、小説的効果をねらったが故のこととも考えられます。その方が、小説を盛りあげるために効果が大であると、太宰はふんだのでしょう。小説が小説であるためには、そう描かれなければならないといった太宰的作劇術（ドラマツルギー）に、よるものなわけですよ。その方が、よりスキャンダラスなわけでしょ。水上にいって旅館に泊まって、温泉に入って、それで帰ってきました……、これでは小説になりませんよね。

それとですね、こういったことがいえると思うんです。太宰は前期という、初代さんと

書めいたものを残して家出、捜査中のところ十五日朝夫人美知子さん（35）が自宅附近の桜上水堤に太宰氏が所持のウィスキーが遺留されているのを発見した。桜上水に投身自殺したものと見られているが、死体はまだ発見されない。〔共同〕／〔東京支局発〕十三日夜東京都北多摩郡三鷹町山崎富栄さん（30）方に、夫人美知子さんと友人宛の遺書を残して富栄さんと家出したことが十四日朝わかった。ザラ紙二枚に書いた一通の遺書には、『太田という女あり、なんにも金銭の約束なし、山崎という女あり、仕事の上にも病気の上でも世話になりたり、長居するだけみんなを苦しめ、こちらも苦しい。かんにんして下されたく、子供は凡人にてもおしかりなされまじく……』とあった。／〝原因は判らぬ〟 令兄 津島知事談／太宰氏自殺？ の報に令兄県知事津島文治氏は、十五日金木町の自宅で語る。／最近はなんら便りもなく、作家としての行詰りを生じたわけでもないだろう。死を選んだ原因がどこにあるか私には全然わ

の同棲生活をしていた時代に、いやそれ以前から、ひどく荒れてすさんだ生活をしていた。その所産としてある作品といっていいわけですが、昭和十年五月に「道化の華」を、そしてともに『虚構の彷徨』のなかに収められることになる「虚構の春」を翌十一年七月に、さらに「狂言の神」をその十一年十月に発表している。それと、昭和十二年四月に発表された「HUMAN LOST」とかですね。それらの作品には、昭和五年の田辺あつみとの心中事件、昭和七年のマルクス主義革命運動からの脱落、昭和十年の鎌倉山中での縊死未遂事件、パビナール中毒、昭和十一年の「人間失格」を宣告されたとする精神病院への強制入院といったことが書かれているわけですね。いや、これは太宰治が起こした事件というより、作中の主人公が起こした事件と考えてほしいのですが、またこれらを個々別々の作品としてではなく、一つの大きな作品、一連なりのものとして考えてほしいのですが、要するに「姥捨」においては、すでにそこからの、小説上のなんらかの展開が必要だったわけですよ。作中の「私」にとってはですね。

　どういえばいいかな。そう、皆さんが小説を書いているとしたならば、ではこの後の小説の展開としてですね、どういうふうに持っていきますか。劇的な展開がほしいわけですよね。温泉に入って帰ってきましたでは、間が抜けてしまう。荒れてすさんだ生活はもういたしません、私は目覚めました、改心いたしましたというところにもっていきたい。では、荒れてすさんだ生活を、どう清算させるか。読者を納得させるためには、それなりの構えをしなくてはならない。それが、〈人間失格の宣告―妻の不倫〉という事態によって必然づけられた「水上心中行」だったし、未遂に終わった後の妻との離別だったわけですよ。こうした流れこそが、作中の「私」を改心にまで展開させるためには、どうしても必

からない。死んだとすれば、弟の性格からしてなんらかの悩みがあったことと思う。」

　ちなみに、〔共同〕発の方では、自宅から家出したように書かれていたり、遺留品を美知子夫人が見つけたかのように書かれている等、間違いがある。「太宰氏が所持のウィスキー」は、太宰がいつもウィスキーを入れていた瓶のことであろう。発見されたとき、この瓶は空であったはずだ。また、〔東京支局発〕の方の、「ザラ紙二枚に書いた」遺書というのは、ザラ紙九枚の間違い。しかし、ここで遺書に書かれていたとされる、「太田という女あり、なんにも金銭の約束なし、山崎という女あり、仕事の上にも病気の上でも世話になりたり」は、これまでいっさい発表されていない一節である。

　この一節との関連で興味深いのは、死を前にした山崎富栄が太田静子宛て（昭和二十三年六月十三日付）に出した手紙だ。その全文は、次の通りである。

　「前略　わたし、静子様と修治さんのこと、ずいぶんお尽し致し

要だった。「姥捨」という小説において、作中の「私」の改心をよりドラマチックに必然化たらしめ、小説を小説とするためにもです。

「東京八景」の中には、太宰の改心を思わせる、次のような一節がありました。

「私は、その三十歳の初夏、はじめて本気に、文筆生活を志願した。思えば、晩い志願であった。私は下宿の、何一つ道具らしい物の無い四畳半の部屋で、懸命に書いた。下宿の夕飯がお櫃に残れば、それでこっそり握りめしを作って置いて深夜の仕事の空腹に備えた。こんどは、遺書として書くのではなかった。生きて行く為に、書いたのだ。一先輩は、私を励ましてくれた。世人がこぞって私を憎み嘲笑していても、その先輩作家だけは、始終かわらず私の人間をひそかに支持して下さった。私は、その尊い信頼にも報いなければならぬ。やがて、『姥捨』という作品が出来た。Hと水上温泉へ死にに行った時の事を、正直に書いた。」

正直に書いたかどうかは別の話ですね。水上温泉に死ににいったのかどうかも疑わしい。むろん、太宰治本人が改心したことによって、この作中の「私」の言葉が書かれたのではなくて、述べましたように、小説中の人物が改心することが必要だったから、この作中の「私」の言葉が書かれたわけです。「東京八景」のこの作中の「私」の言葉は、そうしたものとして読まれなければならない。

もう少し突っ込んでいうと、前期から中期へと移行するにあたって、仮に太宰治本人もまた改心したのだとするならば、その改心は、この作中の「私」に同一化(憑依)することによって、もたらされたものなのだと思います。太宰治という人は、次に書かれる小説の

ました。太宰さんは、お弱いかたなので、貴女やわたしや、その他の人達にまで、おつくし出来ないのです。わたしは太宰さんが好きなので、御一緒に死にます。静子さまのことは、太宰さんもお書きになりましたけど、あとのことは、お友達のおかたが、下曽我へおいでになることと存じます。／六月十三日／山崎富栄／太田静子様」

むろん、ここにいう「静子さまのことは、太宰さんもお書きになりましたけど」という一節が、引用したような東奥日報の一節を指すのかどうかは、正式な遺書が全文公開されなければわからない。いや、その一節が、本当に遺書にあるのかどうかもだ。しかし、この富栄の手紙を見る限り、遺書にはなにか太田静子のことも書かれていることは、確かなようだ。先に引用した僕のコラムでは、このことが抜け落ちていたので、ここにつけ加えておきたい。なお、富栄の手紙にいう「お友達のおかた」とは、伊馬春部のことであろう。

★5 「姥捨」以前に、太宰には

作中の「私」を先取りして、その展開を現実化して見せるような生を生きたともいえるわけです。作中の「私」、先に在りきといえるような生を、ですね。

「道化の華」「虚構の春」「狂言の神」「HUMAN LOST」「姥捨」を、あるいはそれ以前、あるいはそれ以降に書かれるこれらに類する作品を含めて、それらを一つの大きな小説としてみるならば、以上のようなことがいえるのではないかと思います。

3　文学の仮構と実生活の虚構

僕は大切なことを、ひとついい忘れていました。では、なぜこのとき、作中の「私」の改心が必要だったのか、ということをです。それは、文壇や読者が、そしてなによりも当時の時代状況（マス・イメージ）が求めていたものであったからです。

日中戦争はすでに昭和十二年にはじまっていました。太平洋戦争がはじまるのが昭和十六年です。すでに国家総動員法は昭和十三年に施行されています。昭和十四年五月にはノモンハン事件、その九月には第二次世界大戦がはじまっている。昭和十五年には日独伊軍事同盟が締結されます。そして、昭和十五年十月には大政翼賛会が、十一月には大日本産業報告会が設立されます。第一次、第二次近衛内閣のもと、そうして国民の財産と労働力の徴用が行なわれ、出版、演劇、映画などは軍の検閲下におかれ、言論集会の自由も剝奪されて、急速にファシズムへと傾斜していく、そんな時代のうちにあったわけです。作中の「私」の改心は、そうした時代状況（マス・イメージ）にうながされたものであった、といっていいでしょう。

「雌について」（『若草』昭和十一年五月号）という作品がある。この作品もまた、そうした一バリエーションに数えていいものなのかもしれない。作者は、はじめに、「これは、希望を失った人たちの読む小説である」と断っている。そして、作品は、作者が友人と、「このような女がいたなら、死なずにすむのだがというような、お互いの胸の奥底にひめたる、あこがれの人の影像」について語りあうという設定になっている。そのなかで、女と旅に出る話が空想上の物語として語られるのだ。東京駅に落ちあう約束をする。相手は女流作家がいいか、女画家がいいか、芸者がいいか。結局、芸者に落着く。行く先は、東京から二、三時間でいける山の温泉。そこに宿泊し、一日の終わり、「私」は眠り薬を服んで床に入る。しかし、眠れずに、自分の「たった一冊の創作集」を読みふけっているうちに、隣の床で、「女がしのんで寝返りを打つ」。エンディングの部分を引用しておこう。「『それで、どうした？』／『死のうと言った。

実は、太宰は意外にも時代の空気に敏感というか、あわせようとするところがある。プロレタリア文学が流行ればプロレタリア文学っぽい作品を書くし、エログロナンセンスが流行ればそんな作品を書いてみる。[★1]転向文学が流行れば、これまたそれっぽい作品を書くし、というようなことをやっていたわけです。存外、主体性がない。その時々の文壇や読者、あるいは時代状況（マス・イメージ）にひきずられている。当初から、そうした主体性の欠如した存在としてあった。〈小説家になれるのなら、そして小説家として認知された後は、小説家として認知され続けたいが故に……〉、そうしたところが太宰にはあった。時代状況（マス・イメージ）にひきずられてしまうのは、実はそのことの結果なのですけれどもね。結局、そのことによって、自我喪失といった情態にまで陥ってしまうわけですけれどもね。

　これまでの多くの太宰論者の人たちというのは、そのことに目をつぶってしまっている。しかし、太宰にはそうしたところがある。ですから、太宰の作品を読むときには、読者や文壇もそうですけれども、その時代時代のマス・イメージ、その時代時代の雰囲気というものが、太宰に作品を書かせているんだ、そうした視点を導入しないと読めない。本当に読んだことにはならないのではないか。僕は、そう思うわけです。

「姥捨」という作品が、美知子さんとの結婚のための首級、太宰が「世間」と和解するために差しだした首級としてあったのではないか、という話をしていたんですよね。「富嶽百景」について、話していたんですよね。話を戻しましょう。

　太宰は八月十三日に「姥捨」を書き上げ、九月十三日に山梨県南都留郡河口村御坂峠の

女も、――』／『よしたまえ。空想じゃない。』／客人の推察は、あたっていた。そのあくる日の午後に情死を行った。芸者でもない、画家でもない、私の家に奉公していたまずしき育ちの女なのだ。／女は寝返りを打ったばかりに殺された。私は死に損ねた。七年たって、私は未だに生きている』。つまり、それは本当の話だったというのが落ちになる。

　さて、ここにいう「たった一冊の創作集」とは、『晩年』を指すのであろう。この「雌について」が書かれる前年の十一月には、砂子屋書房との間に出版の約束ができていたからである。しかし、書房主・山崎剛平の投資の失敗のため、出版は翌十一年六月まで延ばされた。「雌について」が書かれたのは、ちょうどその合間の時期に当たっている。「私は死に損ねた。七年たって、私は未だに生きている」といえば、読者は昭和五年の鎌倉・小動崎での田辺あつみ（戸籍名・田部シメ子）との心中事件を思い浮かべるであろう。で、それが「東京から二、三時間でい

天下茶屋へ出かけて行きます。[★2] この天下茶屋は、また話がそれてしまいそうですが、実は最初、「天下一茶屋」といった。眺望が天下一だという意味です。それを紀行文かなにかのうちに、徳富蘇峰が「天下茶屋」と書き間違えた。それから、「天下茶屋」という呼び名が定着してしまったんだ、といわれています。標高は千五百二十五メートルあるそうです。[★3] 富士山がきれいにみえる。ここからの眺望は富士三景の一つに数えられています。「富嶽百景」のなかでは、太宰は思いっきり腐していますけれどもね。

「あまりに、おあつらえむきの富士である。まんなかに富士があって、その下に河口湖が白く寒々とひろがり、近景の山々がその両袖にひっそり蹲って湖を抱きかかえるようにしている。私は、ひとめ見て、狼狽し、顔を赤らめた。これは、まるで、風呂屋のペンキ画だ。芝居の書割だ。どうにも注文どおりの景色で、私は恥ずかしくてならなかった。」

御坂峠の天下茶屋には、井伏さんが滞在していた。井伏さんが、太宰を天下茶屋に呼んだわけです。井伏さんは、「亡友」[★4] のうちに書いています。

「一週間たち、二週間しても、太宰は写真について何も言わなかった。私は聞こうとしなかった。一箇月ばかりたってから、私は旅行に出て御坂峠頂上の茶店に滞在した。」

「写真」というのは、いうまでもなく、美知子さんの写真のことです。井伏さんは、この天下茶屋に八月四日からすでに四十日間ほど滞在していた。で、その間に、太宰に何度となく手紙を出して、自分と入れ替わりに下宿をしたらどうかと誘っています。北さんと中畑さんが、例の太宰の部屋にたまっている悪い仲間たち、彼らから太宰を引き離して生活を変えさせようということで、井伏さんに頼んだのだということです。

僕が先に、太宰が井伏さんから美知子さんの写真を見せられたのは、太宰満二十九歳の

ける山の温泉」での情死なのだ。なにか、「姥捨」に描かれた水上心中事件を彷彿としないか。僕が、「姥捨」もまた昭和五年の鎌倉・小動崎での田辺あつみさんとの心中事件を描いた一バリエーションではないか、といったのは、この「雌について」を思い起こしたからだ。「姥捨」は、この「雌について」の延長線上にあるものなのではないか、と考えたからである。つまり、「雌について」をふくらまして、書かれたものなのではないかとだ。

ところで、淀野隆三に「太宰君の自家用本『晩年』のこと」（昭和三十八年筑摩版全集十二巻付録）という文章がある。大意は次のようなものだ。自家用本は石浜恒夫氏が所蔵しているもので、本の見返しに「自家用」と書かれている。しかし、その「自家用」の文字は、「殺」を消して脇に「家」と訂正してある。そして、その右下に、太宰の名刺が裏向けに貼ってある。そして、そこにはペン字で、借銭一覧表として、津村信夫二一円からはじめて小山祐士五〇

誕生日、つまり六月十九日の前後の頃だったのではないか、といったのは、これに拠っているわけです。八月四日から一カ月を引いて、そして二週間を引く。そうすると、ちょうどその頃になります。もっとも、「一箇月ばかりたってから」を、こうして太宰に美知子さんの写真を見せてから「一週間たち、二週間して」後、「一箇月ばかりたってから」と解釈せずに、太宰に美知子さんの写真を見せた日から「一箇月ばかりたってから」と解釈すると、その日は七月上旬のある日ということになる。そうした解釈も成り立ちます。「一箇月ばかりたってから」のうちに、「一週間たち、二週間しても」もまた含まれるものと読むならばです。

　で、太宰は天下茶屋へと出かけていく。「富嶽百景」によると「思いをあらたにする覚悟」で出かけていくわけです。悪い仲間たちから離れれば、落ちついて原稿を書くことに精を出すこともできる。むろん、美知子さんとの縁談のこともある。美知子さんの実家は、この峠を降りたところの甲府にあったわけです。太宰が井伏さんに誘われ、ここに来るときに、そのことを意識していないわけがない。「姥捨」を、すでに書いているわけですからね。天沼の下宿もこのときに引き払っています。荷物類は荻窪の井伏さんの家にあずけて、太宰は小さな包み一つをもって、「富嶽百景」では「かばんひとつをさげて」と書かれていますけれどもね、一重の着物に角帯といういでたちで、出かけてきたといいます。

　太宰はここに六十日間滞在して、「火の鳥」という作品を書きます。三百枚ぐらいになる予定だったのが、百枚をちょっと越えたところまで書いて後が続かず、未完のままに終わった作品です。男と女が薬を服んで心中をし、男が死んで女が生き残る。ちょうど昭和五年の田辺あつみとの心中事件★5の逆の設定になっているわけです。女の名前は高野さちよ

円、佐藤春夫三〇円、淀野隆三二〇円など十八人の名前と金額が横書きにされ、total 四五一円とあり、名刺の表には右借銭一覧表自家用『晩年』の裏へはりつくべし、と記してある。そして、裏の見返しには、上越線水上駅のスタンプ（紫色のインクで押された紅葉と谷川の絵）が押してある。つまり、これは太宰の自殺用本なのであり、水上駅で押されたスタンプからも水上心中の折り持参されたものと思われる。と同時に、水上心中がまじめに行なわれたことを示すものだ……。

　これは、水上心中など存在しなかったとする僕たちには困った一文だ。むろん、この自家用本が本物であったとしての話だが……。いや、別に本物であったとしても困ることはないのかもしれない。そもそも、なぜ太宰は、この本を水上心中行に持参していったのだろう。そもそも、水上駅のスタンプは、そのときのものだろうか。仮にそのときのものだとして、自殺をしにいった人間が、駅で観光スタンプなど押すだろうか。その

ですが、男が彼女と知りあったのが銀座のバーで、しかも彼女は「断髪の女性」であったなんてところは、田辺あつみを彷彿とさせます。もしも田辺あつみが生き残ったら、なんて思いがあったのかもしれない。さちよはやがて女優になります。当時は、もうヒモのようになっていた田辺あつみの内縁の夫が、確か俳優志望でした。あれっ？　って感じしませんか。いや、いいです。そして、あつみ、じゃなくて、さちよは、劇作家の三木朝太郎と男と女の関係になる。この三木の助言で女優として開花し、チェーホフの『三人姉妹』のオリガ役を射止めて、成功する。原稿はそこで途切れています。

　さて、太宰が天下茶屋にきてから何日かして、甲府から、斎藤文三郎が、太宰がきているのを聞きつけて訪ねてきます。井伏さんのところに新聞を届けていたバスの車掌から聞いたということです。斎藤さんというのは、井伏さんのところへ、美知子さんの見合い写真を送ってきた人ですね。斎藤さんは、太宰が東京からわざわざこんなところまできたのは、写真の人に、美知子さんにですね、気持ちが動いたからだろう、見合いをさせてみたらどうだろうか、といいにきたわけです。で、九月十八日、太宰は、斎藤夫人と井伏さんにともなわれて、石原家を訪ねることになる。その場面は、こんなふうに、「富嶽百景」のなかにも描かれています。

「井伏氏に連れられて甲府のまちはずれの、その娘さんのお家へお伺いした。……母堂に迎えられて客間に通され、挨拶して、そのうちに娘さんも出て来て、私は、娘さんの顔を見なかった。井伏氏と母堂とは、おとな同士の、よもやまの話をして、ふと、井伏氏が、／『おや、富士。』と呟いて、私の背後の長押を見あげた。私も、からだを捻じ曲げ

場合には、私は自殺するために水上へいってきました、ほら本当にいってきたんですよ……。そういって、人に示すためのアリバイ作りのように思えてならない。それは逆に、もとより自殺などするつもりなどなかったことを明かすことになりはしないか。

　ちなみに、この自家用本は、石浜氏の友人Nが古本屋で購入したものだという。また、昭和四十五年十一月には、大阪の「古書サロン　天地」の所有となり、四十五万円の値がつけられていると新聞に報じられたことがある。

　なお、小動崎での太宰と田辺あつみの心中事件については、本章第3節の注5を参照されたい。

3　文学の仮構と実生活の虚構

★1　太宰が弘前高校在学中に書いた「無間奈落」、「地主一代」が、プロレタリア文学もどきのものであったことを想起されたい。

　また、井伏鱒二の「あの頃の太宰君」（『太宰治全集一』月報、昭和三十年十月、筑摩書房）に、次のようにある。「私が太宰君に初

て、うしろの長押を見上げた。富士山頂大噴火口の鳥瞰写真が、額縁にいれられて、かけられていた。まっしろい睡蓮の花に似ていた。私は、それを見とどけ、また、ゆっくりからだを捻じ戻すとき、娘さんを、ちらと見た。きめた。多少の困難があっても、このひとと結婚したいものだと思った。あの富士は、ありがたかった。」

　しかし、井伏さんによると、それはどうも違うらしい。井伏さんは「亡友[★6]」のうちに、次のように書いています。

「太宰の見合いに私は附添人としてついて行った。斎藤さんは会社の会議があるということで留守であった。奥さんの案内で、私たちは写真の本人の宅に伺ったが、奥さんと私は応接間にはいると直ぐに席をはずした。奥さんがそうするように私に囁いたからである。太宰とこの家の主婦が、玄関まで私たちを見送りに立って来た。『バスの都合で、僕は急ぐからね』と私は口実を設けて太宰に云った。『決して、置いてけぼりするわけじゃないが、バスがなくなるからね。でも、君はゆっくり話して行くんだよ。いいかね、気を落ちつけることだよ。』『はア』と微かに太宰は答えた。目のたまが吊りあがって、両手をだらんと垂れていた。緊張のあまり、からだの力が抜けていたのかもわからない。『まあ、なんて子供っぽいかたなんでしょう。』斎藤さんの奥さんは、外に出てからつくづく驚いたようにそう云った。」

　応接間に入るとすぐに席をはずし、太宰を一人残して帰ってしまった井伏さんが、母堂とおとな同士のよもやまの話をしたり、「おや、富士」などと呟くはずはない。また、この見合いの場面の少し前には、井伏夫婦と三ツ峠へ登ったときのことが書かれています。その三ツ峠頂上でですね、「ちょうどこの辺に、このとおり、こんなに大きく、こんなに

めて会ったのは昭和五年か六年のことで、太宰君が大学にはいった年の初夏であった。私に手紙をよこし、会ってくれなければ自殺すると私を威かくして、私たちの『作品社』の事務所へ私を訪ねて来た。ふところから短編を二つ取出して、いま読んでくれと云うので読んでみると、そのころ私と中村正常が合作で『婦人サロン』に連載していた『ペソコ・ユマ吉』という読物に似た原稿であった」。

　また、井伏の「あとがき」(『富嶽百景・走れメロス』昭和三十二年五月、岩波文庫) には、こうある。「初対面の太宰君は……ふところから自作の原稿を取り出すと、これをいますぐ読んでもらいたいと云った。私は読んだ。今日では、どんな内容のものであったか忘れたが、ただ一つ、全体の印象だけは覚えている。そのころ一時的に流行していた、ナンセンス文学といわれていた傾向の作品に彷彿として、よくない時流の影響が見えた」。また、「解説」(『太宰治集上』昭和二十四年十月、新潮社) にも、この「あとがき」のなかの

はっきり、このとおり見えます」と、霧が深くて富士山が見えないのを気のどくに思った茶屋の老婆が、富士山の写真を掲げて見せてくれた。その写真の富士が、とても良かった、と太宰は書いている。そこに、こんな一節があります。

「頂上のパノラマ台という、断崖の縁に立ってみても、いっこうに眺望がきかない。何も見えない。井伏氏は、濃い霧の底、岩に腰をおろし、ゆっくり煙草を吸いながら、放屁なされた。」

もちろん、井伏さんは、放屁なんかしていないと、後に反論しています[★7]。僕には、こうした見合いの場面や井伏さんの放屁の話の脚色などは、単なる脚色といってすませられないものがあるように思えるんです。これは小説を小説たらしめるための作為、仕掛けとして考えられなければならない。さらに……。この「富嶽百景」が書かれた中期という時代の太宰は、こうであらねばならぬ、こうであるべきだというある自戒に基づいて実生活を仮構し、それにみあう文学（作中の「私」）を虚構していた。いや、逆だ。ある自戒に基づいて文学（作中の「私」）を仮構し、それにみあうように自分の実生活を虚構していた。見合いの場面の脚色も、井伏さんの放屁の場面の脚色も、いわばその結果としてある。そういっていいと思う。

僕は、太宰の中期といわれる時代の実生活と文学（作中の「私」）の一致は、すなわち架空のものとしてしかないと考えているわけです。いや、これじゃわかりませんよね。少し説明しておきましょう。太宰論者の多くが、このことを理解しえずにいるんです。

中期といわれる時代は、太宰にとってもっとも安定した、そして健全な生活を送っていた時期だ。一市井の作家として、肉体的にも健康をとりもどし、小説家としても認められ

一節とまったく同じ文章がある。

転向文学云々については、「思い出」でデビューして以降、自らが転向者であることをにおわせる作品を幾つも書いていることを思い起こされたい。

★2　井伏鱒二「解説」に、次のようにある。

「先日、私は久しぶりに御坂峠頂上の茶屋に行き、その前々日に八十五歳で亡くなったお爺さんのおくやみを述べ、あるじやおかみさんと太宰君の思い出を語りあった。満月の夜で夜鷹が啼いていた。おかみさんは、太宰君がこの茶屋に来たのは昭和十三年九月九日頃で、出発して行ったのが十二月十五日だと云った。……『ここを帰るときには、六日も七日も前から寒いと云い出して、寒いから下山する、と云って帰ったじゃ。結婚するから下山するというのが、気恥かしいずらよ』と云った。」

これは誤りである。茶屋へ来たのは、本文でも述べたように昭和十三年九月十三日であり、下山は十一月十五日である。九月十九日付北芳四郎宛て書簡は、天下茶屋

て、精神的にも物質的にも安定し、すぐれた作品を数多く生みだしたではないか。太宰論者の多くが、そういいます。僕は、今日の話の最初に、それは本当かと問いかけておきました。むろん、そんなことはないわけで、彼らは今話しましたように、もとより〈架空のものとしてしかない一致〉を〈実際に一致するもの〉として考えてしまっているわけです。〈作中の「私」＝太宰の生き方の理想＝太宰の実生活の姿〉という等式を、彼らは信奉しています。彼らはここで二重の過ちを犯しているのです。一つには、太宰によって描かれた〈作中の「私」＝太宰の生き方の理想〉とするあやまち。一つには、〈太宰の生き方の理想＝太宰の実生活の姿〉と見るあやまちをです。この二重のあやまちが、彼らの主張の、その論理的整合性を保たせているにすぎない。彼らは二重にあやまることによって、単純化していうならば〈作中の「私」＝太宰の実生活の姿〉だと、すなわち太宰の文学〈作中の「私」〉と実生活とが、実際に一致するものだと、錯覚してしまっているわけです。

では、どうして、太宰によって描かれた〈作中の「私」＝太宰の生き方の理想〉としたり、〈太宰の生き方の理想＝太宰の実生活の姿〉としたりするのはあやまちだといえるのか。

彼らは、太宰がある自戒の下に生きようとした姿を、〈太宰の生き方の理想〉を体現したものだと勘違いしてしまっているわけです。それは、太宰にとって、ちっとも〈理想的生き方〉などではない。たとえば、杉並区天沼一丁目二百十三番地の鎌滝方に下宿していたときに、天下茶屋に来るときに引き払ってきた下宿ですよ、そこに下宿していたときに、友人の山岸外史に、太宰がこんなことをいったというのですよ。自分という存在は、「壁の衣紋かけに、ただ、中味のない羽織がぶらさがっているようなものなんだ」とですね。

より出されており、そこに「十三日よりこちらに来て、仕事をして居ります」とある。また、十一月十六日付中畑慶吉宛て書簡は、甲府市西堅町九十三番地の下宿屋・寿館の住所で出されている。よって、井伏は、太宰の天下茶屋滞在期間を八十日としているが、それも誤りである。実際は六十日だ。

★3　「富嶽百景」のなかで、太宰は「御坂峠、海抜千三百米。この峠の頂上に、天下茶屋という、小さな茶店があって……」と書いているが、千三百メートルは誤り。

★4　井伏鱒二「亡友」(『別冊風雪』昭和二十三年十月)

★5　昭和五年十一月二十八日夜、神奈川県鎌倉群腰越町の小動崎突端の畳岩の上で、太宰は田辺あつみと、催眠剤カルモチン約三百錠を服んで心中を図った。二十九日朝八時頃、出漁しようとした漁師に発見された。女はすでに死亡していたので、漁師は男の方を背負って、近くの恵風園療養所にはこんだ。太宰はこの事件で、自殺幇助罪に問われたが、起訴猶予となった。太宰の郷里の新聞『東奥

『人間太宰治』★8のうちに、山岸外史が書いています。山岸さんの創作かもしれませんけれどもね。いや、山岸さんは、檀一雄とともに、太宰とはとても仲のよかった人です。仮に創作だとしても、それと似たようなことを、太宰は口にしていたのでしょう。ですから、なぜあやまちだといえるのかというと、太宰とは、いみじくもこうしてみずからが口にしているような、「中味のない羽織」だからですよ。

　僕の論敵の人たちは、この外っかわの羽織だけを見て、それを太宰治本人と勘違いしてしまっているわけですよ。中身がないことを見ようとはしない。羽織のなかには、羽織にみあった中身があると思いこんでいるわけですよ。それでは、僕の今話してきた文脈にそくしていうと、どうなるか。この「羽織」というのはなんの比喩かというと、〈太宰の文学（作中の「私」）〉や〈太宰の実生活の姿〉にあたるわけです。羽織のような立派な文学、恥ずかしくない作中の「私」を創造しなければならないし、羽織のような立派な、恥ずかしくない実生活を送らなければならない。しかし、中味がないわけですから、文学（作中の「私」）を仮構し、それにみあった自らの実生活を虚構しなければならない、ということになるわけです。

　衣紋かけにぶらさがっているのが、たとえば映画化やテレビドラマ化された放浪画家・山下清の物語がありますね、あの山下清がスクリーンや画面の中で身につけているような、薄汚れたランニングのようなものであったら、そこには中味が存在したかもしれない。いや、故山下清の名誉のために、いっておきますが、山下清はあんなランニング姿で放浪したわけではない。傘はさしていたかもしれませんが、あれは映画やテレビの創作です。ですから、羽織のようなかたぐるしいものではなく、もっと自由に動きまわれるようなラフ

日報』三十日朝刊は、太宰の学生服姿の写真、「津島県議の令弟修治氏／鎌倉で心中を図る／女は遂に絶命／修治氏も目下重態」の見出しのもとに、第一報として、心中事件を次のように伝えている。

「二十九日午前八時頃相州腰越津村不動神社裏手海岸にて若い男女が心中を図り苦悶中を附近の者が発見、七里ヶ浜恵風園にて手当を加えたが女は間もなく絶命、男は重態である。鎌倉署にて取調べた結果、右は青森県北津軽郡金木町県会議員津島文治氏弟、東京府下戸塚町諏訪二五〇常磐館止宿帝大文科第一学年学生津島修治（二二）、女は銀座ホリウッド・バーの女給田辺あつみ（一九）で、カルモチン情死を図ったものであるが、原因其の他は不明である。」

　また、三日後の十二月二日、同新聞夕刊はその第二報として、事件の経過を次のように報じている。

「十一月二十九日朝、中ノ瀬七里ヶ浜で銀座ホリウッド・バーの女給田辺あつみ（一九）とカルモチン心中を図り、女は絶命し、生き残った帝大生仏文科一年生津島

なものであったら、ということです。そうであったなら、そのなかには太宰という中味が、実存的中味がですね、存在したかもしれないわけです。

つまり、〈羽織＝太宰の生き方の理想＝羽織〉ではなかったわけですよ。〈羽織＝「空」的実存＝羽織〉でしかなかったわけです。そんなところに〈太宰の生き方の理想〉があったわけでも、要するに太宰の実存的中味が存在していたわけでもない。

仮に、彼らのいうように〈羽織＝太宰の生き方の理想＝羽織〉であるとして、この〈太宰の生き方の理想〉の部分に代入できるものはなにかといえば、それは、「日常坐臥は十分、聡明に用心深く為すべきである」という自戒の一語につきるでしょう。これは、太宰が前期から中期への転期を迎えていた昭和十三年三月に、『新潮』に発表された「一日の労苦」というエッセイの一節です。なんのためにといったら、前期のように「世間」から後ろ指さされる小説家ではなく、「世間」から尊敬される小説家になりたい、ということでしょう。そして、そうした小説家として、認知され続けたいということでしょう。だから、たとえば、「羽織」のような品と格式を備えた文学（作中の「私」）を仮構する。そして、「世間」的にも一人前の男子として恥ずかしくない、そうした小説家としての生活を虚構する。さらに、それはなんのためにというならば、生家である〈ヤマ源にふさわしい、ヤマ源に自己同一化できるにたる人間〉になるためにです。今、この生家ヤマ源と太宰との関係について話している余裕はありませんので、心ある皆さんは『太宰治というフィクション』（パロル舎刊）をお読みになって下さい。

だけれどもそれは、太宰にとっては、がまんするということでしかなかったわけですよ。

修治（二二、本県北津軽郡金木町出身）は、その後七里ヶ浜恵風園に入院加療中の処一時は重態を伝えられたが、爾来、漸次経過よく一命をとりとめる見込みが充分である。鎌倉署では同人の病状の恢復を待って自殺幇助罪として一応引致取調を行う筈である。」

第二報で訂正されているように、恵風園に収容されたのは太宰だけであって、あつみが収容された事実はない。また、太宰が「一時重態」であった事実もない。

長篠康一郎『太宰治七里ヶ浜心中』は、次のように伝えている。

「応急手当にあたった中村博士には、男の服用した薬品が『カルモチン』であることが、患者の口中に吉草酸に似た特有のにおいを発していることから、一見して判明したそうである。博士の証言によれば……患者の容態、現場に残されていた空瓶からも、服用推定量約三〇グラム以下であって、生命に別状ないことは明らかであったという」。「昏睡持続時間は完全覚醒まで約一日半ぐらいであった」。

4　家族の出席しない結婚式

　太宰の中期という時代が、僕の論敵の人たちがいうように、一市井の作家として、肉体的にも健康をとりもどし、健全な生活を送っていたかのように見えたり、小説家としても認められて精神的にも物質的にも安定し、すぐれた作品を数多く生みだしえたかのように見えるのは、その結果なのです。

　彼らがすぐれた作品というのは、〈明るく堅実な作風の理想主義的な作品〉の系列に属するものとして分類される作品のことでしょう。それらの〈人生に対する暖かいいたわりにみちている〉かのように見える作品のことでしょう。中期の前半でいったら、たとえば「新樹の言葉」「花燭」「黄金風景」といった作品を指すのでしょう。それらの作品の主人公は、それぞれ過去の生活に敗れて、深い心の傷を負っているものとして設定されています。そうした主人公が、故郷の生家に関わりのある人に再会することによって救われ、新しい希望のもとに再出発をはかる、というストーリーになっている。僕もけっして嫌いな作品群じゃない。読むと、心が洗われるような気がする。いささか俗な言葉でいうなら、人間相互の「信頼」、人間相互の「愛」を描くことがテーマになっているといっていい。「満願」「I can speak」、今日お話している「富嶽百景」、そして「葉桜と魔笛」「老ハイデルベルヒ」「走れメロス」なども、そうした系列の作品に数えていいでしょう。

　で、こうした系列の作品というのは、中期も後半になると、確かに主流となってくるものです。「新ハムレット」「正義と微笑」「右大臣実朝」「パンドラの箱」といった後半の代表的な作品は、皆この系列に属するもののように見えます。しかし、だからなんなんだ。

太宰と田辺あつみが入水したという事実はない。なお、この事件、および太宰の起こした他の自殺事件について、詳しくは、拙著『FOR BEGINNERS 太宰治』（現代書館刊）の第2章「小山初代との同棲生活」および第3章「太宰治と『自殺』」、および拙著『太宰治というフィクション』（パロル舎刊）の第1章「太宰治と尾崎豊のアナロジー」後半部分を参照されたい。

★6　井伏鱒二「亡友」（『別冊風雪』昭和二十三年十月）

★7　たとえば「御坂峠にいた頃のこと」（『太宰治全集三』月報、昭和三十年十二月、筑摩書房）のなかでは、次のように書いている。

「……これ（『思い出』や『東京八景』—筆者注）と一連の作品では『虚構の彷徨』と『富嶽百景』を書いている。いづれも可成り在りのままに書いてある作品だが、『富嶽百景』については一箇所だけ私の訂正を求めたい描写がある。それは私が三ツ峠の頂上の霧のなかで、浮かぬ顔をして放屁したという描写である。私は太宰君と一それは、結果にすぎないんですよ。

　たとえば、昭和十四年八月に『新潮』に発表された「八十八夜」という作品があります。そのなかの次のような一節を見てみればいい。ここでは「笠井さん」というのが作中の「私」（主人公）です。

「進める。生きておれる。真暗闇でも、一寸先だけは、見えている。一寸だけ、進む。危険はない。一寸ずつ進んでいるぶんには、間違いないのだ。これは、絶対に確実のように思われる。けれども、――どうにも、この相も変らぬ、無際限の暗黒一色の風景は、どうしたことか。絶対に、嗟《ああ》、ちりほどの変化も無い。光は勿論、嵐さえ、無い。笠井さんは、闇の中で、手さぐり手さぐり、一寸ずつ、いも虫の如く進んでいるうちに、静かに狂気を意識した。これは、ならぬ。これは、ひょっとしたら、断頭台への一本道なのではあるまいか。こうして、じりじり進んでいって、いるうちに、いつとはなしに自滅する酸鼻の谷なのではあるまいか。ああ、声あげて叫ぼうか。けれども、むざんのことには、笠井さん、あまりの久しい卑屈に依り、自身の言葉を忘れてしまった。叫びの声が、出ないのである。走ってみようか。殺されたって、いい。人は、なぜ生きていなければ、ならないのか。そんな素朴の命題も、ふいと思い出されて、いまは、この闇の中の一寸歩きに、ほとほと根も尽き果て、五月のはじめ、あり金さらって、旅に出た。この脱走が、間違っていたら、殺してくれ。殺されても、私は、微笑んでいるだろう。いま、ここで忍従の鎖を断ち切り、それがために、どんな悲惨の地獄に落ちても、私は後悔しないだろう。だめなのだ。もう、これ以上、私は自身を卑屈にできない。」

　あるいは、また昭和十五年一月、『知性』に発表された「鷗」のなかの次のような一節。


緒に三ツ峠に登ったが放屁した覚えはない。それで太宰君が私のうちに来たとき抗議を申し込むと、『いや放屁なさいました』と噴き出して、『あのとき、二つ放屁なさいました』と、故意に敬語をつかうことによって真実味を持たそうとした。ここに彼の描写力の一端が窺われ、人を退屈させないように気をつかう彼の社交性も出ているが、私は当事者として事実を知っているのだからこのトリックには掛からない。『しかし、もう書いたものなら仕様がない』と私が諦めると、『いや、あのとき三つ放屁なさいました。山小屋の爺さんが、くすッと笑いました』と、また描写力の一端を見せた。一時が万事ということがある。／しかし山小屋の爺さんは当時八十何歳の老齢であった。……耳が全然きこえない。くすッとわらう筈がない。」

　なお、ここにいう「虚構の彷徨」は、「虚構の春」の間違いであろう。あるいは、『虚構の彷徨　ダス・ゲマイネ』に収められたような作品」との意味であろうか。

「私は、もう、とうから死んでいるのに、おまえたちは、気がつかないのだ。たましいだけが、どうにか生きて。／私は、いま人では無い。芸術家という、一種奇妙な動物である。この死んだ屍を、六十歳まで支え持ってやって、大作家というものをお目にかけて上げようと思っている。」

さらには、同じ昭和十五年一月、『文芸日本』に発表された「春の盗賊」の、次のような一節をあげてもいいでしょう。

「私は、いやになった。それならば、現実というものは、いやだ！　愛し、切れないものがある。……この世に、ロマンチックは、無い。私ひとりが、変質者だ。そうして、私も、いまは営々と、小市民生活を修養し、けちな世渡りをはじめている。いやだ、私ひとりでもよい。もういちど、あの野望と献身のロマンスの地獄に飛び込んで、くたばりたい！　できないことか。いけないことか。」

「これ以上、私は自身を卑屈にできない」のであり、自分の生活を「奇妙な動物」のそれだとか、「死んでいる」のと同じだという。自分を「いも虫」に見立てて、「闇の中の一寸歩き」だという。「営々と、小市民生活を修養し、けちな世渡りをはじめている」自分にいやけがさしているわけです。こうした自己嫌悪、諧謔に満ちた言葉が吐かれる。こうした悔恨は、いうまでもなく、「日常坐臥は十分、聡明に用心深く為すべきである」という自戒を生きた結果です。つまり、「羽織」を生きた結果です。だから、「中味」がなくなっちゃった。もっと動きやすい、自由な、ラフな衣服を太宰が、いや作中の「私」（主人公）が求めていることは、これを見てもわかるでしょう。

「いま、ここで忍従の鎖を断ち切り、それがために、どんな悲惨の地獄に落ちても、私

★8　山岸外史『人間太宰治』（昭和三十七年十月、筑摩書房）。
この、自分とは「壁の衣紋かけに、ただ、中味のない羽織がぶらさがっているようなものなんだ」という言葉に似た一節が、昭和十一年（月不詳）二十日付の神戸雄一宛て書簡のうちにもある。前後を含めて引用しておこう。
「私、やっぱり、一年に一作以上書けないようで、あきらめています。／死骸のような一日一日を送っています。のこっているのは、わけのわからない、ヒステリックな、矜持だけです。みんな『ダス・ゲマイネ』にとられてしまった。／衣紋竹が大礼服を着て歩いている感じです。がらんどうです。／丹羽文雄氏がうらやましくてなりません。あんなにどんどん書けたなら……」

4　家族の出席しない結婚式

★1　昭和十三年三月に発表された「一日の労苦」というエッセイのなかで、太宰は、この〈理想とする生き方〉について、それを「浪曼的完成」をめざす生き方、「浪

は後悔しないだろう。だめなのだ。もう、これ以上、私は自身を卑屈にできない」というわけですよ。「もういちど、あの野望と献身のロマンスの地獄に飛び込んで、くたばりたい！　できないことか。いけないことか」という。

いけないことなんですよ。いけないけれども、これが本音なんです。〈太宰の生き方の理想〉[★1]というのは、あるとしたらこちらにあるんですよ。そうした文学（作中の「私」）を成形し、そうした作中の「私」のような実生活を送っていたら、ラフな格好をしていたら、「中味」を実感できるかもしれない。自分を取り戻せるかもしれない。そう、いっているわけですよ。つまり、前期のような生活に戻れたら、とですね。だけれども、それは、いけないことなんですよ。なぜかというと、文壇や読者が、そしてなによりも時代状況（マス・イメージ）が許さないからです。太宰の言葉でいう「世間」が、ですね。

ですから、中期の前半には、見てきたような悔恨の様を思わせる作品は、存外多いんです。たとえば、「八十八夜」「鷗」「春の盗賊」といった作品の他にも、「懶惰の歌留多」「畜犬談」「善蔵を思う」「きりぎりす」「乞食学生」「風の便り」等々といった作品をあげることができます。ですけれども、だんだん中期も後半になればなるほど、僕の論敵の人たちが主張するような作品が多くなる。なぜか。許されないからですよ。僕の論敵の人たちは、悔恨の様を思わせる作品は前期の残滓をひきずったものでしかなく、故に中期も後半になればなるほどそうした作品は少なくなっていく、なんていうわけですけど、そんなことじゃないわけですよ。

それでは、もう一度、「忍従の鎖を断ち切り」「悲惨の地獄に落ち」たり、「あの野望と献身のロマンスの地獄に飛び込ん」だりすれば、つまり前期のような、そうした文学（作

曼的秩序」にのっとった生き方だとして、次のように述べている。

「むかし、古事記の時代に在っては、作者はすべて、また、作中人物であった。そこに、なんのこだわりもなかった。日記は、そのまま小説であり、評論であり、詩であった。／ロマンスの洪水の中に生育して来た私たちは、ただそのまま歩けばいいのである。つまり、自分とは結局「骨のずいまで小説的」人間でしかないが、「これに閉口してはならない。無性格、よし。卑屈、結構。女性的、そうか。復讐心、よし。お調子もの、またよし。怠惰、よし。変人、よし。化物、よし。古典的秩序へのあこがれやら、訣別やら、何もかも、みんなもらって、ひっくるめて、そのまま歩く。ここに成長がある。ここに発展の路がある。……鎖につながれたら、鎖のまま歩く。十字架に張りつけられたら、十字架のまま歩く。牢屋にいれられても、牢屋を破らず、牢屋のまま歩く。笑ってはいけない。私たち、これより他に生きるみちがなくなっている」と。その途をいく

中の「私」を成形し、そうした作中の「私」のような実生活を送ったならば、本当に、「中味」を実感できるのか。自分を取り戻せるのか。といったら、実は、否、なんです。けっして、そんなことで「中味」を実感できたり、自分を取り戻せたりするわけではない。前期といわれる時代の太宰を見てみればいい。結局、振りまわされるだけ振りまわされただけでしょう。「中味」は「空」だった。いや、からっぽになっちゃうような、そうした自我喪失に至る過程が進行するものとしてしか、なかったわけですからね。

それでは、どうしたら、自分を取り戻すことができるのか。太宰は、なにに振りまわされたのか。それは、〈小説家として認知されたい。そして、認知され続けたい〉という思いにですよ。そう思わなければ、文壇や読者、時代状況（マス・イメージ）が、太宰の言葉でいう「世間」が許そうが許すまいが、関係はない。吾が道を行くことができるわけです。自分の書きたい原稿を書いていればいい。太宰の場合、〈小説を書きたい〉ではなく、〈小説家になりたい〉ということだったわけです。だから、認知され、認知され続けることが必要だったわけです。それが悲劇の始まりだし、太宰を悲劇の主人公に仕立てあげたものです。ですから、その思いを断ち切らなければだめだ。いや、〈小説家として認知されたい。そして、認知され続けたい〉という思いの底には、さらに、生家ヤマ源の一員として認められたい、〈ヤマ源にふさわしい、ヤマ源に自己同一化できるにたる人間になりたい〉という思いがありました。ですから、同時にその思いをも、断ち切ることができなければだめです。

では、それは可能か。といったら、おそらく無理でしょう。あるいは、〈小説家として認知されたい。そして、認知され続けたい〉という思いの方は、断ち切ることができるか

ことが、「浪曼的完成」をめざす生き方、「浪曼的秩序」にのっとった生き方というものだ。自分を救えるのは、そうした生き方でしかないのであり、「あとは、敗北の奴隷か、死滅か、どちらか」でしかないのだ、と。

このエッセイには、また、本文にも引用したような、「日常坐臥は十分、聡明に用心深く為すべきである」という、〈おとなの世界〉で生きていくためにはどうしても守らなくてはならないものとして、太宰に意識されていた自戒の一語も、記されている。これは、太宰の前期という時代と中期という時代を別つ象徴としての言葉だ。

★2 むろん、銀行員とか、教師、軍人、公務員とかといったような、いかにも体制内的なお固い職業は、太宰には無理だろう。太宰の場合、オズカスとしての気質なのか、「世間」や生家ヤマ源に対する反抗と甘えがあるわけで、もとよりそれをまったく許さないであろう体制内的なお固い職業は、務まりようがない。故に、どちらにしろ社会からははぐれたような、社会

もしれません。しかし、その場合は、その「小説家」のところに、違う名詞がはいるだけでしょう。ヤマ源の一員としてふさわしいと思われるところの、なんらかの職業名が★2です。そこでも、また、「世間」に振りまわされるだけのような気がします。「小説家」ほどではないとしてもですね。

〈ヤマ源にふさわしい、ヤマ源に自己同一化できるにたる人間になりたい〉という思いは、太宰にとって、いわば骨がらみのものです。なぜそれほどまでにというならば……。それは、逆説のように聞こえるかもしれませんが、太宰がヤマ源の長男ではなく、四男坊というオズカスという立場に生まれたからです。たとえば、家督相続その他の問題とからんで、長男＝生家ヤマ源たりうる存在であるとするならば、オズカスである太宰はヤマ源たることを永遠に禁じられた存在でしかない。太宰は同じヤマ源の子供であるわけですけれども、現実においてはけっしてそれを許されない存在なのです。ヤマ源のなかでも、四男坊ですから、差別的に扱われるわけです。それは、自分はもらわれてきた子供ではないかという不安の意識を、太宰に抱かせたほどであったといいます。

そうしてオズカスとして、ヤマ源のなかで差別的に扱われれば扱われるほど、そのオズカスとしてうえつけられた劣等感を補償するために、つまりオズカスという現実に対する反動形成として、太宰は自らがヤマ源の子供であるという自己同一性の意識（願望）をウルトラ化していかざるをえない。もとより、そうしたものとしてあるわけです。ですから、それはさらにウルトラ化することはあっても、元来、消失してしまうことなどありえない。そうしたものとしてある。

故にこの思いは、太宰にとって断ち切ることができない、逃れようとしても、逃れるこ

的にはあまり尊敬されない職業を選択することになるだろう。まさしく、小説家のような、である。

今でこそ小説家は文化人として遇され、社会的尊敬を集めているが、当時の小説家の社会的地位は低かった。社会の寄生物、やっかい者のように見られていた時代である。現在とは、違う。

太宰の悲劇は、だからこうして〈社会的にはあまり尊敬されない職業〉にありつつも、社会的尊敬を勝ちとらんとしたことにあるともいえよう。〈ヤマ源にふさわしい、ヤマ源に自己同一化できるにたる人間になりたい〉という思いが、太宰にそうさせたことはいうまでもない。オズカスとしての悲劇と、いえるかもしれない。

★3　この新居については、美知子夫人の著書『回想の太宰治』（昭和五十三年五月、人文書院）に次のようにある。

「大家さんは鳶職の秋山さんで、おかみさんは表通りに面した店先に糸針雑貨などを並べて小商いをやっていた。店の左横の路地を入ると秋山さんが持地所に自分の手

とのできないものなのです。いや、断ち切りたいとか、逃れたいといったことすら、意識上にはのぼりえない、つまり骨がらみのものとしてあったのです。

さて、僕の論敵の人たちの述べる〈作中の「私」＝太宰の生き方の理想＝太宰の実生活の姿〉という等式に対する批判からはいって、前期から転機を経て、そして中期の前半、後半に至る、太宰の存在の在り方について、見てきました。ちょっと、しつこかったかな。いいえ、でも「富嶽百景」を解読するためには、大事なところなのです。

というのも、この「富嶽百景」は、前期から転機を経て、そして中期の前半、後半に至る太宰の実存的変遷そのものが、「富士」に暗示されて描かれている、そう読むことができる作品だからです。もちろん、多くの論者がいうように、「富士」がなにかを象徴したものであることを、僕は否定しようとするものではありません。なにかを象徴するものであると同時に、前期から転機を経て、そして中期の前半、後半に至る太宰の、その時々の心の情態を暗示するものとしてあるといっているのです。そう読まないと、読めない部分がたくさんあるんです。「富士」は、その時々の太宰の心の情態によって、変貌していくものとしてあるんです。

ここでは、その話をしなければならないのですが、もう少し待って下さい。その前に、もう少し話しておかなければならないことがある。

先ほども話しましたように、太宰は九月十三日にこの御坂峠に来て、九月十八日に石原美知子とお見合いをしている。御坂峠には六十日間滞在しました。その間に書いていたのが、先ほど触れた「火の鳥」です。では、この「富嶽百景」はいつ書かれたのかというと、

で建てたという感じの平屋が東向きに二軒建っていて、奥の方が太宰の借りた家である。間取りは八畳、三畳の二間、八畳の西側は床の間と押入で、東側は全部ガラス窓、隅に炉が切ってある。三畳は障子で、二畳の茶の間と、一畳の取次とにしきってあった。ぬれ縁が窓の下と小庭に面した南側についていた。家の前には庚申バラなどの植込があり、奥は桑畑で、しおり戸や葡萄棚がしつらえてあって、隠居所か庵のおもむきであった。古びてはいるが洗いさらしたようにきれいで、太宰は何よりも六円五十銭という安い家賃を喜んだ。」

★4 井伏鱒二「解説」(『太宰治集上』昭和二十四年十月、新潮社)に、「美知子夫人の手記」として、次のようにある。

「御崎町で、まっ先に書きましたのは、『続富嶽百景』でございます。『口述するから、書いてくれ、大いに助かる』と申し、机を中にはさんで、始めました。それは、忘れもせぬ『ことさらに月見草を選んだわけは、……』のくだ

十一月十五日に御坂峠を下ってから後、甲府市西竪町九十三番地の寿館に一人で下宿しているときであると思われます。その前半部分は、ですね。前半部分はというのは、この作品は実は『文体』という雑誌の昭和十四年二月号と三月号に分載されているんです。その二月号発表分は、という意味です。その前半部分と後半部分を別つ境界はどこかというと、「富士」に初雪の降った場面がありますよね、太宰はその「富士」を見て感動する。そして、「私は、どてら着て山を歩きまわって、月見草の種を両の手のひら一ぱいにとって来て、それを茶店の背戸に播いてやって、／『いいかい、これは僕の月見草だからね。来年また来て見るのだからね、ここへお洗濯の水なんか捨てちゃいけないよ。』娘さんは、うなづいた」と書く。そこまでが前半部分。そして、後半部分は、例の「富士には月見草がよく似合う」という言葉を含む一節に接続する月見草との出あいの場面、「ことさらに、月見草を選んだわけは……」にはじまるわけです。

　文体社から十二月二十日〆切で原稿依頼のあったのが、いつかは明らかではありませんが、御坂峠滞在中は「火の鳥」執筆で忙しかったはずです。ですから、御坂峠を降りてからでしょう。では、後半部分はいつ書かれたのかというと、昭和十四年一月八日、井伏さんの家で結婚式をあげた後、甲府市御崎町五十六番地に構えた新居★3において、妻となった美知子さんに口述筆記させることによって書かれたものだといいます★4。

　太宰は、十一月六日に「酒入れ」という甲州地方の風習にしたがった約婚かための式を井伏さんの手をわずらわせてすませます。この「酒入れ」がすむと、その男と女は、もう結婚したも同様のものとみなされるし、この「酒入れ」をしないで結婚するということは、近所に対して、とても恥ずかしいこととしてある。で、太宰も、井伏さんの手をわずらわ

りからでございます。すこし、急いで書けるくらいに申しますのを、書いてまいりました。ふだんは、ふざけてばかりいますのに、仕事に向うと、打って変ったおももちで、こわいようでございました。それから、『トンネルの冷い地下水を、頬に、首すじに――』のところまで、書き進みましたとき、『もういい、自分で書く』といって、口述を止めました。それから又、『甲府から帰ってくると』から、口述いたしまして、書き終りました。」

　なお、当の津島美知子の著書『回想の太宰治』では、御崎町の家での最初の仕事は「黄金風景」で、次に書いたのが「続富嶽百景」であった、ということになっている。

★5 井伏鱒二「亡友」（『別冊風雪』昭和二十三年十月）

★6 すぐ後に本文の方で引用するが、十二月十六日付井伏鱒二宛ての手紙のなかで、太宰は井伏に、結納金その他の費用のことで泣きついている。

　この結納金としておさめられた

せて、この式をやったわけです。では、それは、どんな式なのか。井伏さんの「亡友[★5]」のなかに、次のように説明されています。

「婿さん側から酒入れの式に行くのだが、婿さんは行かないで誰か知りあいの老人みたいなのが酒を持って一人で行く。嫁さんの側では、一族がみんな集まって神前に酒を供えて待っている。その酒と、こちらから持って行った酒とを神前で混ぜ合わせ、それをつかって三々九度というのをする」と。

で、その「酒入れ」をすませ、十二月二十五日には二十円を結納金としておさめ[★6]、見合いをして四カ月たらずで、年の明けた正月八日に結婚式をあげました。東京都杉並区清水町二十四番地の井伏家で、井伏夫婦の媒酌のもとにです。その間、太宰は結納金や結婚式の費用のことなどで悩んだりもしています。斎藤さんを交えて当事者どうしで話しあった結果、「式は、正月八日の午後に井伏さんのお宅で、したらどうか」（十二月十六日付中畑慶吉宛書簡）ということになり、それを井伏さんに懇願する手紙（十二月十六日付）を太宰は書いていますが、そのなかに次のような一節があります。

「今月は、私も、経済下手で、生活費、そんなに余裕もございませんし、いまごろ東京へ行って、雑誌社かけまわって歩いてみても、なんのいい見込みもございませんし、もともとこの結婚、私一人でやると言い切った手前もあり、ほうぼう稿料あてがはずれて、窮して居ります。何か、打開の良策ないでしょうか。……結納も、石原氏では、津島の小使銭からそんなことしてもらうのでは、つらくて、いただけない、もし津島の兄さんのほうで、何かして呉れるというなら、それはいただいて、津島たち二人の結婚後の何かの費用にしたい、と申していました。私も五円か、十円を包んで、結納にしようかと思いました

二十円は、仲人役の井伏が、それに応えて工面して送ったものであるのだろう。というのも、十二月二十五日付井伏鱒二宛ての手紙のなかに太宰は、次のように感謝の念を述べているからだ。

「謹啓／本日は、大きい大きいお情下され、くるしいほどに激動いたし、更に精進努力の覚悟のほぞを固めました。／ありがとう存じます。／新聞の運勢欄を見れば、本日、一白（私）は、『心の花ひらく日、何事も成る、又家に悦あり』と在りました。／また、七赤（みちこ）は『土中より黄金を掘り出す如き運あり』となっていました。／ふたりにとって、一生で、一ばんいい日と信じます。／きょう、斎藤さんの奥さんが、石原氏へ結納おさめて下さいました。みなみな、井伏様御一家様のおかげでございます。お礼の言葉ございません。しっかりやります。立派な男になります。／感涙の日　津島修治／井伏様」

井伏の送った金は、太宰の生家の方で用意した金であるのかもしれない。あるいは、一時、井伏が

が、それではかえって、お互い悲しく、どうも、いやなのです。……井伏様から中畑氏へ、そこのところ一言おっしゃっていただくこと、いけないでしょうか。三十円もかからないと思います。結婚の式のお酒と、皆のかえりの旅費と、それから結婚後仮住居借りて、ちょっとした炊事道具買うのと、そのくらいでございますから。」

　要するに、中畑さんから生家の方へ、結納金、結婚式の費用等々のことについて進言してもらえるよう、井伏さんより中畑さんに頼んでもらえないだろうか、と太宰はいっているわけです。また、それより前、「酒入れ」の式を無事すませたこと等々、中畑さん宛てにしたためた十一月十六日付の手紙の一節には、次のようにあります。

「お紋付とはかま、下される由、どんなにかうれしうございましたでしょう。でもそんな晴れの式服着るほどの立派な式は、とても望めないことですし、できるだけ、むこうの石原氏とも直接相談して簡略にしようと思って居りますから、若しかなうことでございましたら、紋付、はかまのかわりに、家を借りる一助にも、お金のほう都合よろしく、かなうことでございましたら、井伏様あてにお送り願い、井伏様のお手許におあづかり願うよう……」

　この手紙も同じです。要するに、援助を生家の方に進言して下さいといっているわけです。「私一人でやると言い切った」ところで、たぶん生家の方で、結納金、結婚式の費用等々、援助してくれるに違いないという甘い気持ちを、太宰は抱いていた。なんだかんだいって、結局、生家頼みだったわけです。この手紙には、また、「二重まわし、と冬シャツ一組あれば、この冬は、他になんにも要らないのですけど。ことにも、二重まわしは、どんなにわるいのでもけっこうです。御恵送のほど、伏して願い上げます」といった追伸

生家に代わって、立て替えたものであるのかもしれない。しかし、どうであれ、太宰がこれで一息ついたことは確かだ。

も添えられています。実は、なにかあったときでなくても、こうして日常生活の有象無象からして、生家頼みだったわけです。仕送りだって受けていたわけですからね。実家からではなく、中畑さんから送られてきた。それも、太宰にではなく、井伏さんのところに送られてきた。そして、井伏さんから太宰に渡されていたといいます。だいいち、なにか無心するのだったら、直接、家の方に手紙を出せばいい。そうすることすらできないのですからね。井伏さん、中畑さんを間に入れざるをえない。太宰はまったく、生家から信用されていないわけです。やっかい者なわけですよ。この中畑さん宛て十一月十六日付手紙にも、「井伏様あてにお送り願い、井伏様のお手許におあづかり願うよう」とありましたよね。

「酒入れ」の儀式以前の、十月二十六日付で中畑さんに出した手紙のなかにも、こんな一節があります。

「いずれにもせよ、家を借りるにしても、敷金が要るし、中畑様から内緒に母上様へ、このたびの事情お話して下され、とにかく私の更正でございますし、また、母上へおすがりするのも、ほんとうに、これが最後と思いますゆえ、そっと相談してみて下さいませんか。それこそ、五十円でも百円でも、私はその範囲内で、別に恥づかしくなく、それでもって、つつましく結婚費用として、ほんとうに有難く思うのですけれど。／以上のようなわけでございます。何卒、御助力下さい。」

しつこいですね。やめましょう。話を進めましょう。

結婚式の出席者は、井伏夫婦の他、斎藤文三郎夫人、山田貞一夫婦、北さん、中畑さんだけという、ささやかな式でした。家長である長兄の文治さんはおろか、太宰の家族、親族は、誰も出席していない。このことは、これら太宰の手紙にもうかがえますように、当時の太宰が、生家とどんな関係にあったかを象徴しています。

5　井伏鱒二の書いたものは信用がおけない

さて、この「富嶽百景」は、宇野千代が発行者に、三好達治がその編集者に名を連ねていた『文体』という雑誌からの、二十枚程度という依頼によって書かれたものです。しかし、「富嶽百景」は、二十枚をはるかに上回る、前半後半あわせて約五十枚ほどの枚数を持っています。しかも、太宰はこのとき、原稿料を期待しないで、それを書いたといわれています。いや、原稿料を期待しないでというのは、ちょっと眉唾だな。

従来、そういわれてきたのは、十二月十六日付の井伏さん宛ての手紙のなかの一節、「『文体』から、二十日までに二十枚書け、と言って来ましたが、これも年内には、稿料もらえる見込みもなし、『文体』には稿料、全くあてにせず、いい短編とにかく送ろうと思っています」によるものと思われます。この十二月十六日付書簡は、先にもそのなかの一節を引用しました。つまり、これは、結納金や結婚式の費用、式後の美知子さんとの生活のための金を無心した、その手紙のなかの一節なのです。井伏さんから中畑さんの方に、その旨伝えてもらえないだろうか、そうして中畑さんから生家の方に口を利いてもらって、お金を引き出してもらうことはできないだろうかという、手紙のです。先に引用した部分の後には、「私も、ばかで、あるいは中畑氏が母上あたりにお話して、何か少し結納めいたもの、あるかも知れん、といやしいいやしい蟲のいいことを考えて、石原氏にも多少、

5　井伏鱒二の書いたものは信用がおけない

★1　井伏鱒二「解説」（『太宰治集上』昭和二十四年十月、新潮社）

★2　竹村書房からは、『愛と美について』の他、『皮膚と心』（昭和十五年四月）、『老ハイデルベルヒ』（昭和十七年五月）が刊行されている。

★3　二月四日付竹村坦宛ての手紙の全文は、以下の通りである。

「謹啓／昨日、某雑誌社々員より、私の原稿紛失のこと聞かされ、呆然として居ります。その原稿は百枚のものにて、その雑誌社に送って在ったものを、『こんど竹村書房から書下し短篇集出すことになったから御返送たのむ』と手紙やら、速達ハガキ、電報やらにて再三再四たのんでやったのですが、ただいちど『少しお待ち乞う』という電報あったきりで私も心配していたのですが、昨日、その責任者より長い手紙いただきました。雑誌社のほうでも私の申入れは快く聞きとどけて下さって、さて原稿送りかえそうとして、その原稿紛失している、それから八

威張っていたのですが、全くだめなのでしょうか。結納という形式でなくて、何か助けていただけないでしょうか。私、もう少し、何か小説、一篇でも売れたら、こんなに苦しい思いしなくてもよかったのですが、べつだん遊んでいたわけではなく、懸命に仕事もいたしましたし……」と、こんな一節が続いていたりするわけですよ。

こうした文脈のなかにあるものとして、稿料云々の一節を読んでみると、どうなるでしょうか。原稿料を期待しないということではなくて、なんとか自分が年内に稿料をもらえるように、井伏さんから『文体』の方に頼んでもらえないだろうか、という意味の隠された一節だと、いえるのではないでしょうか。「『文体』には稿料、全くあてにせず、いい短編とにかく送ろうと思っています」、自分はそうした気持ちでいるのですから、どうかそこのところをくみとっていただき、よろしく『文体』の方へのお口添えお願いします、というように読まなくてはいけないのではないか。もちろん、稿料が出ない雑誌というわけではないでしょう。

つまり、仮に中畑さんの方への口利きがだめなら、『文体』の方にそうして口を利いてもらえないか、というニュアンスを含むものとしてです。僕は、そう思います。

ところで、ここまで、いくつか太宰の手紙文を引用させてもらいましたが、太宰の手紙文というのは、なんだか読んでいて恥ずかしい。尾崎豊の歌詞を曲なしで読まされているような感じと、いったらいいでしょうか。わざとらしい気がします。小説よりも、生な分、余計に芝居がかって見える。これはちょっと変ですよ。これまでは、あまり感じなかったのですが、なにか急にそう思えてきました。声に出して読んだからでしょうか。太宰の手紙は、たとえば『声に出して読みたくない日本語』なんて本が出るんだったら、ぜひ、収

方捜査し、殊にもその責任者は、日夜心をくだいて捜し、歩きまわり、警視庁にもたのんであるそうです。なおも捜査つづけている模様ですが、その責任者はまじめの人ゆえ、心痛悶々の有様そのお手紙に依ってよく判り、『もし原稿が出て来なかったら、その結果どういうことになるのか、自分にもわかっては居ります。あらゆる責任は負う決心です。物質上のことでしたら、どの様にもできるだけのことを致します。しかし原稿のことですので、あなたの御心痛を思うと、どんなことをしていいかわかりません。できるだけの努力をいたしますから、どうかいま暫くお待ち下さるようお願いいたします、云々』とか、その他、誠意こめて詫びているので、私も、かえって同情して、『私もきれいにあきらめますから、必ず思いつめてはいけませぬ。災難は、神様でないかぎり誰にだってあるのだから』となぐさめの返事かいてしまいました。あの原稿なくされては、じっさい私もはらわた焼かれる思いで、泣くにも泣けない気持です

録してほしい。こんなことをいうから、僕は太宰ファンの皆さんに嫌われる。
いや、今度、じっくりと分析してみます。〈太宰の手紙と小説の文体の比較考究〉、いいんじゃないかしら。『虚構の彷徨』に収められた「虚構の春」でしたっけ、実際の手紙と創作した手紙と、とにかく手紙だけで構成された作品あたりとからめて、考えてみると面白いかもしれない。

ところで……。井伏さんの文章から、ずいぶんと引用させてもらってきて、こんなことをいうのはなんなんですけれども……。困っちゃうんですよね。ちょっと、寄り道していきましょう。僕は、井伏さんのセンスというものが信じられない。

たとえば、昭和十四年の一月八日に井伏さんの家で祝言をあげて、太宰は美知子さんと甲府市御崎町五十六番地に新居を構えたわけですが、その新居から井伏さんに宛てて出した二月四日付書簡があります。そのなかに、次のような一節があります。

「拝啓／雑誌社で、私の原稿百枚を紛失いたし、只今も、八方捜査の模様で、その責任者からも、誠心誠意の、おわびの手紙も来て居りますし、私はあきらめようと思っています。／災難は、いたしかた、ございません。あまり外部に知れると、その責任者も、くるしい立場になるだろうと思いますし、私は、このこと誰にも言わぬつもりで居ります。《井伏様も》御内密にねがい上げます。《誰がわるいというのでも、ございません。》責任者も、日夜、心をくだいて、警視庁にまで、たのんだそうですが、どうやら絶望らしく思われます。／その責任者にも、《『災難は神様でないかぎり、誰にでもあることなのだから、決して、思いつめては、いけませぬ。』と》私の心のままを、きれいにあきらめていが、どうにも致しかたございませぬ。私としては、一ばん愛着深い作品だったのです。／右、事実と一点のちがいございませぬ、念のため、その責任者の長い手紙も同封してお送りしようかと思いましたが、このこと外部に知れ渡ると、或いはその人、重大の立場に落ちるのではないか、と思われますし、その人にも、『このこと外部に知れ渡ると、貴兄にわるい結果になるようでしたら、私も黙っていましょう。誰にも言いませぬ』と書いてやりましたので、その人の手紙同封することやめました。竹村様皆様に於いても、その辺のこと御賢察の上、なるべくこの紛失事件、口外下さらぬよう、私からも、きっとお願い申し上げます。／出版のこと、原稿百枚足りなくなって、之は、一時延期を願うよりいたしかた無き有様、さぞ、いろいろの手違い生じることでございましょうが、こんな思いもかけぬ事件にて、どうにも他に仕様なく、おわび申し上げます。／ただ、ただ、おゆるし願うより他いたしかたございませぬ。／ことし三月末ることを、そのまま言って、なぐさめてあげました。／⸨竹村書房へは、ほんとうにお気の毒で、『イサイ承知、原稿すぐ送れ』と電報よこして下さって、私も、『それではお約束します、一週間以内に原稿まとめて送ります、』と約束の挨拶はっきり書いて送り、⸩とにかく原稿百五十枚は、すぐそろいましたが、あとの百枚は、なかなか送ってもらえず、案じて居りましたところ、右のような事情判明したのです。」

井伏さんは、この一節を「解説」★1のなかで、二重丸括弧を付けた部分を省略した形で、また改行を示さず、かつ読点を任意に省略して引用し、次のようにいうわけです。

「太宰君はその峠（御坂峠―筆者注）の茶店に八十日（六十日の誤り―筆者注）ばかり逗留して、旧稿を整理したり長編を書いたりした。それらの原稿のうち、百枚のもの一篇を某雑誌社に送ったが、受取った人が紛失させた。その原稿の題名も私にはわからない。太宰君が御坂峠の茶店から甲府市西竪町寿館に移って匆々に、私宛てに手紙でこんな風に云ってよこした。生まじめな本性が、太宰君に潜在しているのを窺うに足る手紙である。」

ここで、井伏さんは、この手紙を太宰が出した時期について、「寿館に移って匆々に」というように間違えている。まあ、それは、ケアレスミスというか、単なる記憶違いなんでしょう。ですから、それはいいとして、問題にしたいのは僕が二重丸括弧で括った部分です。つまり、井伏さんが引用するにあたり省略した部分です。読み比べてみて下さい。ぜんぜん違いませんか。つまり、省略した形だと、井伏さんのいう「生まじめな本性が、太宰君に潜在しているのを窺うに足る手紙」になるんですよ。省略しないで読むと、けっして井伏さんのいうような「生まじめな本性が、太宰君に潜在しているのを窺うに足る手紙」なんかではない。実にいやらしい感じのする手紙です。

までには、書下しのもの、また二百五十枚くらいにまとめて、そのときには、きっと今よりよき内容にてお願いしようと存じて居ります。／決していつわりや出鱈目申して居りませぬ。雑誌社の名前や、その責任者の名前を、はっきり申し上げれば、私の立場も身軽くなるのですが、それは、私にはできませぬ。ひとを、かばうということもくるしいものですね。／それで、いかがでしょうか、こうしていただきたい。今までの行きがかりの約束やら、内容、装釘、定価など、皆きれいにいちど解消して、あらためて私からお願いいたします。ことし三月末までに、私、自信ある書き下しの作品まとめて、上京し、その原稿全部まず竹村様へお渡しいたし、竹村様は、とにかくそれを御一読の上、その出版を、お引き受けか、お断りか、それは竹村様御自由にきめて下さって、もし、竹村様が、その私の作品を気に入って、出版してもいいとなったとき、私、また上京して、いろいろ細部のこと相談する、ということいかがでしょう。もちろあるいは、井伏さんは、「生まじめな本性が、太宰君に潜在しているのを窺うに足る手紙」にするために、意図的に省略したのかもしれない。というのもですね……。いや、なんでいやらしい感じがするのかということを先に話しましょう。つまり、これ、見え見えじゃないですか。要するに、原稿を送れないことの言い訳です。本当は、この百枚の原稿は存在しない。編集者が原稿を紛失したというのは、太宰のでっち上げではないか。僕には、そう思える。二重丸括弧の部分を省略しないで読むと、そんな気がしてきませんか。竹村書房を紹介したのは井伏さんだった。井伏さんの口利きで、この出版が決まったわけです。ですから、太宰は、こんな言い訳がましい手紙を、井伏さんに書いているわけです。

この手紙の続きはどうなっているかというと、こんなふうに続くんです。

「百枚を、いますぐ、書き上げるのも、たいへんですし、もう、二ヶ月くらい、竹村氏に待ってもらうよう、私、これから竹村氏に、おわびと、お願いの手紙、出してみます。／せっかく井伏さんのお言葉にて、私もはり切って居りましたところ、こんなことになって、――でも、旧稿は、思い切って捨てるべし、ただ、筆硯をあらたにして新稿に努めよ、という神様の指図なのかも知れぬと思い、遅筆をふるって、仕事をつづけていきます。」

いや、なんで僕がこの編集者原稿紛失事件を、でっち上げだと思うのかというと、太宰は原稿をとっても大切にする作家なんですよ。平成十年になって見つかった「人間失格」の下書き稿でもそうですが、捨てないでとってある。『晩年』だってそうでしょ。『晩年』という作品集をまとめるときだって、書き損じの原稿が「行李一杯ぶんは充分にあった」わけでしょう。「東京八景」のなかに、そう書かれている。引用しましょうか。「そのとし

ん私は、それまでには、他の出版店から、どのような本も出版いたしませぬ。ことわるつもりです。これは、はっきりお約束できます。／いかがでしょうか。いまの私には、それより他に、竹村様の御厚情にお報いするすべ知らないのです。／どうにも、とんだ災難で、けれどもこれを機会に私も勇をふるい起し、いい作品できたら、このわざわいもまたあながち悲しむべきものでないかも知れませぬ。意あまって、言葉足りず、隔靴掻痒の感ございますけれど何とぞ、私の窮情も御賢察下され、このたびの手違いおゆるし下さいまし。／必ず、このつぐない立派に致しますゆえ、あと二月お待ち下されたく、また、万々一、紛失の原稿発見されたときには、万歳です。／そのときには、勿論すぐにお送りいたします。けれども、最悪の場合を予期して、完全に紛失してしまったものと、男らしく覚悟をきめて、私は、明日から、また新稿に着手するのです。大震災に遭ったと思って、あきらめました。／治拝／竹村坦様」

の晩秋に、私は、どうやら書き上げた。二十数篇のなか、十四篇だけを選び出し、あとの作品は、書き損じの原稿と共に焼き捨てた。行李一杯ぶんは充分にあった。庭に持ち出して、きれいに燃やした」とあります。つまり、書き損じの原稿からなにから、全部残してあったわけですよ。井伏さんの「解説」という文章によると、それは「原稿用紙の目方で三貫目ちかくあった」といいます。一貫目が三・七五キログラムですから、十一キログラムぐらいあったのかしら。これって原稿用紙何枚分くらいになるんでしょうね。三千枚くらいかしら。もっとですか。今、ちょっとわかりませんけれども、とにかく、そうやってとってあったんです。

　で、その紛失したという原稿も、下書き稿が残っていれば、別にこんな言い訳がましいことをいわなくてもいいわけですよ。下書き稿をもとに、もう一度書き起こせばいい。それこそ一週間もあれば十分でしょう。つまり、この百枚の原稿というのは、もとより存在していないんですよ。そろった百五十枚の原稿というのは、「秋風記」「新樹の言葉」「花燭」「愛と美について」です。結局、百枚の原稿の埋め合わせとして、御坂峠で書いていて未完に終わった「火の鳥」をくわえて、昭和十四年五月に、書下ろし創作集『愛と美について』として竹村書房から刊行される★2わけですが、それらそろった百五十枚の、「秋風記」「新樹の言葉」「花燭」「愛と美について」という原稿だって、とってあった旧稿を改稿したものなわけですよ。ですから、この原稿紛失事件というのは、原稿が書けなかったことの言い訳として、太宰によってでっち上げられたと考えるのが妥当だと思われます。この出版が、井伏さんの紹介であったとしたら、なおさらにです。

　だいいち、「警視庁にまで、たのんだ」なんて、いかにもじゃないですか。警視庁に頼

　ところで、本文に引用した「解説」のなかで、「その原稿の題名も私にはわからない」と井伏もいっているように、この紛失された原稿の題名は不明なのである。太宰自身も明らかにしていない。たとえば、この竹村坦宛て書簡においても「その原稿」「あの原稿」という言い方をしているに過ぎない。「私としては、一ばん愛着深い作品だった」にもかかわらずである。「愛着深い作品」であったなら、井伏宛て書簡、竹村宛て書簡のなかに、題名ぐらい書きそうなものである。それをしていないということもまた、この原稿は存在しないということの傍証となるのではないか。

　さて、井伏は「解説」のなかで、「太宰君はその峠（御坂峠―筆者注）の茶店に八十日（六十日の誤り―筆者注）ばかり逗留して、旧稿を整理したり長編を書いたりした。それらの原稿のうち、百枚のもの一篇を某雑誌社に送ったが、受取った人が紛失させた」と書いていたが、御坂峠では「火の鳥」を書いていて忙しかったはずで、

みますか。そもそも、頼んで、どうなるというんでしょう。これが、仮にもよりの警察署や交番に頼んだということであっても、同じです。もとより、警察がそんなことで動いてくれるわけがない。盗まれたという話ではないんですから。なくしたものを捜して下さいといったって、警察官が人海戦術で、あちこち街じゅうひっくり返して、捜してくれるわけがない。拾得物として届けられるのを、単に待つしかないわけですよ。

　井伏さんに出したと同じ二月四日付の竹村書房竹村坦宛て書簡のなかでも、太宰は井伏さんにしたと同様のわざとらしい言い訳をしているのですが、そのなかに次のような一節があります。

「今年三月末までには、書下しのもの、また二百五十枚くらいにまとめて、そのときには、きっと今よりよき内容にてお願いしようと存じて居ります。」

　つまり、そういうことだったのです。〆切を延ばしたかったのです。素直に、書けなかったといえばいいのに、と僕は思うわけですよ。★3 竹村さんは、太宰のその申し出を受け入れます。その旨を返信する。で、その返信を受けて、太宰が出した二月七日付竹村書房竹村坦宛ての葉書があるのですが、そのなかでも、太宰はまだこりずに、次のようにいっています。

「災難に負けず、鋭意制作に打ち込んで居ります。二月中旬には、紛失原稿の警視庁のほうの取調べの結果も判明するそうで、せめて一縷の望みをそれに託して……」

　ばれてますよ、竹村さんには。だから、竹村さんは太宰の申し出をのんだのですから。そう考えるのが自然だと思います。では、井伏さんには？　井伏さんにも、ばれてるでしょう。ばれないわけがない。あんな手紙を読まされたら、誰だって変だと思う。子供

とても別の百枚の原稿を書きあげる余裕があったとは思えない。

だって、もう少しうまい嘘をつきますよ。では、なぜ井伏さんは、「生まじめな本性が、太宰君に潜在しているのを窺うに足る手紙」だなんていったのでしょう。わざわざ、そのために二重丸括弧の部分を省略するといったことまでしてですね。

たとえば、「その原稿の題名も私にはわからない」と、井伏さんは書いているわけです。「生まじめな本性が」云々は、そうしてあやしいぞと注意を喚起しておいての、いわゆる〈誉め殺し〉をしているのかしら。だったら、意地が悪すぎる。それはないでしょう。では、本当に、太宰の嘘に気づいてなかった？　それもないですよ。だったら、二重丸括弧の部分を、わざわざ削ったりはしないでしょう。削らないで、「生まじめな本性が、太宰君に潜在しているのを窺うに足る手紙」だと書いたのではないでしょうか。それに小説を書いている人ですよ。太宰の手紙を読んで、見ぬけないほど、言葉に鈍感であるとは考えにくい。とすると、やはりなにか意図があるのかなと、思ってしまうわけですよ。

いや、存外、太宰を誉めようと思った。そして、「生まじめな本性が、太宰君に潜在しているのを窺うに足る手紙」だと書いてみたけれども、なにか手紙文がわざとらしい。で、わざとらしくなくなるまで、削ってみた。というのが、真相であるのかもしれない。

しかし、だとしたら、「生まじめな本性が、太宰君に潜在しているのを窺うに足る手紙」だという、こちらの部分に、手を入れなくてはならないわけですよ。そうでしょう。ですから、僕は、困っちゃうと、井伏さんのセンスが信じられない、といったわけです。

6　人間失格の宣告

井伏さんへの悪口を、続けてもいいですか。困っちゃうなあと思ったことについてです。まだ、いいたいことがあるんです。

たとえば、井伏さんが、太宰の長兄・津島文治にはじめて会ったのは、太宰が江古田・武蔵野病院を退院する、つまり昭和十一年十一月十二日の少し前のことです。いや、そう井伏さんは書いています。「十年前頃」★1には、そのときの様子が次のように記されています。

「十一月九日／電話をかけ、せきね屋に文治氏を訪ねる。（附記――このときが初対面であった。）文治氏は温厚寛度なる大人なり。かねがね愚弟の無軌道ぶりには持てあましたりと云う。／北芳四郎氏、沢田医学博士も来着す。文治氏の懸案について一同相談す。北氏は、太宰を郷里に帰すがいいと主張する。強硬なり。沢田氏は、病院長ならびに神経病専門医の診断を仰ぎ、他の病院にうつすべしと主張する。小生は、太宰東京にいるがよろしいと主張する。文治氏は、沢田氏の提案を採用せり。いったん他の病院に移し、しかる後に郷里に永住させるという方策なり。転業を強いる方策ではない。されば太宰も原稿を書く日を持つだろう。小生も賛成す。」

しかし、「太宰治と文治さん」★2には、「私が文治さんと初めて会談したのは、太宰君が江古田の武蔵野病院を退院する前日であった。場所は神田の関根屋という旅館の一室で、津軽五所川原の中畑慶吉氏と東京品川の北芳四郎氏が立合人として文治さんの左右にいた」とあります。また、このときの会談の様子として、次のように記されています。

6　人間失格の宣告

★1　井伏鱒二「十年前頃」（『群像』昭和二十三年十一月）

★2　井伏鱒二「太宰治と文治さん」（『日本経済新聞』昭和四十八年十一月八日）

★3　井伏鱒二「解説」（『太宰治集上』昭和二十四年十月、新潮社）。

僕が「解説」のなかの一節としてここに引用した文章は、そもそも、このときのことを書いたものではないのかもしれない。というのも、檀一雄『小説太宰治』（昭和三十九年九月、審美社）のなかに、次のようにあるからだ。

「太宰が、モヒ中毒除去の為に、例の格子のある病院に監禁されたのは、何時の事であったか、私は全然関知しなかった。又、太宰が船橋をたたんで、再び荻窪に舞い戻ったのも知らなかった。私は昭和十一年の八月から、十月の末迄、満州旅行を試みて居り、多分、この間の出来ごとであったに相違ない。／帰京してみると、太宰は、荻窪の碧雲荘に移っていた。」

つまり、このときの会談に、檀は立ちあってはいないのである。

「関根屋での会談には紆余曲折があった。文治さんは太宰君が退院したら津軽で食用羊の牧場のお守りをさせると云い、津島家の番頭役であった北さんと中畑さんは、太宰君を湘南地方の内科専門の病院に移して静養させるべきだと云った。会談は緊張裡に行われた。文治さんは舎弟に健康な生活をさせるためには、津軽に引籠らせて田園に親しむようにさせなくてはいけないと云った。私は太宰君には東京で小説を書かせるようにさせるべきだと云って、今後とも文治さんからの仕送りをつづけてもらうように頼んだ。結局、会談は有耶無耶に終った。」

また、「解説」★3には、次のようにあります。

「私が太宰君の長兄と初対面のとき、まず最初にきかされたのは『舎弟の無軌道ぶりには、かねがね手を焼いておりました』という、詠嘆に近い言葉であった。そのとき、中村地平と檀一雄が私のそばにいて、彼らは口をそろえ、畏友津島修治の書く小説は、素晴らしいものだというようなことを口にした。この場合、それは何だか焼け石に水としか思われない讃辞のようであった。」

ね、おかしいでしょう。でも、もう一つだけ、先に引用させて下さい。太宰が退院する前日の会談として、書かれている文章をです。先にも引用した「十年前頃」の続きに、次のようにあります。

「十一月十一日／定刻変更され、午後二時、神田せきね屋に文治氏を訪ね、北芳四郎、中畑慶吉、初代さんの五人にて、太宰退院後の方策について会議。先日の小生の提案採用のことに一決す。／病院をたづねる。大ぶんよろしいような模様なり。夜になって病院を辞す。」

では、井伏、檀、中村が、文治に会ったのは、いつのことであったのか。それは、どうも昭和十年三月に太宰が起こしたとされる鎌倉山中自殺未遂事件のときのことであったらしい。野原一夫『生くることにも心せき　小説・太宰治』(平成六年十月、新潮社)には、次のようにある。

「その翌日（『その頚には、赤く太い蚯蚓脹れの痕が痛々しく残っていた』といった姿で、太宰がふらりと帰ってきた翌日。つまり三月十九日―筆者注)、井伏鱒二、檀一雄、中村地平の三人が神田淡路町の関根屋に文治を訪ね、もう一カ年、送金を続けてくれるよう頼み込んだ。檀と中村は口を極めて太宰の文才を称揚した。／文治は承知し、向う一年間、月額五十円の仕送りを約束した。／はじめは月額百二十円だった仕送りが、左翼運動離脱のときに九十円になり、今また五十円に減額されたのである。」

しかし、そうだとすると、「十年前頃」にいうこの昭和十一年十一月九日が「初対面であった」とこれでは、なにがなんだかわからない。そもそも第一回目の会談は、十一月九日なのか、それとも太宰が退院する前日の十一月十一日なのか。「かねがね愚弟の無軌道ぶりには持てあましたり」（「十年前頃」）、あるいは「舎弟の無軌道ぶりには、かねがね手を焼いておりました」（「解説」）と、文治さんが井伏さんにいったのは九日なのか、十一日なのか。そもそも第一回目の会談には、誰と誰が出席していたのか。「十年前頃」によると文治・井伏・北・沢田だが、「太宰治と文治さん」では文治・井伏・北・中畑だし、「解説」によるとその席には中村地平と檀一雄がいたことになっている。

また、どういう結論に達したのかも、ぐちゃぐちゃなわけです。「十年前頃」の十一月九日の会談では、沢田氏の「病院長ならびに神経病専門医の診断を仰ぎ、他の病院にうつすべし」との提案が採用され、いったんそうした後に、「郷里に永住させる」ということに決定したことになっている。が、「太宰治と文治さん」では、「十年前頃」の十一月九日の会談で「太宰を郷里に帰すがいい」と強硬に主張していたはずの北さんが、中畑さんとともに「湘南地方の内科専門の病院に移して静養させるべきだ」と主張したことになっている。そして、郷里へ返すことを主張しているのは、北さんではなく文治さんだ。そして、結局、「会談は有耶無耶に終った」という。

さらには、「十年前頃」によると、十一月十一日の会談は二回目ということになるわけですが、そこでは、「先日の小生（井伏―筆者注）の提案採用のことに一決」したという。つまり、「太宰東京にいるがよろしい」ということにです。東京で小説を書かせるということでしょう。「太宰治と文治さん」によるなら「今後とも文治さんからの仕送りをつづけてもらう」ことも、井伏さんは主張していたはずです。その件はどうなったのでしょう

いう言葉や、「太宰治と文治さん」にいう「私が文治さんと初めて会談したのは、太宰君が江古田の武蔵野病院を退院する前日であった」という言葉は、いったいどうなってしまうのだろう。

いや、実はこの昭和十年三月十九日の関根屋での会談の前日、十八日にも、井伏は文治と顔をあわせている。三月十八日の夜、太宰の失踪を心配して当時太宰の住んでいた天沼の家へ集まった人たちのなかには、文治もいたし、井伏もいたのである。

さて、たしか井伏は、こうした太宰をめぐる事件の顛末を覚え書きとして、残していたはずである。であるならば、これほどめちゃくちゃになるということはないだろう。僕が、第1章第1節の注1において、「そんな覚え書きなどもとより存在しないと考える」と書いたのも、理解していただけよう。いや、こうしてめちゃくちゃになってしまっていることについては、こうも考えられる。つまり、覚え書きは存在していた。たとえば、「十年前頃」のなかで引用さ

か。その十一日の「会談は有耶無耶に終った」[★4]のでしたよね、「太宰治と文治さん」によるならば……。いや、そもそも沢田氏の提案どおり、いったんよその病院へ移し、そうした後に「郷里に永住させる」ということに決定したという、「十年前頃」にいう十一月九日の決定は、どうなってしまったのか。

あるいは、「太宰治と文治さん」にいわれる会談は第一回目のそれではなく、第二回目のそれを勘違いしたものであったのか。しかし、そうだとすると、同文にいう「私（井伏—筆者注）が文治さんと初めて会談したのは、太宰君が江古田の武蔵野病院を退院する前日であった」との一節との整合性が崩れてしまいます。では、十一月十一日が、第一回目の会談日だったのか。しかし、だとしたらその日、「太宰治と文治さん」にいうように「会談は有耶無耶に終った」のか、それとも「十年前頃」の十一月十一日の会談にいうように「先日の小生の提案採用のことに一決」したのか。いや、そもそも「先日の小生の提案」そのものが存在しないことになってしまう。こうした矛盾が生じてしまう。

いったい、どうなってるんでしょうね。困っちゃうわけですよ。

さて、太宰は十一月十二日に武蔵野病院を退院することになりますが、その日、病院で太宰は文治さんと対面する。そのときのことを、井伏さんはどう描いているでしょうか。「太宰治と文治さん」にはこうあります。

「その翌日、私は武蔵野病院に行き、畳敷きの病室で太宰君と文治さんとの対面の場に立合った。この兄弟は事情あって果無い関係になっていたが、何年ぶりかで顔を合せたので、太宰君は亡父に巡りあったような気がすると云って涙をこぼした。さっと泣き、さっ

れた日記様のものが、それであるのかもしれない。が、原稿を書くときに、それを参照せずに、あいまいな記憶に頼って書いてしまった……。むろん、どちらにしろ、井伏の書いたものをそのまま信用することはできない、ということに変わりはない。

★4　「太宰治と文治さん」では、この「仕送り」の件については、会談の翌日（太宰が病院を退院する十一月十二日）、病院で文治が太宰と面会する場面において、文治の口から唐突に次のように語られることになっている。

「文治さんはふと気を変えたように坐りなおし、太宰君に東京で小説を書いても差支えないと手短に云い、『それでは、毎月七十円づつ送る』と云った。」

この場面については、この後すぐ、本文でも引用することになるだろう。ちょっと、別件で、引用する必要があるので……。

★5　ちなみに、太宰の「HUMAN LOST」には、「十一日。／無才、醜貌の確然たる自覚こそ、むっと図太い男を創る。たまもの也。」

と泣き止んだ。」

ここにいう「その翌日」の「その」とは、見てきたように「太宰治と文治さん」にいう第一回目の会談日のことであり、「十年前頃」によるならば第二回目の会談日となる十一月十一日を指すことはいうまでもない。むろん、その問題をぶりかえそうと思っているわけではありません。問題にしたいのは、ここにいう「何年ぶりかで顔を合せたので、太宰君は亡父に巡りあったような気がすると云って涙をこぼした」という一節についてです。「十年前頃」には、次のような一節があるんです。

「十一月八日／津島文治氏、病院に太宰を訪ね会談す。太宰、久しぶりに文治氏に会いたるなり。（附記――たぶん七年ぶりの対面であったろう。）亡父に会いたるごとしとて、太宰、涙をながし泣き伏したり。初代さんの語る報告なり。」

ね、変でしょう。病院で、井伏さんが文治さんと太宰の会談に立会う以前に、すでに文治さんは太宰と会っている。[★5]「亡父に会いたるごとしとて、太宰、涙をながし」たのは、そのときのこととして、「十年前頃」には書かれている。初代さんからそう報告されたと、自分で書いている。それから、片や「さっと泣き、さっと泣き止んだ」とあるが、片や「泣き伏したり」とある。いったい、どっちなんだ。

で、引用した「太宰治と文治さん」の一節の続きなんですが……。

「……さっと泣き、さっと泣き止んだ。たまたま、そこに仙台平の袴をはいた病院長のような人が入って来たので、文治さんが『私、津島修治の兄です』と自己紹介して『舎弟がいろいろとお世話になりまして、有難うございます』と頭を下げた。すると院長のような人は『私は太宰先生と御懇意に願っているものです。かねて太宰先生とは操觚界《そうこかい》におき

（家兄ひとり、面会、対談一時間。）」とあるのだが……。

★6 「操觚界《そうこ》」とは、「新聞・雑誌界。また、新聞・雑誌の評論に従事する人々の世界」（『広辞苑』）のこと。この場面は、「太宰治のこと――彼はサブタイトルの好きな作家であった」（『文学界』昭和二十八年九月）には、次のように書かれている。

「……外来者とは鉄格子の扉で隔離されてたが、患者同士は往来することが許されていたようである。退院の日に太宰君の長兄と私が連れ立って迎えに病室へ行くと、堂々たる風采の人が来て私たちに挨拶した。きっと院長の医者だろうと思って『いろいろ太宰君がお世話になりました』と挨拶すると、その人が『御退院の由でお目出とうございます。かねがね私は操觚界におきまして、太宰先生と御昵懇に願っておりましたもので、思想的にもまた政見の上でも太宰先生と軌を同じくしておりました』と云った。それで発狂の入院患者だと気がついた。」

ちなみに、本文に引用した「太

まして、意見を同一にしているものでありました』と云った。これでもう院長ではなくて、太宰君と同じ病棟に入っている精神病患者とわかった。文治さんはふと気を変えたように坐りなおし、太宰君に東京で小説を書いても差支えないと手短に云い、『それでは、毎月七十円づつ送る』と云った。太宰君は言下に『九十円』と云った。文治さんは『では、九十円。しかし一度に送ると、一度に遣ってしまうから、月に三回に分けて送る。それも直接には送らぬ。中畑から井伏さんに送らせて、井伏さんからお前に渡してもらう形式にする』と云った。／さすがに物のわかった人だと思った。それにしても文治さんが『七十円』と云うと、すかさず『九十円』と云った太宰君の気のきいたねだりかたに私は舌を巻いた。そのころ文学青年は月三十円もあれば充分に暮して行けた。」

　別に操觚界[★6]において太宰と親しくしていた患者さんの話は、どうでもいいのです。

「解説」では、またこう描かれています。

「そうして『晩年』が出て、太宰君が江古田の病院で中毒を消してから後は、津島家から出たお金を中畑さんから私のところに取次いで、それを太宰君に手渡すことになった。これは文治氏の思いつきによるもので、私は太宰君のため、いま暫く送金をつづけて下さいと願った手前もあって、その役目を引受けた。ただし、一箇月分の金を一度に受取ると、一度にみんなつかってしまうという太宰君の自己批判で、一日、十日、二十日の三度にわけて送って来ることになった。爾来、津軽の中畑さんから私のうち気附けで毎月三回づつ書留手紙が来るようになった。」

　月三回に分けて送るというのは、文治さんが決めたのか、太宰が自己批判していいだしたのか。前者、言下に「九十円」といった太宰が、後者のように自己批判するとはとても

宰治と文治さん」では、文治が患者に挨拶したように書かれているが、この「太宰治のこと――彼はサブタイトルの好きな作家であった」の一節では、井伏が挨拶したように書かれている。はたして、どちらなのか。

　ところで、長兄から太宰への送金はいつまで続いたのだろう。「太宰治と文治さん」には次のようにある。

「太宰君の亡くなったあとで未亡人から聞くと、戦争で太宰君が甲府に疎開して津軽に再疎開するまで送金が続いていたそうだ。太宰君は『富嶽百景』『東京八景』『走れメロス』『駆込み訴え』『青竹』『お伽草紙』など、評判になる作品を発表し、もうとっくに流行作家になっていたが、いっこくで律義な文治さんとしては、兄弟の間でも約束は約束だからという気持であったのだろう。／太宰夫人の話では、戦争が終って津軽から東京に転入するとき、いざ出発という間際に文治さんが無言のまま、そっと太宰君の手に九十円渡したそうだ。そのころではもう原

思えない。そもそも、そんな自己批判をするなら、文治さんのいう「七十円」を、「九十円」などといいなおしはしないでしょう。前者と後者では、まったく違った太宰像が導きだされることになります。ちょっと、これでは井伏さんの書いたものは信用がおけない。

そして、困るのは、井伏さんが太宰の師であったということで、影響が強いということです。つまり、前者を読んだ人は前者のような、後者を読んだ人は後者のような太宰像を、さもそれが真実であるかのように信じてしまう。そして、それが太宰像として、流通してしまうということです。

もう少しいいですか。井伏さんには、困っちゃうんですよね、ほんとに。

パビナール中毒治療のために、太宰に入院を勧めたときのことを書いたものも、そうです。昭和十一年十月十三日、船橋の太宰の家でのことです。井伏さんは、北さん、中畑さん、初代さんに太宰への説得役を頼まれて、その前日から太宰の家に来ていた。しかし、いいだしかねて、その日は太宰の家に泊まった。その翌日、朝のこと。「太宰治のこと」★7には、次のように書かれています。

「……翌日、番頭が来て目顔でたずねたので、まだ云わないことを目顔で答えると、番頭は嘆息をついた。やがて、思いきった風で番頭が『修治さん、どうか入院して下さい。診察だけでも受けて下さい。どうか頼みます』と云った。太宰君は顔色を変え、『入院どころか、小説を書かなくてはいけないんだ』と云った。……からだはもう衰弱しきっていた。顔も陰鬱な感じであった。私は太宰に『僕の一生のお願いだから、どうか入院してくれ。命がなくなると、小説が書けなくなるぞ。怖しいことだぞ』と強く云った。すると太

稿料の一枚分にも及ばない額である。／『それで太宰君は、その金をどうしました』と訊くと、『にやにや笑いながら、兄さんに返しました』という答であった。律義者と律義者は、ここらでやっと一段落ついたような気持になったのではないかと思う。」

ちなみに、太宰が津軽から東京に戻ったのは、昭和二十一年十一月のことである。「新円切替え」「預金封鎖」（第2章第7節の注7を参照されたい）の行なわれた後であり、いくら物価の上昇が激しかったからといっても、九十円が「原稿料の一枚分にも及ばない額」であるというのは、ちょっといいすぎであるように思える。美知子夫人の『回想の太宰治』には、この九十円は当時の「ヤミ酒一本の価」とある。

さて、前年三月、いわゆる鎌倉山中自殺未遂事件のときに、野原一夫『生くることにも心せき　小説・太宰治』（平成六年十月、新潮社）によるならば、仕送りは五十円に減らされていた。それが九十円に戻ったのだから、太宰とし

宰君は、不意に座を立って隣の部屋にかくれた。襖の向う側から、しぼり出すような声で啼泣するのがきこえて来た。二人の番頭と私は、息を殺してその声をきいていた。やがて泣き声が止むと、太宰は折りたたんだ毛布を持って現われ、うなだれたまま黙って玄関の方に出て行った。入院することを決心したのである。」

　しかし、「解説」には、次のようにあるんです。

「……翌日、朝飯をたべていると、中畑さんと北さんが来て、目顔で『もう、あのこと云ったか』と私にきいた。私は『まだ云わぬ』と目で答えた。中畑さんは眉宇に決意の色をみせ、『修治さん、お頼みしますが、入院したらどうです』と云った。太宰君は見る見る顔色を変え、『入院どころか、急いで小説を書かなくてはいかんのだ』と云った。文芸春秋の原稿三十枚、稿料も前借してあるので、急いで書く必要がある。その原稿を書いたら、富士見高原の療養所へ行くつもりだと云った。かれこれ二時間ばかり押し問答の末に、太宰君は不意に立って隣りの部屋へ行って泣き出した。初代さんも太宰君のところに行き、いっしょに泣きだした。北さんと中畑さんは、無言のまま、うなだれていた。私は太宰君が泣き止むのを待って、『どうか入院してくれ、頼む。これが一生に一度の願いだ。それが厭やなら、診察だけでも受けてくれ』と云った。……文学を止すか止さないか、そのいづれか一つを選ぶ瀬戸際だと私は云った。太宰君は頷いて、無言のまま毛布を抱え取ると、玄関の方に出て行った。」

　問題は、太宰が隣の部屋に行ってからです。太宰が毛布を持って出てくるまでに、つまり入院するつもりになるまで、いったいどれだけの時間がかかったのか。このことについては、前者においても後者においても不明です。また、前者だと初代さんも隣の部屋に

ては願ったりであったろう。しかし、左翼運動離脱の時に百二十円が九十円に、そして鎌倉山中自殺未遂事件のときに五十円に減額されたのだとしたら、それは文治、すなわち生家ヤマ源による太宰への罰のようなものとしてあったに違いない。とするなら、この事件でそれを増額するというのは、ちょっと解せない。

★7　井伏鱒二「太宰治のこと」（『文芸春秋』昭和二十三年八月）

行ったことは書かれていない。また、前者では、太宰が出てくるまでになんらかの説得があったようには描かれてはいないが、後者では、太宰が泣き止んだ後、井伏さんがふたたび説得を試みたことになっています。そして、それが太宰に最終的に病院に行くことを承諾させたかのように読める。襖は閉じられていたのか、いなかったのか。前者では、閉じられていたように読めます。が、後者では、井伏さんが説得を試みる時点では、少なくとも開いているように読めます。

さて、またこのときのことは、「十年前頃」のなかにも書かれています。

「十月十三日／太宰と共に朝食を終り雑談中のところへ、中畑慶吉、北芳四郎の両氏来着す。北氏、目顔にて、もうあのことは云ったかと小生に目くばせす。小生、まだ云わぬと目顔にて答える。／中畑氏、がっかりしたような顔をする。（中畑氏は太宰の家兄津島文治氏の代理人、北芳四郎氏は津島家の東京における番頭役。）／中畑氏、太宰と時候の話を交したる後、眉宇に決意の色を見せ『修治さん、お頼みしますが、入院したらどうです』と話をきり出す。太宰、見る見る顔色を変え、入院どころか急いで小説を書く必要ありと云う。今月八日締切であった原稿、文芸春秋の小説三十枚を急いで書かなくてはいけないと云う。稿料もすでに前借し、それがすめば胸の病気をなおすため、正木不如丘氏経営の高原病院に行く予定なりと云う。かれこれ二時間ばかし押問答の末、太宰、別室に行きて啼泣す。／（附記——このとき太宰は、泣きながらも初代さんに注射させたそうである。後日、初代さんが愚妻にそのことを告白した。）／そのとき森と名乗る二十歳あまりの青年訪れて、太宰さんにお目にかかりたいと云う。初代さん玄関に出て、いま取混み中ですと云うに、青年は帰る様子もなく、是非お目にかかりたいと云う。初代さん、小生に代って応対してくれと云う。小生、代りに応対に出る。何の用かとたづねるに、べつに用はないと云う。では、いづれまたおいで下さいと云うに、帰る様子もなく、小生、うっちゃつといて座に引返し、青年の帰るを待つ。太宰の取巻きの一人なりと初代さん語る。／青年の帰った後、小生、太宰に『どうか入院してくれ。これが一生一度の僕の願いだ』と頼む。『入院するのがいやなら、診察だけでも受けてくれ』と頼む。『文学を止すか止さないか、いまその瀬戸際だ。文芸春秋の原稿のことは、僕が社を訪ねて、よろしく諒解を求めて来る』と約束す。なお版画荘出版の創作集原稿も、小生の手もとにあづかると約束す。太宰、ついに診察を受けるとて病院行を承諾す。」

これによっても隣室に入ってから病院に行くのを了解するまで、どのくらいの時間がかかったのかは、明らかではないですよね。そもそも北さんと中畑さんが訪ねてきたのはいつなのか。「解説」では、「朝飯をたべている」ときであり、この「十年前頃」では「朝食を終り雑談中のところ」へ訪ねてきたことになっています。どっちなんでしょうか。「十年前頃」では、また、「目顔にて、もうあのことは云ったかと小生に目くばせ」したのは北さんだったこと、隣室に入っている間に森という青年が訪ねてきたこと、初代が太宰にパビナールを注射してやったことが、明らかにされています。で、井伏さんが、さらに説得を試みたのは、「十年前頃」では太宰が泣き止んだ後ではなく、森という青年が帰った後、ということになっています。

さらにこの「十年前頃」では、このとき、井伏さんが太宰に二つの約束をしたことになっています。これもここで明らかにされたことです。ただし、このとき『文芸春秋』からの原稿依頼が本当にきていたのかどうかは不明だし、この原稿がなにかも不明です。前借りについては嘘だ、と思います。それから、版画荘出版からは昭和十二年七月に『二十世紀旗手』が出ていますが、これだと、この版画荘出版への井伏さんの口利きを条件に、病院へ行くことを承諾したようにも読めます。

読めば読むほど、どんどんわからなくなっちゃうんです（附録。一章末、七七頁）。

しかし、それにしても、井伏さんはどうして、ここまで太宰の面倒をみるのでしょう。結婚の世話をしたり、仕送りの仲介を引き受けたり、太宰がなにか事件を起こせばその解決のために尽力する。覚え書きを作っていたとも、いっていましたよね。今、見てきた、武蔵野病院入院に関すること一つをとってもそうです。入院を説得する役を引き受けているし、退院後のことを話しあう席にも出ているわけですよね。いつ来てくれといわれて、その指定の場所、日時に、わざわざ出かけていったりもする。原稿の発表場所や本の出版の世話をするのはわかりますが、師弟関係にあるからといって、そこまでするでしょうか。では、井伏さんはなぜ、そうした面倒臭いことを引き受けたのでしょうか。

僕は井伏さんも、中畑さんや北さんと同じなのではないかと思うのですよ。むろん、中畑さんも北さんも、なんらの利害なしに、津島家や太宰のために動いていたわけではないでしょう。井伏さんも、そうだったのではないか。たとえば、なにか謝礼のようなものが、津島家の方から出ていたのではないか。いや、これは僕の憶測です。しかし、そう考えないことには、僕のような下衆な人間には、井伏さんの太宰に対する面倒見の良さについて、ちょっと理解できません。

先に、結婚の際に井伏夫婦宛てに入れさせられた一札が、遺書下書きに「井伏さんは悪人です」という言葉を太宰に書かせた理由の一つとして考えられないかとお話しましたが、こうして利害がらみで、井伏さんが太宰の面倒をみていたのだとしたら……。そして、太宰もそのことを知ってしまっていたのだとしたら……。いや、これは、あくまで僕の憶測です。そんなことを考える僕が、どうしようもなく下衆な、人間なんです。だけれども……。いや、やめましょう。

7　「富嶽百景」という虚構（フィクション）

さて、僕は今、〈このとき『文芸春秋』からの原稿依頼が本当にきていたのかどうかは不明だし、この原稿がなにかも不明〉だといいましたが、しかし、この原稿がなにかということについては、ある推測が成り立つんです。太宰がここで、「今月八日締切であった原稿、文芸春秋の原稿三十枚」といっているのはですね、それは「二十世紀旗手」のことではないか。少し、説明しておきましょう。もうしばらく、この井伏さんの話で、我慢して下さい。

「二十世紀旗手」は、『文芸春秋』ではなく、翌十二年『改造』新年号に発表されています。そして、この原稿は、従来、太宰が江古田・武蔵野病院を退院して、十一月下旬から約一カ月間、熱海に静養に出かけた、そこで書かれたものだといわれているものです。その根拠とされているのは、静岡県熱海温泉馬場下八百松方から鰭崎潤宛てに出された二通の手紙、そのなかの一節です。十一月二十六日付のそれには、「『改造』から新年号に小説、三、四十枚言って来ています。来月五日までに書きあげて送る約束しています。四十枚、

7　「富嶽百景」という虚構（フィクション）

★1　この後に続く言葉が、面白いので、引用しておこう。

「……『文芸春秋』は正月号には間に合わず、二月号三十枚書かなければなりません。ジヤアナリズム、私の悪名たかきを利用する、と一時は不快、ことわる決心いたしましたが、この世への愛のため、われより若き弱き者への愛のため、奮起した。御信用下さい。」

むろん、自分の「悪名たかき」を利用しているのは、太宰自身である。本文でこの後見ていくように、この頃太宰は、原稿売り込みに狂奔していたのである。「一時は不快、ことわる決心いたしました」なんて、よくいえるなあとしか思えない。

★2　井伏は、途中を何カ所か省略（二重丸括弧の部分）して、また改行、句読点、言葉遣いを任意に変更して引用している。ここに、その「さっき私の引用した太宰君の手紙」、すなわち昭和十一年九月（日付不詳）井伏鱒二宛て書簡の全文を、引用しておこう。

『二十世紀旗手』すでに、十一枚書きあげました。『文芸春秋』は正月号には間に合わず、二月号三十枚書かなければなりません」★1とあります。また、同人宛て十一月二十九日付のものにも、「『改造』の三十九枚、書きあげました。いま読み直して、書留速達でお送りするところです」とある。では、なぜ、この「二十世紀旗手」が、『文芸春秋』のそれだと考えられるのでしょうか。理由の一つは、井伏さんの「解説」のなかにある次のような一節です。

「昭和十年九月、第一回芥川賞銓衡委員会のとき、佐藤さんは『道化の華』を選び滝井孝作氏と川端氏は『逆行』を選んだ。結果は次点となり、他の受賞候補者であった外村繁、高見順、衣巻省三と同様に、太宰君も『文芸春秋』十月号のために作品を書くように註文を受け、『ダス・ゲマイネ』を文芸春秋社に届けた。たぶん昭和十一年九月上旬ごろのことだろう。しかし九月九日には、さっき私の引用した太宰君の手紙によると、引きつづいて『二十世紀旗手』を文芸春秋編輯の千葉静一氏のところに持ち込んでいる。」

もちろん、これは変ですよね。井伏さんはここで、昭和十年と十一年をごっちゃにしている。「ダス・ゲマイネ」が発表されたのは、昭和十年の『文芸春秋』十月号です。ですから、原稿を届けたのが「昭和十一年九月上旬ごろ」ということはありえない。それから、「二十世紀旗手」を文芸春秋社に持ち込んだのが九月九日とされていますが、井伏さんが「引用した太宰君の手紙」からは、日付けは特定できません。もとより、この手紙は、昭和十一年九月に出されたことがわかるだけの差出し日付け不詳の手紙なんです。そして、その手紙の中身にも、九月九日と特定できるような一節は含まれていません。★2

もう一つ、「解説」のなかにある一節を引いておきましょう。

《井伏さん／血肉のはらから、先生とお呼びいたし、または馴々しく、井伏さんなどと甘え、蒲田の梅屋敷へ田中貢太郎先生を追って、とうとう追いつくことの出来なんだ。あれから七年経って居ります。／迂愚のものも、井伏さんにきびしくきたえられ、井伏さん御存命のあいだは、私も何とかして生きてゆきます。／圭介ちゃんの『こわい叔父さん』もしくは『はなせる禿ちゃびん』など言われて、そうして私できるだけの力つくして、私のように心もからだも薄弱の男にしたくございませぬ。／一生のおねがい申します。》ことしの内に私の単行本もう一冊出したく、どうかお世話下さい。砂子屋書房の山崎剛平氏、ならびに清澄の先輩浅見さんにおねがいしてきっと出していただけます様子でございます。けれども《内心、印税五十円でも、六十円でもほしいのでございます。砂子屋書房は印税なしです。かえって、私、広告費負たんいたしました。／ちかごろ経済状態、からから枯渇、火の車ゆえ、》竹村書房でも、なん

「入院十五日目に、初代さんが太宰君宛てに来た手紙を二つ持って相談に来た。新潮社と改造社から来た手紙で、いづれも新年号に載せる太宰君の小説を依頼して来たものである。新潮社依頼の原稿は、太宰君が十一月十二日に退院してから書いた。荻窪のアパートに三日いて、天沼衛生病院裏手の大工さんの二階八畳間に移り、十二月上旬、熱海に転地《（ママ）》するまでの短かい期間に書いた。これが『新潮』の四月号に載った新作の『Human Lost』で、入院中の生々しい記録である。改造社依頼の原稿も送った。これは翌年『改造』の一月号に載った『二十世紀旗手』で、文芸春秋社に持ち込んであった原稿に手を入れたものである。」

「入院十五日目」というのは、十七日目の間違いでしょう。「十年前頃」のうちに、「十月二十九日／初代さん、太宰宛に来た手紙二通を持って相談に来る。一通は新潮社より、新潮新年号に小説を書けという手紙なり。他の一通は、改造社より、改造新年号に小説を書けという手紙なり」とあるからです。★3 熱海に出かけていったのが「十二月上旬」というのも、誤りです。十一月二十五日には熱海に着いている。というのも、先に引用した十一月二十六日付鰭崎潤宛て書簡は熱海から出されているからです。そこに、「昨夜、この地へまいり、下宿屋一日三食二円の家を見つけて、ここにひとつき位いたいと思っています」とあります。

　さて、前者の一節にも後者の一節にも、こうして問題点は多々ある。ありますけれども、注目せざるをえない。前者にいう「『二十世紀旗手』を文芸春秋編集の千葉静一氏のところに持ち込んでいる」という部分と、後者にいう『改造』新年号に載った「二十世紀旗手」は「文芸春秋社に持ち込んであった原稿に手を入れたものである」という部分には、

でもかまいませぬ、あながち豪華版でなくても、私一向意にかけませぬ。／佐藤先生のおつけになられた題の三部作『虚構の彷徨』道化の華一〇〇枚、狂言の神四〇枚、架空の春一六〇枚、以上、三部曲、三百枚、ことにも『架空の春』（一六〇）は、全部書き直し、ほとんど書き下しの態でございます。そうして附録として、『ダス・ゲマイネ』六〇枚添えようと考えました。（きっと売れると存じます。／井伏さん、）軽い散歩外出のゆかたがけのお気持で、装丁して下さい。切願。／佐藤先生に序をかいてもらいます。／『二十世紀旗手』というかなしいロマンス書き了えて、昨日、文芸春秋へ持ち込み、千葉静一氏におたのみいたしました。自信ある作品ゆえ、（井伏さんの）顔汚すこと全くございませぬ。どうか、よろしくお力添え下さいまし。／（佐藤先生のお宅へ、遊びにいって、かえりの路、きっとわが思い、ぐんと高くなっています。井伏さんからのかえり路、わが思い、きっとぐんと深くなっていま

です。というのも、井伏さんが「引用した太宰君の手紙」には、たしかに「『二十世紀旗手』を文芸春秋編集の千葉静一氏のところに持ち込ん」だと書かれた、次のような一節があるからです。

「『二十世紀旗手』というかなしいロマンス書き了えて、昨日、文芸春秋へ持ち込み、千葉静一氏におたのみいたしました。自信のある作品ゆえ、井伏さんの顔汚すこと全くございませぬ。どうか、よろしくお力添え下さいまし。」

また、九月二十四日付佐藤春夫宛て書簡のうちにも、次のような一節があります。

「『二十世紀旗手』なる六十枚にちかき　かなしきロマンス、絶筆のつもりにて、脱稿、『文芸春秋』千葉氏のもとへ送りました。よきものなれば、先生、一日も早く発表、お金もらえるよう　たのみます。」

それだけではありません。十月四日付小野正文宛て葉書のなかにも、次のような一節があります。

「『文芸春秋』十二月号へ発表約束の約六十枚の小説に『二十世紀旗手』の題つけました。」

さて、これらの書簡、葉書から、「二十世紀旗手」という原稿が存在し、それが文芸春秋社に持ち込まれていたことは、確からしく思えます。では、井伏さんのいうように、翌年『改造』新年号に載った「二十世紀旗手」三十九枚は、その「六十枚にちかき」原稿に手を入れたものであるのかどうか。僕は、手を入れたものであると思うのです。

というのも、文芸春秋社持ち込み稿と『改造』稿が書かれたとされる時期をはさんで、太宰には江古田・武蔵野病院入院といった現実があります。退院後に書かれた「HUMAN

す。／一はヒマラヤの高峰、一はモオゼ以来のむかし、ロマンス沈めて静かの紅梅、私は幸福です。／おねがい申します。／てれて、どうもだめです。生涯いちどのおねがいです。はっきり引き受け、))ともすれば、デスペラへ崩れたがる私を叱ってそうして力つけて希望もたせて卑屈にしないで下さい。／修治九拝／井伏鱒二先生」

ここに「架空の春」とあるのは、「虚構の春」のこと。この後、「虚構の春」に改題したようだ。

★3　しかし、実はこの十月二十九日に、初代が井伏のところへ、太宰宛てにきた原稿依頼の手紙を持ってくるというのもおかしな話だ。というのも、初代は、太宰入院と同時に、荻窪の井伏の家に移っていたからである。船橋のそれまで住んでいた借家は、北芳四郎によって家財道具等売却をすませ、引き払われていたはずだ。そうでないと、手首を切って入院していた小館善四郎を見舞い、世話をしているうちに不倫してしまったという話になめらかにつながら

LOST」を見てもわかりますように、この精神病院強制入院の体験は、人間失格を宣告されたと感受されるほどの、想像に絶するショックを太宰に与えたものだったといわれている。しかし、この『改造』稿「二十世紀旗手」には、その強制入院体験についてまったく触れられていないのです。このことからしても、『改造』稿「二十世紀旗手」は、入院前に書かれた文芸春秋社持ち込み稿六十枚に手を入れたものと思われます。おそらく、それは書き直すというよりも推敲といったほうがいい、その程度のものだったのではないでしょうか。さらにいうならば、それは、削る作業を主にしたものであったのではないか。先に引用した鰭崎潤宛て書簡の一節を信じるならば、十一月二十六日に十一枚であったものが、十一月二十九日にはすでに三十九枚を完成しています。そのスピードからしてもです。

相馬正一がいうように、太宰は「『二十世紀旗手』六十枚を『文芸春秋』に送ったが、恐らく長すぎるという理由で返却されたので、急遽これを三、四十枚に改稿しようと思っていた矢先、いきなり精神病院に強制収容され、作品はそのままになっていたものと思われる」(『評伝太宰治　第二部』)。その作品に手を入れたというのが、妥当なところでしょう。返却の理由が、「長すぎる」ということであったのかどうかは、別にしてですが……。

相馬正一は、書いています。「現行『二十世紀旗手』の〈壱唱〉にある、『……すべてこれ、わが肉体滅亡の予告であること信じてよろしい。二度とふたたびお逢いできぬだろう心もとなさ、謂わば私のゴルゴダ、訳《と》けば髑髏《されこうべ》、云々』の一節は、パビナール中毒に苦しんでいた当時、太宰が船橋の寓居を『ゴルゴダの丘』と称し、佐藤春夫宛書簡(九月二十日付)にも自分の住所を『ゴルゴダの丘より』としたためていることと符合する。また、

ない。

従来は、次のようにいわれてきた。太宰入院と同時に、居候することになった井伏の家は手狭で、初代のいる場所はなかった。太宰を見舞いに行っても面会謝絶で会えないし、それでふと江古田・武蔵野病院からの帰り道、善四郎が入院している阿佐ヶ谷の病院に立ち寄った。太宰入院四日目のことだ。それから毎日のように善四郎を見舞っているうちに、善四郎の母親から、太宰がしばらく退院できないのなら、善四郎の世話をしてくれないかと頼まれた。外にいた方が気分がまぎれる。自分が井伏家の負担になっていることに気をやんでいた初代は、それを快く承諾した。そして……。

船橋の家が引き払われてはいず、初代がまだ船橋の家にひとり暮していたというのでは、初代が善四郎のところに通うようになる必然性が希薄になってしまう。

第2章第3節の注3も、あわせて参照されたい。

★4　この「苦悩高いほど尊いなど間違いと存じます」という一節を

〈序唱〉の書き出しは『苦悩たかきが故に尊からず』で始まっているが、すでに見てきた井伏宛の書簡（九月十九日付）にも、『苦悩高いほど尊いなど間違いと存じます』とあって、これらの書簡の前後に書かれた作品であることを推測させる」。

ここにいわれている佐藤春夫宛て九月二十日付は、書簡ではなく葉書です。また、「ゴルゴダの丘より」ではなく、住所は「ゴルゴダの丘」。ちょっと、訂正しておきます。ちなみに、佐藤春夫宛て九月十六日付葉書も、住所が「ゴルゴダの丘」になっています。

なにか引用した文献にいちゃもんばかりつけて、井伏さんのといい相馬さんのといい、その信頼性を落とすようなことばかりしている。だけれども、そうではない。こうして見てくるとですね、『改造』稿「二十世紀旗手」は、文芸春秋社持ち込み稿「二十世紀旗手」に手を入れたものであったことは、ほぼ間違いない。そう思えませんか。

さて、文芸春秋社に持ち込んだ原稿がなにであったのかということに対する推測は、以上のとおりです。けれども、文芸春秋社から依頼があったのかどうかについては、以前として疑問です。僕はなかったと思っています。だから、文芸春秋社〈持ち込み〉稿というような言い方をした。その理由を述べておきましょう。そのために、もう一度、先に引用した井伏鱒二宛て昭和十一年九月（日付不詳）書簡、佐藤春夫宛て同年九月二十四日付書簡から引用させてもらいます。

「『二十世紀旗手』というかなしいロマンス書き了えて、昨日、文芸春秋へ持ち込み、千葉静一氏におたのみいたしました。自信のある作品ゆえ、井伏さんの顔汚すこと全くございませぬ。どうか、よろしくお力添え下さいまし。」

含む書簡の全文を引用しておこう。

「幸福は一夜おくれて来る。／おそろしきはおだてに乗らぬ男。飾らぬ女。雨の巷。／私の悪いとこは『現状よりも誇張して悲鳴あげる。』と或る人申しました。苦悩高いほど尊いなど間違いと存じます。私、着飾ることはございましたが、現状の悲惨誇張して、どうのこうの、そんなものじゃないと思います。プライドのために仕事したことございませぬ。誰かひとり幸福にしてあげたくて。／私、世の中を、いや、四五の仲間をにぎやかに派手にするために、しし食ったふりをして、そうして、しし食ったむくい、苛烈のむくい受けています。食わないししのために。／（こんな紙を変えたりなど、こんなこと、必要から私行ったのに、『悲惨をてらう』など実例にされるのではないかしら。）／五年、十年後、死後のことも思い、一言意識しながらのいつわり申したことございませぬ。／ドンキホーテ。ふまれても、蹴られても、どこかに小さい、ささやかな痩せた『青い鳥』いると、信じて、ど

「『二十世紀旗手』なる六十枚にちかき　かなしきロマンス、絶筆のつもりにて、脱稿、『文芸春秋』千葉氏のもとへ送りました。よきものなれば、先生、一日も早く発表、お金もらえるよう　たのみます。」

どうでしょうか。依頼に応えて書いたというより、書いたものを持ち込んで、あるいは送りつけて、載せてくれと頼んだ。あるいは、ごねた。要するに、原稿の売り込みを行なっていた。そんなところではないでしょうか。前者、井伏さん宛て書簡の「自信のある作品ゆえ」云々は、要するに千葉さんの方へ載せるように口添えしてくれ、という意味でしょう。後者、佐藤さん宛て書簡の「よきものなれば、先生、一日も早く発表」云々についても、同様でしょう。この頃の太宰は、パビナールを買うための金欲しさに、あちこちに借金して、火の車だったといわれています。パビナールを買うための金ばかりであったかどうかは、ここではペンディングにしておきたいのですけれども、借金がかさみ、火の車であったことだけは確かなようです。故に、「先生、一日も早く発表、お金もらえるよう　たのみます」なのです。太宰はお金がほしかった。そうであれば、なおさらにです。

まあ、井伏さんの「十年前頃」のなかに、「十月十六日／……文芸春秋社に佐々木茂索氏を訪ね、太宰入院の旨を告げ、原稿の件につき諒解を求む。佐々木氏、快諾す」とあるわけですが、ですからこれは、太宰が書き直して持ってきますというのを、だったら持ってきなさい、といった程度の約束だった。あるいは、太宰が、書き直して持ってきます、いやいいよ、持ってこなくて、いや、必ず持ってきます……、それを太宰が「約束」という言葉でいったにすぎないのかもしれない。どう、思います？

ちなみに、鰭崎潤宛て十一月二十六日付書簡には、「『文芸春秋』は正月号には間に合わ

うしても、傷ついた理想、捨てられませぬ。／小説かきたくて、うづうづしていながら、註文ない、およそ信じられぬ現実。『裏の裏』などの註文、まさしく慈雨の思い、かいて、幾度となくむだ足、そうして原稿つきかえされた。／ひと一人、みとめられることの大事業なることを思い、今宵、千萬の思い、黙して（井伏様のお手紙抱いて）臥します。／昨夜、私上京中に、わが家泥棒はいりました。ぶどう酒一本ぬすんだきりで、それも、そのぶどう酒半分のこして帰ったとか、きょう、どろの足跡、親密の思いで眺めています。／十月入院、たいてい確定して医師は二年なら、全快保証するとのこと。私、その医者の言を信じています。／信じて下さい。／自殺して、『それくらいのことだったら、なんとか、ちょっと耳打ちしてくれたら。』という、あの残念のこしたくなく、そのちょっと耳打ちの言葉、／このごろの私の言葉はすべてそのつもりなのでございます。」

ちなみに、井伏もこの書簡を、

ず、二月号三十枚書かなければなりません」とありましたが、ここにいう原稿が書かれたのか書かれなかったのか、また書かれたとしたらなにであったのかは不明です。『文芸春秋』へは、昭和十年十月号に「ダス・ゲマイネ」を発表して以降、昭和十六年二月に「服装に就いて」を発表するまで、太宰はなにも発表していません。

太宰が『文芸春秋』に対して、この頃さかんに、原稿の売り込みを行なっていたということは、たとえば佐藤春夫の「芥川賞」[★5]なる文章のうちにも伺うことができます。たとえば、こんな一節がある。

「……六月初旬（かと覚えている）の或一日、悄然として、自分のベランダの椅子に（太宰が―筆者補足）腰をおろした。／風通しのいい芭蕉の葉に近い席に自分が彼を自分の向うに迎えようと用意しているのに、彼は何故かひとり遠く片隅の方へすくみ込んでしまった。すねた様子である。自分が話しかけても答えようともしない。……自分にはその意味が殆んど判っていた。というのは、彼は自分の前の椅子を避けて片隅へ歩み去る前に懐中から一束の原稿を取出しながら、／『原稿突返されちゃった』／と虚勢を張って呟いていたのを聞いていたし、その前日も文芸春秋社へ先日送りつけて置いた原稿の採否の返事を聞きに行って要領を得た返事を聞けないで明日もう一回行って見ると自分の所へ立ち寄っていた……『原稿を返されたって、作品が悪いというのか』／『いや、悪いのでしょうが悪いとも何とも言いません。きのうは少し陰惨過ぎたといいましたから別のものを書き直して来てもいいと言ったのですが、そんな話をしているうちに泣けて来てしまって、向うでも困ったのか、今日はもう記者は出て来ないで給仕に黙って持たせて受附から渡さ

「解説」のうちに、「……九月十一日附の太宰君の手紙を左に引用して、当時の太宰君の焦燥を窺うことにしたい」として、引用している。例によって途中を何カ所か省略（二重丸括弧の部分）して、また改行、句読点、言葉遣いを任意に変更するとともに、かつ箇条書きにしてである。むろん、ここに「九月十一日附の」とあるのは井伏の間違い。実際は九月十九日付である。

★5　佐藤春夫「芥川賞」（『改造』昭和十一年十一月）

★6　川端康成が選評で、「なるほど、『道化の華』の方が作者の生活や文学観を一杯に盛っているが、私見によれば、作者目下の生活に厭な雲ありて、才能の素直に発せざる憾みがあった」と書いた。それに対し太宰は、『文芸春秋』の姉妹紙『文芸通信』十月号において、「事実、私は憤怒に燃えた。……小鳥を飼い、舞踏を見るのがそんなに立派な生活なのか。刺す。そうも思った。大悪党だと思った。そのうちに、ふとあなたの私に対するネルリのような、ひねこびた

せて……』」

ここでの、突返された原稿は、「狂言の神」だといわれている。むろん、昭和十一年のことです。この佐藤の文章でもわかるように、当時の太宰は、文芸春秋社からしたらうっとうしい、迷惑な存在だったわけですよ。泣かれたって、困りますよね。第一回芥川賞で受賞できなかったことをめぐって、選考委員だった川端康成にからんだりした事件★6もあったわけですから、「創世記」事件といわれているものですね、なにもそんな面倒くさい人間に原稿を依頼するいわれもない。皆さんが編集者だったら、頼みますか。頼みませんよね。僕は頼みません。

それから、お金の話は、書簡集の昭和十一年のところを開いてみれば、明らかです。あちこちの友人知人への借金の申し込みや、原稿料の催促や前借りを頼む書簡、葉書の多さに、あきれちゃいますよ★7。

この「狂言の神」は、この後、佐藤さんの紹介で、富澤有為男編集の美術雑誌『東洋』十月号に掲載されることが決まります。しかし、太宰は、『新潮』から依頼された原稿が〆切に間にあわなかったものですから、『東洋』から「狂言の神」を取り戻して、それを『新潮』の方にまわします。で、その件が発覚して、『東洋』からも、間に入った佐藤さんからも怒りをかうという事件になるわけです★8。すったもんだあって、結局、「狂言の神」は当初どおり『東洋』十月号に発表されることになるのですけれどもね。この「狂言の神」をめぐる問題が起きていた頃、六月二十五日に処女創作集『晩年』が砂子屋書房から刊行され、七月十一日には上野精養軒で出版記念会が開かれています。で、八月になると、太宰は谷川温泉で、第三回芥川賞に落ちたことを知る。そして、「創生記」を書いて問題

熱い強烈な愛情をずっと奥底に感じた」というような一文をもって応酬した事件。

★7　第1章第2節注5の、淀野隆三「太宰君の自家用本『晩年』のこと」について書いた部分も参照されたい。

しかし、また、当時の友人知人への借金の申し込みや、これらの原稿料の催促や前借りを頼む書簡、葉書は、中毒のことや、あるいは自殺をにおわせたりもして、なにかわざとらしい気がしないでもない。こんなに自分は頑張っているのに、こんなことになっちゃいましたという文脈で、情けないことを書いている。自分を故意に落としめているようにも思える。実は、これは「虚構の春」(『文学界』昭和十一年七月号)の漠然としたプランがもとよりあって、それ故こうした書簡、葉書をあちこちに出していたのではないか。様々な友人知人からの返事を集めるために。僕には、そんなふうにも思えるのだ。もっとも、「虚構の春」についての従来の説では、〆切が迫っての苦肉の策としてこうして人か

になる。この「創生記」事件、そして江古田・武蔵野病院入院、翌十二年になって、年譜によると三月の「姥捨」心中事件といわれているものがあって、初代さんと別れた後、しばらくうだうだしていて、翌十三年九月になって、見てきたように天下茶屋へと出かけていくことになる。

　この昭和十一年から十二年、十三年にかけてのところも、様々な問題を含んでいて、面白いところなんですが、今回は「富嶽百景」についてもっと話したいので、端折ります。長くなってしまいますのでね、お許し下さい。

　話を戻さないといけませんよね。

「富嶽百景」は、太宰が美知子さんと見合いをした、その前後のことが書かれているわけです。それは、すでに見てきたとおりです。つまり、太宰の御坂峠での生活に取材されたものなわけです。それは、確かにそのとおりです。御坂峠での生活が、日付けを追ったかのように描かれている。「富嶽百景」の筆が起こされたのも、寿館でのことですから、御坂峠での実際の経験の直後です。それ故、この作品のような現実の出来事が実際にあり、この小説に描かれたように、太宰の御坂峠での時間は進行していったのだと考える太宰論者、太宰ファンが多いのです。

　これは、困ったことです。むろん、こうして直後に筆がおこされ、また日付けを追うように描かれていたとしても、そこには当然、小説を小説にするための作為、ある仕掛けが介在せざるをえない。時間の進行どおり書いたら小説ができちゃった、そんな甘いもんじゃない。それなら、なんの苦労もない。だったら、僕だって、評論家なんていう労ばか

らきた手紙文を連ねて作品とした、といわれているのだが……。

　といっても、この手紙文には、手紙文そのまま、手紙文に手直しをしたもの、太宰の創作になる手紙文がある。単に、自分のところにきた手紙を並べただけで作品になるのだったら、苦労はない。

　檀一雄『小説太宰治』（昭和三十九年九月、審美社）のなかに、「虚構の春」の制作の過程を伝えてくれる一節があるので引用しておこう。

「『虚構の春』を書き上げる時には、丁度私も、船橋の太宰の家に居合わせた。大きなボール箱に、一杯つめられた手紙類を取り出して、部屋中に散乱させ、太宰は、クシャクシャになって、書いていた。締切が間に合わず、私が代理で、河上徹太郎氏に電話したことも覚えている。文学界の原稿だった。／電話に河上さんの声がよく聞えた。／『何枚ですか？』／『百枚前後になると思います』／『明日間に合うの？』／『ええ、間に合います』／『いい作品？』／『ええ、傑作です』／と、

り多くて益の少ない仕事なんかやめて、小説家になりますよ。その程度の想像力も働かない太宰論者、太宰ファンは、それこそ太宰論者、太宰ファンを廃業すべきだ、と思います。

さて、ではその作為、仕掛けとはなにかというと、たとえば、先ほどいいました〈「富士」はなにかを象徴したものであると同時に、前期から転機を経て、そして中期の前半、後半に至る太宰の、その時々の心の情態を暗示するものとしてある〉ということもそうでしょう。いや、それが、この「富嶽百景」という小説を小説たらしめる作為、仕掛けの、もっとも重要なものとしてあると思います。井伏さんがおならをしたとか、石原家での見合いの場面の虚構性とか、この作為、仕掛けに比べたら、小さな、どうでもいい問題です。

いや、そうじゃない。いま、いちいち指摘することはできませんが、そうした虚構は、他にもたくさんあるはずです。それらの虚構はすべて、その作為、仕掛けを、作為たらしめ、仕掛けたらしめるために、なされたものだと考えられます。後半部分がはじまってすぐのところに、「富士には、月見草がよく似合う」なんていう、有名な言葉がありますね、あの虚構性だってそうです。あの言葉のなにが虚構なんだって、皆さん思われているでしょう。ちょっと、説明しておきましょうか。「富嶽百景」のなかでは、こんなふうに書かれているんです。

御坂峠に滞在していた太宰は、三日に一度くらいの割合で、バスに乗って峠の麓にある河口湖畔の村の郵便局に、郵便物を受け取りにいっていた。いや、太宰ではなくて、主人公の「私」はです。この「私」は、登場人物からは「太宰」と呼ばれている「私」ですけれどもね。ごめんなさい、ややこしいですね。で、その「太宰」が、いつものように郵便物を受け取りにいくのに、バスで峠を下っていたときのことです。バスの女車掌が、「み

私は答えた。が、どんな小説か、実は読んでいなかった。／文学界が、市販されて、始めて手に取って読んで見た。手紙の応答を編集したものだった。しかし、友人らの手紙をよせ集めて自分の状況を相対的に描き出そう、としたところに、太宰らしい誠意と機智がある。私の手紙が出しただけ、一通、収録されていた。黒田重治という名前になっている。ところが黒田重治という名前の手紙は、二通見えていた。／もう一通は私の文体ではない。誰か他の人の手紙を混同したものか？　いや、太宰その人が書いたものにちがいない。すると太宰がこのような手紙を、私から貰うことを希望していたのだと、私はその時思った。面倒だが、作品成立の虚実が知れて面白いから引用する。／『ちかごろ、毎夜の如く、太宰兄についての薄気味悪い夢ばかり見る。変りは、あるまいな。誓います。誰にも言いません。苦しいことがあるのじゃないか。事を行うまえに、たのむ、僕にちょっと耳打ちして呉れ。一緒に旅に出よう。上海でも、南洋

なさん、きょうは富士がよく見えますね」と突然いうわけですよ。しかし、「太宰」は、富士を、あんな「変哲もない三角の山」と軽蔑していたものですから、むしろ自分の隣にすわっていた母に似た老婆が、富士には一瞥も与えないで、反対側の山路にそった断崖をじっと見つめているのを快く思っていた。続きは引用しましょう。

「私もまた、富士なんか、あんな俗な山、見度くもないという、高尚な虚無の心を、その老婆に見せてやりたく思って、あなたのお苦しみ、わびしさ、みなよくわかる、と頼まれもせぬのに、共鳴の素振りを見せてあげたく、老婆に甘えかかるように、そっとすり寄って、老婆とおなじ姿勢で、ぼんやり崖の方を、眺めてやった。／老婆も何かしら、私に安心していたところがあったのだろう、ぼんやりひとこと、／『おや、月見草。』／そう言って、細い指でもって、路傍の一箇所をゆびさした。さっと、バスは過ぎてゆき、私の目には、いま、ちらとひとめ見た黄金色の月見草の花ひとつ、花弁もあざやかに消えず残った。」

「花弁もあざやかに消えず残った」わけですから、月見草の花が咲いていた、といっているわけですね。この月見草とは、待宵草のことですね。竹久夢路ふうにいうなら、宵待草ですか。とすると、おかしいですよね。太宰が御坂峠に滞在しはじめたのは、九月中旬からです。つまり、この出来事があったとしたら、それは九月中旬以降のことになります。しかし、待宵草というのは、夏の花ですよね。それに御坂峠の秋の深まりは早い。加うるに、この場面は昼間のこととして描かれています。が、待宵草は夜咲く花であり、昼間はしおらしく花弁をすぼめている花です。ね、明らかに虚構でしょ。太宰のこしらえたフィクションです。

でも、君の好きなところへ行こう。君の好いている土地なら、津軽だけはごめんだけれど、あとは世界中いずこの果にても、やがて僕もその土地を好きに思うようになります。これっぽっちも疑いなし。旅費くらいは私かせぎます。ひとり旅をしたいなら、私はお供いたしませぬ。君、なにも、していないだろうね？　大丈夫だろうね？　さあ、私に明朗の御返事下さい。黒田重治。太宰治兄』／これが太宰がつくった方の手紙である。上海、南洋なぞと、いかにも私らしく出来ている。私の平生の会話をきっと太宰が思いおこし思いおこしまとめて書いてみたのだろう。／もう一通の方は事実私が書いたものだ。／『月日／拝啓。その後、失礼して居ります。先週の火曜日（?）にそちらの様子見たく思い、船橋に出かけようと立ち上がった処に君からの葉書来り、中止。突然、永野喜美代参り、君から絶交状送られたとか、その夜は徹夜、ぼくも大変心配していた処、只今、永野よりの葉書にて、ほどなく和解できた由うけたまわ問題は、こうした虚構が、なんのために必要だったのかということです。それは、この「富嶽百景」という小説を小説たらしめる作為、仕掛けとして必要だったわけです。つまり、〈「富士」はなにかを象徴したものであると同時に、前期から転機を経て、そして中期の前半、後半に至る太宰の、その時々の心の情態を暗示するものとしてある〉わけですが、まさしくそれをそうあらしめる、そのためにです。

「富嶽百景」の全体の構図について、見てみればいい。「富士」は、その時々の太宰の心の情態によって変貌してゆくものとしてある。〈その時々の〉というのは、〈前期から転機を経て、そして中期の前半、後半に至る太宰の〉ということです。むろん、「富嶽百景」が書かれたのは、中期といわれる時代の前半です。ですから、ここにいう〈中期後半〉とは、「富嶽百景」が書かれた時点ではいまだ訪れてはいないわけですから、その〈心の情態〉というのは、太宰の未来へのシミュレーションとして存在しているわけです。このことは、もっと前にいっておかなければ、いけませんでしたね。ごめんなさい。

で、〈「富士」は、その時々の太宰の心の情態によって変貌してゆくものとしてある〉わけですが、しかし、その変貌は、場面場面における〈太宰の心の情態によって〉、いわば気まぐれに、肯定の対象となったり、否定の対象となったりという形で、変貌していっているのではない。まさしく、〈前期から転機を経て、そして中期の前半、後半に至る太宰の〉心の情態を映すものとして存在している。つまり、それはある方向性のもとに、じょじょに変貌していっている。

こういうことです。「富嶽百景」には、はじめ〈拒否〉の対象であった「富士」が、太宰のうちに〈拒否〉の対象からじょじょに〈肯定〉や〈羨望〉の対象へと変貌していく過

り、大いに安堵いたしました。永野の葉書には『太宰治氏を十年の友と安んじ居ること、真情吐露してお伝え下され度く』とあるから、原因が何であったかは知らぬが、益々交友の契を固くせられるよう、ぼくからも祈ります。永野喜美代ほどの異質、近頃砂漠の花ほどにもめずらしく、何卒、良き交友、続けられること、おねがい申します。さてその後のからだの調子お知らせ下さい。ぼく余りお邪魔しに行かぬように心掛け、手紙だけでも時々書こうと思い、筆を執ると、えい面倒、行ってしまえ、ということになる。手紙というもの、実にまどろこしく、ぼくには不得手。屡々、自分で何をかいたのか呆れる有様。近頃の句一つ。自嘲。歯こぼれし口の寂さや三ッ日月。やっぱり四五日中にそちらへ行ってみたく思うが如何？　不一。黒田重治。太宰治様。』／附記するが、あれからもう二十二年、今だから発表して差支えないと思うが、永野喜美代は保田与重郎である。」

★8　この事件のときに、太宰は新潮社編集部・楢崎勤宛てに、書簡

程が描かれているのです。そうして、「富士」と〈和解〉することによって、「富士」は最後には〈親愛〉の対象にまで変貌することになる。いわば、「富士」に対するマイナスイメージがプラスイメージへと、太宰のうちで変化していく過程が描かれているわけです。「富嶽百景」とは、そうした「富士」の形象に映された太宰の心の変身譚（ドラマツルギー）としてある。そして、その〈拒否→羨望・肯定→和解・親愛〉と変化していくその変身譚（ドラマツルギー）とは、同時に、「富士」に象徴されるなにものかへと太宰が同化（アイデンティファイ）していく過程を描いたものでもあるわけです。僕は、そう見ているわけです。つまり、太宰の心の情態をあらわす「富士」の描写とは、いわばこの「富士」に象徴されるなにものかへの太宰の思いの反映としてある。「富嶽百景」の「富士」の描写を、僕はそうしたものとして読んだわけです。

では、「富士」とはなにか。太宰の言葉でいう「世間」のことだと思います。あるいは、それを〈おとなの世界〉といってもいいでしょう。さらにつきつめていうならば、それは〈生家ヤマ源〉を象徴するものだといってもいいのではないでしょうか。

にて詫び状を認めている。その「誓言手記」と題された和紙八枚に毛筆で認められた詫び状は、今日、「書遊楽宴　古書稀覯本販売会目録」（発行年月日記載なし）に九百八十万円の値がつけられて売られている。

附録　井伏鱒二の書いたものというのは、僕たちが太宰を研究する上での貴重な資料となるものだが、本文でも見てきたように、ちょっと疑ってかからなくてはならない。太宰が師事した人の書いたものだということで、無条件に信じてしまうと、おかしなことになりかねない。

さて、ここでは、井伏が太宰について書いたもので、異同のあるものについて、僕の気づいたものを列記しておこう。

①　井伏が太宰とはじめて会ったときのことについて、井伏はいくつもの文章で書いているが、たとえば「太宰治のこと」（『文芸春秋』昭和二十三年八月）にはこうある。「私が返事を出しそびれていると、三度目か四度目の手紙で強硬なことを云ってよこした。会ってくれなければ自殺してやるという文面で、私は威かしだけのことだろうと考えたが、万一を警戒してすぐに返事を出し、万世橋の万惣の筋向こうにある作品社で会った」。

しかし、たとえば「十年前頃」（『群像』昭和二十三年十一月）には、「その下宿にいたころに彼は私に手紙をよこした。会ってくれなければ死ぬという手紙で私を威かして、私が作品社の事務所に行っているところを捜しあてて来た」とある。

前者だと、はじめから作品社で会おうという約束をしていて会ったように読めるが、後者だと、仮に約束はしてあったとしても、井伏はその日作品社に出かける用事ができた。で、出かけてしまったけれども、その後を追って太宰が作品社に訪ねてきたというように読める。

また、はじめて会ったのはいつかという問題だが、「あの頃の太宰君」（『太宰治全集一』月報、昭和三十年十月、筑摩書房）には、「私が太宰君に初めて会ったのは昭和五年か六年頃のことで、太宰君が大学にはいった年の初夏であった」とある。が、「あとがき」（『富嶽百景・走れメロス』昭和三十二年五月、岩波文庫）には、「私が初めて太宰君に会ったのは、昭和五年の春、太宰君が大学生として東京に出て来た翌月であった」とある。また、「解説」（『太宰治集上』昭和二十四年十月、新潮社）にも、この「あとがき」のものと、まったく同じ文章がある。

②　昭和五年の秋に、初代を家出させ、青森から呼び寄せて、東京で同棲生活をはじめた頃のことについて、「十年前頃」には次のようにある。「高田馬場から太宰は本所方面に移った。もうそのころ左翼のシンパというの

をやっていて、ちょうど青森から出て来た初代さんという女性といっしょに本所方面に移って行き、すぐにまた八丁堀方面に移った。左翼の人が出入りするから、官憲に対して行方をくらますためであった。初代さんの郷里では大騒ぎをしたらしい。青森から中畑さんという人が初代さんを迎えに来て、太宰の入質した初代さんの品物をみんな受出した。後で北さんにきいた話では、太宰は左翼だと自称するようになってから、労働者風の男や、わざとそんな風をしている男を二人も三人も居候にしていた。その費用をつくるために、自分の持ちものだけでなく初代さんの持って来た着物など、みんな質に入れていた。もうそのころから太宰は、一種の賓客をいつも手もとに置きたい好みがあった」。

しかし、「太宰と料亭『おもだか屋』」（『日本文学全集五四「太宰治集」』付録、昭和三十四年九月、新潮社）には、次のようにあるのだ。「箪笥のなかが着物一枚だけで底は新聞紙ばかりになったとき、初代さんは青森を出発し、首尾よく赤羽の駅で太宰に迎えられました。しかるに当日は国勢調査の日に当るので、役員に調べられるのを避けるため、太宰は初代さんを連れてタクシーで東京の街を夜ふけまで乗りまわし、刻限の零時すぎてから五反田の下宿に着いたということです。／初代さんの着物はどうなったか私は聞きませんでしたが、その後いろいろ紆余曲折のあった末に太宰と初代さんは世帯を持ったのでたぶん無事に東京へ送り届けられたことでしょう」。

前者では、「自分の持ちものだけでなく初代さんの持って来た着物など、みんな質に入れていた」とはっきり書かれている。が、後者では、「たぶん無事に東京へ送り届けられたことでしょう」となっており、まるで前者で書かれたような事実を知らないかのような書き方だ。

③ 昭和十二年三月、初代と「水上心中行」を決行し、後、別れることになったといわれているが、そのときの話である（本文にも述べたように、僕はこの「水上心中行」には疑問を持っている）。「太宰と料亭『おもだか屋』」には、「太宰君はお洒落でしたが所有慾という点では至って恬淡でした。初代さんと泣きの涙で分《（ママ）》れるときも、身の廻りの品から道具類に至るまで、すっかり初代さんに渡しました」とある。

が、「琴の記」（『週刊朝日別冊』昭和三十五年三月）には、「太宰君は初代さんに離別を云い渡したとき、家財道具いっさい初代さんに遣ってしまった。理由は、初代の不快な記憶のつきまとうがらくたは見るのもいやだからというのであった。そこで太宰君自身はどうかというに、自分の夜具と机と電気スタンドと洗面道具だけ持って、私のうちの近くの下宿に移って来た。着のみ着のままであった」と書いている。

家財道具をすべて初代にやってしまったのは、はたして「所有慾という点では至って恬淡」だったからか、「初代の不快な記憶のつきまとうがらくたは見るのもいや」だったからか。これでは、まったく違う。

④ 太宰は昭和五年四月に東京帝国大学文学部仏文科に入学し、昭和八年三月に卒業するところ落第して、昭和十年九月に授業料未納で除籍されるまで、足掛け六年在学していた。その卒業試験の口答試問のときのこと。「太宰治のこと——彼はサブタイトルの好きな作家であった」(『文学界』昭和二十八年九月)には、次のようにある。「太宰君の話では、卒業試験の口答諮問のとき辰野隆先生は太宰君の語学力を斟酌されたらしい。立会の三人の教授先生を指差して、『この三人の先生の名前を云ってごらん。君に云えたら、卒業できないこともない』と云った。太宰君は答えることができなかった。私はその話を聞いて驚いた。立会の三人の先生は仏文科の先生かとたづねると、無論それに違いないだろうと云うだけであった」。

しかし、「あの頃の太宰君」には、こうある。「……太宰君は大学に六年いた。しかし殆ど教室には出なかったので、卒業の口答諮問のときに教師の名前を問われても返答することができなかった。これは太宰君の主任教授であった辰野さんから聞いた話である」。

太宰から聞いたのか、辰野さんから聞いたのか。

⑤ 津軽・蟹田町の観瀾山に、太宰の碑が建っている。その碑について、「報告的雑記」(『太宰治全集八』月報、昭和三十一年五月、筑摩書房)には次のようにある。「長篇『津軽』に取扱ってある中村貞次郎君や有司の肝入で、近く太宰君の碑が津軽の蟹田町の観瀾山に建つことになった。中村君からの知らせによると、碑石は、横一・八メートル、縦二・八メートル、側面は幅が狭く、自然石である。この石は、津軽半島の平館村大字宇田という部落から出た。色は、黒のなかに青い色が少しく一部に見えている程度で、硬度も充分だから風化のおそれがない。ちょうど色も形質も、山梨県御坂峠の太宰君の碑に似通っている。碑文は『正義と微笑』のなかの一句を採り、佐藤春夫氏に書いていただくことになった。碑の裏に刻む文章も佐藤さんにお願いした」。

しかし、「蟹田の碑」(『太宰治全集一二』月報、昭和三十一年九月、筑摩書房)には、次のようにある。「青森県蟹田町の観瀾山に太宰君の記念碑が出来、去る八月六日に除幕式があった。碑の恰好は、ちょっと甲州御坂峠の太宰君の碑に似ているが、御坂峠の碑よりも少し大ぶりで、千二百貫の重さだそうである。蟹田の海のなかから見つけ出した石だという。碑の裏には、そこかしこに豆がらを貼りつけたように小さな貝がらが附着して、石そのものが湿気を要求しているかの観がある。しかし黒灰色の水成岩だから干からびた感じはない」。

この石は、「平館村大字宇田という部落から出た」石なのか、「蟹田の海のなかから見つけ出した石」なのか。

⑥　井伏は、「『懶惰の歌留多』について」（『太宰治全集四』月報、昭和三十一年一月）のなかで、次のように書いている。「太宰君は『ロマネスク』を書いた後に、『倉庫』の中味を庭に持ち出して焼きすてたとする。しかし、マッチをする前に、幾らか未練があって三篇か四篇かの習作を取りあげたのではないだろうか。それを後日、また新しい『倉庫』に入れた小品と共に纏めたものが『懶惰の歌留多』ではないだろうか」。

しかし、「解説」にはこうある。「太宰君は生前発表した作品のほかに未発表のまま棄てた作品をたくさん書いて来た。処女出版の『晩年』が出る前にも、『倉庫』に入れていた作品が、原稿用紙の目方で三貫目ちかくあった。これは『東京八景』にも書いているように、『倉庫』である柳行李から取り出して、初代さんという当時の奥さんに云いつけて焼きすてさした」。

前者では、太宰が自分で焼いたように書いているが、後者では、初代さんに焼かせたように書いている。どっちなのか。ちなみに、後者にいうような事実はない。つまり、「東京八景」には、初代さんに焼かせたとは書いてない。「東京八景」には、こう書いてあるだけだ。「そのとしの晩秋に、私は、どうやら書き上げた。二十数篇のなか、十四篇だけを選び出し、あとの作品は、書き損じの原稿と共に焼き捨てた。行李一杯ぶんは充分にあった。庭に持ち出して、きれいに燃やした」。

⑦　「解説」のうちに、井伏は書いている。「保さんの言によると、太宰君は弘前の高等学校に在学中、物覚えのいい子だが大変なおしゃれで、秀才という点でも、おしゃれの点でも、人の追随を許さぬものがあった。粋な着物に角帯をしめ、白足袋に雪駄ばきというでたちで、稽古本をふところに入れ、いまも尚お健在である義太夫の女師匠のところに通っていた。料亭屋通いも豪勢で、必ず土曜日ごとに弘前から遠出の汽車で、青森の大きな料亭に行っていた」。

しかし、「太宰と料亭『おもだか屋』」には、次のようにある。「当時、太宰は『金色夜叉』の間貫一のように、吊鐘マントを羽織って来たそうです。夏休暇が近づいたころにもやはりそんなマントを羽織っていたというのです。ところがここに来ると、女中にあづけている結城の着物と角帯を出して来させ、それに着かえて白足袋をはく。それから、義太夫の女師匠を呼んで稽古をつけてもらい、それが終るころには、半玉の初代さんがやって来る。／『いつも型にはまったように、そういう順序で同じことの繰返しでした。義太夫の師匠が来るのを待っている時間には、映画雑誌をこの女中に見せて映画の話をして聞かせたそうでした』」。

前者のように「おしゃれの点でも、人の追随を許さぬ」ような人間が、後者でいうようにはたして「夏休暇が近づいたころにも」吊鐘マントを羽織っていたりするものだろうか。当時は、それがおしゃれだったのだろうか。また、女師匠のところには、通っていたのか、呼んで稽古をつけてもらっていたのか。「蟹田の碑」にも、おもだか屋へ「義太夫の師匠を呼んで稽古をしたものだという」とある。また、「あとがき」にも、「……そこで、学生服を紬の着物にきかえて、白足袋をはき、義太夫の女師匠が来るまで女中に映画の話をして聞かせる。着物や足袋は、その料亭にあづけておいていたそうである」とあるのだが……。

⑧　太宰に送られていた仕送りの仲介役を、井伏が断ったときの話も見ておこう。「太宰治と文治さん」には、こうある。「津軽からの送金は蜿蜒と続いた。太宰君が新進作家になって三鷹に所帯を持ってからも送金は続き、そんなわけで太宰君の奥さんが赤んぼを背負って受取りに来るようになり、つづいて幼児の手を曳いて受取りに来るようになった。もう送る必要もなく、貰う必要もなくなったのに、まだ送り続けて来る。律義であるということも、度を越えると依怙地だと気をまわしたくなって来る。そんな思いで取次をするのは私は御免だから、中畑さんが私のうちに来たとき、この次からは太宰君に直接送金するようにしてくれと云って取次役を断わった」。

しかし、「解説」には次のようにある。「ある日のこと、津軽から中畑さんが私を訪ねて来て、『いかがなものでごわそうな、修治さんに、為替を送るのは、今月限りにしてもよろしいでしょうか』と云った。『いや、そうでない。作家生活は、つらい。それに太宰君は、淋しがり屋だから』と私は答えた。中畑さんは、怪しいぞというように下から私を見て、『さっき、実は修治さんの三鷹のお宅へ、伺いました。なかなか、うまく行っているようでごわすな。もうよろしいでしょう、送らなくっても』と云った。『いやいや、そうでない。その代りに、もうこれからは、直接、太宰君に送った方がいいでしょう』と私は答えた」。
井伏は、はたして、「もう送る必要もなく、貰う必要もなくなった」と思っていたのか、それとも「送った方がいい」と思っていたのか。後者では、井伏ではなく、中畑さんが、送らなくてもいいのではないかといったことになっている。

ところで、津軽の人は「……ごわそうな」「……ごわすな」といった、鹿児島弁のような言葉づかいをするのだろうか。

⑨　太宰を江古田・武蔵野病院へ連れていくときのことだ。「太宰治のこと」には、こんな一節がある。「みんな無言のうちに自動車に乗り、運転手も行くさきをきかないで車を出した。運転手には番頭が前もって注意を与えていたものだろう。番頭が何も云わないのに、江古田の病院へ行った。その途中、津軽の番頭は日蓮宗のお寺の前を通るたびごとに帽子をとって丁寧に礼拝した。太宰君の無難に入院するのを祈るためである。この番頭は日蓮宗の信者であった」。また、「亡友」にも、「……太宰を気狂病院に入れるとき、自動車が日蓮宗の寺の前を通るたびごとに、中畑さんは山門に向い帽子をとって丁寧にお辞儀をした。修治さんが首尾よく入院してくれますようにと祈願したものである」とある。

しかし、「解説」には次のようにある。「みんなも、その車に乗り込んで、雨のなかを江古田の東京武蔵野病院に行った。途中、中畑さんは日蓮宗のお寺の前を通るたびに、帽子をとって、山門に向かい丁寧に頭を下げた。この津軽の番頭は日蓮宗の厚い信者であった。修治さんがどうぞ無事入院してくれますようにと拝んだのか、あるいは信心の現われだけであったのか、私にはわからない」。

井伏は、どちらだと思っていたのだろう。

⑩　「解説」には、江古田・武蔵野病院へ「太宰君が入院して二日目に、病院長から北さんへ電話をかけて来た。患者太宰治は自殺のおそれがある。監禁室に移し、看視人をつける必要がある。故に、諒解してくれという電話である。北さんがそれを知らせに来てくれた」とある。

しかし、「十年前頃」には、「十月十五日／病院長より北芳四郎氏へ電話あり。患者太宰治は自殺のおそれあり、故に監禁室に移し看視人をつけたいと諒解を求むる電話なり。北氏承諾せり。初代さんよりの報告なり」とある。

いや、これは初代さんが報告にきたのが、十五日だったということなのかもしれない。

しかし、井伏のところに知らせにきてくれたのは、北さんなのか、初代さんなのか。いったい、どっちなのか。

ちなみに、十月十五日ならば、入院して二日目ではなく、三日目にあたる。

⑪　昭和十年四月、盲腸炎を起こし阿佐ヶ谷の篠原病院へ入院、手術したが、腹膜炎を併発し、重態となった。このときに用いた鎮痛剤パビナールが、後に中毒となる。その手術のときのことである。「太宰治のこと」には、次のようにある。「手述の結果、病状が容易ならぬことを知らされた。私が病棟の廊下に立っていると、助手の医者が容器のなかの切断した盲腸をピンセットで摘みあげて『こんなに悪化していました。しかし、大変に意識の頑健な患者さんですね』と云った。日ごろ酒を飲む人は、麻酔がよく効かないということである。『アルコールのせいですか』ときくと、その若い医者が『いや非常に意識が頑健なんですね』と云った。切断された盲腸は青黒い色で細長く、いまにも溶けそうにピンセットの先にだらんとぶらさがっていた」。

しかし、「十年前頃」には、次のようにある。「手術をした主任の医者は『意識の頑丈な人ですね』と云った。そして四角い皿に入っている切りとった盲腸をピンセットで挟みとって『これです』と私に見せた」。

ピンセットで、切りとった盲腸を井伏に見せ、話しているのは「助手の医者」なのだろうか、「主任の医者」なのだろうか。

ちなみに、「解説」では、ただ「医者」と表現されている。「篠原病院の医者の診断では、慢性のものが悪化したのである。その医者は、手術で切りとった盲腸を私に見せ、ピンセットにはさみ取って『この通り、だいぶ手おくれです』と云った。廊下を担荷で運ばれて行く太宰君は、私が『痛いか』ときいても、うつろな目をあけたまま何も答えなかった」。

第2章

Mysterious

太宰の死顔は微笑んでいたのか

1　「富士」の描写の意味するもの

なぜ、僕がそう考えたのかというとですね、「富嶽百景」は、主人公が「富士」に親愛感を示す場面で終わっているわけですよ。引用しておきましょうか。

明日は山を降りようと決意した「太宰」が、茶店の前で若い二人の娘に、カメラのシャッターを切ってくれと頼まれるんです。

「私は、へどもどした。私は機械のことには、あまり明るくないのだし、写真の趣味は皆無であり、しかも、どてらを二枚もかさねて着ていて、茶店の人たちさえ、山賊みたいだ、といって笑っているような、そんなむさくるしい姿でもあり、多分は東京の、そんな華やかな娘さんから、はいからの用事を頼まれて、内心ひどく狼狽したのである。けれども、また思い直し、こんな姿はしていても、やはり、見る人が見れば、どこかしら、きゃしゃな俤もあり、写真のシャッターくらい器用に手さばき出来るほどの男に見えるのかも知れない、などと少し浮き浮きした気持も手伝い、私は平静を装い、娘さんの差し出すカメラを受け取り、何気なさそうな口調で、シャッターの切りかたを鳥渡たづねてみてから、わなわななき、レンズをのぞいた。まんなかに大きい富士、その下に小さい、罌粟の花ふたつ。ふたり揃いの赤い外套を着ているのである。ふたりは、ひしと抱き合うように寄り添い、屹っとまじめな顔になった。私は、おかしくてならない。カメラ持つ手がふるえて、どうにもならぬ。笑いをこらえて、レンズをのぞけば、罌粟の花、いよいよ澄まして、固くなっている。どうにも狙いがつけにくく、私は、ふたりの姿をレンズから追放して、ただ富士山だけを、レンズ一ぱいにキャッチして、富士山、さようなら、お世話になりました。パチリ。」

ユウモアいっぱいというか、戯作的にすぎるというか、その筆の陰に隠れて見えづらいかもしれませんが、「見る人が見れば……出来るほどの男に見えるのかもしれない」と、さりげなく「世間」の人からも自分は普通に見られるようになったということをいうわけです。そして、「太宰」はいたずら心をおこして、「ただ富士山だけを、レンズ一ぱいにキャッチして」シャッターを切るわけです。この呟きは、「富士山、さようなら、お世話になりました」と、心のなかで呟きながらです。「富士」に対するプラスの感情、親愛感の表出とでもいうべきもの以外のなにものでもない。そして、太宰は、次のように「富嶽百景」を閉じているんです。

「その翌る日に、山を下りた。まず、甲府の安宿に一泊して、そのあくる朝、安宿の廊下の汚い欄干によりかかり、富士を見ると、甲府の富士は、山々のうしろから、三分の一ほど顔を出している。酸漿に似ていた。」

「酸漿」ですよ。親愛感を通りこして、なにか懐かしさ、郷愁感のようなものすら、感じられる。いや、「太宰」はそう感じている。これは、そうした表出としてある。僕は、そう読みました。で、太宰にとって、懐かしさ、郷愁を誘うものといったらなにか、といえば、〈生家ヤマ源〉ではないか。なにしろ、太宰は勘当されている身ですからね。厄介払いのために分家除籍された身です。もう、何年も、生家に帰っていない。昭和五年に東京帝大に入学するために東京に出てきてから、一度もです。いや、左翼運動絡みで、青森警察署や青森検事局に出頭せねばならず、青森には帰っています。昭和七年七月と同年十二月のことです。しかし、そのときも、生家の敷居は跨いでいない。

そして、また、先にも話しましたように、太宰の存在のあり方そのものが、〈オズカスという現実に対する反動形成として、自らがヤマ源の子供であるという自己同一性の意識（願望）をウルトラ化していかざるをえない〉、もとよりそうしたものとしてあるわけです。

ですから、僕は「富士」とはなにかと問うて、〈太宰の言葉でいう「世間」のことだと思う。あるいは、それを《おとなの世界》といってもいい。さらにつきつめていうならば、それは《生家ヤマ源》を象徴するものだといってもいい〉と述べたのです。

さて、〈「富嶽百景」とは、「富士」の形象に映された太宰の心の変身譚（ドラマツルギー）としてある。そして、その《拒否→羨望・肯定→和解・親愛》と変化していくその変身譚（ドラマツルギー）とは、同時に、「富士」に象徴されるなにものかへと太宰が同化（アイデンティファイ）していく過程を描いたものでもある〉と、僕はいいました。その理由を述べなければいけない。

ですから、「富士」に親愛感を示す場面で終わっているんです。そこに、僕は着目したんです。つまり、「太宰」という主人公が、「富士」に対して同化（アイデンティファイ）を完成することにより、エンディングをむかえるわけです。で、ちょっと待てよ、と僕は思った。そうした「富士」（に象徴されているなにものか）に対する自らの〈同化への願望の念〉を描くことが、太宰のこの小説を書くことの目的であったとしたらどうだろう、と考えたわけです。なにしろ太宰は、「姥捨」で、すでに首級を提出しているのですから……。その次の段階としてですね。

で、その〈同化への願望の念〉が、もとより予定調和的なものとしてあったとしたら……。というのも、この小説が書きはじめられたのは、美知子さんと見合いをし、婚約を意味する酒入れの儀式をすませた後なのですよ。

そもそも太宰は、御坂峠に、なにをしに出かけてきたのか。そこで美知子さんと見合いをし、婚約をするということはなにを意味することだったのか。太宰にとっては、青春との決別を、荒れてすさんだ前期という時代に対する決別を、意味するものだったはずです。つまり、中期という時代に足を踏み入れるために、「世間」＝〈おとなの世界〉との〈和解〉をはたさんとしてです。「世間」＝〈おとなの世界〉に受け入れてもらいたいという、〈同化への願望の念〉を実現するために、出かけてきたのです。美知子さんと見合いをし、婚約をするということは、いわばそのための儀式のようなものであった、といっていい。そして、「富嶽百景」が書きはじめられたのは、見合いをし、婚約をしたその後なのです。井伏夫婦宛てに一筆を入れ、井伏さんをわずらわせて「酒入れ」の儀式をすませた後なのです。つまり、そうして「世間」＝〈おとなの世界〉と〈和解〉をはたし、受け入れてもらえることがほぼ確定した後のことであったわけです。つまり、〈同化への願望の念〉の実現は、書きはじめたときには、すでに予定調和的な現実としてあったわけですよ。結婚式や新婚生活をはじめるにあたっての費用のことで、悩んでいたとしてもですね。

ですから、素直に書いたならば、自分は〈おとなの世界〉に足を踏み入れたいんだ、「世間」と〈和解〉したいんだ。そのためにこの御坂峠にやってきたんだ、と書きださなければならない。要するに、自分は「富士」と〈和解〉したいんだ。「富士」に対して〈親愛〉の情を持っているんだ、というようなところから、書きださなければならないはずです。とすると、「富士」に対する〈拒否→羨望・肯定→和解・親愛〉と変化していくその変身譚（ドラマツルギー）としてあるこの小説のストーリーは、単に御坂峠で生活をしていたときの太宰の心を反映したものと見ることはできない。小説を小説にするための太宰の作為によるものだと考えざるをえない。ですから、ちょっと待てよ、ということになったわけですよ。

たとえば、〈和解〉したいんだ、〈親愛〉の情を持っているんだという、その予定調和的な〈同化への願望の念〉をただ表出するだけでは、なんとも締まらない、だらしのない作品になってしまう。「富嶽百景」は、御坂峠での生活が、日付けを追ったかのように描かれているわけですね。そのはじめから終わりまで、ただそれだけでは、小説になりませんよね。だから、太宰はこの小説の書き出しで、ちょっと過剰に、「富士」なんかだめだよっていうようなことをいっておいて、それが紆余曲折のなかでだんだんと〈羨望・肯定〉の対象になる。あるいは、そうした対象であったことに気づく。そうして〈和解〉し云々という構成を採ったわけですよ。そうすると、その心の変様、変身の過程に、ある劇的要素（ドラマ）が生まれるわけです。そのことによって、作品は作品としての体をとることができる。太宰もその作劇術のハウツウを、ここで踏んでいるわけです。

それからですね、この「富嶽百景」は、太宰の御坂峠での生活が、日付けを追ったかのように描かれているわけですね。時間の流れのとおりに描かれている。僕には、それ自体からして、太宰が読者に仕掛けた罠だったんじゃないだろうか、と思える。事実らしく見せかけるために、太宰は、わざわざ時間の流れのように書いた……。小学生の作文じゃないんですから。朝起きて、顔を洗って、トイレに入って、ご飯を食べて、ご飯のおかずはなんでとかね。これ、わざとそういうことをやっているんですよ。時間の進行のとおりに書くなんて、小説家はやりませんよ。やりますか。いえ、やりません。やらないと思います。それを、わざわざやっている。すると、これは意図的だったのかな、と思える。事実らしく見せかけるために、わざわざそうしたんではないか、という気がしてしまうわけなんですよね。しかし、そのことはさておき、ここで「富士」に対する思いが、〈拒否↓羨望・肯定↓和解・親愛〉と変化していく、その過程を見ておきましょう。

　まず、書き出しの部分。御坂峠から眺められた「富士」に対する第一印象として、描かれている一節を、引用しておきましょう。

「ここから見た富士は、むかしから富士三景の一つにかぞえられているのだそうであるが、私は、あまり好かなかった。好かないばかりか、軽蔑さえした。あまりにおあつらいむきの富士である。……私は、ひとめ見て、狼狽し、顔を赤らめた。これは、まるで、風呂屋のペンキ画だ。芝居の書割だ。どうにも註文どおりの景色で、私は、恥ずかしくてならなかった。」

「富士」が、「世間」＝〈おとなの世界〉の暗喩であることを、さらには〈生家ヤマ源〉の暗喩としてもあるだろうということを、頭において読んで下さい。ここにあるのは、作劇術にのっとった「富士」に対する過剰な拒否の表出です。

　また、次のような描写。ある日、麓の吉田という町から、新田という青年が訪ねてきます。しばらく話した後に、彼は「太宰」に、佐藤春夫の小説を読んで、「太宰」のことを「ひどいデカダンで、性格破産者」だと思っていたこと、[★1] それ故決死の覚悟で訪ねてきたことを告げます。それに続く描写。

「私は、部屋の硝子戸越しに、富士を見ていた。富士は、のっそり黙って立っていた。

第２章　太宰の死顔は微笑んでいたのか

１　「富士」の描写の意味するもの

★１　ここにいわれているのは、「文学青年という奴はどうしてこうも不愉快な代物ばかり揃っているのであろう。不勉強で、生意気で、人の気心を知らない。ひとりよがりな、人を人とも思わぬ、そのくせ自信のまるでない、要するに誠実も、智慧もない虚栄心の強い女のくさった見たいな……」に始まる小説「芥川賞」（『改造』昭和十一年十一月）のことだ。佐藤春夫は、この小説のなかで、太宰を「中毒症」（パビナール中毒）として扱っているが、「性格破産者」として扱っているわけではない。あたかも性格破産者であるかのように扱っているにすぎない。が、この文壇の大御所の作品の力が絶大であったことはいうまでもない。「富嶽百景」のなかの新田青年が抱いていたような、太宰に対する世間のイメージの定着に、優れて加担するものとしてあったことはである。

　たとえば、次のような一節があ

偉いなあ、と思った。／『いいねえ。富士は、やっぱり、いいとこあるねえ。よくやってるなあ。』富士には、かなわないと思った。念々と動く自分の愛憎が恥ずかしく、富士は、やっぱり偉い、と思った。よくやってる、と思った。／『よくやってますか。』新田には、私の言葉がおかしかったらしく、聡明に笑っていた。／新田は、それから、いろいろな青年を連れて来た。皆、静かなひとである。皆は、私を、先生、と呼んだ。私はまじめにそれを受けた。私には、誇るべき何もない。学問もない。才能もない。肉体よごれて、心もまずしい。けれども、苦悩だけは、その青年たちに、先生、と言われて、だまってそれを受けていいくらいの、苦悩は、経て来た。たったそれだけ。藁一すじの自負である。けれども、私は、この自負だけは、はっきり持っていたいと思っている。」

　ストーリーは、こうしてじょじょに、太宰的作劇術のうちに、「富士」に象徴される「世間」＝〈おとなの世界〉が、あるいは〈生家ヤマ源〉が、〈羨望〉や〈肯定〉の対象へと変貌していく。そして、〈和解〉云々を暗示する場面へと流れていくわけです。つまり、〈拒否→羨望・肯定→和解・親愛〉といった方向性をもって、ストーリーは展開していくわけです。後は皆さん、ご自分で、この流れを意識しつつ読んでみて下さい。そして、確認してみて下さい。「富士」の描写を一つずつ、ここで見ていって、ほら、僕のいうとおりでしょって、やっていってもいいんですが、めんどくさい。時間がかかってしょうがない。どうぞ、ご自分でなさってみて下さい。

る。

　「この事は芥川賞の第二回の詮衡の時にも幾分その兆を現わして自分を悩ましていたが、第二回の授賞者無しですんだ時には、自分は救われたような気がした。しかし直ぐ第三回の時期になって自分は全くやり切れなくなった。太宰からの日文夜文は或は数枚つづきのはがき或は巻紙一枚を書きつぶしたもの、しまいには手に取り上げて見るのも忌わしい気持であった。一途といえば一途な、しかし自尊心も思慮もまるであったものではない泣訴状が芥川賞を貰ってくれと自分をせめ立てるのであった。橋の畔で乞食から袂を握られてもこう不快な思いはしないであろうと思うほど、不便やら、おかしいやら、腹立しいやら彼の中毒症が自分の神経衰弱になって伝染しそうな気がしたが、その文脈の辿々しさや、主観の氾濫、意識の混乱、矜持の喪失、は全く言語道断であった。」

　ちなみに、この佐藤の「芥川賞」は、太宰が精神病院に入院中に発表された。

2 「月見草」はなにを象徴しているのか

だけれども、やはり少しだけ見ておきましょうか。

お話しましたように「富士」は、まずはじめに、過剰な〈拒否〉の対象として、僕たちの前に提出されます。広重や文晁の絵のなかのそれに比べられた「富士」、東京のアパートの(便所の)窓から見た「富士」、そして御坂峠からの眺望としてある「富士」としてです。このあたりが、おそらく前期に対応しているといえるのではないでしょうか。ここには、十国峠から眺められた「富士」のように、〈肯定〉の対象として描かれた「富士」もあるわけですが、それはおそらく太宰的作劇術によるものでしょう。

いえ、いい加減なことをいっているのではありません。こうした肯定の対象としての「富士」を、ここに紛れこませることによって、よりいっそう〈拒否〉の対象としての「富士」が鮮明に浮かびあがる。これは、そうした初歩的な作劇術によるものです。お汁粉に入れる塩、あるいはスイカにかける塩みたいなものです。たとえば、「姥捨」のなかに、こんな一節があるじゃないですか。「ユダの悪が強ければ強いほど、キリストのやさしさの光が増す。……滅亡するものの悪をエムファサイズしてみせればみせるほど、次に生れる健康の光のばねも、それだけ強くはねかえって来る」と。それですよ。甘さをきわだたせるための塩なわけです。初歩的な作劇術です。もちろん、前期という時代に、「富士」に象徴されるものに対して、このような〈肯定〉の感情を持ったことがあったと、素直に読んでもいいわけです。

さて、前半部分のそれ以降に描かれた「富士」は、あとは皆、〈羨望・肯定〉の対象として、あるいは〈和解〉を暗示するものとして描かれています。つまり、転機から中期へと足を踏み入れた頃に対応するものとして、これらを読んでいい。三ツ峠頂上で、「ちょうどこの辺に、このとおり、こんなに大きく、こんなにはっきり、このとおり見えます」と、霧が深くて富士山が見えないのを気のどくに思った茶屋の老婆が掲げて見せてくれた写真の「富士」。新田青年と眺めた「富士」。見合いの席で、長押の額縁に入れられてかけられていた「富士」の写真（富士山頂大噴火口の写真）。訪ねてきた青年たちと一夜甲府の町に遊んだ夜中、散歩の途中で見た「富士」。これらはすべて、〈羨望・肯定〉の対象として描かれています。そして、「富士」に初雪の降った日を描いた次のような場面は、〈和解〉を暗示するものであると思われます。

「『お客さん！　起きて見よ！』かん高い声で或る朝、茶店の外で、（茶店の―筆者補足）娘さんが絶叫したので、私は、しぶしぶ起きて、廊下へ出て見た。／娘さんは、興奮して頬をまっかにしていた。だまって空を指さした。見ると、雪。はっと思った。富士に雪が降ったのだ。山頂が、まっしろに、光りかがやいていた。御坂の富士も、ばかにできないぞと思った。／『いいね。』／とほめてやると、娘さんは得意そうに、／『すばらしいでしょう？』といい言葉使って、『御坂の富士は、これでも、だめ？』としゃがんで言った。私が、かねがね、こんな富士は俗でだめだ、と教えていたので、娘さんは、内心しょげていたのかも知れない。／『やはり、富士は、雪が降らなければ、だめなものだ。』もっともらしい顔をして、私は、そう教えなおした。」

ここには、〈拒否〉の対象であった「富士」が、雪をいただき、「ばかにできない」それへと変貌する様が描かれています。僕はこれを、「富士」（が象徴するなにものか）との

〈和解〉を暗示するものとして読みました。しかし、ここで注意しなければならないのは、この〈和解〉は、「雪が降った」ことによって可能となったのだということです。そして、太宰は前半部分を、先にも引用しましたけれども、次のように閉じています。

「私は、どてら着て山を歩きまわって、月見草の種を両の手のひらに一ぱいとって来て、それを茶店の背戸に播いてやって、／『いいかい、これは僕の月見草だからね、来年また来て見るのだからね、ここへお洗濯の水なんか捨てちゃいけないよ。』娘さんは、うなづいた。」

で、後半部分は、「ことさらに、月見草を選んだわけは……」とはじまるわけですね。例の「富士には月見草がよく似合う」という言葉を含む、「月見草」との出あいの場面が描かれるわけです。

ついでだから、ここでいっておきましょう。僕は先に、「富士」が象徴するものについて述べました。それは、「世間」＝〈おとなの世界〉のことだろう。さらには〈生家ヤマ源〉の暗喩としてもあるだろう、と。では、「月見草」とは、なにを象徴するものであるのか。そのことについてです。それは、つまり、「俗でだめ」な「富士」を「ばかにできない」それへと変様させた「雪」にかわるもの、としての意味を持つものとしてあるわけです。つまり、「雪」が降らなくても、否、「雪」の降らない季節には、そのときにはこの「月見草」の花が「俗でだめ」な「富士」を修飾し、「ばかにできない」それに変様してくれるだろう。そうした意味を持つものとしてです。

ちょっと、整理しておきましょう。「世間」＝〈おとなの世界〉との〈和解〉とは、その一員として生きていくことを、太宰が決意したということを意味しているといっていいわけです。ですから、「雪」とか「月見草」に象徴されるそれは、「俗」でがまんのならない〈おとなの世界〉を、あるいはそこでの自分の生を、「ばかにできない」それに変様してくれるものと読みかえることができる。いや、少なくとも「俗」ではない生を自分に保障してくれるものとの意味でもいいですよ。では、太宰に「世間」＝〈おとなの世界〉で生きていくことを決意させたものはなにか。〈おとなの世界〉で生きていくことに対するそうした甘い考えを抱かせたものは、なんであったのか。つまり、それこそが「月見草」によって象徴されるものだ、と考えればいいのではないか。

では、それはなにかといったなら、それは妻となる石原美知子その人を、あるいは美知子さんとつくる家庭を、象徴するものとしてある。僕には、そう思えます。太宰の中期という時代は、「一日の労苦」のなかの言葉を使うならば、「日常坐臥は十分、聡明に用心深く為すべきである」という自戒の一語を守って、〈おとなの世界〉で生きようとした時代であったわけですが、それはどのようにしてはじまったのか。すでに話しましたように、太宰が美知子さんと見合いをし、婚約をするために、御坂峠に出かけてきたときにはじまっているわけですよ。いや、「姥捨」を書きはじめたときにです。太宰にとって〈おとなの世界〉とは、「俗」なもの、〈太宰の生き方の理想〉とは反対のものとしてとらえられていた。しかし、このとき太宰の〈おとなの世界〉に同化したいという願望の念は、〈おとなの世界〉のうちに生きるということが自らの嫌う「俗」な生き方を意味するものでしかないにもかかわらず、それを凌駕するものとして存在していたわけです。「姥捨」を書き、御坂峠へと出向いてきた時点においてはですね。

しかし、太宰は、嫌いな生き方しかできぬであろう〈おとなの世界〉に、このときなぜ、それほどまでに固執したのか。それは、この〈おとなの世界〉のうちへと同化したいという願望の念が、太宰にとっては、生家ヤマ源に対する自己同一化への願望の念、つまり〈ヤマ源にふさわしい、ヤマ源に自己同一化できるにたる人間〉になりたいという思いと、パラレルなものとしてあったからです。つまり、〈ヤマ源にふさわしい、ヤマ源に自己同一化できるにたる人間〉になるためには、〈おとなの世界〉への同化が、どうしても必要なこととして、太宰には感受されていた。そして、生家ヤマ源の存在にふさわしい、品と格式をそなえた作品を描く、そして世間的にも一人前の男子として恥ずかしくない、そうした小説家にならなければならない。太宰には、そう考えられていたのでしょう。だけれども、〈おとなの世界〉はやっぱり嫌だな、という思いが太宰にはあった。

「富嶽百景」の後半部分の最初におかれた「月見草」との出あいの場面、「富士には、月見草がよく似合う」という言葉を含む一節の、そのすぐ後におかれた次のような一節には、そうした思いが如実に表出されていると思います。

「私の世界観、芸術というもの、あすの文学というもの、謂わば、新しさというもの、私はそれらに就いて、未だ愚図愚図、思い悩み、誇張ではなしに、身悶えていた。／素朴な、自然のもの、従って簡潔な鮮明なもの、そいつをさっと一挙動で掴まえて、そのままに紙にうつしとること、それより他には無いと思い、そう思うときには、眼前の富士の姿も、別な意味をもって目にうつる。この姿は、この表現は、結局、私の考えている『単一表現』の美しさなのかも知れない、と少し富士に妥協しかけて、けれどもどこかこの富士の、あまりにも棒状の素朴には閉口して居るところもあり、これがいいなら、ほていさまの置物だっていい筈だ、ほていさまの置物は、どうにも我慢できない、あんなもの、とても、いい表現とは思えない、この富士の姿も、やはりどこか間違っている、これは違う、と再び思いまどうのである。／朝に、夕に、富士を見ながら、陰鬱な日を送っていた。」

　太宰はここで、「私の世界観、芸術というもの、あすの文学というもの、謂わば、新しさというもの」＝「素朴な、自然のもの、従って簡潔な鮮明なもの」＝「『単一表現』の美しさ」を体現するものこそ、実は目の前にあるこの「富士」、つまり当の〈おとなの世界〉のことであったのではないかと「少し妥協しかけて」、「この富士（〈おとなの世界〉—筆者注）の姿も、やはりどこか間違っている、これは違う、と再び思いまどう」ような情態にあったのです。そして、「未だ愚図愚図、思い悩み、誇張ではなしに、身悶えていた」のです。★1

　さて、太宰はこうして、実は迷っていたわけですよ。だけれども、結局一歩を踏み出すことになる。「姥捨」を書き、御坂峠へと出かけてきたわけです。〈ヤマ源にふさわしい〉人間になりたいという願望の凌駕によって、太宰は自らの〈生き方の理想〉に対して妥協してしまうわけです。〈おとなの世界〉でも、あんがいうまくやっていけるのではないか。そうした甘い考えもあった。そして、そう考えさせたものこそ、「月見草」に象徴されるものだったわけです。それは、妻となる石原美知子その人のことだ、あるいは美知子さんとつくる家庭のことだ、と僕は先に述べました。

　つまり、美知子さんの存在そのものが、〈おとなの世界〉＝「俗」の世界のうちに自分が生きるとしても、そこでの自分の生をばかにできない生へと変様してくれるはずだ。「富士」＝〈おとなの世界〉＝「俗」に同一化した自分の生を、「月見草」＝美知子さんの

2　「月見草」はなにを象徴しているのか

★1　この一節は従来、「十月のなかば過ぎても、私の仕事（「火の鳥」執筆のこと—筆者注）は遅々として進まぬ」と語る主人公（「太宰」）が、なんとか作風の転換を図ろうとして〈「単一表現」の方法〉を思いついた、つまり新しい文学観を提示したものとして読まれてきた。また、引用部分後半の「富士」への雑言からもわかるように、その〈「単一表現」の方法〉自体を、まだ確固としたものとしては信じられないのだという、迷いの表出のように読まれてきた。
　しかし、ここで肯定されると同時に疑問を投げかけられているのは、〈「単一表現」の方法〉に対してであるばかりではない。この一節は、また当の「富士」に対する肯定や疑問をもその意のうちに含む表出としてあるのではないか。否、「富士」に対するそれこそが実は主であり、〈「単一表現」の方法〉に対するそれは、ここではむしろ従の位置にある、そう読まれ

存在、あるいは美知子さんと作る家庭は修飾し、ひきたててくれるに違いない。そのことによって、「俗」のなかにありつつも「俗」ではない生を、自分に保障してくれるに違いない。だったら、〈おとなの世界〉のなかでも、自分は生きていける、と太宰は考えたのではないでしょうか。

ところで、太宰は「月見草」という言葉を他の作品でも使っています。たとえば、「思い出」という作品のなかで使われています。主人公の少年が夜の桟橋で、弟と、将来結ばれるであろう相手について語りあう場面があります。例の印象的な「赤い糸」の話をする場面です。そこで、主人公の少年は弟に、お前の奥さんになる人は今なにをやっているだろうね、と聞くわけです。すると弟が……。いや、引用しておきましょう。

「秋のはじめの或る月のない夜に、私たちは港の桟橋へ出て、海峡を渡ってくるいい風にはたはたと吹かれながら赤い糸について話し合った。それはいつか学校の国語の教師が授業中に生徒へ語って聞かせたことであって、私たちの右足の小指に眼に見えぬ赤い糸がむすばれていて、それがするすると長く伸びて一方の端がきっと或る女の子のおなじ足指にむすびつけられているのである。ふたりがどんなに離れていてもその糸は切れない、どんなに近づいていても、たとい往来で逢っても、その糸はこんぐらかることがない。そうして私たちはその女の子を嫁にもらうことにきまっているのである。私はこの話をはじめて聞いたときには、かなり興奮して、うちへ帰ってからもすぐ弟に物語ってやったほどであった。私たちはその夜も、波の音や、かもめの声に耳傾けつつ、その話をした。お前のワイフは今ごろどうしてるべなあ、と弟に聞いたら、弟は桟橋のらんかんを二三度両手でゆりうごかしてから、庭あるいてる、ときまり悪げに言った。大きい庭下駄をはいて、団扇を

なければならないものとしてあるのではないか。僕は、そう考えた。というのも、〈「単一表現」の方法〉に対して述べられている部分は、実は「富士」についていうための導入部にすぎないとする読み方も、文脈上成り立つからである。むろん、だからといって、ここにいわれる新しい文学観の問題を、無視していいといいたいわけではない。

もって、月見草を眺めている少女は、いかにも弟と似つかわしく思われた。」

ここでは、弟の将来の妻となるであろう少女が眺めていると想像されるものとして、「月見草」があるわけですが、それは弟の妻となるであろう少女の可憐さを彷彿とさせるものとしてある。また、「古典風」という作品の最後にも、「十八歳の花嫁の姿は、月見草のように可憐であった」という一節があります。

こうした使い方がされているので、僕は、「月見草」＝花嫁となる美知子さんその人のことではないかと考えたわけです。あるいは美知子さんと作る家庭のことなのではないか、とですね。むろん、「月見草」の象徴するものとは、〈「富士」＝《おとなの世界》にアイデンティファイした太宰を、修飾するなにか〉であるわけですから、以前『太宰治というフィクション』（パロル舎刊）にも書きましたように、それは文学というもの、つまり自分のたずさわる〈芸術〉のことであるといっても、間違いではないでしょう。〈おとなの世界〉＝「俗」の世界のうちに自分が生きるとしても、自分に芸術があるかぎり、そこでの自分の生はばかにできない生へと変様されるはずだ、云々かんぬんということだってできる。むろん、ひとつではなく、それらいくつもの複合したイメージとしてあったかもしれないわけです。ですから、どれと断定することはできない。だけれども、「月見草」が〈「富士」＝《おとなの世界》にアイデンティファイした太宰を、修飾するなにか〉を象徴するものであることだけは、確かなことであると僕には思われます。

いや、やっぱり「月見草」というのは、美知子さんのことですよ。

3　太宰は「芸術的抵抗者」か

さて、井伏さんの悪口を散々いっておきながらなんなんですけど、井伏さん、ちょっといいことを、いっていたりもするんです。そのとおりじゃないか、ということをですね。たとえば、太宰は「富嶽百景」で、富士山をばかにしていますよね。むろん、太宰的作劇術にのっとった上で、ですけれども。たとえば、天下茶屋のある「御坂峠、海抜千三百米」から眺められた富士。本当は、標高千五百二十五メートルなんですけれども、まあそれはさておき、太宰はこの御坂峠から眺められた富士を、ぼろくそにいっていましたよね。もう一度引用しておきましょう。

「ここから見た富士は、むかしから富士三景の一つにかぞえられているのだそうであるが、私は、あまり好かなかった。好かないばかりか、軽蔑さえした。あまりに、おあつらいむきの富士である。まんなかに富士があって、その下に河口湖が白く寒々とひろがり、近景の山々がその両袖にひっそりと蹲って湖を抱きかかえるようにしている。私は、ひとめ見て、狼狽し、頬を赤らめた。これは、まるで、風呂屋のペンキ画だ。どうにも注文どおりの景色で、私は、恥づかしくてならなかった。」

とまあ、こんなふうにいったりしているわけですね。で、井伏さんは「御坂の碑[★1]」で、この部分を引用してね、こんなふうにいうんです。

「しかし御坂の富士に狼狽する人が、津軽富士を見て、よくも狼狽せずにいられたものである。」

まさしく、そのとおりなんです。太宰は「富嶽百景」のなかで、こんなふうにもいって

3　太宰は「芸術的抵抗者」か

★1　井伏鱒二「御坂の碑」（『文学界』昭和二十八年十二月）

ましたよね。

「たとえば私が、印度かどこかの国から、突然、鷲にさらわれ、すとんと日本の沼津あたりの海岸に落とされて、ふと、この山を見つけても、そんなに驚嘆しないだろう。ニッポンのフジヤマを、あらかじめ憧れているからこそ、ワンダフルなのであって、そうでなくて、そのような俗な宣伝を、一さい知らず、素朴な、純粋の、うつろな心に、果して、どれだけ訴え得るか、そのことになると、多少、心細い山である。低い。裾のひろがっている割に、低い。あれくらいの裾を持っている山ならば、少くとも、もう一・五倍、高くなければいけない。」

津軽富士だって、ずいぶん「裾のひろがっている割に、低い」山ですよ。いや、富士山よりも裾広がりじゃないかしら。もう二倍くらい、高くなければいけない山ですよ。それに岩木山て名前があるのだから、なにも「津軽富士」なんて呼ばなくてもいいじゃないですか。日本全国どこの町にいってもある「××銀座」みたいで、狼狽して、しまいませんか。津軽の皆さん、ごめんなさい。

まあ、それはさておき、こうして太宰が「富嶽百景」の最初の方で、富士山をぼろくそにいうでしょ。そうするとですね、それを、こんなふうに読んでしまう人たちがいるんですよ。「ニッポンのフジヤマを、あらかじめ憧れているからこそ、ワンダフルなのであって」云々とありますよね。つまり、「太宰は、『富士』に『日本』の世界史上の秀逸な正当性をみ、日本精神の類稀れな美しさを仮託するのは、『あらかじめ』の宣伝、つまり皮膚感覚にまでなっているニッポン・イデオロギーの所産である、との批判を（こうした形で——筆者補足）何気なく行なっているのだ」というようにです。これは松本健一さんの『太宰治とその時代』[★2]のなかの一節です。いや、レベルの高い太宰論なんです。僕もずいぶん勉強させてもらいました。だけれども、これはいただけない。こうして、〈戦争とファシズム〉の時代に対する〈抵抗精神〉を、太宰のうちに見ようとするわけですが、そのことはいただけない、ですね。いや、こうした見方をする人は、存外、多いんです。たとえば、『DEATH NOTE』の漫画家の絵に表紙を換えたら突然売れはじめたと話題になった集英社文庫『人間失格』の、その解説を書いた文芸評論家の小林広一もそうですし、映画監督の篠田正弘なども、こうした見方で論を展開しています。その拡がりというものがわかるでしょう。松本さんの『太宰治とその時代』は、その代表的な著作といえるものです。

彼らは、「昭和十四年という大東亜戦争の直前にあって、『富士』は強く、勇ましく、正しい『日本』の世界史上での秀逸な正当性を象徴し、日本精神の類稀れな美しさを具現する形象であった。それは、この〈戦争とファシズム〉の時代にあって、どこからも文句のつけようもない、強さ、正しさ、美しさの正当を意味していた」(同上)と見るわけですよ。いや、そのことに、僕は別に異論はない。

だけれども、太宰が「富嶽百景」のなかで、富士をぼろくそにいっている部分があるからといって、当時という時代に対する〈抵抗精神〉を、太宰のうちに見ようとするのは、いただけません。それは無理です。だって、「富嶽百景」のなかでは、「富士」に対する思い自体が〈拒否→羨望・肯定→和解・親愛〉と変化していくわけですからね。その最初の〈拒否〉の部分の富士の形象だけを採用して、太宰のうちに、当時という時代に対する〈抵抗精神〉を見ようとしても無理でしょう。〈拒否〉の対象としてではなく、〈羨望・肯定→和解・親愛〉の対象として描かれた富士は、ではどうなるのか。逆に、〈戦争とファ

★2　松本健一『太宰治とその時代』(昭和五十七年六月、第三文明社)

シズム〉を〈讃美する精神〉を、太宰のうちに見なければならなくなってしまうのではないか。

ですから、彼らは次のようにもいうわけだけれども、それも論理的に破綻しているとしか思えない。

「太宰は、堂々とした『富士』に対峙して、けなげにすっくと立とうとしている『月見草』に、ごくありふれた弱者としての自己を仮託した。そのことによって、当時の社会における強いもの、勇ましいもの、正しいものを、相対化したのでもあった」(同上)。つまり、「富士」に対する「月見草」の形象化は、いわば「〈戦争とファシズム〉の時代に支配的なニッポン・イデオロギーに対する太宰の抵抗精神」(同上)のあらわれであったのだ、と。

「富嶽百景」のなかで、こうした彼らの解釈を裏切ってしまう部分を見つけるのは、簡単なことです。「富嶽百景」前半部分についていうならば、すでに〈拒否→羨望・肯定→和解・親愛〉という「富嶽百景」のストーリーの流れについて述べたときに、〈拒否〉の対象ではなく〈肯定〉の対象として描かれている「富士」としてあげたものが、それにあたります。昔、十国峠から眺めた「富士」しかり、三ツ峠頂上で、「ちょうどこの辺に、このとおり、こんなに大きく、こんなにはっきり、このとおり見えます」と、霧が深くて富士山が見えないのを気のどくに思った茶屋の老婆が掲げて見せてくれた写真の「富士」しかり、新田青年と眺めた「富士」しかり、見合いの席で、長押に額縁に入れられてかけられていた「富士」の写真(富士山頂大噴火口の写真)しかり、訪ねてきた青年たちと一夜甲府の町に遊んだ夜中、散歩の途中で見た「富士」しかり、です。

また、「富嶽百景」後半部分でいうなら、つまり「富士には、月見草がよく似合う」という言葉を含む一節以降でいうなら、次のような場面があげられるでしょう。たとえば、社会のなかでもっとも虐げられた遊女の群れが富士山見物に来ているのを見て、どうしてやることもできない彼女らの不幸に思いをめぐらせ、「富士にたのもう」と心のなかで呟やいたりする「私」の描写。あるいはまた、ある日、「峠の向う側から、反対側の船津か、吉田のまちへ嫁入りするのであろう」花嫁が、付添いの老人二人とともに、この峠の茶屋でひと休みしたときのことを描いた次のような場面も、そうです。

「花嫁は、そっと茶店から出て、茶店のまえの崖のふちに立ち、ゆっくり富士を眺めた。脚をX形に組んで立っていて、大胆なポオズであった。余裕のあるひとだな、となおも花嫁を、富士と花嫁を、私は観賞していたのであるが、間もなく花嫁は、富士に向って、大きな欠伸をした。／『あら！』／と背後で、（太宰が逗留していた茶屋の娘さんが―筆者補足）小さい叫びを挙げた。娘さんも、素早くその欠伸を見つけたらしいのである。やがて花嫁の一行は、待たせて置いた自動車に乗り、峠を降りていったが、あとで花嫁さんは、さんざんだった。／『馴れていやがる。あいつは、きっと二度め、いや、三度目くらいだよ。おむこさんが、峠の下で待っているだろうに、自動車から降りて、富士を眺めるなんて、はじめてのお嫁だったら、そんな太いこと、できるわけがない。』／『欠伸したのよ。』娘さんも、力こめて賛意を表した。『あんな大きい口あけて欠伸して、図々しいのね。お客さん、あんなお嫁さんもらっちゃ、いけない。』」

むろん、太宰は、花嫁の態度を、単に花嫁にはそぐわぬものとしてとがめたのではありません。その態度を「富士」に対して無礼な態度と見てとったのであり、そうした花嫁を許すことができなかったのです。それはとりもなおさず、太宰の「富士」への思いが、どういうものであったのかを示すものといえると思います。

あるいは、また、先に引用した「富嶽百景」の最後の場面を、例にあげてもいいでしょう。「私」は、若い二人の娘の「姿をレンズから追放して、ただ富士山だけを、レンズいっぱいにキャッチして」シャッターを切る。それも、「富士山、さようなら、お世話になりました」と、心のなかで呟やきながらです。この呟やきは、すでに見てきたように、「富士」に対するプラスの感情、しいていえば親愛感の表出とでもいうべき以外のものではありません。

これらは、けっして「富士」に対する〈拒否〉の姿勢から出たものでも、「富士」を対峙の対象としたが故のそれでもありません。ましてや、「堂々たるもの、強いもの、勇ましいもの、あるいはまた正義といったもの」に対する「弱者の存在権を主張」するものなどでは、断じてない。そもそも、〈拒否〉の対象として描かれた「富士」は、先に引用した御坂峠からの眺望としてある「富士」、広重や文晁の絵のなかのそれに比べられた「富士」、あるいは東京のアパートの（便所の）窓から見た「富士」の三つだけなのです。

いや、〈拒否〉の対象として描かれた「富士」においても、東京のアパートの（便所の）窓から見た「富士」などは、彼らの解釈では説明できないのではないか。それは、けっして「堂々たるもの、強いもの、勇ましいもの、あるいはまた正義といったもの」を象徴するものではない。

「東京の、アパートの窓から見る富士は、くるしい。冬には、はっきり、よく見える。小さい、真白い三角が、地平線にちょこんと出ていて、それが富士だ。なんのことはない、

★3　ここにいう「三年まえの冬、私は或る人から、意外の事実を打ち明けられ……」の「意外の事実」とは、「東京八景」には「そのとしの早春に、私は或る洋画家から思いも設けなかった意外の相談を受けたのである。ごく親しい友人であった。私は話を聞いて、窒息しそうになった。Hが既に哀しい間違いを、していたのである」と描かれているものだ。初代が間違いを起こしたのは、太宰の義弟・小館善四郎とである。太宰より五歳年下で、青森中学校の後輩にあたる。彼が昭和七年に帝国美術学校に入学して以来、太宰はなにかと目をかけ、いっしょに旅をしたり、遊んだりしていた。
小館の太宰への告白、およびその後の模様について、相馬正一『評伝太宰治　第二部』は、次のように伝えている。

「……小館は、この問題をそれほど深刻には考えていなかった。もともと上京（小館は退院した後、卒業作品制作のため青森に帰省していた―筆者注）の目的も、太宰にこのことを告白するためではな

クリスマスの飾り菓子である。しかも左のほうに、肩が傾いて心細く、船尾のほうからだんだん沈没しかけてゆく軍艦の姿に似ている。三年まえの冬、私は或る人から、意外の事実を打ち明けられ、途方に暮れた。その夜、アパートの一室で、ひとりで、がぶがぶ酒のんだ。一睡もせず、酒のんだ。あかつき、小用に立って、アパートの便所の金網張られた四角い窓から、富士が見えた。小さく、真白で、左のほうにちょっと傾いて、あの富士を忘れない。……私は、暗に便所の中に立ちつくし、窓の金網撫でながら、じめじめ泣いて、あんな思いは、二度と繰りかえしたくない。★3」

「クリスマスの飾り菓子」ですよ、「沈没しかけてゆく軍艦」なわけです。「堂々たるもの、強いもの、勇ましいもの、あるいはまた正義といったもの」を象徴するものなどでは、断じてない。

では、なぜ彼らが、そうして間違ってしまったのかというと、〈戦争とファシズム〉の時代に対する〈抵抗精神〉を、太宰のうちに見ようとするに急で、「富嶽百景」という作品の構造分析にまで、手がまわらなかったのではないか。いや、そうして太宰のうちに「芸術的抵抗者」を見たいが故に、作品の構造分析をネグってしまった。「富士」に対する「月見草」の形象化は、いわば「〈戦争とファシズム〉の時代に支配的なニッポン・イデオロギーに対する太宰の抵抗精神」のあらわれであるといいたいために、都合の悪い「富士」の形象化には、いっさい目をつぶってしまったのでしょう。

「クリスマスの飾り菓子」や「沈没しかけてゆく軍艦」に「富士」が見えたのは、「或る人から、意外の事実を打ち明けられ、途方に暮れた」からです。つまり、〈「富士」の描写＝太宰の心の情態を映したもの〉なわけです。そして、全体的構造から見れば、先にもお

く、美術学校に卒業作品を提出することにあった。小館の語るところによれば、作品を提出し終えてから美校同期生の久富邦夫（佐賀県出身）と連れ立ってアパート・碧雲荘に太宰を訪れ、そこで初代の手料理による三人の酒宴を始めた。大分酔いが廻ったころ、たまたま手洗で太宰と一緒になり、そのとき『ごく軽い気持で』初代との情事を話した。一瞬、太宰はきつい表情になったが、何も言わずに元の座に帰ったという。／小館は自分の告白が太宰の内部にどのような反応を起こさせたかを知る由もなく、そのまま郷里に帰っていった。小説化された〈姦通物語〉の筋と異なり、小館は初代に内緒で太宰にのみ打ち明けたので、あとで太宰に詰問されるまで初代は秘密が露見したのを知らずにいた。小館たちの帰ったあと、太宰がそれとなく情事をほのめかすような冗談を言ったときにも、初代は最初『平可臭い』（津軽方言『嫌らしい』）と言って取り合わなかった。しかし、太宰が小館の告白を持ち出して問いつめると、初

話しましたように〈「富嶽百景」とは、「富士」の形象に映された太宰の心の変身譚（ドラマツルギー）としてある。そして、その《拒否↓羨望・肯定↓和解・親愛》と変化していくその変身譚（ドラマツルギー）とは、同時に、「富士」に象徴されるなにものかへと太宰が同化（アイデンティファイ）していく過程を描いたものでもある〉わけです。

4　太宰の作品は私小説ではない

さて、僕は、ですから太宰を「芸術的抵抗者」とはとらえていません。彼らのように、太宰をどうしても「芸術的抵抗者」と見たい人たちは、戦争期における太宰の作品に対しても、「富嶽百景」でやったように、その作品の全体的構造には目をつぶり、そのごく一部をもって全体だとするとともに、さらにはそのごく一部を恣意的に解釈することによって、もってその作品に「太宰の抵抗精神」のあらわれを見ようとする。そうした間違いを繰り返しています。

こんなふうにいうと、必ず、「では、あなたは太宰を戦争讃美者だというのか」と批判する人がいます。僕が「富嶽百景」のなかの〈羨望・肯定↓和解・親愛〉の対象として描かれた富士を指摘したことが気にいらないのでしょう。しかし、彼らには、どちらかしかないのか。頭が、単純にすぎます。困ったものです。そういった単純な頭が、ファシズムを生み出すのです。彼らは、自らのファシズム的体質を自覚した方がいい。右のファシズムに対する、左のファシズム（スターリニズム）とでもいえばいいでしょうか。それでは、いつまでたっても時代は真っ暗です。右も左も真っ暗闇でござんす、って、これは鶴田浩

代もすっかり観念してしまい、『死んでお詫びを――』と言って泣きくずれてしまったという。」

それで、「姥捨」に描かれているようなことになるといわれているわけだが、述べたように、僕は水上心中事件の存在を信じてはいない。なお、ここにいう「小説化された〈姦通物語〉」とは、「姥捨」のことである。

二でしたっけ。

むろん、僕は太宰を戦争讃美者だなどと、考えているわけではありません。というのも、僕はこう考えているからです。太宰が作品を書く上で、この戦争期において憑依したマス・イメージは、〈戦争遂行という、国家に淵源し、やがて大衆のそれとなったマス・イメージではなく、それとは本来質を異にするマス・イメージ〉だった。つまり、〈大衆の生活者としての位相が、日々、生みだすところのそれとしてのマス・イメージ〉に対してだった。太宰は、そうやって作品を書いた。「日常坐臥は十分、聡明に用心深く為すべきである」という自戒の一語のもとにです。

生活者である彼ら（彼女ら）が生みだすマス・イメージは、国家からする、たとえば「ニッポン・イデオロギー」のようなものとは、明らかに質を異にしたものです。しかし、その「ニッポン・イデオロギー」が生活者である彼らのマス・イメージをも侵犯するような事態にたち至ったとき、生活者としてのそれへと憑依（リンク）した〈非在〉者としての太宰の文学は、それにあわせて揺れざるをえない。「鷗」（昭和十五年一月）という作品の次のような一節は、そのことを証明するものでしょう。こうした一節を、やがて太宰は描くようになる。それは、太宰自身が、そして太宰の文学そのものが、彼ら生活者たちがそうして戦争遂行体制＝「ニッポン・イデオロギー」にのめりこんでいかざるをえなくなる過程と、パラレルな位相に存在するものとしてあったからです。

「祖国を愛する情熱、それを持っていない人があろうか。けれども、私には言えないのだ。それを、大きい声で、おくめんも無く語るという業が、できぬのだ。出征の兵隊さんを、人ごみの陰から、こっそり覗いて、ただ、めそめそ泣いていたこともある。私は丙種である。劣等の体格を持って生れた。鉄棒にぶらさがっても、そのまま、ただぶらんとさがっているだけで、何の曲芸も動作もできない。ラジオ体操さえ、私には満足にできないのである。劣等なのは、体格だけでは無い。精神が薄弱である。だめなのである。私には、人を指導する力が無い。誰にも負けぬくらいに祖国を、こっそり愛しているらしいのだが、私には何も言えない。」

この作品は、「富嶽百景」の一年後に発表されています。皆さんは、これをどう読まれるでしょうか。むろん、芸術的抵抗者のそれなどとは読めません。

僕はこの一節を、太宰の出征兵士たちへの劣等感、あるいはひけめ、やましさのようなものの渾然一体となった思いの表出として読みます。当の「ニッポン・イデオロギー」によって、お国のために出征していった彼らに対する、です。この一節は、むしろそうした彼らに対する思いを通しての、いわば「ニッポン・イデオロギー」への、太宰の〈同化への願望、あるいは同化しえずにいる自らの負い目の意識〉の素直な表出である、とはいえないでしょうか。むろん、ここには、「ニッポン・イデオロギー」に対する拒否の姿勢など皆無に等しい。こうした一節を含む作品を、太宰は描くようになるのです。

井伏鱒二が「戦争初期の頃」★1でいっていることも興味深い。

「当時、太宰君は徴用を逃れたことを、何か後ろめたいことのように感じていたように思われる。何か身を小さくしている風で、私たちが東京駅を発つときにも姿を見せなかった。資産家に生れたということで、いつも後ろめたさを感じていた性根にも通ずるだろう。／もし、あのとき太宰君が徴用されて、派遣軍徴員になっていたらどうだろう。『惜別』も『ヴィヨンの妻』も『トカトントン』も、この世に出なかったろう。」

★1 井伏鱒二「戦争初期の頃」(『太宰治全集六』月報、昭和三十一年三月)

★2 たとえば「東京八景」の、次のような一節を例にあげてもいい。昭和五年、鎌倉・小動崎での田辺あつみとの心中事件を起こさざるをえなくなった、その理由について描いた部分をである。

「兄は、女を連れて、ひとまず田舎へ帰った。女は、始終ぼんやりしていた。ただいま無事に家に着きました、という事務的な堅い口調の手紙が一通来たきりで、その後は、女から、何の便りもなかった。女は、ひどく安心してしまっているらしかった。私には、それが不平であった。こちらが、すべての肉親を仰天させ、母には地獄の苦しみを嘗めさせて迄、戦っているのに、おまえ一人、無知な自信でぐったりしているのは、みっとも無い事である、と思った。毎日でも私に手紙を寄こすべきである、と思った。私を、もっともっと好いてくれてもいい、と思った。けれども女は、手紙を書昭和十六年十一月、井伏さんが徴用で南方の方へいくことになって、出立するとき、太宰もたしか東京駅に見送りにいっているはずです。ですから、「姿を見せなかった」は、井伏さんの記憶違いだと思います。が、それはさておき、井伏さんにも、そう見えていたわけです。つまり、「何か後ろめたいことのように感じていたように」です。

では、太宰を「芸術的抵抗者」と見たい人たちに、引用しました「鷗」の一節は、どう映るのでしょうか。松本健一は、『太宰治とその時代』のなかでいっています。

太宰はここで、「『私には何も言えない』というかたちで、愛国心を強制する政治を批判し、それ（愛国心—筆者注）を大声でいえと迫るイデオロギーを攻撃している」のだ、と。つまり、この一節は、「愛国心を強制する全体主義（ファシズム）の政治や、人間を死に赴かせる戦争の時代における支配的なイデオロギー（たとえば『日本主義』）に対する、太宰の直接的な批判、本音」の表出としてこそあるのだ、と。さらに、松本さんは、ここには「無力、無能、とみずからを卑下しながら、強力、有能、絶対なる政治を相対化してしまう方法が、理論としてではなく、作品として提出されている」、それはすぐれて芸術的抵抗を体現したものでこそある、といいます。

どうして、こうした解釈ができるのでしょうか。おそらく、戦争期の太宰の文学的集積からなにを読みとりたいかという、いや、太宰がどういう存在であってほしいかという、論者側の願望が、こうした恣意的解釈を許しているのです。このことについては、すでに述べました。「富嶽百景」でやったと同じことを、ここでも繰り返しているのだと。

では、彼らが自らの願望のままに、「富嶽百景」も含めてですね、そうした恣意的解釈を自らに許して平気でいられるのは、なぜでしょうか。それは彼らに、太宰を読み解く上

きたがらないひとであった。私は、絶望した。朝早くから、夜おそく迄、れいの仕事の手助けに奔走した。人から頼まれて、拒否した事は無かった。自分の其の方面に於ける能力の限度が、少しずつ見えて来た。私は、二重に絶望した。銀座裏のバアの女が、私を好いた。好かれる時期が、誰にだって一度はある。不潔な時期だ。私は、この女を誘って一緒に鎌倉の海へはいった。破れた時は、死ぬ時だと思っていたのである。れいの反神的な仕事にも破れかけた。肉体的にさえ、とても不可能なほどの仕事を、私は卑怯と言われたくないばかりに、引受けてしまっていたのである。Hは、自分ひとりの幸福の事しか考えていない。おまえだけが、女じゃ無いんだ。おまえは、私の苦しみを知ってくれなかったから、こういう報いを受けるのだ。ざまを見ろ。私には、すべての肉親と離れてしまった事が一ばん、つらかった。Hとの事で、母にも、兄にも、叔母にも呆れられてしまったという自覚が、私の投身の最も直接な一因であった。」

での方法論が欠如しているからです。たとえば、僕のように、太宰治という存在を二重のフィクション化〈〈他者の視線〉によるフィクション化に加うるに自らの存在自体の〈非在〉化〉を経た存在＝〈非在〉者として、彼らはとらえられない。そして、そのことによって、〈作中の「私」＝太宰の生き方の理想＝太宰の実生活の姿〉という等号関係にあるものとしてしか見ることができない。だから、こんなことになってしまう。行き当たりばったり、自分好みの太宰像を創作してしまう、ということになるわけです。

さて、話を進めたいんです。そろそろ「富嶽百景」からも、離れていきましょう。

たとえば、僕はこれまで太宰について書いたり、語ったりしてきたわけですが、実は避けていた問題があるんです。面と向かって取り組もうとは、してこなかった。それは、太宰治の作品は私小説なのか否か、という問題です。

もちろん、「思い出」とか、「道化の華」「狂言の神」「HUMAN LOST」「姥捨」、ここで見てきた「富嶽百景」、そして「東京八景」、戦後だったら「十五年間」とか「苦悩の年鑑」とかね、自伝的性格の強いといわれているものに限ってもいいんです。「人間失格」も加えますか。「人間失格」は、ちょっと別じゃないですか。加えますか。はい、では加えましょう。要するに、太宰治の人となりについて論じようとする人たちが、よく引用する作品ということですね。もっというならば、太宰の年譜を作るときに、なにかその裏付けのように扱われてきた作品ということです。これらは私小説といえるのか。

皆さんは、どう思われます？　もちろん、私小説といっていいわけですよね。ですが、僕がこういうふうに問題提起しているということは、僕は私小説とはいえないのではない

どうであろうか。リアリティを感じることができるだろうか。なぜ、「私」が心中事件を起こさなければならないのか、納得しうるだろうか。Hが手紙を寄越さなかったこと。「れいの反神的な仕事」、つまり左翼の運動に主人公は携わっていたのだが、その運動に携わることに「能力の限度」を感じていること。これらのことが、理由としてあげられている。しかし、なぜそんなことで、「私を好いた」「銀座裏のバアの女」と心中しなければならないのか。Hとのことで「すべての肉親と離れてしまった事が一ばん、つらかった」ともあるが、それは「すべての肉親を仰天させ、母には地獄の苦しみを嘗めさせ」、「母にも、兄にも、叔母にも呆れられてしまった」ことによるらしい。が、なぜ、それが「すべての肉親と離れてしまう」ことを意味するのか。仮に離れてしまったとしても、それでなぜ心中しなければならないのか。だいいち、「銀座のバアの女」は「私」を好いたとはいえ、なぜ心中事件の片割れにならなければな

かと思っている、ということです。調べれば調べるほど、そこに書かれていることは事実とは違っていることがわかる。田辺あつみと入水なんかしていない……。あまりにも違いすぎるわけです。

そもそも、太宰は作品のなかに主人公の人生を創作したのです。文壇の趨勢や時代のマス・イメージに、うながされたりしながらです。作品の主人公は、その作品を作品として成立させるために必要な展開に応じる形で、存在しているわけです。このことは、すでに「姥捨」について述べたところで（第１章第４節）、見てきたとおりなわけです。

たとえば、前期から中期への移行にあたって、作中の「私」は改心するわけですが、それは小説の展開として、そのとき「私」が改心することが必要だったから、「私」は改心するわけです。自叙伝的な作品といわれているものらを、それらで一つの大きな作品として見るならばですね、そういうことがいえる。決して、太宰本人が改心したことによって、作中の「私」の改心が描かれたわけではない。だから、僕はそこで述べておきました。〈前期から中期へと移行するにあたって、仮に太宰治本人もまた改心したのだとするならば、その改心は、その作中の「私」に同一化（憑依）することによってこそもたらされたものなのだと思います。太宰治という人は、次に書かれる小説の作中の「私」を先取りして、その展開を現実化して見せるような生を生きたともいえるわけです。作中の「私」、先に在りきといえるような生を、ですね〉と。

この、〈次に書かれる小説の作中の「私」を先取りして、その展開を現実化して見せる〉ということは、一つには太宰の決してリアリティーがあるとはいえない文章に、リアリティーを保障することになる。ここに書かれているのは太宰治が現実に起こした事件だ、

らなかったのか。

これでは、なにもわからない。他のこの事件を描いた作品においても、同じだ。いうまでもなく、「作品はそれぞれが小宇宙だから、作品内部で自殺なり殺人なりが起きれば、そこへいたるまでの仔細が示されていなければならない。ところが（どの作品においても――筆者補足）脈絡なく、ただ事実として、事件を起こしてしまいました、と述べられているのだ。あとは性格の問題に帰されてしまう。読者は、作品のなかで唐突に心中事件と出会うしかない」（猪瀬直樹『ピカレスク』、平成十二年十一月、小学館）のである。故に、この事件を描いた場面のリアリティは当のその作品によって付与されているのではなく、実際に行なわれた当の事件によって付与されていると述べたわけだ。

では、実際の心中にいたる過程においてはどうであったのかといえば、兄・圭治の死や、左翼運動で大学を退学になるのではないかといった恐怖、むろん退学になったなら郷里からの百二十円の仕送

という前提が、作品にリアリティーを保障しているわけですよ。★2 いや、太宰が実際に事件を起こしていなかったとしてもいい。事件を起こしたというように、世間に流布され、それが噂として広がって、縊死事件なら縊死事件を、心中事件なら心中事件を、太宰が起こしたぞというように皆が思いこんでいれば、それでいいわけです。その世間の側、読者の側の思いこみが、作品にリアリティーを保障するわけです。

たとえば、太宰治の年譜を知らない人が、それらの自叙伝的だといわれている作品を読んで、はたしてそこにリアリティーを感じられるでしょうか。僕は、感じられないと思います。なにか「富嶽百景」での富士に対する太宰の物謂いみたいですが……。「ニッポンのフジヤマを、あらかじめ憧れているからこそ、ワンダフルなのであって、そうでなくて、そのような俗な宣伝を、一さい知らず、素朴な、純粋の、うつろの心に、果して、どれだけ訴え得るか、そのことになると、多少、心細い……」。太宰が現実に起こした事件だ（と思いこんでいる）から、読めるわけですよ。

むろん、太宰は作中の「私」になりきってしまっていた時期もあるわけです。前期といわれる時代も後半にいけばいくほどに、つまり二重のフィクション化（〈他者の視線〉によるフィクション化に加うるに自らの存在自体の〈非在〉化）を経た存在として、太宰の〈非在〉性が高じていけばいくほどに、作中の「私」との区別はあいまいにならざるをえない。中期といわれる時代は、「自らの存在自体の〈非在〉化」はある程度は解消したものの、「〈他者の視線〉によるフィクション化」を生きることを強いられた時代だといえる。では、戦後の後期といわれる時代はというと、人気作家になってしまったことによって、ふたたび二重のフィクション化（〈他者の視線〉によるフィクション化に加うるに自らの

りも止められるだろうという心配、また田辺あつみに立て替えてもらっていた「銀座裏のバア」ホリウッドのツケがかなりの額になっていたこと等々の問題を、太宰は抱えていた。そして、初代と一緒になる代わりに申し渡された生家からの分家除籍の問題もある。あつみのほうはといえば、演劇で身を立てたいという男と一緒に広島から出てきたが、頼りにしていた先輩はすでに演劇からは足を洗っていたり、男が仕方なく職探しをしているときに財布を掏られてしまうという不運や、仕方なく自分がホリウッドで女給をはじめると、男は職探しをすることもなくヒモのようになってしまったり……。男との間に口論が絶えず、この頃には男は広島に帰りたいというようになっていた。男との関係は壊れかかっていた。そうした現実があったのだ。

「東京八景」にも、他の作品にも、こうした事情はほとんど描かれていない。

★3 久米正雄は「『私』小説と『心境』小説」（大正十四年一月）

存在自体の〈非在〉化）を、亢進させることになってしまっていたのではないか。

いや、後期の太宰についてはこうした視点から、まだちゃんと、突っ込んで考えたことはない。後期の代表的な作品、「斜陽」や「人間失格」については、書いたり語ったりしましたが、こうした視点から後期の太宰について論じたことはない。あとで、ちょっと触れるかもしれませんが、これは僕自身の宿題です。

さて、太宰と作中の「私」とのこうした関係、太宰自身のいわば〈非在〉者としての在り方を考えたときに、はたして太宰のそれを私小説と呼ぶことができるでしょうか。

『新潮日本文学小事典』のなかの「私小説」の項（執筆者は平野謙）に、「明治四〇年代の自然主義文学を中心として、西欧ふうのリアリズム文学がはじめて近代日本に定着したのであって、私小説はその日本的リアリズム文学の一ヴァリエーションにほかならぬ」とあります。では、太宰の作品は、この系譜にあるものだといえるでしょうか。はたして、リアリズム文学でしょうか。僕は、違うと思います。

『現代日本文学大辞典』のなかの「私小説」の項からも、引用しておきましょう。この項を書いたのは瀬沼茂樹です。

「わが国の写実主義や自然主義が実証と合理との方法意識や批評態度において欠けるところがあり、文学的方法として客観的（あるいは社会的、歴史的）に確立されなかったために、作家の現実認識がもっぱら自己の身辺にしぼられ、その体験する日常生活の範囲に限られるようになった。他方において、大正デモクラシーを基盤として作家の個性主義が個人的体験の重視を支持し、自己の経験したところを真実として主張することを可能にし

で、「心境小説」の命名者は自分だとして、次のように述べている。「心境というのは、実は私が俳句を作っていた時分、俳人の間で使われた言葉で、作を成す際の心的境地と言う程の意味に当るであろう」。また、宇野浩二は、「心境小説」について、「『私小説』私見」（大正十四年十月）のなかで、〈心境小説とは私小説の「私」の心境を深く掘り下げた作品で、より進歩した形としてあるもの〉と定義している。また、宇野はそこで、私小説の源流は武者小路実篤の天衣無縫な自己表現をはじめとする『白樺』派の小説にあると指摘した。また、葛西善蔵の作品を私小説の極北を示すものとした。それ以降、昭和十年代までの時期、志賀直哉の短編が私小説を代表するもの、すなわち純文学を代表するものとみなされ、また葛西善蔵の「湖畔手記」や「椎の若葉」が私小説の純化したものとしての心境小説の代表例とみなされた。

戦後になると、伊藤整が私小説を破滅型の現世放棄者の文学と調和型の現世把持者の文学二つに分

た。ここから自己に誠実に、人生の真実をつきとめ、いかなる事態に出会うとも動じることのないように、心身を錬磨することをもって文学の道とする、求道精神をもって最高とみる心境小説論が現われてきた。」

ここにいう「心境小説」とは、私小説の一種のことです[★3]。太宰のそれは、ここにいわれている「私小説」の概念を、裏切るものです。つまり、ここでは私小説の担い手たる資格として、その個人に、確固とした自己の屹立されていることが前提とされています。はっきりと書いてあるわけではありませんが、そう読めると思います。たとえば、「自己の経験したところを真実として主張する」ことなんて、確固とした自己が屹立されていなければ無理です。信じるにたる自分が存在していなければ、といいかえてもいい。しかし、太宰はどうだったでしょうか。信じるにたる自分は、はたして存在していたでしょうか。自己喪失者、僕の言葉でいう二重のフィクション化に翻弄された存在＝〈非在〉者であったわけですよ、太宰は……。つまり、そうした存在が私小説を書けるわけはない。原理的にいって、無理な相談なわけです。

5 私小説とはなにか

さて、先に平野謙の「私小説」の定義（『新潮日本文学小事典』）から、その一節を引用しましたが、僕が引用した一節の前には、また私小説の成立について語る次のような一節があったんです。引用しておきましょう。

「『無名作家の日記』から『良友悪友』ふうの文壇交友録小説をへて宇野浩二の警告した

類した。それを受け、平野謙はこの破滅型の文学を狭義の私小説、調和型の文学を心境小説に腑分けした。前者には、近松秋江、葛西善蔵から嘉村礒多を経て太宰治、田中英光に至る流れが考えられるとされている。後者は、志賀直哉から滝井孝作を経て外村繁、尾崎一雄に至る流れが考えられるとされている。

従来の文学史は、そう教えているが……。

風潮にまで逆転する過程に、いわば微視的にみた私小説という文壇用語発生の歴史的事情が圧縮されてある。／この大正七年から大正九年にいたる文学史的な一齣を巨視的にひきなおせば、そのまま明治四〇年代の田山花袋の『蒲団』から大正一〇年代の葛西善蔵の連作的私小説の歴史となるのである。……私小説そのものも……一時期の文壇用語にほかならなかった。その一回限りの『私は小説』が今日の『私小説』にまで昇華したところに、私小説の複雑な歴史的問題がひそんでいる。いわば一時期の歴史的名称が自然主義以後の文学史全体のモラル・バックボーンにまで普遍化されるようになったところに、近代日本文学独特の問題が存するのである。しかし、いくら巨視的にみても、私小説の問題は『蒲団』にまでさかのぼるのがせいぜいであって、尾崎紅葉の『青葡萄』にまでさかのぼるということはない。」

　なんとなれば、「明治四〇年代の自然主義文学を中心として、西欧ふうのリアリズム文学がはじめて近代日本に定着したのであって、私小説はその日本的リアリズム文学の一ヴァリエーションにほかならぬ」からです。

　ちょっと説明しておきましょうか。

「無名作家の日記」というのは、大正七年七月に『中央公論』に載った菊池寛の出世作です。「文壇交友録小説」というのは、平野謙の言葉をそのまま借りるならば、「大正八年から九年にかけて、芥川龍之介の『あの頃の自分のこと』、菊池寛の『友と友との間』、久米正雄の『良友悪友』、里見弴の『善心悪心』などのモデル小説と私小説との混交ともいうべき実名小説的な」作品のことです。「宇野浩二の警告した風潮」というのは、宇野が「甘き世の話」★1という小説のなかで述べた（「私」という主人公が登場しさえすれば、それ

★1　宇野浩二「甘き世の話」（『中央公論』大正九年九月）

は作者自身のことであって、そこに書かれた言動はすべて事実だと読者が思い込むようになったことは、嘆かわしいことだ〉という感想のこと。

「私小説」という言葉も「一時期の文壇用語にほかならなかった」とは、つまりこの言葉が使われるようになったのは大正九年十二月から翌十年一月にかけてのことで、「所謂『私』（わたくし）小説」、「私は小説」などの用語例が確認されているわけです。その少し前には、同様の作品は「楽屋落小説」なんていう言葉で呼ばれていました。要するに知っている人が読めばわかるけれども、知らない人が読んだらなんのことやらさっぱりわからない作品という意味でしょう。大正九年十月の『万朝報』の匿名記事「楽屋落文学の流行」は、こう定義しています。「私の所謂楽屋落というのは、主として小説や戯曲の題材が、文壇とか文壇の人々の生活というような、狭い範囲に限られ、こういう方面に親しみをもっている人々にのみ分るようなものが多いという意味」だとです。当時、そうした小説がすごく多かったらしい。いや、文壇交友録小説がそういう小説だったといっているわけではないですよ。いや、そういう小説でもあるんですけどね。そのことについては、あとで説明します。

「楽屋落小説」は三つに分類できると、当時の匿名批評家はいっています。この「近頃苦々しき小説」は、要するに〈一、反吐小説。酒を喰いて小間物屋を開きしが如き、余り外聞よろしからぬ事を、寧ろ自慢の体にて、己が不行跡を書き出す類〉、〈一、長崎小説。何かの鬱憤を小説の中に洩らして、友人を罵り辱かしむる事。江戸の敵を長崎にて討つが如き類〉、〈一、太鼓小説。前のとは反対に、見えすきたるお世辞追従を小説に書き籠めて、その報いを得る事〉といったような小説です。むろん、作者とおぼしき主人公が登場しさえすれば、そこに書かれたことは作者の身に実際に起きたことであるかのように受けとってしまう、そうした読み方が読者の間に一般化しつつあったからこそ、こうした「楽屋落小説」への批判が出てくるわけです。

しかし、「私小説」が文壇的なレベルで議論になったのは、大正時代も終りに近づいた大正十三年から十四年にかけてです。大正十三年一月に中村武羅夫が「本格小説と心境小説」を書き、久米正雄が「『私』小説と『心境』小説」（大正十四年一月）、「『私小説』と『心境小説』」（大正十四年五月）を、宇野浩二が「『私小説』私見」（大正十四年十月）を書くことによってです。それも、中村論文へのアンチという立場で久米論文が書かれましたので、私小説問題は「本格小説」対「心境小説」の問題として展開されることになりました。中村は、西欧の「本格小説」と比べて、「私小説」を本当の小説ではないといい、それに対して久米と宇野は私小説を純粋な文学だと擁護したわけです。

さて、忘れないうちに、「楽屋落小説」と「文壇交友録小説」の違いを説明しておきましょう。

たとえば、菊池寛の「無名作家の日記」でもいいのですが、この作品は、文壇仲間への甘えの心理をエゴイズムとして、その冷徹な剔抉をテーマにしているわけです。そして、文壇仲間とのいがみあいや互いの競争心、あるいは自己弁解や自己耽溺を一つの心理ドラマにまで構成しえているわけです。つまり、モデルへの素材的興味を読者に抱かせるという意味では「楽屋落小説」と違わないわけですが、そうして普遍的な人間心理の一面を掘り下げ、それを文学的表現のうちに定着しえたときに、「楽屋落小説」というレベルから一歩を抜けだし、「文壇交友録小説」としての実質を持つことになった、といっていいと思います。で、一歩を踏み出せない「楽屋落小説」を「所謂『私』（わたくし）小説」「私は小説」として、批判し嘲笑していた、というのが当時の文壇の趨勢です。

ところで、平野謙は『新潮日本文学小事典』の「私小説」の項に、「いくら巨視的にみても、私小説の問題は『蒲団』にまでさかのぼるのがせいぜいであって、尾崎紅葉の『青葡萄』にまでさかのぼるということはない」。なんとなれば、「明治四〇年代の自然主義文学を中心として、西欧ふうのリアリズム文学がはじめて近代日本に定着したのであって、私小説はその日本的リアリズム文学の一ヴァリエーションにほかならぬ」のだから、と書いていていました。では、リアリズムの方法を摂取して書かれた「蒲団」[★2]とそうではない「青葡萄」[★3]では、なにが違うのでしょうか。

たとえば島村抱月は、星月夜の署名で、『早稲田文学』（明治四十年十月）の「『蒲団』合評」のなかで、「此の一篇は肉の人、赤裸々の人間の大胆なる懺悔録である。此の一面に於いては、明治に小説あって以来、早く二葉亭風葉藤村等の諸家に端緒を見んとしたものを、此の作に至って最も明白に且意識的に露呈した趣がある。美醜矯める所なき描写が、一歩を進めて専ら醜を描くに傾いた自然派の一面は、遺憾なく此の篇に代表せられている」と述べています。

抱月は、また、これまでの作家は「醜なる事を書いて心を書かなかった」のに対し、花袋は「醜なる心を書いて事を書かなかった」ともいいます。

ここにいう「醜」とは、「已みがたい人間の野生の声」、要するに人間の性的な部分、性にまつわることを指します。花袋は、自らの内面を「矯める所なき描写」として、つまり

★2　田山花袋「蒲団」（『新小説』明治四十年九月）
★3　尾崎紅葉「青葡萄」（『読売新聞』明治二十八年九月十六日～十一月一日）

偽りなく描いた。心のなかの隠しておきたい醜い部分、性的な部分も、偽りなく描いた。それがすごいことなんだ、といっているわけです。これまでの作家は、醜い現実、性をめぐる事件に目を向け、それを描くことはしたけれども、そうした事件を引き起こす人間の醜い心、心のなかの性的な部分について描くことはしなかった。むろん、そうして花袋によって描かれた対象というのは、当の自分自身の心のなかのことについてであったわけですけれどもね。しかし、それでもこれは大変なことなんです。リアリズムの方法を摂取していたからこそ、できたことなんです。リアリズムとは、現実をあるがままに見て、そのままに描こうとする芸術的態度・方法であるわけです。そうした態度・方法があったからこそ、自らの心のなかのことに対する「矯める所なき描写」が可能となったのです。まあ、「あるがままに」というのは認識論的には無理な話で、そこには多かれ少なかれ主観が混入せざるをえないわけですが、それはここでは問わないことにします。

つまり、自らを突き放して眺める目の獲得、自らを外側から客観視してみる目の獲得を、それは意味していたわけです。その第三者の目の獲得とは、文学史的な意味における近代的自我の確立を意味していた。これは、画期的なことなわけです。このことについては、平成十四年七月に出しました『文学の滅び方』[★4]という本に書きましたので、そちらの方を見ていただけると、幸いです。

田山花袋の「蒲団」とは、こうして、近代的自我の確立を画する作品の一つであったわけですよ。「蒲団」とは、そうした文学史的意味を持つ作品です。では、尾崎紅葉の「青葡萄」はどうかというと、これはリアリズムの態度・方法に基づいて描かれたものではなかった。

★4　拙著『文学の滅び方』（平成十四年七月、現代書館）

読まれたことのある方、少ないと思います。どんな作品かというと、紅葉の門下生に風葉（作中では秋葉）という人がいるんですが、その風葉が庭の青葡萄を食べてコレラに罹る。そして、避病院へ連れて行かれるわけですが、その経過を、紅葉自身の身辺に起きた事件として、そのままに書き記したものです。弟子を思う紅葉の心情が語られていたりもするわけですが、もっぱら自分を良い人に描いているわけですよ。なにしろコレラ患者ですから、普通考えたら、世間体を気にしたり、どうしようどうしようって、どぎまぎしてしまうはずです。紅葉だって、そうであったはずです。しかし、紅葉は、ここで、そうした自らの心の動揺には、まったく筆を染めていない。要するに風葉の師匠として、つつがなく事を処理したその姿が記されているだけなんです。迷惑ばっかりかけやがって、こんな奴、弟子にとらなければよかった、なんて書かれていない。

つまり、ここには、花袋が「蒲団」でやったような自己剔抉は微塵も含まれてはいない。いや、「微塵も」なんていったら言い過ぎですが、恩情ある師・紅葉がいるばかりなんです。ここに、花袋「蒲団」との大きな違いがあるし、平野謙が「いくら巨視的にみても、私小説の問題は『蒲団』にまでさかのぼるのがせいぜいであって、尾崎紅葉の『青葡萄』にまでさかのぼるということはない」といったことの意味があるわけです。まがりなりにも、それがリアリズムの態度・方法に基づいて書かれたか否かということです。

さて、当時の紅葉「青葡萄」の評価について見ておきましょう。

『国民之友』第二六九号に、宮崎湖処子は次のように書いています。「青葡萄は小説にあらず、虎列拉《コレラ》患者を主とし、記者自身を客とし、渠《かれ》が虎列拉患者に対する処分及び是に附属する諸の感情を除したる一篇の記事文にして、猶《な》お適切に云えば、渠の生伝の一片なるべし」と。「小説にあらず」と、はっきりといっています。

また、『めざまし草』の「雲中語」のなかで、西洋人（森鷗外）は、「小説として評する勇気の出ないのは、争われぬ事実である」といい、臆病もの（幸田露伴）は、「これを小説として評せんはもとより不当なるべければ、予はたゞ事実をありのまゝに描きたるものとして評すべし」と述べています。

要するに、小説として遇されていない。いや、それはこの紅葉「青葡萄」が、リアリズムの態度・方法によって書かれたものではなかったから、ということではないですよ。一言でいえば、「青葡萄」には紅葉の「私《わたくし》」性があまりにも露骨に出ているから、故に小説としては認められない、といっているわけです。リアリズムの態度・方法をもって自己を剔抉した花袋「蒲団」と、そうではなかった紅葉「青葡萄」というレベルの話ではないんです。それ以前のレベルの話です。「私」性が出ているからだめなんだ、「事実をありのまゝに描きたるもの」だから小説ではないんだ、といっているわけですよ。つまり、紅葉「青葡萄」のうちに、リアリズムの臭いを嗅ぎつけて、故に小説としては遇せないといっているわけですよ。実は、述べたように、リアリズム以前のものでしかなかったんですけれどもね。

まあ、「私」性が露骨に出た作品とか、「事実をありのまゝに描きたるもの」が、小説として存在権を主張しだすのは、明治四十年前後以降、花袋らの自然主義文学が文壇に幅をきかすようになってからなわけです。ですから、ここでの紅葉「青葡萄」に対する湖処子や鷗外や露伴の批判は、当時としたら当然のことなんです。

いや、「蒲団」が書かれたときだって、まだこんな評価が一般的なんです。先ほど引用しました島村抱月の「蒲団」評が出たとしてもですね。たとえば、杏茫子の署名で書かれた「本月の雑誌文学」（『東京日日新聞』明治四十年九月十六日）は、「主人公は相変らず作者自身女主人公は作中に出て居る通り自分の弟子、其他の事も事実に近いらしく」云々と述べています。これは、明らかに批判的評価ですよね。実は、この「蒲団」が出る二、三カ月前から、島崎藤村の「並木」（『文芸倶楽部・臨時増刊「ふた昔」』明治四十年六月）をめぐるモデル問題が、それ以前に書かれた「水彩画家」（『新小説』明治三十七年一月）という作品までむしかえしてさかんに議論されていた、という事情もある。★5 依然として、「私」性が露骨に出た作品とか、「事実をありのまゝに描きたるもの」は、小説として認知されないわけではないけれども、一段低いものとみなされていたわけです。

しかし、そうした作品に人気があったことも確かです。モデル問題が議論されるというのは、なによりも読者の興味がどこにあったかを示しているでしょう。『読売新聞』一紙だけを見ても、「よみうり抄」「文芸時報」「芸苑消息」「文芸風の便り」「日曜談叢」「文壇はなしだね」といった、モデル問題を詮索したり、作家の誰それがどうしたとかといった噂話を書く欄が、あいついでできるわけです。近松秋江とか生方敏朗とかも、そうした欄の執筆者をしていた。読者が、楽屋の内側に興味を持ち、覗きたがっていたわけですよ。そうした風潮があったわけです。こうしたなかで、作品の評価を作品の出来不出来、つまりうまく書けたかどうかによってではなく、その素材、つまりなにについて書いたかによって評価するという、自然主義以降一般化する風潮もすでに出てきていたわけです。

さて、「蒲団」の話ですけれども、実は花袋自身も自作「蒲団」について、明治四十二

★5 結局、この「並木」は、改訂を余儀なくされた。『島崎藤村全集3』（昭和五十六年二月、筑摩書房）に付された三好行雄の「解説」には、次のようにある。

『並木』をめぐって、作中の〈相川〉のモデルと目された馬場孤蝶が『島崎氏の『並木』』（『趣味』明治四十年九月）を書き、おなじく〈原〉のモデルと目された戸川秋骨が原某の署名で『金魚』（『中央公論』明治四十年九月）を書くという、いわゆるモデル問題が起った。孤蝶の論はとりわけきびしく、藤村の小説は〈センチメンタルな壮士芝居〉にすぎず、事実と相違し、〈描かれた人物は藤村好み〉であるなどと、自己の気

年七月刊のエッセイ集『小説作法』のなかで、こんなふうにいっているんです。〈「蒲団」は「懺悔」でもないし、「醜い事実を選んで書いた」わけでもない。問題は、作者が「唯その発見した事実を何《ど》の位まで描き得たか、何《ど》の点まで実に迫って書き得たか」だ。だから「三面記事と同じような心持」で読んでほしくない。最近、「私は」と「一人称で書く」小説が多いけれども、それは「自己の心理を描く」にはいいが、「作者の立場と余り密接に過ぎる」弊害がある〉。こうして、「蒲団」を私小説として読まれることに懐疑の目をむけるとともに、そもそも私小説そのものを否定しているわけです。むろん、花袋が『小説作法』を書いたときに「私小説」という言葉はありません。ですから、そうして「モデル小説」として見られることを、そして「モデル小説」そのものを否定した、ということです。いや、もう少し正確にいうならば、〈「私」をモデルとした小説〉を否定したということです。ですから、先に引用した島村抱月の評価は、花袋の創作意図とはちょっとずれるものとしてある。花袋は、自分という一個の「肉の人、赤裸々の人間の大胆なる懺悔録」を描こうとして、「蒲団」を書いたわけではない。むろん、「醜い事実」を、「醜なる心」を「選んで書いた」わけでもない。

　しかし、見てきたように、モデル論を云々する風潮や、作品をその素材で評価する風潮、そしてなによりもそうした風潮を形成せしめた、楽屋の内側に興味を持ち、覗きたがる読者層の存在があった★6。それらが、抱月に代表される「蒲団」に対する、花袋の創作意図を越えたところでの評価のバックボーンとなっていた、と考えられます。抱月は、「僕は自然主義賛成だ」といったわけですが、そうして自然主義が文壇に勢力を張ることができたのも、そうしたバックボーンの存在があったればこそなわけです。しかし、そうしたモデ

質や事件を他者に託して描いた韜晦を批判したのである。藤村は大きな衝撃を受け、〈人をして悶死せしむる底のもの〉（明治四十年九月十日付神津宛て書簡）という感想を洩らしている。このため、『並木』は『藤村集』への収録に際して、友人の批判を受けいれた形の削除を主とする大幅な改訂がほどこされ、結果として、作品の完成度が著しくそこなわれることになった。」

★6　では、純文学＝私小説が滅びたのはいつかといったなら、それは週刊誌が隆盛となった昭和三十五年を前後する時期であるといえるだろう。週刊誌こそは、こうした「楽屋の内側に興味を持ち、覗きたがる読者層の存在」を対象にしたものである。彼らの覗き趣味を満足させるべく、スキャンダルを追いかける週刊誌の前に、私小説などはひとたまりもない。いうまでもなく、「楽屋」も文壇という狭い世界ではなく、各界に広がり、とりわけ露出度の高い芸能人のそれが主流となっていく……。むろん、ここにいう「滅びた」は

ル小説を一歩も二歩も超えるものが、花袋の「蒲団」にはあったことも、また事実なわけですね。「蒲団」と「青葡萄」について述べたところで話しましたように、「蒲団」はリアリズムの態度・方法をもって、作者＝主人公の自己内面の剔抉を行なっているわけですよ。そこに抱月は、新しい文学、すなわち自然主義文学の成立を見たわけです。そして、「蒲団」は、今日いうところの「私小説文学」の源流として、文学史的に位置づけられることになったのです。

作者自身を主人公とし、つまり素材を作者自身の身辺に取材し、それをリアリズムの態度・方法をもって、客観的に描く。そうして、そこに芸術的感興を汲みあげる。芸術的感興なんていっても、なんのことだかわかりませんよね。要するに自らの内面の「矯める所なき描写」を通して、真実にどれだけ迫り得たか。作者が「その発見した事実を何の位まで描き得たか、何の点まで実に迫って書き得たか」ということでしょう。そこに、芸術的感興は自然に付いてくるものだ……。で、そうした作品が、今日いうところの「私小説文学」の主流を形成していくことになるわけです。自然主義文学、『白樺』派の文学、先に見てきた文壇交遊録小説とそれぞれですけれども、この本質に変わりはないと思います。で、そうした追求の甘い作品が、つまり読者がモデルだけへの興味で読むような作品が、いわゆる「モデル小説」だったし、先に見てきた「楽屋落小説」だったし、大正九年十二月になって「所謂『私』（わたくし）小説」、「私は小説」という言葉で否定的に語られることになる作品群を、形成することになるわけです。

象徴的表現であり、週刊誌隆盛によって、まったくなくなってしまった、などといっているわけではない。覗き趣味的読者がふるいにかけられ、残った高尚な（?）読者によって、細々と生き延びることになったと、いいたいまでである。

読者の覗き趣味こそが、私小説を生成し、かつその存続を支えていたのである。覗き趣味なくして、私小説を読む読者などいない。〈他者への興味から〉、また〈他者の人生に学びたいから〉といおうと、それも「覗き趣味」にすぎないだろう。故に、僕は、「残った高尚な（?）読者」と、「高尚な」に「?」を付けておいたのである。いや、このようなひねくれた見方も必要ではないか、と思うのだ。そうすれば、私小説の違った側面が見えてくるのではないかなどと……。

6　郷ひろみと太宰治のアナロジー

さて、大正十三年一月の中村武羅夫「本格小説と心境小説」、大正十四年一月の久米正雄「『私』小説と『心境』小説」、同年五月の同じく久米の「『私小説』と『心境小説』」によって、今日いうところの私小説の問題は、「本格小説」対「心境小説」の問題として論議されることになります。久米の二つの論文が、中村のそれへの反駁という形で書かれていたからだ、と僕は先に述べました。また、田山花袋をはじめとして、当時の作品に対する批評のうちに「心境」という言葉が多用されていたということもあります。花袋らは作品を評価する上で、作者＝主人公の「心境」のいかんを問題にしていたわけです。今日いうところの「私小説」は、ですから当時は「心境小説」と呼ばれるのが一般的でした。いや、「心境小説」という言葉と「私小説」という言葉は併存していたわけですが、どちらかというと「私小説」という言葉は形式的、素材的な呼び名で使われる場合が多く、作品の実質的な評価をめぐっては「心境小説」という言葉の方が多用されていたようです。

つまり、〈作者自身を主人公とし、素材を作者自身の身辺に取材〉した作品であるというような意味では「私小説」という言葉が、〈自らの内面の「矯める所なき描写」を通して、真実にどれだけ迫り得たか。作者が「その発見した事実を何の位まで描き得たか、何の点まで実に迫って書き得たか」〉という実質的な評価をめぐっては「心境小説」という言葉が使われていたということです。どうも、用語整理が面倒くさい。

では、久米はこの二つの論文で、どういうことを主張したのでしょうか。

まず、大正十四年一月の「『私』小説と『心境』小説」においては、こんなふうにいっています。「自分は自分の『私小説』を書いた場合に一番安心立命を其《その》作に依って感ずる事が出来、他人が他人の『私小説』を書いた場合に、その真偽の判定は勿論《もちろん》最初に加うるとして、それが真物であった場合、最も直接に、信頼を置いて読み得る」。だから、私小説こそが「文学の、——と云って余り広汎過ぎるならば、散文芸術の、真の意味での根本であり、本道であり、真髄であると思う」。私小説とは、「『自叙』小説とも云うべきもの」であり、「作家が自分を、最も直截にさらけ出した小説」である。だけれども、「自叙伝」とも「告白」とも違う。つまり、「小説でなければならない」し、「芸術でなければならない」からだ。「此の微妙な一線こそ……所謂《いわゆる》芸術非芸術の境を成すものである」。「『他』を描いて、飽く迄『自』を其中に行き亘らせ」た作品もまったくないというわけではないが、「それは異例である」。トルストイもドストエフスキーもフローベルも、「私は何だか芸術として、一種の間接感が伴い、技巧と云うか凝り方と云うか、一種の都合のいゝ、虚構感が伴って、読み物としては優っても、結局信用が置けない」。彼らの作品は「高級は高級だが、結局、偉大な通俗小説に過ぎない」。

そして、同年五月の「『私小説』と『心境小説』」では、大正十一年の菊池寛と里見弴の論争、両者共に「人生を正しく観、正しく表現する」ことは是としながらも、前者が「作家凡庸論」を、後者が「作家天分論」を主張した論争ですが、それを踏まえ、次のようにいいます。

「菊池寛の先頃の感想に、『作家凡庸主義』と云うものがあった。主旨は、要するに、どんな凡庸な人でも、作家でありうる、と云う事だった。即ち、どんな凡庸人でも、(勿論、人間苦や時代の悩みに少しも触れ得ぬ低能は問題ではない。）其《そ》の平凡な生活は平凡ながらに、如実に表現し得さへすれば、一人前の作家であり得る、作家は何も強いて天才英雄を要しない、と云うような事だった。……今でも、『私小説』の立場から、それには大半賛成である。」

しかし、また、この菊池が「作家凡庸論」を里見が「作家天分論」を唱えてなされた二人の論争は、「『如実に表現し得さへすれば』と云う条件」のもとに止揚することができると、久米はいいます。大事なのは、「如実に表現し得さへすれば」ということなのだ、と。しかし、そうであるならば、「前記の菊池の主張に、批議を起した里見弴の意見に、私は賛成せざるを得ない」。なぜならば、凡庸な人間には如実に表現することができないだろう……。

「即《すなわ》ち私は、『私小説』の本体たる『私』が、如実にツマラヌ、平凡な人間であっても、いいと極言したい。そして問題とすべきは、只《ただ》その『私』なるものが、果して如実に表現されているか否か、にかかる。……誰でもが、表現力に於《お》いて恵まれているならば、一つ一つ私小説を書き残して、死んで行くのが本当なのだ。が、其の中で自己の中なる『私』を真に認識し、それを再び文字を以《もっ》て如実に表現し得るもののみが、芸術家と仮に称せられて、私小説の堆積を残して行くのである。」

では、どうしたら如実に表現できるのか。それには、「自己の中なる『私』を真に認識し」、その「『私』をコンデンスし、――融和し、濾過し、集中し、攪拌し、そして渾然と再生せしめて、しかも誤りなき心境を要する」と。

「茲《ここ》に於いて、真の意味の『私小説』は、同時に『心境小説』でなければならない。此の心境が加わる事に依って、実に『私小説』は『告白』や『懺悔』と微妙な界線を画して芸術の花冠を受くるものであって、これなき『私小説』は、それこそ一時文壇で称呼された如く、人生の紙屑小説、糠味噌小説、乃至《ないし》は単なる惚気、愚痴、管、に過ぎないであろう。★1」

それでは、「心境」となにか。

「心境とは、是《これ》を最も俗に解り易く云えば、一個の『腰据わり』である。それは人生観上から来ても、乃至は昨今のプロレタリア文学の主張の如き、社会観から来てもい丶。が、要するに立脚地の確実さである。其処からなら、何処をどう見ようと、常に間違いなく自分であり得る。（茲が大切だ。）心の据えようである。★2」

今、この久米正雄の書いたものに感想や意見を述べていると、面倒くさいことになりますので端折りますが、これはおそらく、一つのトートロジーだと思います。ずっと、なになにとは、と問うてきて、「心境」とは、というところまできた。しかし、ここでまたすぐに、たとえば〈常に間違いない自分〉とは、という問いが生まれてしまいます。むろん、認識論的にいったら、そんな「自分」は存在不可能なわけです。この世には存在しない。だから、これは、このままずうーっと「なになにとは」と重ねていって、そのうちに一つの円環になって、結局、またどこかに戻ってきてしまう。そうしたものとしてしか、ないように思います。

いや、そもそもそれ以前に、「私」を「如実に表現」する方法として述べられていることが、僕にはわからない。〈「自己の中なる『私』を真に認識し」、その「『私』をコンデン

★1　ここにいう「人生の紙屑小説、糠味噌小説、乃至は単なる惚気、愚痴、管、に過ぎない」小説が、これまでの言葉でいう「楽屋落小説」であることはいうまでもない。

★2　もし、久米のいうとおりであったなら、太宰治の作品が「私小説」でないことはいうまでもない。太宰は、先にも述べたように、自己喪失者、僕の言葉でいう二重のフィクション化に翻弄された存在＝〈非在〉者であった。故に、確固とした自己、信じるにたる自分を有していたわけではない。つまり、「常に間違いなく自分であり得る」ことなど、もとより無理な相談なのだから……。

スし、――融和し、濾過し、集中し、攪拌し、そして渾然と再生せしめて、しかも誤りなき心境を要する」〉って、どういうことなんでしょう。皆さん、わかりますか。僕には、わかりません。「『私』をコンデンスし、――融和し、濾過し、集中し、攪拌し、そして渾然と再生せしめ」るっていわれてもねえ、困っちゃいますよね。

結局、久米はこうして、トルストイやドストエフスキーやフローベルらの作品としてあるいわゆる「本格小説」を、「通俗小説」の側に追いやり、「如実に表現し得さへすれば」ということを条件として、「私小説」＝「心境小説」＝「散文小説の本道」＝「本格小説」という等式のうちに、すべての問題を解消してしまう。これでは困る。なんとなれば、これでは僕の私小説論も、流産させられてしまうからです。僕は、先に、〈作者自身を主人公とし、つまり素材を作者自身の身辺に取材し、それをリアリズムの態度・方法をもって、客観的に描く。そうして、そこに芸術的感興を汲みあげる。……要するに自らの内面の「矯める所なき描写」を通して、真実にどれだけ迫り得たか。作者が「その発見した事実を何の位まで描き得たか、何の点まで実に迫って書き得たか」……で、そうした作品が、今日いうところの「私小説文学」の主流を形成していくことになるわけです〉と述べました。しかし、久米とは前提が違う。

つまり、「心境」とは、僕の言葉に直してしまえば「内面」ということになるのですが、実は誰一人として、自らの「内面」に対して、確固とした信頼を寄せることなんてできない。久米がいうような、〈常に間違いなく自分であり得る〉人間なんて、述べたように、そんな人間なんて現実には存在しない。僕は、そうした前提のもとに、私小説論を立てているんです。ですから、久米のようにいわれたら困ってしまう。

アイデンティティなんてものは、ファジーなものにしかすぎない。確固としたアイデンティティを有する人間なんて、存在しないわけです。私小説に存在意義があるとしたら、それ故にのことなのです。要するに、この私とは何者なのか、三田誠広さん的にいえば「僕って何?」ってことです。尾崎豊的にいったら、「僕が僕であるために」ということでしょう。そのことを明らかにせんとするのが、私小説なわけです。確固としたアイデンティティを確立したいという願望があるが故に、作者にとって私小説が必要なのであって、久米がいうような確固としたアイデンティティを所有する人間、久米の言葉でいう〈常に間違いなく自分であり得る〉人間には、私小説なんて、本来、必要のないものです。

久米は、まったく逆転している。神様じゃあるまいし、そんな人間は存在しない。いや、神様が書いたものであるのなら、それが私小説であろうがなんであろうが、いいものにきまっているじゃないですか。久米は神様の書いたものならいい、そういっているわけです。私小説における「自我」の問題をうやむやにしてしまったわけです。私小説における一番重要な問題であるところの、それをです。

たとえば、久米のように「私小説」(「心境小説」)をとらえてしまったら、葛西善蔵の作品なんて、どうなってしまうのでしょうか。あのどろどろの地べたをのたうちまわるような、一連の作品群は、どう評価したらいいのでしょうか。

宇野浩二も「『私小説』私見」(『新潮』大正十四年十月)でいっていますが、「『私小説』の面白さはその作者の人間性を掘り下げて行く深さである」わけで、読者や作者がそれを意識しているといないとにかかわらず、アイデンティティの確認の作業としてあるわけですよ。作者にとってはいうにおよばないと思いますが、読者にとってもですね、作品を通して、その作者の人や生活、内面や人生となりを知ることによって、それを自らのそれと突きあわせてみることによって、自らを確認し直しているわけです。〈常に間違いなく自分であり得る〉人間、人生に達観したような人間、いやそう思いこんでいる人間の、原稿なんて、面白いわけがない。

不完全であるからこそ人間なんですよ。で、不完全だけれども、これが私だって、提出されたものが私小説なわけです。誰だって、存在証明したいわけです。これが私だ、っていうことによって、その「私」を他者が認めることによって、私は私たりうるわけです。マルクスの物象化論の言葉を借りるならば、すなわち、王様が王様であるのは、みんなが王様のことを王様だと思っているから王様は王様なんです。そうして、第三者に認められることによって、「私」は「私」たりうるわけです。

ただ、私小説の系統は、ここで二つに別れます。その不完全さに安住しないで、完全さを求めていこう、いや完全さというよりは、日常生活での「安心立命」の境地を求めていこうとした、といった方がいい。そうした向日的な人たちと、その不完全さに居直る人たちにです。

前者のグループは調和型と呼ばれている。たとえば、『白樺』派の人たちがその代表です。で、後者のグループは、いわゆる破滅型の作家たちといわれる人たちなわけです。こんなみっともない私でございます、っていうような「私」でも、認知されないよりは認知されたい動物なんですよ、人間という動物は。だけれども、私は小説家である。貧乏で、こんなにみすぼらしいけれども、だけれども小説家なんだ。小説家だからいいんだ。そう

★3　二谷友里恵『楯』（平成十三年五月、文芸春秋社）

★4　この懸賞創作に入選した賞金として、太宰は十円貰ったといっているが、賞金は五円であったはずである。『東奥日報』学芸部長であった竹内俊吉が選にあたったという。竹内は、太宰が習作を発表していた『座標』という雑誌の、創刊当時の主宰者でもあった。相馬正一『評伝太宰治　第二部』によれば、『東奥年鑑』（昭和八年版）に、この懸賞について次のように記されているという。

「本社ではサンデー東奥第四面に東奥文壇を設けて県文壇人の作品を載せ、且つ毎月一篇入選の懸賞創作を募集して県文壇の振興に努力してきた。しかるに懸賞創作は原稿紙十枚内外との制限のため類型的な作品が多くなり新鮮味を欠いてきたので、昭和七年より懸賞創作を甲種・乙種と分けて乙種は従来の規定に従い、甲種は四百字詰五十枚内外、賞金三十円以上として年三回発表とし、その他に毎週一篇採用の程度で、十五枚内外の大衆読物及び童話を募集して

した自己合理化の機制が、そこに働いていないかといったら、働いていないとはいいきれない。太宰治もまた、破滅型の私小説作家の一人に数えられていますけれども、太宰治なんて、もう、そのものですものね。〈だけれども小説家なんだ。小説家だからいいんだ〉ってレベルを通りこして、〈なんだっていい、小説家になりたい、小説家であり続けたい〉、ってことだったわけでしょ。小説家であるためには、なにをしてもいいんだ、ってことだったわけでしょ。前期といわれる時代の繰り返される自殺、あるいは芥川賞事件、パビナール中毒・精神病院入院事件なんて、そうして太宰治の〈小説家至上主義〉によって、引き起こされたわけですよ。

　先にお話しましたように、太宰治が二重のフィクション化を経た存在、〈非在〉者〈フィクション〉とでも形容せざるをえない存在になってしまったのは、その〈小説家至上主義〉の故のことであったわけです。僕が、太宰を、私小説作家として処遇してもいいのかといったのは、この〈非在〉者〈フィクション〉とでも形容せざるをえない太宰を指していったわけです。前期という時代においても、最初は、津島修治（第一の自我）が意識した上で、太宰治を演じていたのでしょう。しかし、それがいつの頃からか、津島修治（第一の自我）が消えて、太宰治（第二の自我）が太宰治（という自らが書く小説中の主人公）のために演じている、といった情態に陥っていくわけです。あげく、太宰治（第二の自我）と太宰治（という自らが書く小説中の主人公）の区別がつかなくなってしまった。津島修治（第一の自我）は、もうずっと後ろの方へ後退してしまった。それが太宰の前期という時代でした。もとより、太宰のアイデンティティは脆弱だった。そのことも、こうした過程の促進に加担していたと思います。

きた。」

　なお、この月の乙種懸賞創作入選作は、太宰の「列車」、斧稜「失題」の二作品。つまり、賞金十円を、このとき小野と二人で分けたはずだからだ。斧稜は、後に太宰の知遇を得ることとなる小野正文のペンネームである。当時、弘前高校に在学中だった。小野には、『太宰治をどう読むか』（昭和三十七年二月、弘文堂）などの著書がある。

　ちなみに、作品に付されたものということでなければ、「太宰治」という名前自体は、この「列車」掲載時よりも若干早く、昭和八年二月十五日付のガリ版刷り『海豹通信』第四便に見える。太宰はそこに、「太宰治」の名で「田舎者」という消息文を書いている。また、同年二月一日付の『海豹通信』第二便の「消息欄」にも、「太宰治氏――創作『魚服記』脱稿」という記事が載っている。

　しかし、また、井伏鱒二「解説」（『太宰治集上』昭和二十四年十月、新潮社）には、改名はそれよりもずっと以前のことであった

ところで、先日、二谷友里恵の『楯』★3をペラペラめくっていたら、面白い一節を見つけたんです。こんな一節です。

「彼が八月の再婚の報道の中で、『一日のうち二十三時間五十五分が郷ひろみの時間で、残りの五分だけが原武裕美にかえる時間だ』と言い、『前の結婚の時は、郷ひろみの部分も結婚してしまっていたのかもしれない』とファンの前で原武裕美と郷ひろみの混同の反省も含めて回顧しているのを聞いた。だが私はそれは間違いだと思う。彼と過ごした十数年を振り返り今私が思うのは、いつの頃からか、もしかしたら出会ったはじめから〝原武裕美〟など彼の中に存在していなかったのだ（ということだ―筆者補足）。／仕事から戻った郷ひろみは、旅仕度を解いても解いても、中から出てくるのは郷ひろみだった。家の中に居ても、彼の視線は私を通り越して私の背後の鏡を見ている。パークハイアットのエレベーターに乗っても、彼は私のように上を見上げて変っていく階の数字を見つめたりしない。一点、前を見据えて、鏡の扉に映し出された郷ひろみの点検を怠らないのだ。／会食のあと、店を変えて女性の沢山いる銀座のお店に入る時、彼は席に着く前に必ずする事がある。まずトイレに入り、かと思うとすぐに出てきて先に席に着いている私にそっとこう耳うちする。／『ボク、アタマ変じゃない？』／右手の小指と薬指の二本で前髪をすき上げながら下あごを突き出し、神経質に早口でこのお決りの質問をする。／それが新地でも中洲でも祇園でも、あまた女性の面前に出陣する前に例外はない。……これらは全て紛れもなく郷ひろみそのものの群像で、原武裕美が意識をもって演じている郷ひろみではなかったと思う。／では私と戸籍に名を連ねたあの原武裕美という男性は一体誰だったのか。十一年間という長い時間を、私は一体誰と命を分けて共に暮らしてきたというのか。別れ

とする、次のような一節がある。

「……太宰君は、私にも左翼になるように勧誘に来たことがある。私は、いやだと云った。では一緒に散歩しないかと太宰君に誘われて散歩に出た。新宿の中村屋の二階でお茶をのんだ。ここで、また太宰君は、私に左翼になれと云った。あまりくどいので私は腹を立て、中村屋を出ると、人ごみのなかで太宰を撒いて帰って来た。それから何箇月か経過して、私が太宰君とまた新宿の中村屋へ行ったとき、駅の横の出口のところで、太宰君は改名したと私に披露した。指さきで、手のひらに一字づつ、太、宰、治、と書いて見せ、『ダザイ、ヲサム、と読むんです』と云った。」

太宰が青森署へ出頭して、左翼から離れることになったといわれているのは、昭和七年七月のことである。とするならば、これはそれ以前のことであると解釈していいだろう。では、もう少し「いつ」ということを特定できる文言はないか。「十年前頃」には、次のようにある。

た今、どんなに目を凝らしてみても靄のかかった記憶の中からおぼろげに見えてくるものは全てが、郷ひろみの群像だ。」

この郷ひろみって、現代の太宰治ですよね。いや、別に太宰治が「ボク、アタマ変じゃない?」って聞いたかどうかって話じゃない。「右手の小指と薬指の二本で前髪をすき上げながら下あごを突き出し、神経質に早口でこのお決りの質問を」したかどうかって、話ではない。だけれども、そうしたナルシスティックなところが、太宰にもあったことは確かです。で、これ、二谷友里恵じゃなくて、小山初代が書いたといっても通るのではないか。太宰が石原美知子と婚約したことを受けて、初代さんが太宰との生活を振り返って書いたものだといってもですね。いや、初代さんが太宰と暮したのは約六年間です。

〈彼と過ごした六年間を振り返り今私が思うのは、いつの頃からか、もしかしたら出会ったはじめから〝津島修治〟など彼の中に存在していなかったのだ(ということだ)。……これらは全て紛れもなく太宰治そのものの群像で、津島修治が意識をもって演じている太宰治ではなかったと思う。/では私と戸籍に名を連ねたあの津島修治という男性は一体誰だったのか。六年間という長い時間を、私は一体誰と命を分けて共に暮してきたというのか。別れた今、どんなに目を凝らしてみても靄のかかった記憶の中からおぼろげに見えてくるものは全てが、太宰治の群像だ。〉

ね、ぴったり、読めちゃうでしょ。太宰治が美知子さんと結婚した後で、津島修治に戻る時間が一日のうち「五分だけ」だったのか、十分だけだったのか、この時期にはあるいは一時間や二時間、いや三時間くらいは、津島修治に戻っていたかもしれない。それは、わかりませんけれどね。

「……昭和六年十月のことである。太宰が広島の女と共に鎌倉へ自殺に行ったのもその月のことであったように覚えている。/鎌倉から東京に帰ると太宰は北さんのうちに下宿した。下大崎二丁目一番地である。青森の五所川原から駆けつけて来た中畑さんは、北さんやその他二三人の人と協議して、太宰に嫁さんを持たせようではないかということになった。あんな淋しがり屋の人には嫁さんがなくては気の毒だと粋をきかせた。すると太宰が『初代がいい』と云ったので、さっそく中畑さんが青森に引返して、初代さんのうちの人たちに改めて縁談を申し出た。無論、太宰の兄さんは頭を痛めた。舎弟の行状が地方新聞に大きく書きたてられたので、兄さんは身を憚る意味で、今後十年間、あらゆる公職に就かないと発表した。ともかく舎弟のことは中畑と北に任すという兄さんの意向から、初代さんは太宰のところへお嫁に来た。しかし太宰の兄さんは温厚ではあるが一面また潔癖なところがある。舎弟には充分に送金するつもりだいや、もう一つ、辻褄をあわせておかなければならないことがある。太宰が「太宰治」というペンネームを使いはじめたのは、昭和八年二月に、東奥日報社で日曜ごとに新聞の付録として発行していた『サンデー東奥』（二〇三号、昭和八年二月十九日付）に乙種懸賞創作入選作★4として、「列車」という作品が掲載されたときからです。ですから、すでに小山初代といっしょになってからのことです。しかし、それ以前にも、たとえば昭和三年四月から同人誌『細胞文芸』に連載した「無間奈落」では辻島衆二というペンネームを、昭和四年十二月に『弘前高等学校校友会雑誌』第十五号に発表した「虎徹宵話」では小菅銀吉というペンネームを、昭和五年一月からは、青森県の同人雑誌の主な同人を糾合して創刊された『座標』に、「地主一代」を大藤熊太のペンネームで連載しています。あるいは、昭和七年には朱麟堂と号し俳句に凝ったりもしています★5。そうした「辻島衆二」「小菅銀吉」「大藤熊太」「朱麟堂」は、「太宰治」いう第二の自我の前身であるわけです。ですから、この二谷友里恵『楯』のなかの一節の読みかえにおいては、前身としてあるそれらすべてを含む言葉として、「太宰治」という言葉を使っているわけです。

そのように、読んでいただきたいのです。かってなことをいって、ごめんなさい。

7　誰が太宰治を殺したのか

さて、『楯』のなかには、こんな一節もあります。

「あの本（郷ひろみ『ダディ』——筆者注）は紛れもなく、『郷ひろみ』個人の離婚に対する世間へのけじめのつけ方だ。」

が、自分から直接送ることは気にくわぬから北さん宛に一応送金すると北さんに云って来た。北さんもまた頑固である。『これは日頃の大人の言葉とも思われぬ』と返辞をした。『大人が令弟の今回の出来事で大変に立腹されていることは察するにあまりある。また大人が、おもてむき令弟を勘当される心情もよくわかる。しかし勘当を申渡された令弟を拙者としては庇護するわけに行きかねる。よろしく大人は、令弟を分家させられるように進言する。その手続のすんだ上で、大人からの送金は拙者より令弟に取次ぎする』と申し送った。それで太宰は分家の身となった。そのころまで津島修治といっていた彼は太宰治という筆名にした。新宿駅の出口のところで、彼はその文字を手のひらに書いて改名を私に披露した。」

　つまり、太宰の改名は、太宰が田辺あつみと鎌倉・小動崎で心中事件を起こして、実家を分家除籍された頃の話だというのだ。例によって、井伏はここでもいくつもの間違いを犯している。まず、太これなんかも、〈「姥捨」は紛れもなく、『太宰治』個人の離婚に対する世間へのけじめのつけ方だ〉なんて、読みかえてみたい衝動を覚えます。「姥捨」という作品について、僕が先に述べたことを思いだして下さい。ね、読みかえてみたくなりません？　いや、初代さんは籍に入っていなかったから、「私と戸籍に名を連ねた」とか、「離婚」とかという言葉は、正確には、当たらないかもしれませんけれどもね。

それからですね、先に太宰の文章にはリアリティが感じられない、と述べました。僕はあそこで、太宰の小説のスタイルという視点から、もう少し述べたかったんです。なぜ、リアリティが感じられないのか、ということについてですね。で、二谷友里恵さんがこの『楯』のなかで、郷ひろみ『ダディ』についていっていること、それがそっくりそのまま、僕のいいたかったことと同じなんです。引用しましょう。こんなふうにいっているんです。

「本の冒頭で、離婚の原因を、《原因はすべてぼくにあった。／女性問題だった。／結婚しているぼくが、してはいけない行為を犯した。友里恵以外の数人の女性と、肉体的な関係をもったのだ。》といきなり書くことによって、自分の恥部を潔く全面的にさらけ出して告白するような宣言をしながら、どんなに読み進んでも〝してはいけない行為〟の何たるかは……全く具体性を持って読む者に迫ってこない。いつもその〝してはいけない行為〟の内容に関しては、『可及的すみやかに』通り越して、ダイレクトに、／『自業自得なのだ』、『一生の不覚をとってしまった』、『罰せられてもしかたないような行為』、『冷徹な自分の人間性を垣間見た』、『その劣悪な人間性をメスで抉り取ってやりたい気分だ。』／と、激しい自己反省まで一気に駒を進める。その勢いに押されて、読み手は一体、彼が何をしてそこまで気の毒な位に自分を責めているのか、つい忘れてしまうのだ。挙

宰が田辺あつみと心中事件を起こしたのは「昭和六年十月」のことではなく、昭和五年十一月二十八日夜のことだ。また、その事件があって北の進言で分家させられることになったかのように書かれているが、話の順番は逆である。分家除籍は事件の前、昭和五年十一月十九日のこと。そして、分家除籍されたショックが、太宰を心中事件に走らせた大きな理由の一つでもあるのだ。また、「そのころまで津島修治といっていた彼は太宰治という筆名にした」というが、本文に述べるように、太宰はそれまでにも「津島修治」ではなく様々なペンネームを使っていたわけで、この言い方はおかしい。

井伏のこの証言を、額面通りに受けとることは危険だ。しかし、興味深い証言ではある。

★5　高校時代のノートには、ペンネームを考えたのであろう「津島衆二・辻島衆・辻島周次郎・津島銀太・津島銀糸・瀬川銀十郎・大熊若太」などの落書きも見うけられる。「黒虫俊平」「黒木舜平」といったペンネームも考えられてい

句、／『まるでぼくという人間は、腐った頭に蛆がたかっているようだ。』／とまでのたまい、思わず私まで頭に蛆を乗せて歩く彼を想像し、『そんなことないよ、大丈夫だよ。』と肩に手をかけたくなった程だ。」

要するに、事件の内実をちゃんと語ることなく、自虐のオブラートにくるんで、いつのまにか読者を煙に巻く。あげく、読者の同情までも勝ちとる。これって、太宰の小説の書き方、そのものではないですか。この二谷さんの分析は、大した物ですよ。いや、二谷さんのゴーストライターの人は、かもしれない。僕と、センスが似ている。僕の『太宰治というフィクション』（パロル舎刊）を読んでくれているのかもしれない、なんて思ったりもします。そんなことは、ありませんよね。

いや、やめましょう。また、太宰ファンの人に怒られちゃう。以前、尾崎豊と太宰治を比べて論じたときに★1、何人もの太宰ファンの人からお叱りを受けた。尾崎と比べるなんて、太宰に失礼だとですね。尾崎のファンは怒りませんでしたよ、太宰と比べるなんて尾崎に失礼だなんて。郷ひろみと比べるなんてって、また太宰ファンは怒るかもしれない。「あしたのジョー」のジョーと比べたこともある。いや、あれは尾崎とジョーを比べた★2のでした、太宰とではない。話を戻しましょう。

先に、僕は、〈もとより、太宰のアイデンティティは脆弱だった〉と述べました。その原因について述べようとして、つい話を挟んでしまった。いや、郷ひろみのアイデンティティも脆弱だったと思いますよ。太宰治とは、その原因は違うと思いますが……。むろん、郷ひろみの生い立ちについて見てみないと、わかりませんけれどもね。

た。後に太宰治の作品として認定されることになる「断崖の錯覚」（『文化公論』昭和九年四月）という推理小説では黒木舜平を使用している。

7　**誰が太宰治を殺したのか**

★1　拙著『太宰治というフィクション』（平成五年六月、パロル社）において。

★2　拙著『あしたのジョー論』（平成四年十一月、風塵社）において。

★3　「斜陽」のなかでは「ギロチンギロチンシュルシュルシュ」となっているが、実際には、そうではなかったらしい。野原一夫『回想太宰治』によると、それはある歌の最後のフレーズ「思い込んだら命がけ　男のこころ」であったという。野原は書いている。

「座はいよいよ賑やかになり、やがて太宰さんが、低く呟くように、いかにも投げやりな調子で歌いだした。／男純情の　愛の星の色……／冴えて夜空にただひとつ／……／思い込んだら命がけ男のこころ／その最後の、『思いで、太宰ですが、なぜ脆弱なものとしてしかアイデンティティが成立しなかったのか。幾つかの理由が考えられます。まず、あげなければならないのは、母親が体が弱かったこともありますが、産まれるとすぐに母親から引き離されて、乳母の手にあずけられたことです。で、次に叔母キエに、そして『津軽』という作品で有名なタケさんですね、その子守りのタケの手に委ねられることになる。こうして、何人もの手を盥回しされたばかりではありません。あげく、この三人とも、次々と太宰の前から、いや修治の前から姿を消してしまうわけですね。この三人が三人からも、修治は引き離されているわけです。こうして、何人もの手を盥回しされたあげく、ですね。これではアイデンティティ（自己同一性の意識）が、ちゃんと育たなかったとしても不思議ではない。母性から引き離され、代理の母性からも次々と引き離されるわけですから……。こうして母性に裏切られ続けるわけですから……。これは太宰のアイデンティティが脆弱だったということばかりか、また太宰の人間不信の原因でもある。人間不信もまた、このことに淵源しているように思います。もとより、自分が信じられない、つまりアイデンティティが脆弱だからこそ、人を信じることもできないわけで、その根は同一なわけです。

それから、太宰は、子供の頃には、大地主である自分の家族よりも、その使用人たちの方に親しみを感じていたといいます。四男坊のオズカスであったからでしょう。このときアイデンティティは、家族と使用人との間に引き裂かれています。長兄は長兄であるが故に、もうそのままでヤマ源たりうる存在なのに、太宰はオズカスであるが故に、永遠にヤマ源たりうることを禁じられた存在としてしかなかった。このことも、太宰のアイデンティティ（自己同一性の意識）が脆弱なものとしてしか育たなかった、その大きな理由と

込んだら命がけ　男のこころ』というところを、そこだけを調子を高くして繰り返し、何度も何度も繰り返し、そのたびに、コップをカチンと合わせ、ぐいと飲む。私たちもそれを真似る。／（作品『斜陽』では、この歌詞が、ギロチン、ギロチン、シュルシュルシュ、となっているが、そのような不思議な文句を太宰さんが歌ったことはない。すくなくとも私は知らない。だいいち、ギロチン、ギロチン、シュルシュルシュ、では調子が出ないではないか。……）」

むろん、そうであったとしても、投げやりな、いかにも無頼派といった感じで飲んでいたことに、変わりはない。いうまでもなく、それは、野原たち読者がイメージする太宰の姿を反映したものに他ならない。

ちなみに、この「思い込んだら命がけ……」の歌は、灰田勝彦の昭和十五年のヒット曲「燦《きら》めく星座」である。作詞は佐伯孝夫。作曲は佐々木俊一。この曲を聞きたかったら、漫画家たちの青春群像

してあるのではないでしょうか。

太宰治という小説家は、他のいわゆる私小説作家たち、ごく普通のアイデンティティを所有しえた小説化たちとは、ちょっと違う存在としてあるわけです。ですから、太宰を私小説作家として処遇していいのか、と問題提起したわけです。

実は、僕は、太宰を殺したのはファンだと思っているわけですよ。いや、皆さんご存知ですよね。僕の『太宰治というフィクション』を、読んで下さっていますよね。つまり、読者なんですよ。いや、正確には、太宰治（第二の自我）が、あるいは太宰治（という自からが書く小説中の主人公）が自分の読者としてイメージしている読者なわけですけれどもね。この「読者」には、むろん文壇やマスコミも含まれます。

昭和五年の鎌倉・小動崎での、田辺あつみとの心中事件をはじめとして、前期といわれる時代に繰り返された自殺、あるいは芥川賞事件、パビナール中毒・精神病院入院事件は、これはみんな太宰の〈小説家至上主義〉に淵源するものだと述べました。〈なんだっていい、小説家になりたい、小説家であり続けたい、ってことだった〉わけですからね。だけれども、認知されなければどうしようもない。では、太宰を小説家として認知してくれる第三者っていったら誰なんだ、といえばですね、いうまでもなくそれは読者です。その読者が耳元で囁くわけですよ。次はなにをするの。首吊り自殺なんていいんじゃない。それとも、麻薬に溺れて、体をぼろぼろにしてみるか。文壇の権威にいちゃもんをつけてみるか。もう一度、今度は奥さんと心中事件を、起こしてみるか。どれが一番スキャンダラスだろう？　なにをしたら、一番人々の目を引くと思う？　次はなにをして見せてくれる

を描いた映画『トキワ荘の青春』を、ビデオ屋から借りてくるのが手っ取り早いだろう。その映画のなかの、装入歌の一つとして使われているからだ。むろん、カラオケにも入っているが、カラオケでは灰田勝彦の歌が聞けない。それにカラオケの曲は、今ふうにポップな感じになっていて、ちょっとオリジナルとはイメージが違う。

「オリジナル原盤による昭和の歌　戦前篇」（ビクター音楽産業株式会社）の解説書「歌でつづる昭和の文化史」に、上山敬三が次のように書いているのを見つけたので引用しておこう。

「都会のモダーン派の人たちに強い人気のあった灰田勝彦が、この歌のヒットで全国的な大型スターにのしあがった。／東宝系の南旺映画『秀子の応援団長』の主題歌で『青春グランド』のB面。野球狂の灰田は新人投手の役で高峰秀子と共演した。／野球とは無関係の青春の日の抒情歌謡である。映画の全篇にふんだんに流れたA面の歌を尻目に、たった一つの場面で灰田がしんみり歌ったB面の

の？　とですね。

　で、太宰はその読者の声にうながされて、小説家になるために、小説家であり続けるために、次々とスキャンダラスな事件を起こし続けたわけです。あげく、お話しましたように、自らの生来の自我の脆弱さともあいまって、〈太宰治（第二の自我）と太宰治（という自らが書く小説中の主人公）の区別がつかなくなってしまった〉というような情態にまで、自我喪失を進めてしまうわけです。ここまでは、すでにお話したところです。で、最後の玉川上水に山崎富栄と入水して果てた心中事件においても、事情は同じなのではないか。読者が耳元で囁いたんだと思うんですよ。「トカトントン」の主人公にも、トカトントンという音が聞こえていたようにですね、太宰には、読者の囁きが聞こえていた。で、前期のそれらの事件と違うのは、それでジ・エンドだったということです。太宰は死んでしまった。だから、その事件を小説に書くことはできなかった、ということです。

　いや、違う。このとき、読者は、死んで果てろ、と耳元で囁いていたんだと思うんですよ。死んで果てろ、死んで果てろ、心中して果てろ、とですね。で、こんなふうにも囁いていたかもしれない。太宰さん、あなたは昭和五年の鎌倉・小動崎での、あの田辺あつみとの心中事件を幾つもの作品に書きましたよね。「葉」「道化の華」「狂言の神」「虚構の春」「東京八景」「人間失格」と繰りかえし書いた。しかし、そのどれをも入水自殺として描いた。それは嘘ですよね。あなたたちはカルモチンを服んだにすぎない。その落とし前を、そろそろ着けなくてはいけないのではないですか。今度は、本当に入水して下さい。そして、今度は、あなたも死ななくては……。それで、やっとあなたの虚構としての、つまりフィクションとしての人生は、一つの円環を閉じて完成するのです。あなたの文学も、

この歌が大流行した。／野球の歌はやらん、という不思議なジンクスがここでも裏書きされ『流行歌の秘密はますますわからなくなった』と取沙汰されたものだ。／実はこのレコードの制作を担当した筆者が、A面の華やかな歌に気をとられて、うっかりB面の歌を画面に流すことを忘れていた。撮影が終了したフィルム編集の段階でそれに気がついた。千葉泰樹監督に無理に頼んでワン・カットを挿入してもらったのである。映画の流れから見れば不自然な画面であった。今でも申しわけなく思っている。／しかし、この失態が歌の方では大きく幸いした。上記の通り灰田の株が上昇したし、佐伯・佐々木・灰田のつながりが緊密化してビクターのゴールデン・トリオの名で呼ばれるようになった。／太平洋戦争に入ってから、『愛の星の色』の星は陸軍の象徴だ、流行歌などに軽々しく使ってはいかんと、軍部から怒られて改訂を厳命されたこともある。また、戦後のことだが、太宰治が『思いこんだら命がけ、男のここ

そうすることでしか成就しないのですから……。

読者はそれを期待している。太宰は、そう思いこんでいたのではないでしょうか。ギロチンギロチンシュルシュルシュなんていいながら、あびるようにお酒を飲んでいた。★3 そんな、戦後のめちゃくちゃな生活の中で、流行作家としての階段をのぼりつめていく。そして、人気が出れば出るほど、原稿に追われるようになればなるほど、太宰は、逆に不安の意識を増大させていったのではないでしょうか。不安というのは、流行作家という地位に対する不安です。ずっと流行作家でいたい、だけれどもずっと流行作家でいられるかしら？　という不安です。階段をのぼりつめたら、その先には奈落がぽっかりと口をあけているのではないかしら？　という不安です。そんな流行作家としての恍惚と不安を感じながら、太宰は、述べたような読者の囁きを聞いていた。僕には、そう思えてなりません。

人気の絶頂で死んだならば、日本の文学史に、自分の名前は特筆大書されるのではないかしら？　だったら、奈落に突き落とされる前に、読者が期待するように落とし前を着けた方がいい。自らのフィクションとしての人生の完成のために、文学の成就のために、その方がいい。それに結核の方も、もうずいぶんと悪い。どうせ死ぬのだったら、自ら死を選んだ方がいい。今、死ぬのだったら、少なくとも妻や子が飢える心配はないだろう。★4 死が、スキャンダラスであればあるほど、本は売れるだろうし……。山崎富栄との関係を清算するためにも、そうするしかない。このままでは遠からず、妻と富栄との間に悶着が起きるのは必至だし、太田静子の懐妊の問題もある。すべてを清算するのには、いい時期ではないか。太宰治は、そう考えたのではないか。

いや、太宰治（第二の自我）がではありません。彼が小説のなかに仮構した主人公の人

ろ』のくだりが大好きで、よく歌っていた、ときいたことがある。そういえば『斜陽』の中にそれらしい場面が出てくる。」

★4　太宰の死んだ後の家族の生活は、どうだったのか。梶原悌子『玉川上水情死行』（平成十四年五月、作品社）に、その後の生活を象徴するような、次のような一節がある。

「美知子は晩年東京都心の閑静な住宅地、文京区本駒込六丁目の自宅に住み、一九九七（平成九）年二月一日ここで亡くなった。八十五歳だった。翌年一月、課税遺産額が本郷税務署の公示で約九億四千万円とわかった。自宅の敷地その他が対象だったという。／文京区本駒込六丁目はJR山手線巣鴨駅から白山大通りを本郷方向に数分歩き、左手の福音館書店の角を折れた一帯になる。約三〇〇メートル先に元禄時代柳沢吉保が設計した六義園があり、それに通じる二車線の道路は左右に歩道がつづく。両側ともそれぞれ趣を凝らした塀と門構えの邸宅が並ぶ。一区画が二百坪は下らないだろう

生を、一つの大きな作品として見なければならない。つまり、その主人公がそう考えた。太宰治（第二の自我）は、その主人公の考えにしたがったにすぎない。先に、前期の彼は、ある時期から〈太宰治（第二の自我）と太宰治（という自らが書く小説中の主人公）の区別がつかなくなってしまっていた〉と述べましたが、ここでも同じことが起きていたと、僕は考えているわけです。

それから、こんなことも、いえるのではないでしょうか。

太宰治は、生家ヤマ源に自己同一化できるにたる人間になりたかった。だから、小説家として、認められたかったわけですね。で、それは達成したわけです。達成したけれども、しかし、ふと気づいてみると、やはり長兄の文治こそがヤマ源そのもので、自分は相変わらずオズカスでしかなかった。で、ヤマ源に自己同一化したいという思いは、さらに高じていった。長兄に取って代わりたいという、〈父親殺し〉ならぬ〈兄殺し〉の思いも、無意識のうちに働いていたのではないか。疎開していた実家から、戦後ふたたび東京に出てきてからは、故郷に対する思いとともに、ヤマ源に対する思いは、なおさら強くなっていったのではないでしょうか。それとともに、第一の自我である津島修治はふたたび後退していった。前期の再来です。ですから、富栄さんとの心中は第一の自我である津島修治の所業ではない。このことは、先に話しましたよね。

戦後、ヤマ源は「桜の園」と化していた。GHQの農地解放令によって、二百五十町歩あった農地のほとんど全部を取りあげられて、ヤマ源は没落を運命づけられていたわけです。そうなればなるほど、故郷に対する思いとともに、ヤマ源に対する思いは、なおさら強くなっていった。そして、その滅んでいくヤマ源に殉じたい心性を、太宰は自らのうち

か、ここは駅前の賑わいも大通りの車の量も絶えていた。／津島邸は六義園より数十歩手前あたり、コンクリート塀に囲まれた鉄筋造りである。邸内の詳細はうかがえないが、覆うような大きな樹木は少なく、門はスチール格子の開き戸、家屋の壁は白やクリーム色で明るい雰囲気を感じさせる。／一九九八（平成十）年一月八日付けの新聞に、遺産は、『長女園子さんと次女で作家の佑子さん、園子さんの夫で衆院議員津島雄二氏ら四人が相続した』とあった。」

★5　長部日出雄は『桜桃とキリスト　もう一つの太宰治伝』（平成十四年三月、文芸春秋社）のうちに、「かなり大幅に筆者の推測が入ることを、あらかじめお断りしておきたいのだが」とした上で、次のように述べている。

「『太宰が全集を出すそうだ……』／という噂は、おそらく驚天動地の出来事として、たちまち千里を駆けめぐったに違いない。いかに敗戦の激震によって価値観が千千に乱れている時代とはいえ、それを耳にしたほとんどの人に、

に、育てることになったのではないでしょうか。一つの大きな作品の主人公としての太宰治は、ですね。殉じて死ぬこと、兄にはできぬそのことを成し遂げることによって、兄に勝とう、取って代わろうとしたのではないでしょうか。で、作品の主人公としての太宰治にうながされてそれを実行したのは、津島修治（第一の自我）ではなくて、太宰治（第二の自我）だったわけです。

たとえば、〈生家ヤマ源に殉じて……〉ということを傍証するものとして、個人全集の刊行を決めたということをあげてもいいのではないでしょうか。

昭和二十二年の十月頃の話だといわれていますが、八雲書店と実業之日本社から全集刊行の申し入れがあり、太宰は八雲書店から出すことにして、十一月頃からその準備にかかっています。生前に全集というのも変な話ですよね。[★5] もう、死ぬ気でいたから全集を出すつもりになったということも、いえるわけでしょう。

で、準備なんですが、全巻の編集はほとんど自分で行ない、造本や装丁についても、A5判で白地のハードカバーにすることや、配本の順番、[★6] 八雲書店との打ちあわせはもちろん、太宰文学の書誌的調査をしていた奈良女高師の横田俊一という人から創作年表を取り寄せて検討したりと、そういったことまで自分でやっている。で、そのハードカバーの表紙には、生家ヤマ源の家紋、鶴丸定紋を、型押しさせているわけです。また、各巻の巻頭に載せる口絵写真として、貴族院議員の礼装をした父の写真他、母、長兄、自分たち兄弟姉妹を含む近親、幼少時代、中学時代、高校時代、大学時代、生家、生家の庭園、芦の湖あるいは津軽平野の写真などを指定しています。

とりわけ文壇内部の事情に通じた人間には、まったく常識外れの途方もない話として受け取られたはずだ。／そもそも『全集』というのは、その名の通り全作品を網羅するのだから、作家の没後に出されるのが基本の原則で、生前に刊行されることは本来あり得ない。あるとしても、すでにだれの目にも一生の文業をおおかたなし終えたと映る老大家か、超一級の作家にかぎられる。／太宰はまだ三十九で、文壇内のヒエラルキー（身分制）からすれば、新進に毛が生えた程度だ。それが全集を出すとは、あまりに急に売れ出して、青二才の取巻きたちに祭り上げられ、自分を見失って手の舞い足の踏む所を知らず、とうとう気でも違ったか……と考えるほうが、むしろ普通であったろう。／野原一夫の回想によれば、八雲書店と実業之日本社から、ほとんど同時に全集発刊の申し込みがあったのは、『二十二年の十月だったと思う』と語られているが、太宰の脳中において、それはもっと前から企画されていたのではないか、と筆者

つまり、家紋にしろ写真にしろ、津島一族、ヤマ源を誇示するものになっている。これは死ぬ準備だったのではないか。ヤマ源の一人として、ヤマ源に殉じて、ですね。

生家も売りに出されていたわけですよ。なかなか買い手が見つからなかったわけですが、長兄の選挙資金や財産税[★7]などの差し迫った問題などもあって、当時金木町長を務めていた角田唯五郎に二百五十万円で売却することが決まった。次兄栄治からの手紙でそのことを知った太宰は、「わずか二百五十万円か」と、うめくように溜息を洩らした、といいます。うめくように、です。妻の美知子さんが、『増補改訂版　回想の太宰治』のうちに、そう証言しています。[★8]こうしたことに鑑みると……。

むろん、自分が死んだ後は、読者が〈太宰治という物語（フィクション）の作者になってくれるのではないか……。太宰はそれを期待していたと思います。そのことも、忘れてはなりません。いや、太宰がそれを期待していたかどうかはおいてもいい。しかし、生前から、実際そうだったわけですからね。そして、死後は読者が〈太宰治という物語（フィクション）の作者になった、そのことは確かなことです。生前のそれに、さらに輪をかけた形でですね。これは、いわずもがなのことですよね。

さて、前期という時代に、太宰は自殺事件を繰り返したわけですが、それに関わると思われることで思い出したことがありますので、ついでにここで話しておくことにしましょう。

僕は先（第1章第3節）に、前期以前、そして前期といわれる時代の太宰について、こんなふうに述べました。〈太宰は意外にも時代の空気に敏感というか、あわせようとすると

は想像する。」

　また、次のようにもいう。

「野原一夫は、十月に八雲書店と実業之日本社から、ほとんど同時に『全集』の申し込みがあった、と記しているが、これは太宰のほうの婉曲な示唆からはじまった話と見て、たぶん間違いあるまい。常識では考えられないこんな企画を、二社が同時に発案するとは、とてもおもえない。……文壇と関係が深い大出版社に、そういう大それた企画を持ち込んでも、受け入れられるはずがない。その点、八雲書店は創業して間もない新興の出版社で、実業之日本社は老舗（太宰はここから『東京八景』を出したことがある）ではあるけれど、もともと社名とおなじ誌名の雑誌の発行が看板で、ともに文壇の体制には組み入れられていない。／二社に口をかけたのは、ほかの社からも話があるんだがね……と仄めかして、競争の意識を生じさせ、決定を速めるためであったろう。『太宰治全集』と実業之日本社という社名は、あまり合性がいいとは考えにくいから、

ころがある。プロレタリア文学が流行ればプロレタリア文学っぽい作品を書くし、エログロナンセンスが流行ればそんな作品を書いてみる。転向文学が流行れば、これまたそれっぽい作品を書くし……その時々の文壇や読者、あるいは時代状況（マス・イメージ）にひきずられている〉とです。で、実はですね、太宰が小説を書きはじめた昭和初年代という時代は、自殺の流行った時代だったんですよ。ジャーナリズムも、そのたびごとにそれを大きく取り上げています。代表的なものを、幾つか見ておきましょう。

　まず、昭和二年には、芥川龍之介がヴェロナールを服んで自殺している。七月二十四日のことですね。太宰は、この芥川の自殺にものすごく衝撃を覚えたというようなことを、自ら書いていますよね。この芥川のヴェロナール自殺を契機として、以降、インテリゲンチャの間で、睡眠薬自殺が全盛を極めるようになります。ヴェロナール、ナルポコン、そして太宰が使用したカルモチンですね。芥川の「或旧友へ送る手記」と題された遺書のなかに、自殺の手段を検討した一節があります。それを読むと、スタイルを気にする小心なインテリゲンチャが、この方法を好むようになったということは頷けることです。

「僕の第一に考えたことはどうすれば苦まずに死ぬかと云うことだった。縊死は勿論《もちろん》この目的に最も合する手段である。が、僕は僕自身の縊死している姿を想像し、贅沢にも美的嫌悪を感じた。……溺死も亦《また》水泳の出来る僕には到底目的を達する筈はない。のみならず万一成就するとしても縊死よりも苦痛は多いわけである。轢死も僕には何よりも美的嫌悪を与えずにはいなかった。ピストルやナイフを用うる死は僕の手の震える為に失敗する可能性を持っている。ビルディングの上から飛び下りるのもやはり見苦しいのに相違ない。僕はこれ等の事情により、薬品を用いて死ぬことにした。薬品を用いて死ぬことは縊死す

そちらはいわば当て馬で、戦争中の学生時代から知っている熱心な編集者亀島貞夫がいる八雲書店のほうに、内心では最初から決めていたのではないか、とおもわれる。」

　この長部さんの意見に、僕は賛成である。しかし、野原一夫はまた、『生きることにも心せき　小説太宰治』（平成六年十月、新潮社）において、次のように証言している。

「全集刊行の申し入れをしたのは、八雲書店の編集者の……亀島貞夫である。／月刊誌『芸術』に戯曲を書いてもらいたくて足を運んでいたが一向に色よい返事をもらえなかった亀島は、前年の（昭和二十二年の—筆者注）十月、それならばいっそと、全集刊行を口にしてみた。その場の思い付きの独断で、まさか承諾してもらえるとは思わなかった。／意外にも太宰は、すこしのためらいもなく、あっさりと承知した。かえって亀島は拍子抜けがした。／『全集、でいいのでしょうか』／『ああ、

ることよりも苦しいであろう。しかし縊死することよりも美的嫌悪を与えない外に蘇生する危険のない利益を持っている。」

この文章は、当時の新聞にも発表されたので、太宰も読んだに違いありません。あるいは、「僕は僕自身の縊死している姿を想像し、贅沢にも美的嫌悪を感じた」という一節から、太宰「狂言の神」の、昭和十年三月に鎌倉の山中で縊死を試みたときのことを書いたとされる、次のような一節を想い起こされる方もいるのではないでしょうか。芥川の一節を、具体的に書いたならば、あるいはこうなるのではないかと思われます。

「私は、はっきり眼を開いて、気の遠くなるのをひたすら待った。しかも私は、そのときの己の顔を知っていたのだ。はっきりと、この眼に見えるのであった。顔一めんが暗紫色、口の両すみから真白い泡を吹いている。この顔とそっくりそのままのふくれた河豚《ふぐ》づらを、中学時代の柔道の試合で見たことがあるのだ。そんなに泡の出るほどふんばらずとも、と当時たいへん滑稽に感じていた、その柔道の選手を想起したとたんに私は、ひどくわが身に侮辱を覚え、怒りにわななき、やめ！　私は腕をのばして遮二無二枝につかまった。思わず、けだもののような咆哮が腹の底から噴出した。」

僕は、この自殺もなかったと思っているんです。太宰が「自身の縊死している姿を想像」して描いたものだと思うんですよ。で、こんな場面になったと思うんですよ。太宰もまた、「贅沢にも美的嫌悪を感じ」ていたわけですよ。そんな気がします。

話を戻しましょう。昭和初年代は、自殺の流行った時代だったという話でした。芥川の自殺を、ジャーナリズムが大きく扱ったことは、いうまでもありません。猫いらずを服むというのも、大正時代からよく行なわれていた自殺の方法ですが、これは黄燐を主成分と

それでいい』／きっぱりと太宰は答えた。／そのあとすぐ、実業之日本社からも同様の申し入れがあり、太宰はすこし迷ったようだったが、一歩先んじた八雲書店を選んだ。亀島は大きな手柄を立てたことになる。」

★6　この八雲書店版全集の配本は、第二巻『虚構の彷徨』が第一回で、第一巻『晩年』が第二回となっている。筑摩書房の二百字詰原稿用紙に、鉛筆で走り書きされた昭和二十三年二月十七日付八雲書店編集部亀島貞夫宛て（佐藤氏に託す）書簡に、太宰からの八雲書店へのそうした指示が記されている。

なお、野原一夫の遺品のなかにあった同書簡を、僕は遺族の行為により、見せていただいたことがある。その際、筑摩書房より出ている太宰全集『書簡集』に掲載されたそれとの間に、幾つかの異同があることに気づいたので、以下、列記しておこう。

①『書簡集』では、宛名が、「東京都下連雀一一三より　東京都本郷区森川町一一一　八雲書店編集部　亀島貞夫宛（佐藤氏に託す）」

しているので、死ぬまですごく苦しいということです。安くて、簡単に手に入るということもあり、庶民が自殺するときによく用いられた。しかし、名もなき庶民ですから話題性にとぼしく、ジャーナリズムが取り上げるということはなかった。いや、取り上げたとしても地味にだったわけです。よって、猫いらずを服んで死ぬのが格好いい、なんて話にはならなかった。だから、太宰も使用していないわけです。

仮に芥川が、睡眠薬ではなくて猫いらずを服んで自殺するとともに、「或旧友に送る手記」のなかでも、猫いらずを使用するの弁を展開していたら、太宰も使用していたかもしれません。この世で汚れた魂を浄化する方法として、猫いらずを使用することによるあの苦しみに優るものはない、とかなんとか書いていたら、スタイルを気にする小心なインテリゲンチャも、勇気をもって使用したかもしれない。馬鹿なことをいっているように聞こえるかもしれませんが、流行なんて、しょせん、そんなものです。

茶髪のロングヘア、日焼けした顔に細い眉、ミニスカートに踵の高いブーツを履いた女の子たちが、街にあふれかえっていたのって、もう十年以上も前になるでしょうか。パープルのアイシャドー、メタリック系の口紅……。まあ、どうでもいいんですけどもね。ファッションは自由ですから。どんな化粧をし、どんな格好をしてもいい。だけど、あの細い眉のメイクだけは、勘弁してほしかった。日本人って、概して顔が大きいでしょ。で、偏平ですよね。そんな日本人の顔に、あの細い眉は絶対に似あわない。だけど、流行っちゃったりするんですよ。あのとき、僕には女の子たちの顔が、さながら爬虫類のそれのように見えた。なぜ、こんな不気味なメイクが流行るのか、いよいよ本当に世紀末なのかな、と思ったりもした。

と記されているが、封筒おもてには「亀島君へ」「(佐藤氏に託す)」と記されているだけであり、八雲書店の住所等は記されていない。また下連雀の太宰の家の住所から出されたかになっているが、差出人の住所等の封筒裏書きはない。

② 亀島の「亀」という字など、すべて現在の字で書かれているが、『書簡集』ではそれらがすべて旧字(正字?)に直されている。

③ 『書簡集』では、太宰がカギを付け忘れたと思われる部分にカギを補っている。

④ 同書簡の改行が、『書簡集』では忠実に再現されていない。

★7　昭和二十一年二月十六日、突如、政府は新円発行の決定を含む、金融緊急措置令、日本銀行券預入令、臨時財産調査令を勅令をもって公布、即日施行した。前の二つは、「過剰購買力の主なる源泉である預貯金の払出しを制限し、潜在購買力の浮動化を抜本的に封鎖せんとする非常措置」(『朝日新聞』昭和二十一年二月十七日)、すなわち戦後のハイパー・インフレを押え込むことを目的としたもついこの間だって、なんでしょうね、あの股の浅いジーンズ。足の短い日本人が履いたら、よけい足が短く見えるだけじゃないですか。長い人は、いいですよ、長い人は。でも、絶対やめた方がいいとしか思えない人も履いている。で、下着が見えちゃうからって、今度は股の浅い下着が開発されたりして……。あの下着、なにか色っぽくない。僕たちが若い頃、一九七〇年過ぎにも、この股の浅いジーンズって流行りましたよね。僕なんかも、腰骨の下で履くような、その股の浅いジーンズを履きました。あの頃の股の浅い女性の下着、スキャンティ（スキャンダル・パンティ）は色っぽかったんですけどね。あのときは、股の浅いジーンズよりも、スキャンティの方が先にあったんではなかったかしら。思いだして下さい。皆さんもあの頃は、そんな格好でブイブイいわしていたわけですよ。まあ、今の若い子たちみたいに、お臍は出して、いませんでしたけどね。でも、ミニスカートも、今の女子高生と同じくらい短かったですよね。で、女子高生だけでなく、誰も彼も、猫も杓子もでしたよね。おばさんまでがミニスカートだった。足を長く見せようとして、膝上二十センチ、二十五センチって、どんどんスカートが短くなる。太い腿を見せているうちはいいですけれども、膝上二十五センチ、三十センチって、もうパンツ見えてますよ。それに、ノーブラだったりもしましたよね。いい時代でした。いや、変な時代でした。今の若い子のこと、とやかくいえません。

　昔は、胸の大きい子も、胸を小さく見せようとしましたよね。「ノーブラ」で思い出しました。昔は、ブラジャーというのは、胸を小さく見せるためのものだった。本当はCカップなのに、胸を小さく見せるために、無理してAカップを着けていた。ちゃんとサイズを測って、自分にあうサイズのブラジャーを買いましょう、なんて下着メーカーがキャ

の。三つ目は、政府の財政危機を乗り切ることを目的としている。

　まず、金融緊急措置令で、二月十七日以降、既存預貯金は封鎖され、一月に世帯主三百円（四月一日からは百円に引き下げられた）、世帯員一人百円までしか、下ろせなくなった。日本銀行券預入要領には、次のようにある。

　「一、現行日本銀行券（旧券）の失効／現に流通中の十円、二十円、百円二百円及び千円の各日本銀行券（旧券と謂う）は昭和廿一年三月二日限を以て強制運用の効力を失い其の後は原則として昭和廿一年三月七日迄に限り金融機関に対する預入に使用を得るのみとなる／二、旧券の封鎖預金化／（一）右の十円乃至千円の旧券は昭和廿一年三月七日迄に金融機関に対する預金、貯金又は金銭信託と為すことを要する／（二）……省略……／（三）旧券を以て為された右の預金、貯金等の外定期積金給付金金銭信託、恩給金庫の寄託金、無尽給付金及年金は封鎖預金等として取扱われ封鎖される／三、新旧券の引換（旧券預入に依

ンペーンを張って、デパートの下着売り場なんかでは、ちゃんとサイズを測ってくれるようになった。で、お客さんはCカップです、なんて店員がいうと、お客さんは、馬鹿にしないでよ、私はAカップよ、なんて怒ってしまう。で、大きいサイズのブラジャーが売れなくて、一九八五年にワコールはCカップブラの製造を中止してしまうなんてことにもなった。本当の話です。胸に手を当てて思い出して下さい。胸の大きなのが流行りだしたのは、最近の話ですよね。バブルが弾けたころからじゃなかったかしら……。しかし、なんだったんでしょうね、あの、胸は小さい方がいいというのは……。今でも、キューバやブラジルあたりでは、小さな胸が流行っていて、胸を小さくする整形手術が流行らしいです。変な話ですよね。なんか、セクハラっぽく、なってきた。この話は、止めましょう。

　ベルボトムのジーンズが流行ったときも、おかしかった。ベルボトムのはずが、足が短いから丈をあわせて詰めてもらうとベルボトムじゃなくなっちゃう。昔は、ベルボトムじゃなくて、ラッパのジーンズなんていいましたっけ。見栄をはって、丈を長めにしてもらって、踵の高い靴を履いてかろうじてベルボトム、だったりするわけだけれども、飲み屋なんかで座敷に上がったりすると、殿中でござる、になってしまう。いや、わたくし自身のことです。

　自分には似合わないと思っても、流行ったら、話は別です。そんなものです。太宰のように、脆弱なアイデンティティしか所有していない者にとっては、なおさらにです。

る新券支拂）／（一）旧券は昭和廿一年二月廿五日より同年三月七日迄に限り郵便官署、銀行、市町村農業会又は市街地信用組合において左の金額に限って新様式による十円又は百円の日本銀行券（新券と謂う）を無手数料にて引換（旧券預入に対する同額の新券の支拂を謂う）を行う／（1）……省略……／（2）個人に付ては一人に付百円／……以下省略……」

　要するに、三月三日以降、旧円は使えなくなるということだ。そして、三月七日までに旧円を金融機関に預け入れしなければ、それは紙屑になってしまうということである。旧円と新円との交換は一人百円までとし、残りは金融機関に封鎖して既存預貯金と同等の扱いとする……。

　政府の意図はそうしておいて、国民それぞれの個人資産規模を把握すること、そしてそれを政府の管理下に置くことである。臨時財産調査令は、三月三日午前零時現在における個人、法人の財産を、四月二日までに申告することを義務づけている。この申告をしなけ

8　山崎富栄と青酸カリ

また、話がずれてしまった。話を戻しましょう。

ですから、昭和初年代は、自殺が流行ったわけです。芥川の話は、もういいですよね。

次に、ジャーナリズムを賑わせたのは、昭和三年三月の東京高等学校教授・北川三郎と女給小林米子の精進湖心中です。北川は、ウエルズの『世界文化史体系』の翻訳をし終え、出版社に渡すとともに、校長宛てに辞表を出し、身辺整理をすませた後、米子とともに精進湖へと向かいました。二人は葡萄酒を酌み交わし、太宰も使ったカルモチンを服んだ。で、米子は死んだのですけれど、北川は死ぬことができなかった。女が死んで男が生き残ったというのは、太宰の鎌倉・小動崎での心中事件と同じなわけです。しかし、男だけ病院に担ぎこまれたわけではなくて、この場合は、目覚めた北川が、女を生き返らせようとして、必至になったわけです。で、体を温めなければいけないということで、焚き火をし、最後には持っていた紙幣まで燃やしたということです。しかし、女は生き返らない。北川は、その後、山中をさまよい、結局、さまよったあげく凍死したということです。この北川と女給さんの事件が、ロマンチックな死として、当時のジャーナリズムを賑わせたことはいうまでもありません。

その次にジャーナリズムを賑わせたのは、皆さんもご存知かと思いますが、「坂田山心中」の名で呼ばれている心中事件です。

昭和七年五月九日、神奈川県大磯に近い、通称八郎山の草っ原で男女の死体が発見されます。死体の枕元には、服毒した昇汞水の瓶、そして小さな鉢に植えたヘリオトープ、女

れば、生活のために預貯金を下ろすことができないので、申告せざるをえない。そして、それに基づき、政府は戦後の財政難を乗り切るために、財産税を徴収したのである。免税は資産規模十万円まで、それ以上は二十五パーセントから千五百万円以上九十パーセントまでの累進課税であった。

さて、太宰はこの「新円切替え」「預金封鎖」が行なわれたとき、まだ津軽の実家に滞在中だった。妻・美知子が後に書いた『回想の太宰治』（昭和五十三年、人文書院）のなかに、この「新円切替え」「預金封鎖」に関連する次のような記述がある。

「終戦翌年の六月、税金そのものではないが、所得の証明願を税務署に出さねばならなくなった。ある日太宰が一枚の紙片をひらひらさせて、得意気に私に示した。津島修治、筆名太宰治が、記入して五所川原税務署長宛に提出してあった、／乙種事業所得による／所得金額　五〇〇〇円／職業名　著述／右ノ通決定アリタルコトヲ御証明相成度候也／という書類が

のハンドバック、男の制帽、北原白秋の『青い鳥』と羽仁もと子の『みどり児の心』が置かれていました。男は慶応の制服を着た大学生、女の方は藤色のお召に塩瀬の帯といった死装束だったといいます。これもまた、ロマンチックな死ですよね。で、八郎山で死んだのですが、「八郎山心中」では、どうもロマンチックじゃない。取材した記者は、それでは具合いが悪いということで、その辺りが坂田という小字であることから、「坂田山心中」と呼ぶことにした。僕には、「八郎山心中」でも「坂田山心中」でも、たいして変わらないと思うのですが、「坂田山心中」の方が「八郎山心中」よりも、そんなにいいですか。僕のセンスがおかしいのかしら？　僕は、坂田の公時、金太郎さんを想い起こしてしまって、ちっともロマンチックじゃない。坂田の公時の坂田って、ここのことですよね。ごめんなさい、ちゃかしちゃ、いけませんよね。そして、記事を記者から受けとった整理部の方では、「天国に結ぶ恋」という見出しをつけた。で、この心中事件は、フィーバーしてしまうわけですよ。「天国に結ぶ恋」という見出しは、僕はうまいと思います。

　こうして、慶大生の調所五郎と静岡の名望家湯山庄作の三女・八重子は、ジャーナリズムによってヒーローとヒロインに祭りあげられていくことになります。調所の父親は、「どうぞ八重子さん五郎を『夫』と呼んで下さい。そして五郎よ、八重子さんを『妻』と呼んでおくれ。神よ、あわれなゼロムとマーガレットのふたつの霊にめぐみを垂れたまえ」と、雑誌に手記を寄せ、人々の涙を誘ったりもしました。この二人が童貞、処女のまま心中したということも、人々のロマンティシズムの感情に合致するものとしてあった。また、この頃、映画産業は、すでに成熟期に入っていたわけですが、この心中事件は早々松竹の手によって映画化されます。「♪二人の恋は、清かった。神様だけが御存じよ。死

『右証明ス』と署長印を捺して六月三十日付で返ってきた。書類といってもザラ紙に孔版刷の紙片で、彼が得意になっているのは自分が記入した五千円という数字である。／これは所得税の申告書ではないから、頭を悩ますことはなさそうだが、証明された金額によって自分が遣うことの出来る金額がきまるのである。銀行預金がいくらあっても封鎖されていて、月に払戻できる金額は証明された金額によってきめられる（太宰の場合、この書類の上欄に、このあと七月から十一月まで、毎月五百円ずつ払戻したことを銀行支店が記入している）。くわしいことは知らないけれども、戦後のひどいインフレを抑えるためにとられた『金融緊急措置』であったと思う。太宰の場合、闇の高価なウイスキーや外国煙草を買い入れるために十分な小遣は欲しいし、そうかといって、あまり所得金額を多く書き入れても税務署の目が光るようで、原稿書く合間に狡智を働かせて、五千円という金額を自分で決めて記入して、母屋の帳場さんに提出

んで楽しい天国で、あなたの妻になりますわ」という、主題歌が有名ですが、竹内良一、川崎弘子主演『天国に結ぶ恋』は、事件から一カ月後の六月十日には封切られます。むろん、話はそれだけで終らなかったわけです。映画が上映されだすと、今度はその映画を観ながら、映画館のなかで昇汞水を服んで自殺する者や、「坂田山心中」をまねて自殺する連中が後を絶たない、という状況が生まれた。で、ついに映画は、上映禁止になったということです。

翌、昭和八年には、伊豆大島・三原山噴火口への投身自殺が流行した。これは、実践高女専門部国文科二年生の松本貴代子の投身自殺にはじまるわけです。貴代子は、二月十二日、同級生の富田昌子を誘って大島にやってきた。そして、三原山の噴火口まで登ってきたとき、「自分自身がゆきづまったの。みなさんによろしく」といって、遺書を昌子の手におしこんで噴火口にとびこんだといいます。この自殺は、一緒に大島へいった昌子が、自殺するように貴代子をそそのかしたのではないかという疑惑とともに、ジャーナリズムが大きく取り上げることによって、三原山噴火口を自殺の場所として選ぶことが流行することになります。いや、自殺したい人がその場所として三原山噴火口を選ぶことが流行したというよりも、ただ単に三原山噴火口で自殺することが流行したというべきです。自殺など考えたこともないような人にとっても、そうすることは流行として、ファッションとしてあったのですから……。それは、『天国に結ぶ恋』を観ながら、映画館のなかで昇汞水を服んで自殺したり、「坂田山心中」をまねて自殺した人たちにおいても、あるいは当時の気の小さいインテリの睡眠薬自殺にも、その度合いの違いはあれ、いえることだと思います。

してもらった。それが無事にパスしてこれから毎月五百円ずつは自由にできる保証を得たのだから、安心して嬉しくて私に見せたのである。所得五千円!!と私は笑って、調子を合わせはしたものの、胸中わだかまりがあって心から同調することはできなかった。／一体この頃、どの位収入があるのだろう、私には全く知らされていないのだ。五千円以上であろうとは、私の仕事である検印紙の枚数からもおよそ想像できるけれども、結局それは右から左に闇商人の手に渡ってしまう金である。終戦後にわかに人気作家の列に入って、原稿の依頼も出版の申込も倍増している。出版は新しい選集、戦前の選集の重版と次々申込があって部数もふえ、三千部くらいの検印を一つ一つ入念に捺していた以前と、まるで変わってしまった。商売繁昌は結構なのだけれども、さきの生活への見通しは少しもないし、こうして親子四人、兄の家に寄食して安楽に過ごさせてもらっているが、その本家も、いまや農地を失ってぐらつき始めているし、といって三原山噴火口においては、貴代子の自殺の一週間後の二月十八日に最初の投身自殺者が、次に二十一日に、そして二十六日に、二十七日にといったように、次々と投身する者が出ています。山頂でたまたま出あった人たちが、次は俺だ、今度は自分だ、いや俺が先だと、競うようにして、とびこむ姿も見られたといいます。この昭和八年一年間に三原山噴火口に身を投げて死んだ人は、男が八百四人、女が百四十人、計九百四十四人にのぼりました。

これは、もう、自殺が流行したというしかない。★1

太宰が小説を書きはじめた時代というのは、こうした時代であったわけです。

太宰もまた、これらの自殺や心中事件がジャーナリズムを賑わせるのを見ていた。そして、影響を受けたのだといえるのではないでしょうか。なにしろ、流行ですから……。自殺や心中を繰り返した、あるいはそれを描いたというのも、なにしろ流行だった、わけですから……。いや、本当に死ぬ気があったのか、狂言だったのではないか、いや本当はそんな事件は存在しなかったのではないか……。そうだとしても、いいのです。流行ですから、死ぬ気がなくてもやってしまったりするわけです。実際、やってなくても、やったといわなければ恰好悪いわけです。細い眉毛の流行るときは、顔が大きくて偏平でも、眉毛を細くしなければいけないわけです。股の浅いジーンズの流行るときには、足が短くても、股の浅いジーンズを履かなくてはならないし、ミニスカートが流行るときも、小さな胸が流行るときも然りなわけです。パンツが見えてもミニスカートを履かなくてはならないし、苦しくてもなんでもAカップブラを着けなくてはならない。今の女子高生は女子高生であるが故に、女子高生の間で流行っているように、制服のスカートは短くしなければならな

この戦後の混乱期にどうすればよいのかわからない。ただ漠然とした不安が拡がるばかりである。」

ここにいう「乙種事業」がなんのことであるのか、僕にはわからないが、おそらく農業を営む者や商店を営む者、あるいは小説家のように、誰かに雇われるのではなく自ら事業を営むものを指すのであろう。その場合、所得によって銀行から払戻せる金額が決まっていたということか。その辺の詳しいことは、僕にはわからない。どちらにせよ、太宰は、月に払戻せる限度額いっぱいの額を払戻していたに違いない。もう一つわからないことがある。所得を証明する書類は「六月三十日付で返ってきた」という。そして、太宰は「七月から十一月まで、毎月五百円ずつ払戻した」という。しかし、では「預金封鎖」が行なわれてからの三月、四月、五月、六月は、いったいどうしていたのだろう。封鎖された預金から、いくらずつ払戻すことができていたのだろう。太宰の浪費癖と考えあわせると、興味深いところだ。あるいは、次

いわけです。『サザエさん』にでてくるワカメちゃんのように、ですね。

少し前の女子高生だと、ルーズソックスなんていうのもありましたよね。あの「象足」をごまかす、つまり足首の太いのを隠すやつです。足首の細い女子高生も、私の足首は皆さんと同じで、太いです、「象足」ですよって振りをして、ルーズソックスを履かなくてはならなかった。皆さんと同じで足がむくんじゃってパンパンです、どこが足首かわからないくらいですって、振りをしなければならなかったわけですよ。それが、女子高生の間の流行だったからです。「象足」をきれいな言葉でいうと、「サリーちゃんの足」ですか。あのテレビアニメの『魔法使いサリー』、「♪サリーちゃん、サリーちゃん、サリーちゃあん」、のですね。厚底サンダルやガングロなんていうのも、流行りましたよね。いや、やめましょう。

ですから、ベルボトムのジーンズが流行るときは、殿中でござるになっても、ベルボトムのジーンズを履かなくてはならない。それが恰好いいわけです。似合わなくても、殿中でござるになっても、恰好いいわけです。それに、太宰の場合、この前期という時代のある時期から、〈太宰治（第二の自我）と太宰治（という自らが書く小説中の主人公）の区別がつかなくなってしまっていた〉といった情態にあったわけです。つまり、自殺とか心中未遂は、その小説中の主人公の行ないだと考えなければならない。このことは、すでに何度も述べてきたことです。太宰治（第二の自我）が仮に自殺や心中未遂を行なったとしたならば、その小説中の主人公にうながされ、小説中での行ないを先取りしてまねたに過ぎないわけです。で、小説中の主人公は、時代のマス・イメージをそのままに生きているといっていい存在ですから、流行にはひどく敏感なわけです。

のような書簡の一節から類推するに、封鎖小切手をそのまま闇商人などへの支払いにあてていたとも考えられるし、印税などはもとより新円でもらっていたということも考えられないことはないのだが……。

「先日、君の手紙では封鎖でもよいからと言ってあったので、ちょうどその金額くらいの封鎖小切手がありましたので送ったのでした。封鎖小切手の使い方くらいは君も知っているものとばかり思っていました。銀行へ持って行ったって、お金にかえてくれるものではありません。あれはあのまま取引先に渡すか、でもなければ封鎖貯金にして、月に百円ずつ現金で引出すかするものです。まだあの小切手は、こちらに着きませんが、もしまだそちらの手許にあるなら、あれも差上げますから、その使用法を亀井君にでもよく聞いて活用するようにしなさい。」（同年六月二十六日付小山清宛葉書）

「印税は、再版のものですから一割でいいでしょう。それから印ですから、たとえば世の中で自殺や心中が流行らなくなると、太宰の小説中の主人公も、そうした行ないをしなくなる。むろん、その小説中の主人公の傀儡でしかない太宰治（第二の自我）も、です。そればかりか、流行に敏感ですから、デカダンスをやめて、その時代の望むまじめな人間になってしまう。つまり、自戒を生きようとすることになる。それが中期という時代でした。戦争の時代ですよね。

ちょっと、数字を出しておきましょうか。「全国平均自殺率の推移」の数字をです。昭和元年は十万人につき二十三・八人の自殺者があった。昭和五年には同二十五・四人。昭和十年には同二十三・八人です。それが昭和十五年には同十六・六人に激減している。昭和二十年は同十五・五人です。つまり、昭和十年から昭和十五年にかけて、その間に、自殺は流行ではなくなっていったのです。[★2]

ね、ぴったり一致してるでしょ。自殺や心中事件に象徴される前期という時代から、市井の片隅の一小説家としてまじめに日々を努めるようになった中期という時代への転換も、この間になされたわけですよね。「姥捨」について述べたところで、この間の事情は詳しく見ておきました。この自殺や心中が流行らなくなったということも、太宰の中期という時代への転換の事情の一つとして入れておいて下さい。日本は戦時体制が、どんどん強化されていくわけです。そうしたなかで、自殺そのものを、芥川のそれや、精進湖心中や、坂田山心中や、三原山のそれのように、大々的に取り上げることはもちろん、報道することすら許されなくなっていった。時代は、うんとクソまじめになっていくわけですよ。クソまじめこそがトレンドになっていくわけです。むろん、報道されなければ、流行る謂れもないわけです。

税の内、三千円くらい新円で、出版の約束のしるしに前払いするのが、東京の出版社の常識になっていますから、そのようにかけ合ってみて下さい。／引越し貧乏というが、移住には実に金がかかる。家財道具もまた新しく買わなければならないし、少々困っていますから、早いほどよい。あとの印税はもちろん出版後でいいのです。」（同年十一月二十四日付堤重久宛葉書）

さて、太宰の当時の書簡のうちには、「新円切替え」「預金封鎖」に関連する次のような文言を見ることもできる。

「御手紙の御返事にこんなハガキを用いるのは実に不本意だが、きょう（三月二日）は新円切替の日だとか言って、切手代の都合つかず、このていたらく……」（昭和二十一年三月二日付伊馬鵜平宛葉書）

★8　津島美知子『増補改訂版　回想の太宰治』（平成九年八月　人文書院）。

法的な意味での所有権移転手続きがとられたのは、昭和二十三年

さて、〈太宰は意外にも時代の空気に敏感というか、あわせようとするところがある。プロレタリア文学が流行ればプロレタリア文学っぽい作品を書くし、エログロナンセンスが流行ればそんな作品を書いてみる。転向文学が流行れば、これまたそれっぽい作品を書くし……その時々の文壇や読者、あるいは時代状況(マス・イメージ)にひきずられている〉わけですね。この太宰の中期という時代への転換についても、実は例外ではない。そうした文学的流行というものに、フィットしたものとしてあるわけです。

戦時体制が、どんどん強化されていくなかで、文学は古典復興、民族回帰、家郷再認識などのいわゆる回帰現象となって現出します。文学史は、そう教えているわけです。太宰の転機以降の作品が、またそういうものであったことを思い起こして下さい。たとえば転機以降、盛んに書かれることになるいわゆる太宰の「故郷もの」といわれる作品群は、この文学における回帰現象と、軌を一にするものではないでしょうか。中期といわれる時代の〈明るく堅実な作風の理想主義的な作品〉の系列に属するものとして分類される作品、それらの〈人生に対する暖かいいたわりにみちている〉かのように見える作品、たとえば中期の前半でいったら、「新樹の言葉」「花燭」「黄金風景」といった作品があげられるでしょう。これらの作品の主人公は、それぞれ過去の生活に敗れて、深い心の傷を負っているものとして設定されている。そうした主人公が、故郷の生家に関わりのある人に再会することによって救われ、新しい希望のもとに再出発をはかる、というストーリーになっています。そうした一連の作品群はです。

つまり、先の一節に、こう書き加えなければならないわけです。太宰は、〈……転向文

七月十九日、すなわち太宰の死後一カ月を経てのことであった。むろん、売買契約はその前に取り交わされていたのであろうが、名義上は津島の家であるうちに、太宰は没したことになる。

8　山崎富栄と青酸カリ

★1　佐藤晴彦『にっぽん心中考』(平成十年七月、青弓社)は、その第五章に、「空前――昭和戦前は情死ラッシュ」という章を設けている。この本は「心中」について考察したものであり、自殺一般に対するそれではない。しかし、ここに書かれていることは、僕の述べた〈昭和初年代の自殺の流行〉ということについて、支持してくれるものであるだろう。

佐藤は、ここで、プロレタリア文学作家だった細田民樹が『中央公論』昭和九年三月号に書いた「犬吠岬心中」を例にあげて語りはじめている。この作品は、「プロ文学とは関係ない。昭和四年一月、昇汞水を飲んで犬吠の断崖から身を投じて心中した弟のことを五年後に書いたもの」であり、そ

学が流行れば、これまたそれっぽい作品を書くし、文学が古典復興、民族回帰、家郷再認識などのいわゆる回帰現象となって現出すれば、それにあわせた作品を書く。……その時々の文壇や読者、あるいは時代状況（マス・イメージ）にひきずられている〉わけですと。

なぜ、太宰が、〈その時々の文壇や読者、あるいは時代状況（マス・イメージ）にひきずられて〉しまう存在としてあるかは、もう散々述べてきました、ので、繰り返しませんが、流行に敏感ですから、デカダンスをやめて、その時代の望むまじめな人間になってしまう。自殺や心中など、とんでもないことなわけです。それが、太宰の中期といわれる時代、戦争の時代であったわけです。

ちょっと一言いっておくと、むろん中期という時代におけるこの「故郷もの」と呼ばれる作品群の存在は、僕の「富嶽百景」に対する読みの正しさを傍証してくれるものでもあるわけです。〈「富嶽百景」とは、「富士」の形象に映された太宰の心の変身譚（ドラマツルギー）としてある。そして、その《拒否→羨望・肯定→和解・親愛》と変化していくその変身譚（ドラマツルギー）とは、同時に、「富士」に象徴されるなにものかへと太宰が同化（アイデンティファイ）していく過程を描いたものである〉。いや、ここでは、それについては述べません。これが本になったときに、もう一度読みなおして、それぞれで確認してみて下さい。

ついでですから、もうちょっと、山崎富栄との心中事件に関わる話をしておきましょうか。

以前、新聞書評を書くために、青山光二さんの『純血無頼派の生きた時代[★3]』という本を

の表題には「或る『時代病』患者」という傍題がつけられているという。この傍題にある「時代病」という言葉については、次のように述べている。

「『時代病』というのは、近ごろはあまりお目にかからないので、当時の流行語だったのであろう。しかし、その意味するところは一目瞭然である。細田にとって弟の自死はなんとも理解を超えるものであって、その当惑を『時代病』のせいにして納得させたのであろう。」

それでは、どう「理解を超える」ものであったのか。

「十五歳違いの異腹の弟は、小説では明（二十三歳）とされており、千葉医科大学薬学専門部の学生である。相手の女性はマリ子（二十一歳）といい映画館に勤めている。たとえば、当時の朝日新聞は、この事件について、『目下銚子病院で加療中だが両人とも生命危篤、原因は恋の多角関係から』と、原因についてもきわめて明快に断じているが、肉親の目からすると、これがそう単純には割

読んでいたんです。青山さんというのは、昭和八年、旧制三高三年のときに織田作之助と同級になり、以降、織田が昭和二十二年一月に死ぬまで、織田の友人として、あるいは文学的ライバルとして、親しく交流を重ねた人です。「小説織田作之助」と副題された『青春の賭け』（昭和三十年九月刊）という実名小説を書いています。つまり、織田についての生き証人のような人なわけですよ。

　織田は、戦後、太宰や坂口安吾とともに「無頼派」の名で呼ばれるようになるわけですが、青山さんがいうにはすでに出会った頃から、つまり若い頃からですね、織田は、「文学をこころざしながら、生活が常軌を逸しないようでは存在の意味がない」、よくそんなふうにうそぶいていたというんですよ。で、織田は旧制三高三年に留年していたときに、ある事件を起こします。織田たちの通っていた、いや通っていたといってもあまり顔を出してはいないわけですけれどもね、その三高に近い東一条西入ルにあった酒場「ハイデルベルク」に住み込みで働いていた宮田一枝に織田は一目惚れします。で、店に通いつめたあげく、ある日の真夜中に二階の窓へ梯子をかけて、その宮田一枝を脱出させる……。そして、二人で同棲生活をはじめるわけです。一枝は店のオーナーに前借りがあって自由がきかなかったのですが、織田はそれを監禁されていると勘違いしたようです。むろん、追っ手がかかって、やがて見つかってしまう……。その頃の二人の荒んだ生活ぶりを含めて、事の顛末までの一部始終を語れるのは、その脱出劇を手伝った瀬川健一郎の他には、この青山さんぐらいのものです。

　いや、もう一人いました。織田や青山や瀬川の仲間で、昭和十九年に夭折した詩人・白崎礼三です。白崎がまた、ふるったことをいうんです。こうした織田の起こした事件やそ

り切れない。／明は、ギロチン社の古田大次郎が書いた『死の懺悔』という本の余白にいろいろ書き込みをして遺書代わりに兄に残している。これによると、女性は映画館主に迫られて明の下宿に逃げ込んでおり、女性の妊娠について、明は『自分の子供かどうか多少疑いをもつ』とはしているものの、それがそのまま心中の動機とも思えない。細田は、ともかく病院に駆けつけ、意識のはっきりしている二人に、『二人とも昨夜やるところまでやったんだから、あれですっかり死神には申し訳がたったというもんだよ。昨夜のことで死への修業は終わったんだから、これから新しく生き返るんだね』と励ます。／弟の手記には、女性の、両親に死に別れた不幸な境遇が書かれており、自分の下宿料の滞りや女ができたための不義理な借金のことなどが強調されていたが、細田の目からすると、明の〝窮状〟の感じ方は、あまりに誇大と思われる。駆けつけた妻も『その手記を読んだら、明さんが生花か剪花のような気がしてなら

の後の荒んだ生活、あるいは自分の挫折の多い人生についてですね。ちなみに、白崎は、織田が一枝に惚れてハイデルベルクに通いつめているとき、いっしょにつきあったり、織田につきあって留年を繰り返したあげく、三高を結局卒業できずに織田とともに退学したりと、とにかくつきあいのいい人だったらしい。その白崎がいうんです。あれは「みずからに不幸を強いる文学的実験だった」とですね。要するに、彼らは若い頃からデカダンスであったわけですよ。むろん、デカダンスも、当時の流行といっていい。

この宮田一枝救出劇、いや織田がそう信じていたということですが、なにか太宰の小山初代救出劇にダブりません？　小山初代も芸者の置屋にいたわけですよね。それを太宰が糸を引いて足抜けさせた。で、東京へ呼び寄せた。べつに初代は置屋に借金があったわけではありませんから、家出させたといった方があたっているわけですが、太宰は救出したと信じていたわけですよね。で、その後の二人の荒んだ生活というのも、同じだ。いや、救出劇について語ろうとしていたのではない。太宰と山崎富栄との心中事件に関わる話を、織田の話とからめて、もう少ししておこうとしていたのでした。

いや、どうしても、織田が太宰とダブっちゃうんですよ。戦後、売れっ子になり、太宰治、坂口安吾らとともに「無頼派」と呼ばれていた頃の織田について、青山さんがこういいます。「小説を書くことだけが彼の生で、いわゆる実生活は彼にとって『虚』の世界であるかと見えた」とですね。僕には、この謎掛けのような青山さんの言葉が、織田の戦後の文学的活躍と死に至るむちゃくちゃな生活との関係を解く鍵のように思えるわけですが、要するに織田も、僕がこれまで太宰について述べてきたのと同じようなことになっていたのではないか。そう思えて仕方がないんです。織田のことを、「死ぬ気でものを書きとば

なかったわ。自分で剪花みたいに、余命いくばくもないってことを……ああいうことをする人は、あそこまでが与えられた寿命なんですね』と言い、それにしても、郷里の母親に説明できるような原因がないと、嘆く。／細田は、手記に『一人で死ぬことは暗く淋しくみじめで、不幸の極だ。しかし彼女と死を分けあうことは、明るく賑かで永遠の幸福です』とあったのをとらえて、『なんだか明の書いている『永遠』は未来のことじゃなくって、二人の愛の一致――つまり一つになった愛の記念碑みたいなものを、情死によって、この現実の世界に『永遠』に生かし残せるというような気持ちじゃないのかしら。つまり、弟達は、一つの生が破壊されやすいから、それから飛躍して、もう一つ不変な生を、この世へうちたてておくようなつもりであんなことをやったんだろう』と答える。」

この本を書いた佐藤は、僕が本文であげた有名な事例の他に、ここで、たとえば大衆小説家村上浪六の長男（三十一歳）が同棲して

している男」と評したのは太宰ですが、なぜ織田がそうしなければならなかったのか、その秘密を解く鍵で、です。そして、むろん、この織田に対する「死ぬ気でものを書きとばしている男」という太宰の言葉は、太宰の自分自身に対するはなむけの言葉でもあったと思うわけです。

念願の流行作家にまで上りつめていたわけです。その地位を守るために……。つまり、「死ぬ気でものを書きとばしている男」は、当の太宰自身でもあったわけです。いや、太宰治（第二の自我）がではありません。彼が小説のなかに仮構した人生を、一つの大きな作品として見なければならない。つまり、その主人公がそうであったということです。小説家・太宰治（第二の自我）は、その主人公の傀儡であったにすぎない。

それで、ですね、この青山さんの本の中に、すごく気になる証言があったんですよ。実は、これを紹介したかったんです。太宰と山崎富栄との心中事件に関わる話としてですね。織田の話は、うまくからみませんでしたね。こんな証言があるんです。引用します。

「太宰治は、襖をあけて隣の部屋へはいるようにして、いつでも死ねる人だった。原稿をねだる編集者に、青酸カリのカプセルにはいったやつを持ってくれば書くよと云って相手を困らせているのを傍で見て、よほど死にたいんだな、とその感じがじかに伝わってくるのをおぼえたことがある。太宰さんより一年五カ月ほど早く死んだ織田作之助のお通夜の席でのことで、編集者というのは婦人画報の熊井戸立雄氏だった。／織田の百日忌のあつまりの後、たまたま二人で乗ったタクシーの中で、はんぶんは酔ったあげくの冗談だったが、いっしょに死のうよと太宰さんは誘った。男同士の心中なんて見られたもんじゃないですよ、相手は女でなくちゃ、と私も冗談にしたものだったが、一年ばかり経って、そ

いた愛人（二十八歳）と昭和八年七月に心中した例、また昭和九年二月に、英文学者であり随筆家としても知られる平田禿木の「長男で東大英文科に在学中の青年（二十三歳）が、元マニキュア・ガールと浅草のホテルでカルモチン心中を図った」例など、こうした「不可解な『時代病』」例を含む二十数例をあげている。どれも、当時、ジャーナリズムを賑わせたものである。

さて、当時の太宰一連の作品は、こうした「不可解な『時代病』」を、たとえば細田民樹のように外から解釈して見せるのではなく、当の本人が内側から語って見せようとしたものである。そう、いえるだろう。そこに、作品の価値はあった……。太宰もまた、「時代病」患者であったに違いない。

★2　おそらくその分水嶺となるのは、昭和十二年の日中戦争の開始であろう。たとえば、佐藤晴彦『にっぽん心中考』が、昭和戦前の情死既遂者数を調べた仕事などは、この僕の推測を支持してくれるように思われる。

れが現実のことになった。」

ここで、「青酸カリのカプセルにはいったやつを持ってくれれば書くよ」といったり、「いっしょに死のうよ」と青山さんを誘っている太宰治（第二の自我）は、いうまでもなく彼が小説のなかに仮構した人生を一つの大きな作品として見たときの、その主人公（の傀儡）であったわけです。いわば、読者の望む太宰（の傀儡）であったわけです。青山さんは、ここで「はんぶんは酔ったあげくの冗談だったが」と書いていますが、それは読者（青山）がそう望んだからそう見えたといった類のものです。読者（青山）が、〈酔っていたが本気だった〉と思いたければ、そう見えたに違いありません。そして、主人公及びその傀儡である小説家・太宰治（第二の自我）は、そうした読者の〈太宰治とはこうあってほしい〉という願望を、反映する存在としてしかなかったわけです。

さて、この「青酸カリのカプセルにはいったやつを持ってくれれば書くよ」といったという証言は、いつ、どこで、誰に、ということが明確であるので、証言に信憑性があります。また、その後のこととして、こんな証言もある。当時、新潮社の編集者だった野原一夫が『回想太宰治』★4のなかで書いているのですが、富栄さんの外出中にですね、野原さんが太宰に、下曽我に行って治子ちゃん（太宰が太田静子に産ませた子）に会ってきたらどうかと勧めたところ、太宰は……。引用しておきましょう。野原さんはこんなふうに書いています。

「太宰さんは窓辺に立って、暮れてゆく西の空を、じっと見ていた。私は背後から声をかけた。／『先生、治子ちゃんの顔を見に下曽我に行かれたらどうですか。』／虚をつかれたふうに太宰さんはこちらを振りむいた。／『お会いになりたいでしょう。治子ちゃんに。』／太宰さんは坐って、／『そりゃあ、会いたいね。筑摩の古田さんもそう言うんだ

昭和二年二十九人、同三年四十七人、同四年六十三人、同五年五十一人、同六年六十八人、同七年九十三人、同八年百三人、同九年九十九人、同十年九十九人、同十一年百七十七人、同十二年七十九人、同十三年六十人、同十四年四十一人、同十五年十人、同十六年十三人、同十七年から二十年〇人。

佐藤は、この数字について、当時の『朝日新聞』の記事から拾ったものであるという。そして、この数字には「まったく権威はないが、きわめて興味深い数字だ」として、次のように注釈を加えている。

「なぜ権威がないのか。第一に、新聞はその日のニュースの多少によって扱いを異にするから、同じニュースバリューの情死でも掲載される日もあれば没になる日もある。第二に東京発行の新聞であるから、全国的な著名の士を除いては東日本とくに関東中心に事件を扱うことになる。第三に、既遂者といっても単なる危篤は含まないが、情況から強く死亡が推定される場合は数えるなど基準が必ずし

よ。行って、子どもを抱いてこいってね。』／『ぜひ、そうしたらいいです。』／太宰さんはすこし苦しそうな顔をした。／『奥名さん（富栄さんは二十二年の秋に旧姓の山崎に戻っていたが、私は最後まで奥名さんと呼んでいた。）には黙っていればいいじゃないですか。筑摩書房でも新潮社でも、仕事で二、三日カンヅメになるっておっしゃったらどうですか。口裏は合わせます。』／太宰さんはそれには答えず、声をひそめて、／『青酸カリを持ってるって言うんだ。いや、ほんとうらしい。作り噺のできる女ではないからね。俺をおどすんだよ、へんなことをしたら薬をのみます、えらく厳粛な顔をしてそう言うんだ。こんな狭い部屋のどこにかくしてあるのかね。俺も時々、いない時にあちこち家捜ししてみるんだが、どうしても発見できない。よほど巧妙にかくしてあるにちがいない。』／その言い方がおかしかったので、私は笑った。／『笑いごとじゃないよ。下曽我に行ったことがばれでもしたら、とたんにぐっとひと睨みだ。やりかねないね、あれは。』」

それから、同じく当時、新潮社の編集者で、太宰の「如是我聞」の口述筆記を担当した野平健一も、「二人の女性[★5]」のなかで、やはり富栄さんの留守のときに太宰から、「この部屋に青酸カリがかくしてあるんだ、それが何処だか分らない。タンスの中じゃないかと思うから、君、捜してくれないか」といわれた、と証言しています。

この野原さんと野平さんの証言は、富栄さんが太宰を殺した、いや、殺したとはいわないまでも、富栄さんにひきずられる形で太宰は富栄さんと心中することになったのだ、ということの傍証としてよく使われるものとしてあります。しかし、富栄さんは昭和二十二年十一月三十日付の日記に、「修治様／私が狂気したら殺して下さい。／薬は青いトラン

も明確でないなどが理由となる。一口でいえば、恣意的なのである。／だが、絶対数には意味のないこのような数字でも、大数観察として傾向を見るときは、それなりの意味を認めることができるだろう。すると、戦中を含めた昭和戦前は四つのグループに分かれるように思う。第一は、昭和六年（一九三一年）までの五年間で、大正後期の傾向をそのまま引き継ぎながら情死が次第に増えていく時代である。第二は七年から十一年までの五年間である。不景気の影をいくらか引きずりながら、新しい時代の展望は必ずしも開けない時代で情死者数はピークに達する。とくに十一年が異常で、翌十二年に日中戦争の火ぶたが切られたことを思えば、〝戦争前夜〟の狂騒といえなくもない。第三に、十二年からの五年間は順調に数字を減らしていく。国を挙げて戦争に突入し、もう情死をするような時代ではなくなっていくのである。軍需産業景気で、自殺、情死を迫られるような生活苦が少なくなったのも一因だろう。／太平洋戦争

クの中にあります」と書いているんです。「薬」とは、むろん青酸カリのことでしょう。つまり、青いトランクのなかにあるんですよ。なにも、自分で「家捜し」したり、野平さんに捜してもらうことはない。いや、太宰が富栄さんの日記を見ていたのか、見ていないのかわかりませんので、なんともいえないわけですけれどもね。しかし、これも結局、青山さんの場合と同じで、読者（野原や野平）がそう望んだからそう見えたといった類のものです。主人公およびその傀儡である小説家・太宰治（第二の自我）は、そうした読者の〈太宰治とはこうあってほしい〉という願望を、反映する存在としてしかなかったわけですからね。

　つまり、野原さんや野平さんたち編集者や取り巻きにとっては、富栄さんは疎ましい存在としてあった。いつも、太宰にべたーってくっついている、わけでしょ。で、富栄さんが彼らと太宰の間に入って、太宰と会わせようとはしなかったりする。太宰が死んだ昭和二十三年六月に入ってからのこととして、当の野原さんが『回想太宰治』のうちに、千草のおばさん★6の言葉として書いています。

『特別な人のほかは、もう誰とも会っていないようだよ。いえね、先生が会いたがらないんじゃなくて、山崎さん（富栄のこと—筆者注）が会わせないんだよ。こないだもね、どこかの出版社の人が山崎さんに玄関払いをくわされて、なんでも凄い見幕で追い返されたそうで、それからうちにみえてね、もうさんざん山崎さんの悪口を言うの。ヤケ酒だ、ヤケ酒って、あおるようにお酒をのんで、ずいぶん酔ったんだろうね、ふらふらしながらうちを出ていって、それから、山崎さんの部屋の窓にむかって、山崎のバカヤロウ、大きな声でどなるんだよ。私もはらはらしちゃったけどね。』」

が起きたのは、十六年十二月八日。そこで、十七年から二十年までの数字がゼロなのは、いささか説明を要する。いくら国の命運をかけた戦争中とはいっても、これまたやむにやまれぬ事情もある情死であってみれば、真実、発生がゼロということはあるまい。自律でか他律でか、戦意高揚を第一義とする新聞は、情死などという軟弱現象の報道を慎んだのであろう。物資窮迫につれて、紙面のスペースもどんどん狭められる。ますます出る幕はなくなるというわけである。」

　また、小峰茂之「情死に対する医学的考察」（『現代のエスプリ　自殺』所収、昭和四十一年二月、至文堂）は、次のように述べている。情死という「悲劇を醸成する外部的の原因としては各時代によって推移はあるが、社会制度、婚姻制度、家族制度の欠陥、思想的暗示、経済上の圧迫、義理人情の柵、三角関係の苦悶、恋愛に纏る不安焦燥等々、その因子は複雑多岐に亙っているが、先ず余は第一要素として当事者の特有の性格

まあ、これは、死を前にしていたときの話ですからね、ちょっと特別かもしれないけれども、しかし、これに似たようなことは前からあったわけですよ。★7 富栄さんは、太宰を独占したい気持ちを持っていたわけですからね。野原さんや野平さんたちにとっては、天敵なわけですよ。主人公およびその傀儡である小説家・太宰治（第二の自我）は、そうした野原さんや野平さんの心の反映としてしかなかったわけですから、野原さんや野平さんに対して〈自分は富栄には困っているんだ〉、あるいは〈自分は富栄に威されているんだ〉といったようなことを、いったとしても不思議ではない。片や富栄さんには、「死ぬ気で僕と恋愛してみないか。責任もつから――」といったり、「僕たち二人は、い、恋人になろうね。死ぬ時は、いっしょ、よ。連れていくよ」といってみたり、「お前に僕の子を産んでもらいたいなあ――」なんて、いったりしているわけですよ。富栄さんの日記★8を見ると、太宰が富栄さんにいったというそんな言葉が、たくさん出てきます。

9 〈微笑する死顔〉の秘密

ところで、「青酸カリのカプセルにはいったやつを持ってくれれば書くよ」といっていた人間が、富栄さんが青酸カリを持っているからといって、なにを恐れる必要があるのか。そのときは、いっしょに死ねばいいだけの話じゃないですか。

では、「青酸カリのカプセルにはいったやつを持ってくれれば書くよ」といったのは、体のいい原稿の断りの文句、あるいは冗談だったのか。これまで、たくさん書かれているような太宰論だったら、そう結論せざるをえないでしょう。野原さんや野平さんの証言との

及素質を指摘してこれに外的因子が加わった場合に於て、両人の愛の絆がその外的障碍の重圧に耐えずして終に逢着する傷ましい破局であると思う」と。情死が「悲劇」であるかどうか、「傷ましい破局」であるかどうかを別にすれば、またこの外的因子のうちに「時代風潮」、僕のこの稿の文脈でより直截にいう「流行」を加えるならば（小峰さんはそれを「思想的暗示」に加えているようにも思えるが、別項を立てるべきであろう）、僕はこの小峰さんの意見に賛成である。情死にしろ、そうでない自殺にしろ、外的因子と内的因子の関わりあいのうちに見なければならない。

★3 青山光二『純血無頼派の生きた時代』（平成十三年九月、双葉社）。ちなみに、この本には「織田作之助・太宰治を中心に」という副題が付されている。

★4 野原一夫『回想太宰治』（昭和五十五年五月、新潮社）

★5 野平健一「二人の女性」（『太宰治全集9』月報、昭和三十一年六月、筑摩書房）

整合性をとるためにも、そうせざるをえない。なにかしたら、たとえば下曽我に子どもに会いに行きでもしたらということでもいいですけれども、青酸カリを服むと、太宰は富栄さんに威かされていた、ということを前提にしたらですね。つまり、太宰は富栄さんにそんなふうに死なれたら困るんだ、太宰は富栄さんといっしょに死ぬ気なんかないんだ、という前提の下に、野原さんや野平さんの証言は存在しているわけです。いや、太宰にはもとより死ぬ気なんかないんだ……、彼らはそう信じていたのかもしれません。そうした野原さんや野平さんのような証言を元にしたら、この「青酸カリのカプセルにはいったやつを持ってくれれば書くよ」というのは、体のいい原稿の断りの文句、あるいは冗談だったとするしかないでしょう。後で触れますが、太宰は富栄さんと別れたがっていたといいます。で、別れるのだったら死ぬと、富栄さんは太宰を威していたともいいます。いや、事実はわかりませんよ。野原さんや野平さんや、千草のおばさんや太宰の友だちを名のる方々の目には、そんなふうに映っていたということです。そうした目から見たら、です。

　しかし、むろん、僕は原稿を断るためだったとも、冗談だったとも思わない。そうではなくて、『婦人画報』編集者の熊井戸立雄が望むような太宰であったに過ぎない、と思うわけです。青山さんの言葉を借りるならば、「襖をあけて隣の部屋へはいるようにして、いつでも死ねる人」、そうした人として、おそらく熊井戸さんも太宰をイメージしていたわけでしょう。その反映としての言葉として、あったわけです。

　熊井戸さんや青山さんの太宰のイメージというのは、たとえば「ヴィヨンの妻」の詩人大谷や、「斜陽」の無頼作家上原二郎や、「おさん」のジャーナリストのような存在としてあったのではないか。これら作中人物は、相馬正一の『評伝太宰治　第三部★1』のなかの言

★6　「千草のおばさん」とは、増田（鶴巻）静江のこと。太宰と富栄は連名で、千草の主人である鶴巻幸之助とこの静江夫婦宛てに、遺書を残している。

「永いあいだ、いろいろと身近く親切にして下さいました。忘れません。おやじにも世話になった。おまえたち夫婦は、商売をはなれて僕たちにつくして下さった。お金の事は石井に／太宰治／泣いたり笑ったり、みんな御存知のこと、末までおふたりとも御身大切に、あとのことおねがいいたします。誰もおねがい申し上げるかたがございません。あちらこちらから、いろいろなおひとが、みえると思いますが、いつものように、おとりなし下さいまし。このあいだ、拝借しました着物、まだ水洗いもしてございませんの、おゆるし下さいまし。着物と共にありますお薬りは、胸の病いによいもので、石井さんから太宰さんがお求めになりましたもの、御使用下さいませ。田舎から父母が上京いたしましたら、どうぞ、よろしくおはなし下さいませ。勝手な願いごと、

葉を借りるならば、「主役の女性を引き立てるために殊更に自身を戯画化し、幼な子（または胎児）を抱えながら健気にも戦後社会の現実に堪えて生きる女主人公のたくましい生活力の蔭で、酒と女に身を持ち崩して破滅してゆく哀れなピエロの姿を浮き彫りにして」いるものとしてある。そうした「哀れなピエロ」として、熊井戸さんや青山さんの太宰に対するイメージはあった。いや、当時の読者は皆そうしたイメージでもって、太宰を見ていたに違いありません。野原さんや野平さんにとっても、そうであったと思います。

では、なぜ、太宰は野原さんや野平さんに対して、先に引用したような、たとえば「青酸カリを持ってるって言うんだ。いや、ほんとうらしい……」といったような、富栄さんに威されているんだといったような言葉を吐いたのか。一つには、述べましたように、太宰を独占したい野原さんや野平さんや編集者や取り巻きやと、これまた太宰を独占したい富栄さんの問題があるでしょう。そして、もう一つ、太宰は「哀れなピエロ」であるけれども、故に愛すべき存在なのだが、そうであればあるほど野原さんや野平さんたちは太宰を「聖化」し、その結果、逆に「哀れなピエロ」であってほしくない、世間からも尊敬される人間であってほしいという、アンビバレンツな思いをも育てていった。彼らに対する太宰の言葉というのは、その反映としてあったのではないか。つまり、それが、〈自分はこの状況から脱出したいんだが、富栄が許さないんだ〉といったニュアンスを含む、引用したような太宰の言葉になるわけです。下曽我へ子どもに会いにいったらどうかと、野原さんや古田さんが勧めるのも、世間からも尊敬される人間であってほしいという思いの現われとしてあったといえる。それこそが人間として当然のことである、わけですからね。非人間的な太宰であってほしくは、なかったわけですよ。

おゆるし下さいませ。／富栄／昭和二十三年六月十三日／追伸／お部屋に重要なもの、置いてございます。おじさま、奥様、お開けになって、野川さんと御相談下さいまして、暫しのあいだおあずかり下さいまし。それから、父と姉に、それから、お友達に（ウナ電）お知らせ下さいまし」

そして、遺書の末尾に、滋賀県八日市町にいる父・山崎晴弘、鎌倉にいる義理の姉・山崎つた、友人の宮崎晴子の住所が記されていた。

六月十四日、太宰と富栄が行方不明となり、遺書が残されていたことから、三鷹警察署に捜索願いが出されたが、その際、太宰のものは妻・美知子を願人として、富栄のものはこの千草の鶴巻幸之助を願人として出された。

千草は、太宰が生前、編集者や取り巻きとの飲食の席に利用していた店。太宰は、この二階六畳間を仕事部屋として使ったりしていた。富栄の借りていた野川家の二階の六畳間は、道路を挟んだ斜向いにあり、互いの窓から狭い道路野原さんや野平さんたちが、太宰を「哀れなピエロ」と見ると同時にどれだけ「聖化」していたか、そのブレを如実に象徴する言説が、野原さんの『回想太宰治』のなかにあります。たとえば、太宰と富栄さんの遺体が揚がった日のことを描いた、次のような一節です。

「目の下の、水が打ち寄せるあたりに、わずかばかりの平らな赤土の地面があり、そこに、千草のおじさんと、人夫らしい人が何人かいて、死体を岸に引き寄せようとしていた。私たちは土堤の雑草を辿りおりて、その地面に立った」。そして、野原さんたちは遺体の引き揚げ作業に参加する。野原さんは、こんなふうに書いています。その「水際の、わずかばかりの地面に、抱きかかえるようにして（二人の―筆者補足）遺体を引き揚げるとき、噎せるほどの異様な臭いが鼻をついた。それは、形容できないような、異様な臭いだった。膨れあがって白くふやけた遺体は、指先がめりこむほどで、こすれると皮膚がはがれ私たちの雨着に付着した」。

二人の遺体は、「腰のところで、赤い紐でしっかりと結ばれていた」わけです。野原さんたちは、その紐をナイフで切る……。

「おおむねの新聞は、太宰治の死を〝情死〟として書きたてていた。その無智で卑俗な世間の目から太宰治を守るためには、紐は切られねばならなかった。あの異常な状況のなかで、咄嗟にその判断がひらめいたのだろう。またあるいは、そのときの私たちには、富栄さんへの憎しみがあったかもしれない。太宰さんを奪られてしまったという憎しみが。紐でなど結ばせておくものか、そんな怒りにも似た気持も、なかったとはいえない。」

を挟んで世間話ができるほどの距離にあった。なお、多くの太宰論のなかで、千草は「料亭」とか、「小料理屋」と書かれているが、実際は食堂といった体裁のものであった。檀一雄は『小説太宰治』のなかで、「トンカツ屋」と表現している。また、千草は、太宰と富栄の死体が揚がったとき、二人の遺体が運びこまれた場所でもある。二人の遺体は、この千草の土間に運びこまれ、検死が行なわれた。

★7　井伏鱒二も「おんなごころ」（『小説新潮』昭和二十四年十二月）のうちに、次のように伝えている。

「文芸春秋新社の中戸川君も太宰を訪ねて行って、ひどいこと某女に叱られたと云っていた。中戸川君こそ、いい面の皮である。仕事部屋にいる太宰のところへ原稿を頼みに行ったのにすぎないが、某女が階下におりて来て、『帰って下さい。帰れ。帰れ。』と、中戸川君を怒鳴りつけた。『ちょっと、お目にかかりたいのです』と云うと、『絶対に駄目。駄目だとなぜ、紐は切られねばならなかったのか。「哀れなピエロ」とだけ見ていたのならば、紐は切られる必要はなかったわけですよ。野原さんたちが「聖化」していたからこそ、「無智で卑俗な世間の目から太宰治を守るために」切られねばならなかったわけです。また、この引用の後半部分には、僕が先に述べた〈太宰を独占したい野原さんや野平さんや編集者や取り巻きやと、これまた太宰を独占したい富栄さんの問題〉も、露骨に語られています。すなわち、「そのときの私たちには、富栄さんへの憎しみがあったかもしれない」云々といったようにです。

さて、こうして二人の遺体を引き揚げて、野原さんたちは紐を切った。で、蓆《むしろ》をかけた太宰の遺体を守っていたわけですが、土堤にいた山岸外史が野原さんたちのいるところに降りてきて、その太宰の死に顔を見たいという。見てはいけないか、というわけです。野原さんたちは、それになんと応えたかというと、見ないで下さい、そう応えているわけですよ。むろん、野原さんたちは、山岸さんを「局外者として扱って」いたわけではありません。野原さんは書いています。

「それほどなじみはなかったにしろ、(山岸さんが——筆者補足)太宰さんの無二の親友であったことを私たちはよく知っていた。遠い山形から満員の列車に立ちづめで上京してくれたことも知っていた。その山岸さんにさえも、太宰さんの醜い遺体は見せたくなかった。誰の目にも、触れさせたくなかった。」

山岸さんをも含めて、誰の目にも触れさせたくないのは、太宰を独占したい野原さんたちの気持ちによるものであると同時に、野原さんたちが太宰を「聖化」していたが故に、「醜い遺体」を見せたくなかったのだといえます。「醜い遺体」云々は、先の「赤い紐」と、

云ったら、駄目。帰れ、帰れ、帰らないか』と気が狂ったように怒鳴るので、這這の体で帰って来たと云っていた。」

なお、井伏は「千草」を、「千種」という表記を用いている。

★8 富栄の日記は、いくつかの出版社から出ている。僕がここで使用しているのは、長篠康一郎の注記の付いた『雨の玉川心中　太宰治との愛と死のノート』(昭和五十二年六月、心善美研究所)と長篠康一郎著『太宰治武蔵野心中』(昭和五十七年三月刊、広論社)のなかの富栄の日記である。他には、没後三カ月目に出された『愛は死と共に』(石狩書房)、昭和四十三年に長篠の注記付きで出された同題の『愛は死と共に』(虎見書房)、平成七年に同じく長篠の注記付きで出された文庫本『太宰治との愛と死のノート』(学陽書房)がある。

9 〈微笑する死顔〉の秘密

★1 相馬正一『評伝太宰治　第三部』(昭和六十年七月、筑摩書房)

同じなわけです。

「霊柩車が来るまでには、かなりの時間がかかった。人の数はさらにふえ、上流十メートルほどの橋の上には、近所の人たちだろうか、傘をさした人影がむらがって、身をのり出すようにしてこちらを見ていた。見上げる土堤の上にも、人の動きが慌しくなっているようだった。新聞記者らしい姿も見え、私たちは肩を寄せ合ってカメラから遺体をかくしたが、土堤の斜面を引き揚げるとき、さらに土堤の上に遺体を並べてからが心配だった。」

これも、同じ心情によるものであることは、容易に察しがつくでしょう。野原さんたちは、この後、太宰を守るために暴力沙汰まで起こすことになります。

「上流の橋の袂のあたりには綱がはられていて、何人かのひとがカメラマンの入ってくるのを防いでいた。／寝棺を霊柩車に納めようとしたとき、警察から待ったがかかった。この場で検死を行なうという。私たちは遺体を抱きあげて棺から出し、戸板の上にねかせて蓆をかけた。／たぶんその時だったろう。カメラを手にした男たちが、張られてある綱をまたぎ、人を押しのけながら突き進んできたのだ。私たちは大手をひろげ、声を嗄らして叫んだが、あるいは多少の暴力沙汰に及んだかもしれない。」

この暴力沙汰も、同じです。翌日六月二十日の『読売新聞』の記事は、次のように伝えています。

「太宰氏の死体引揚げや監視に新潮社、八雲書店ら出版関係者、知人、人夫などが当ったが、このうち近所の者と称する屈強な若い男数名が、報道関係者を死体に近づけず、記者に裸電球を投げつけ、写真部員をこづきまわし、また棒切れをふりまわすなど取材活動を妨害して報道関係者の憤激を買ったが、写真記者協会では実情調査のうえ、取材活動の暴力的な妨害に対して、近く適当な措置をとることになった。」

この暴力沙汰がどの程度のものであったかは、わかりませんが、野原さん自身、「取材活動を暴力的に妨害したと言われれば、頷かぬわけにもいくまい。裸電球を投げつけた者がいたかどうかは知らないが、私自身、棒切れをふりまわした憶えはある」と書いていま す。★2

さて、〈太宰を「哀れなピエロ」と見ると同時にどれだけ「聖化」していたか、そのブレを如実に象徴する言説〉について、見てきたわけですが、実はこれまでの幾つかはたいしたことはないわけです。もっと、決定的なものがある。それは、なにかというと、太宰の遺体の〈口もとにうかぶ微笑〉の問題です。

野原さんは、先に引用しましたように、「遺体を引き揚げるとき、噎せるほどの異様な臭いが鼻をついた。それは、形容できないような、異様な臭いだった。膨れあがって白くふやけた遺体は、指先がめりこむほどで、こすれると皮膚がはがれ私たちの雨着に付着した」と書いていました。「山岸さんにさえも、太宰さんの醜い遺体は見せたくなかった。誰の目にも、触れさせたくなかった」、その位に、太宰の遺体は傷んでいたわけですよ。なにしろ、一週間、水に浸かっていたわけですからね。それがどんな状態であるか、いわずもがなでしょう。想像するまでもない。だからこそ、カメラマンに対して、暴力沙汰にまで及んだわけですからね。にもかかわらず、野原さんは次のように書いているわけですよ。

★2　この『読売新聞』の記事について、野原は『回想太宰治』の「口もとにうかぶ微笑」のうちに、うちに、次のように述べている。引用した部分を含むすべてを、引用しておこう。

「『近所の者と称する屈強な若い男数名』とあるが、これはなんのことだろうか。近所の人たちに助けてもらった憶えは、まったくないのである。屈強な男、とはだれを指すのか。私も野平君も石井君も五十キロに足りない痩身で、いや、ほかにも、屈強とされるような偉丈夫はいなかったはずである。取材活動を暴力的に妨害したと言われれば、頷かぬわけにもいくまい。裸電球を投げつけた者がいたかどうかは知らないが、私自身、棒切れをふりまわした憶えはある。非力な私には、そうでもしなければあの暴力的な取材から遺体をまもることはできなかったのだ。〝暴力的〟だったのは、お互いさまである。どのような『適当な措置』がとられたのかは知らない。おそらくなんの措置もとられなかったのだろう。」

二人の遺体の検死は、結局、土堤ではなく、千草の土間に場所を移して行なわれました。そのときのこと。

「富栄さんの検死がおわり霊柩車に戻されたあと、太宰さんの寝棺が運びこまれてきた。土間におかれた棺の蓋が検死医の手であけられた。そこに、仰向けになって、太宰さんの死顔があった。確認を求める検死医の声に上の空で答え、私は身をかがませた。／私は息をつめてその顔に見入った。その死顔は、じつにおだやかだった。おどろくほど、おだやかだった。深い静かな眠りに入っているように瞼をとじ、口をこころもちあけ、その口もとには、そう、たしかに、ほのかな微笑がうかんでいた。あるかなきかのかすかな微笑が、うかんでいた。／生前にも、こんなにおだやかな、安心しきったような太宰さんの顔を、私は見たことがなかった。」

野原さんは、どうしても太宰を「聖化」しないでは、気がすまないのでしょう。しかし、自分で書いているわけですよ。もう一度、読みましょうか。「遺体を引き揚げるとき、噎せるほどの異様な臭いが鼻をついた。それは、形容できないような、異様な臭いだった。膨れあがって白くふやけた遺体は、指先がめりこむほどで、こすれると皮膚がはがれ私たちの雨着に付着した」。こうした遺体が、微笑んでいるもなにもないでしょう。また、太宰ファンの方々に怒られてしまうかもしれませんが、こんなガセネタはない。もし、本当にそう見えたのだとしたら、それは野原さんの太宰を「聖化」したい心性が、野原さんにそう見せたにすぎないわけです。野原さんたちが太宰にどうあってほしいと思っているか、小説のなかの太宰治という物語の主人公、およびその傀儡である小説家・太宰治（第二の自我）は、お話しましたように、そうした読者の〈太宰治とはこうあってほしい〉という

さて、長篠康一郎は『太宰治武蔵野心中』のうちに、この野原の一節をとらえて、次のように皮肉をこめて述べている。それも引用しておこう。

「当時、この若い連中の報道活動妨害は、記者協会でも大きな問題になっていた。……報道活動妨害事件が報じられるにおよんで、これの事態収拾に奔走されたのは、豊島与志雄氏と末常卓郎氏の二人であった。当時、朝日新聞の学芸部長であった末常卓郎氏は、関係各社の記者クラブを訪れ、激昂する記者の一人々々に頭を下げ、若い連中の不始末を謝ってまわったのである。記者の方々も末常氏と豊島氏の誠意を認めて、漸く大問題に発展せず一件落着となった。そうしたお二人の蔭の努力にも頬被りで、おそらくなんの措置もとられなかったのだろう、と平然と述べる人さえある。」

末常卓郎は、『朝日新聞』に連載されるはずだった「グッド・バイ」の担当編集者。豊島与志雄は、太宰が晩年、もっとも信頼していたという先輩作家で、太宰の葬式

願望を、反映する存在としてしかなかったわけです。その〈太宰治とはこうあってほしい〉という願望が、野原さんに見せた幻影にすぎない。

いや、いわゆる物語のエンディングとして、その方が納まりがいいからということもあるでしょう。太宰の顔は白いゴムまりのように異様に膨れあがり、あちこち皮膚がはがれ、肉が抉れているところもあり、一目見て目を背けたくなる無残な形相をしていた、なんて、これじゃあ、太宰ファンが納得しないでしょう。だから、野原さんは、微笑んでいたと書いたのかもしれない。自分の願望ばかりではなくして、ですね。たとえば、〈太宰は純粋で、かつ繊細であり、感受性が豊かであって、自分に正直であるから、この薄汚れた社会のなかでは生きづらい。だから、何度も自殺事件を起こすようなことになってしまったんだ〉なんて思っている、そうしたレベルの太宰ファンにとってはですね、太宰の死顔に微笑みが浮かんでいたなんて、泣かせられちゃうフレーズなわけですよ。「生前にも、こんなにおだやかな、安心しきったような太宰さんの顔を、私は見たことがなかった」なんて、太宰さんよかったですねって、思わず涙してしまったりするのではないでしょうか。だとしたら、それを野原さんに書かせたのは、この読者の〈太宰治とはこうあってほしい〉という願望でもあるわけです。その願望が、野原さんをして『回想太宰治』のエンディングに、そう書かせたわけです。そうして、野原さんや野平さんや編集者や取り巻きなどと、この読者の〈太宰治とはこうあってほしい〉という願望が幾重にも積み重なることによって、〈太宰治というフィクション〉は形成されていくことになる。リアリティのない〈太宰治という物語〉が、ですね。

しかし、ちょっと、その問題はさておくことにしましょう。いや、それについては、す

の際には葬儀委員長を務めた人。

でに説明しなくてもわかりますよね。僕はここで、もう少し詰めておきたい問題があるんです。というのは、山岸外史も『人間太宰治』[★3]のなかで、「微笑する死顔」という一章を設け、太宰の死顔について、野原さんと同じようなことをいっているんです。僕には、それが不思議でしょうがない。そのことについてです。山岸さんは、富栄さんの死顔と比べるようにして、こんなふうにいっています。

「医師が、懐中電灯をつかって顔面や瞳孔を調べた。そのまるい輪になった白い光線が、いっそう富栄さんの顔をあかるくした。みると、その膨らみきった顔は、両眼をかっとみひらいて、宙を睨んでいた。黒眼の周囲はすっかり白眼になって、瞳が大きくひらかれていた。懐中電灯のひかりでそれがよく解った。叫ぶように口をひらいていたが、その唇のなかには、青紫色になった舌が、鸚鵡の舌のように固くなって踊っていた。はげしく恐怖しているおそろしい相貌だった。……水中で死ぬまで苦しんでいった人間の、これ以上ない驚愕と恐怖とを、あますところなくみせていた。……ほんとに悲惨で恐ろしい死の形相であった。……富栄さんが、あれほど死への恐怖と驚愕とを示していたのに、太宰の死顔は驚いていいくらい平静なものであった。贔負眼ではなく、ほんとに端正という言葉を使っていいほど、じつに穏やかでなごやかなものであった。……唇は軽くむすばれていた。眼もしずかに、閉ざされていた。たしかに、富栄さんほど水にふやけて肥えてもいなかった。太宰が、ほとんど水を飲んでいないことも解った。死にいたる時間が計量されていたのである。薬品の使用法が巧かったのだ。」

　そうして、山岸さんもまた、太宰の死顔に微笑みを見ることになる。その一節については、もう少し後で引用したいと思います。

★3　山岸外史『人間太宰治』（昭和三十七年十月、筑摩書房）

★4　末常卓郎「グッド・バイのこと」（『朝日評論』昭和二十三年七月）

★5　増田静江「太宰さんと〝千草〟」（『太宰治研究』第三号、昭和三十八年四月）

★6　井伏鱒二「おんなごころ」（『小説新潮』昭和二十四年十二月）も、次のように伝えている。
「その思い出ばなしによると、若い友人の泊っている夜は格別のこともないが、そうでないときには真夜なかごろに太宰が大きな声で呻きだす。いつも一分間ぐらい吠えるような声で呻吟をつづけ、そのつど千種の夫婦は階段の上り口の襖をあけて、じっと耳をすましていた。呻き声が、ぱたりととまると、あとは森閑として何の気配もない。／『それはもう、おそろしくって。ねえ、怖かったわね』と、おかみさんが亭主を顧みて云った。／『うむ、あまり気持のいいものじゃなかったな』と無しかし山岸さんはなにをいっているんだか。困っちゃうんですよ、こういうことをいわれると。「富栄さんほど水にふやけて肥えてもいなかった」なんていう。一週間、水に浸かっていた遺体の、どちらが「水にふやけて肥えて」いたかどうかもない。いや、それよりも、富栄さんの死顔と比べるような書き方をしている。ちょっと、そのことについて先にいっておきたい。せっかく、この一節を引用したのですからね。というのも、この二人の死顔によって、生前の二人の関係を象徴させようという意図は、まさか山岸さんにはなかったと思いますけれども、読者はそうした連想を働かせるのではないでしょうか。そうした懸念がある。

先にも述べましたが、晩年、太宰は富栄さんと別れたがっていたと、多くの回想記は書いています。たとえば、未完に終った太宰最後の作品「グッド・バイ」の担当編集者だった末常卓郎は、「グッド・バイのこと」[★4]のなかで、こんなふうに書いています。

「彼が仕事部屋を借りていた『千草』のお主婦《かみ》の話によると、死ぬ少し前、太宰の方から別れ話を持ち出し、幾日かいざこざの日が続いた。だけど結局二人は別れ得なかったのだ。別れるといえば、女は自殺してしまうという。ほかの女に太宰をとられるなら、暴力でも彼を奪いかえして見せるとおどす。太宰はもはやどうにも出来なかったのである。」

また、そう末常さんに語ったという千草の女将・増田（鶴巻）静江も、「太宰さんと〝千草〟[★5]」において、こんなふうに証言しています。

「これは私の勝手な憶測もまじっては居りますが、恐らくあの方は、山崎さんの辺り構わないむき出しになった愛情にいくらか辟易なさって居られたのではないでしょうか。下連雀のお家に帰られることも少なくなって、はなはだしく健康も害されて、普通の人では

口な亭主が云った。それは咽喉を締めつけられて呻く声とも違っていたようだし、夢でうなされる声とも違っていたそうである。おかみさんが某女に、『昨晩は大変な騒ぎでしたね』と云うと、『そうなの、いつものことよ』と女は、けろりとしている。千種の夫婦も、あまり詮索するのは失礼なような気がするので、それ以上のことは女にきかなかったそうである。／『太宰君に、直接きかなかったのですか。』／と、たずねるとおかみさんが云った。／『そんな失礼なこと、太宰先生に、きけるものでもないでしょう。それに先生は、手洗いにおりていらっしゃる以外は、二階に缶詰なんです。』／『顔なんか洗いに、おりるでしょう。屋台店にも行くでしょう。』／『顔なんか、洗わせるものですか。とてもそんな、屋台店へ行くなんて。』／おかみさんは、思いもよらないことだと云うように首を振って、／『ねえ、お気の毒だったわね。太宰先生も、よく我慢されたことね。』／と亭主に云った。／おかみさんの話では、

ちょっと想像もつかない生活の中で、太宰さんの本当のお友達が気遣われていらしたように、太宰さんも出来ることなら山崎さんから離れたいお気持は確かにあったと、私は今もそう信じて居ります。」

あるいは、先に引用した野原さんの『回想太宰治』の「どこかの出版社の人が山崎さんに玄関払いをくわされて」云々の一節、「山崎のバカヤロウ」のですね、それを例にあげてもいい。千草のおばさんは、それを、「なにか、こわいものを見ているような顔付きで」野原さんに語ったという。「こわいもの」というのは、富栄さんのことでしょう。「特別の人のほかは、もう誰とも会っていないようだよ。いえね、先生が会いたがらないんじゃなくて、山崎さんが会わせないんだよ」。太宰を独占しようとして半狂乱になっている女性、鬼のようなといったら言い過ぎかもしれませんが、太宰の友人や出版関係者から見たら、そう見えていたのでしょう。[★6] そんな富栄さんと、そんな富栄さんに幽閉（？）されている太宰……。山岸さんのこの一節は、そうした太宰と富栄さんとの関係を、象徴したものになっているように思えます。むろん、幽閉（？）されているというのは、太宰の友人や出版関係者の目から見たら、そう見えたということですけどね。

ちなみに、山岸さんは、「たしかに、富栄さんほど水にふやけて肥えてもいなかった。太宰が、ほとんど水を飲んでいないことも解った。死にいたる時間が計量されていたのである。薬品の使用法が巧かったのだ」と、書いている。ここにいう「薬品」とは青酸カリのことです。いや、そうだとされている。だとしたら、変ですよね。いうまでもなく、青酸カリというのは、即効性の薬品です。だから、「死にいたる時間が計量されていた」もへったくれもない。そもそも、「ほとんど水を飲んでいないことも解った」というけれど、

まるで太宰は千種の二階に幽閉されていた。それも朝日新聞に連載する『グッド・バイ』の構想を、太宰がおかみさんたちに話して以来のことである。『グッド・バイ』は未完のまま終ったが、はじめの構想によると、主人公が数人の馴染の女と別れて行く。これまでの生活にもグッド・バイして、ごく平凡な生活にはいって行くところで終りになる。その筋書が女に知られてから、太宰は二階に閉じこめられ、一歩も千種から外に出してもらえなくなった。太宰が『ちょっと、うちに行って来る』と云うと、『あたし、いつでも青酸加里、持ってますよ』と威し文句を浴びせかける。小心な太宰は、たちまちすくんでしまう。／『太宰先生は、どんなにかお宅に帰りたかったでしょう。先生が二階を歩きまわってらっしゃるのが、ここにいてよくわかりました。』／おかみさんは涙ぐんでいた。……太宰自身、やりきれない気持であったろう。……女の云ったという『あたし、いつでも青酸加里、持ってますよ』という文句も、ふ

どうしてそれがわかったのか。検死といったって、外から見ただけです。それで、水を飲んでいるかどうかなんてことが、わかるのか。水を飲んでいるかどうか、溺死かどうかは、肺に水が入っているかどうかを調べなければわからない。それに、青酸カリですよ。ものすごく苦しいんじゃないですか。「じつに穏やかでなごやかな」顔をして、死ねるわけがない。いや、僕は、薬学の専門家ではないので、実のところはわかりませんけれど、なにかあやしい感じがします。

それでは、富栄さんは青酸カリを服まなかったのかということも疑問だし、またこんな疑問も湧いてきます。玉川上水から引き揚げられた太宰の遺体には薦がかけられていたわけですが、先にも述べたように、山岸さんは、その太宰の遺体を守っていた野原さんや野平さんたちと、太宰の死顔を見せろ、見せないでもめています。野原さんたちは、太宰の無二の親友である「山岸さんにさえ、太宰さんの醜い遺体は見せたくなかった。誰の目にも、触れさせたくなかった」わけです。その位に、太宰の遺体は傷んでいた。で、山岸さんはもめたあげく、結局そこで太宰の死顔を見ることになるのですが、その後、野原さんたちに詫びているのですよ。野原さんの『回想太宰治』のうちには、続けてこうありました。「山岸さんも、私たちの（太宰の遺体を見せたくないという——筆者補足）気持がわかってくれたようである。遺体を見おわったあと、山岸さんは、啾鳴ったことを私たちに詫びた」。つまり、このとき見た太宰の死顔は微笑んではいなかったのか、ということです。

山岸さんが検死のときに見たような死顔であったなら、つまり「太宰の死顔は驚いていいくらい平静なものであった。贔負眼ではなく、ほんとに端正という言葉を使っていいほど、じつに穏やかでなごやかなものであった。……唇は軽くむすばれていた。眼もしずかざけて云うならともかくも、あくどさという点で只ならないものがある。」

また、「解説」（『太宰治集上』昭和二十四年十月、新潮社）のうちには、これと同じことが次のように書かれている。

「……絶筆『グッド・バイ』の執筆にとりかかる直前に、朝日新聞学芸部某記者の斡旋で、太宰君は仕事部屋をその筋向うの『千種』という小料理屋の二階に移した。同時に某女も仮りにここに移って来て、太宰君の身のまわりの世話をする一方、他の新聞雑誌の記者に面会謝絶を告げる役割もつとめていたそうである。／太宰君が亡くなってから後、『千種』のおかみさんの云った言葉。——『太宰先生は『グッド・バイ』をお書きになる前に、僕は、こんど書く小説の筋書き通り、今のような自分の生活をすっかり清算して、ほんとの家庭人になるのだと仰有っていました。ところが、あの女がそれをきくと急に気が荒くなって、太宰先生をここから一歩も外に出さないようにしました。

に、閉ざされていた」という死顔であったなら、つまり「微笑する死顔」であったなら、なにも野原さんたちに詫びる必要はないわけです。

さて、この〈口もとにうかぶ微笑〉という神話（フィクション）は、今日、太宰ファンの間にはなんの疑いもなく、信じられているわけです。それは、彼らがそう信じたいからです。そのことについては、もう述べましたが、では、どうして〈口もとに浮かぶ微笑〉という神話（フィクション）が、信じられることになってしまったのか。僕が詰めておきたかったのは、そのことです。読者がそう信じたかったからだ、ということは、こっちにおいてですね。実は、それは簡単なことだったんです。野原さんの『回想太宰治』の、次のような一節が、それを明かしています。

「太宰さんと富栄さんの検死は、千草の土間で行なわれた。豊島與志雄氏、井伏鱒二氏、亀井勝一郎氏、今官一氏、山岸外史氏らが、土間から一段高くなった座敷のへりに一列に並んだ。私は土間の隅にいたのだが、葬儀委員長をお引き受けになったばかりの豊島先生から呼ばれた。／『野原くん、きみが立ち合いなさい。』／豊島先生は、きびしい顔付きでそう言った。／検死医は丸顔の若い美男子で、ほかにふたりほど、警察関係の人がいたように思う。私は検死医のすぐ横に立った。山岸外史さんが下駄をつっかけて座敷からおり、私のわきに来た。太宰さんの死顔を、しっかりと見ておきたかったのだろう。」

つまり、野原さんと山岸さんが、検死に立ちあった生き証人なんですよ。それも一番前で見ていた……。で、二人が二人とも、〈口もとに浮かぶ微笑〉について書いている。で、これは確かだということになってしまった。相馬正一さんですらが、『評伝太宰治　第三

先生がお宅に帰りたいと仰有ると、女が先生を威かしました。何とかいう凄い薬を持っている、それを嚥んでやると云って、先生を威かすんです。先生のお亡くなりになる六日前から、もう一歩も外に出さなかったのです。先生は、お宅に帰りたくって帰りたくって、たまに階下に降りてらっしゃっても、立ったり坐ったりばかりしていらっしゃいました。先生はいいかたでしたけれど、ほんとに怖がりんぼでした。傍から見ていて、じれったいほどで御座いました。』」

　ちなみに、「朝日新聞学芸部某記者」とは、「グッド・バイ」の担当編集者だった末常卓郎のことである。また、太宰が仕事部屋を千草の二階に移したのは、『グッド・バイ』の執筆にとりかかった五月十五日頃のことといわれている。

　また、「先生のお亡くなりになる六日前から、もう一歩も外に出さなかった」とあるが、太宰は六月十二日、筑摩書房社主・古田晁を大宮に訪ねている。「古田は家族を郷里に疎開させたままで、大

部』のなかで書いています。

「この二人の証言を信ずれば、少なくとも太宰は入水前にすでに絶命していたか、仮死状態になっていたかのいずれかであったことになる。」

信じちゃあ、いけないんですよ。いくら検死に立ちあった生き証人の言葉だからといって、信じちゃあいけない。その理由は、すでに述べました。これはガセネタです。いや、山岸さんはすでに亡くなっていますよね。野原さんも、平成十一年七月に亡くなられています。ですから、それを書いた当時の、生き証人の言葉ということです。

さて、野原さんの『回想太宰治』が新潮社から出版されたのは、昭和五十五年のことです。山岸さんの『人間太宰治』は昭和三十七年です。筑摩書房から出版された。で、その昭和三十七年に、野原さんは筑摩書房にいたはずです。あるいは、山岸さんの『人間太宰治』を担当されていたかもしれない。いや、わかりません。確かめたわけではないですから……。ただ、前にちょっと、小耳にはさんだことがあるんです。山岸さんの『人間太宰治』は、出版社側から資料を提供されて、こういうように書いてくれというコンセプトを提示されて、そうして書かれたものだというんですよ。だとすると、納得がいくんです。この〈口もとに浮かぶ微笑〉も、そうした一つなのかもしれない。僕は、そう推測せざるをえない。いや、これは推測といえるレベルのものではない。憶測です。

ただ、山岸さんの病床をよく見舞ったりもしていた、山岸さんと親しかったある太宰研究者の方が、この方は山岸さんの遺書なども所有していらっしゃるということですが、山岸さんのそうした『人間太宰治』成立の秘密についての証言を含めて、所有しているということです。ここでは名前は伏せますが、山岸さんの『人間太宰治』の成立の秘密につい

宮市内の宇治病院が妻の親戚なので週末の下宿としていた」（猪瀬直樹『ピカレスク』平成十二年十一月、小学館）のだ。この日は土曜日である。しかし、古田はこの日、信州の方へと買出しに出ていて、結局、太宰は会えずじまいだった。太宰は、この日、「人間失格」の執筆の際世話になった大宮の天婦羅屋「天清」と病院の方へも顔を出している。また、富栄については、長篠康一郎『太宰治武蔵野心中』のうちに、次のようにこの間の消息を伝えた一節がある。

「富栄は死の三日前に、菩提寺の永泉寺とお茶の水美容学校の跡を訪れ、そのおり最寄りの野中じゅん女史をたずねているが、その時も和服であったという。太宰治は、千草の増田さんが新しくこしらえた紺地に縞柄の着物に執着し、これを借りて富栄に着させ、その和服姿のまま鎌倉腰越へ赴かせた。この縞柄の和服は、昭和五年十一月末に、当時帝大生であった太宰治が、田部あつみと共に鎌倉腰越小動崎の畳岩でカルモチン

ては、その方が、あるいはその方から資料を託されたどなたかが、やがて明らかにされると思います。

ですから、それを待ちたいのですが、僕は、〈口もとにうかぶ微笑〉という神話〈フィクション〉成立の秘密は、ここにこそあると思っているわけです。きわめて、業界的な話だと、思っているわけです。太宰業界というものが、あるとしての話、ですけれどもね。

をのんで事件を惹き起したとき、亡くなられた田部あつみが着用していた和服と、同じ柄のものであった。富栄は、病中の太宰治に代って、最後の御供養に腰越へ赴いたのである。」

第3章

Mysterious

太宰の死をめぐるミステリー

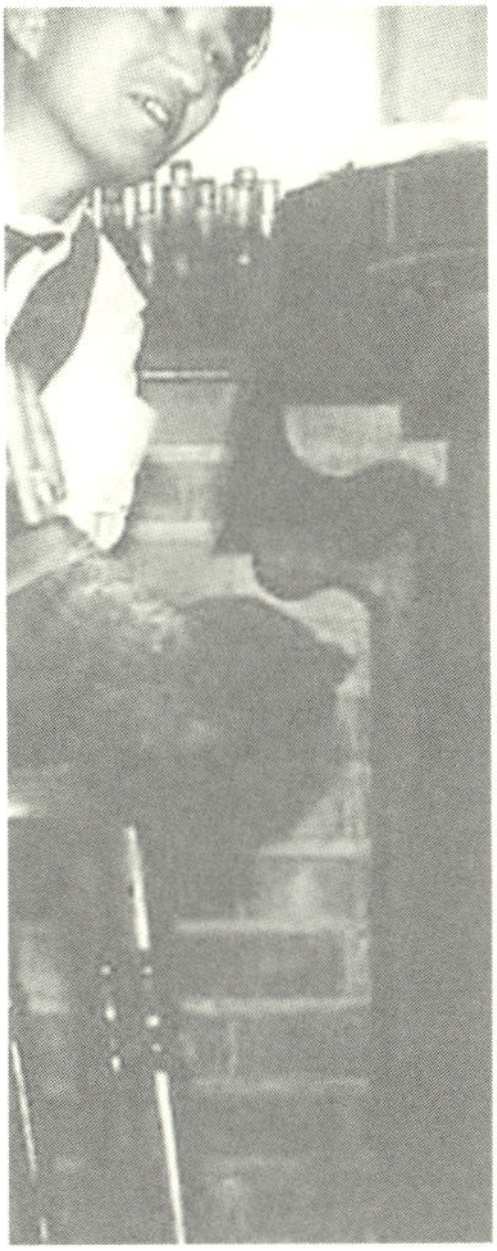

1　残されていた二つの瓶の謎

さて、もう少し、太宰のこの玉川上水事件について話しておきましょう。

野原さんと山岸さんが検死に立ちあったという話は先にしましたが、山岸さんはそのとき見た、太宰の死顔の〈口もとにうかぶ微笑〉について、『人間太宰治』（「微笑む死顔」の章）のなかで、次のように表現しています。

「気づいてみると、たしかに太宰の唇の影には、ほのかな微笑さえ浮んでいたのである。それはじつに仄かな、解るかわからないほど幽かな微笑だったが、それが口辺から頬あたりにかけて浮んでいた。アーケイック・スマイル★1より、もっと幽かなわずかな微笑だった。」

これって、微妙な言い方ですよね。要するに、見ようと思えば「微笑」のようにも見えるっていうのに、限りなく近い言い方です。しかし、その続きは、次のように書かれているんです。

その「幽かなわずかな微笑」は、「覚悟のよさを示していたというよりも、計算（死にいたる時間の計算―筆者注）の練達を示しているといいたかった。絶望のはてに、気楽になったものの微笑のようにさえみえた。もし、次の世界があるとしたら、太宰はたしかに、次のいい世界へ入っていったと、ぼくは思った。それは、名優のこのうえない死の演技でもあるようにみえたのである。／苦悶のかげはどこにもなかった。明朗な死といっては言いすぎにちがいなかったが、為すましたまったく憂いのない顔であった。ぼくはなにか、ひどく満足した」。

★1　アーケイック・スマイル（archaic smile）。アルカイック・スマイルともいう。「古拙の微笑。ギリシア初期の人物彫刻の口辺に表われた微笑に似た表情を指すだけでなく、中国の六朝（りくちょう）時代や、わが飛鳥（あすか）時代の仏像の口辺にある同じ表情をもいう。」（『広辞苑』）

つまり、見ようと思えば「微笑」にも見えるにすぎないものを、それは間違いなく「微笑」であったと、こうして、思い込みなおしているわけです。「絶望のはてに、気楽になったものの微笑のようにさえみえた」というわけですからね。いや、そう思いたい気持ちが先にあったわけですよ。ですから、太宰の「唇の影」に、「幽かなわずかな微笑」を見出すことになったわけです。僕が小耳にはさんだように、〈山岸さんの『人間太宰治』は、出版社側から資料を提供されて、こういうように書いてくれというコンセプトを提示されて、そうして書かれたものだ〉としても、もとより山岸さんにも、そう思いたい気持ちがあったわけですよ。そのことを、この一節は明かしていると思います。

「ひとは生きている顔を、各人の責任においてつくるというが、死顔さえも、おそらく、各人の責任においてつくるのである。太宰の仄かな微笑が、それを示していた。その眉のあたりにさえ、すこしの苦悩も憂愁も漂ってはいなかった。……太宰の死顔は、たしかに端正のなかに幽かな微笑を含んでいたのである。」

こういうに至っては、何をか言わんやです。

さて、実はここで、あやまっておかなければならないことがあります。というのは、太宰が富栄さんと心中するときに使った「薬品」のことです。僕は先に、その「薬品」は青酸カリだといいました。いや、青酸カリだといわれている、と述べました。実際はわからないんですよ、その「薬品」がなんであったかは……。そのことについては、お話しました。で、僕は、山岸外史も『人間太宰治』のなかで、その「薬品」を青酸カリだといっているかのように、そうとれる言い方をしてしまった。山岸さんは青酸カリだとはいっていない。誤解を招くような言い方をしてしまいました。すみません。

では、山岸さんは、なんといっているのか。実に興味深いことを、証言しています。

「ぼくは、（千草の―筆者補足）若主人と女将とがならべてみせてくれた瓶ふたつと、皿の匂いまで嗅いでみた。それは盆のうえにのって、水辺の堤防のうえ（太宰と富栄が入水したとされる場所―筆者注）にのこされていたものであった。ひとつの瓶は薬局などで含嗽用につかう青い透明な三百ＣＣの瓶であった。女将の説明によると、この瓶の方は、平生、太宰がウィスキーを入れる習慣のある瓶だったという。その頃太宰は、『あれば飲みすぎるから』ということで、サントリイの角瓶から小一合ほどを、その青い瓶の方に移しかえていたのだという。（そのとき女将は人さし指で、その瓶の底から五糎《センチ》くらいうえのところを指し示してみせたが）仕事のあとで二階からおりてくると、太宰はチビリチビリとそれを嗜《たしな》んでいたそうである。……その青いウィスキー用の瓶が、上水道の堤のうえの雑草の傍にのこっていたのだそうである。太宰はそこで、最後のウィスキーを飲んだのである。……もうひとつの瓶は空《から》であったが、その匂いを嗅いでみると、よく病院などで使うクレゾールのような、透明で刺戟的な匂いがしていた。しかし、クレゾールでなかったのにちがいない。これでは、苦しむとぼくも聞いている。百ＣＣぐらいの茶色の瓶で、たしか、なにか急激に効く別の劇薬ではなかったのだろうか。……ある薬剤師に訊いてみると、催眠薬をウィスキーで飲むと、そうとう早く利くということだったから、催眠薬だったのかも知れないが、今日でもこの茶色の瓶の解決はつかないのである。[★2]」

青酸カリというのは、無味無臭ですからね。まして、クレゾールのような匂いがするわけがない。この証言を信じるならば、太宰が仮に「薬品」を使ったとしても、それは青酸

★2　野原一夫『回想太宰治』では、この青い瓶と茶色の瓶は、山岸のいうのとは逆になっている。「口もとにうかぶ微笑」の章に、太宰

カリではなかったということになる。

　では、なぜ今日、太宰ファンの多くが信じているような青酸カリ説が流布されることになったのかといえば、先に触れたように、太宰が生前、ある編集者に、「青酸カリのカプセルにはいったやつを持ってくれれば書くよ」といったとか、野原一夫に、「『（富栄が―筆者補足）青酸カリを持ってるって言うんだ。いや、ほんとうらしい」といったとか、野平健一にも、富栄さんの留守のときに、「この部屋に青酸カリがかくしてあるんだ、それが何処だか分らない。タンスの中じゃないかと思うから、君、捜してくれないか」といったとか、そうして周囲の人に「青酸カリ」という言葉を口にすることが多かったからです。そして、そうした周囲の人たちが、検死の際の〈口もとにうかぶ微笑〉と結びつけた……。つまり、富栄さんの苦しそうな表情に比べて、太宰の表情はそうではなかった。つまり、太宰は水を飲んでいなかった。それは、入水する以前にすでに死んでいたか、少なくとも仮死状態にあったからだ。つまり、青酸カリを服んだに違いない。そう、太宰論者の人たちが、決めつけたことによるわけです。むろん、なんの根拠もないことは、すでに見てきたとおりです。

　では、山岸外史の証言を信じるとして、クレゾールの匂いに似た催眠薬とはなにか。ごめんなさい、僕にはその方の知識はないので、わかりません。いや、そもそも刺激臭のある催眠薬というのも変ですよね。それに、液体の催眠薬というのはあるのか。粒をつぶして、溶かしたのか。疑問も湧いてこないわけではないのですが、この山岸さんの証言は、検討されなければならないものだと思います。

　刺激臭があるとしたら、あるいは農薬だったのではないか。しかし、そうであったら、

の失踪を知った野原が、急きょ三鷹に駆けつける場面がある。野原は、桜井浜江と林聖子とともに、入水したと思われる玉川上水の堤を歩いてみた。そのときの会話のなかに、林聖子の言葉として、二つの瓶と皿のことが描かれている。その部分を、前後を含めて引用しておこう。

「……『けさ、早く、野平さんと房子さんと三人で、上水の堤を歩いてみたんです。太宰さんが、死ぬときは玉川上水だって、冗談半分に野平さんに言ったことがあるんだそうで、野平さんはそれが気にかかって、それで、けさ、三人で歩いてみたの。』／私たちは、いつか、上水の堤を、下流、井の頭の方向にむかって、歩を進めていた。桜井さんは終始無言で、しきりに目をしばたたいていた。／この川は人喰川というんだ、入ったらさいご、もう死体は絶対に揚がらないんだ、と太宰さんは散歩の途中、上水の流れを見ながら言っていた。川のなかが、両側に大きくえぐれていてね、死体はそのなかに引き込まれてしまう、お

遺体に苦悶の表情が出るはずです。いや、そもそも太宰の表情は微笑んでいたという山岸さんと野原さんの証言に、僕たちはひきずられすぎている。見てきたように、実はすこぶるあやしいわけですよ。僕は、山岸さんがいう〈クレゾールのような刺激臭のある毒物〉ということで、それがなんであるかを検索してみるべきだと思います。いや、〈毒物〉であるかどうかも、実は疑問であるわけですよ。

この二つの瓶と皿は、現存するのでしょうか。千草の鶴巻さん御夫婦のところで見たと、山岸さんは書いていた。御夫婦は、御存命なのか。そして、それを、今でも保管されているのでしょうか。あるいは、すでに人手に渡ってしまっているのでしょうか。今、どこにあるのか。僕のアンテナの精度が悪いのか、残念ながらその情報を得ることはできていません。何度もやられた太宰展に出品されたりしたことがあるのでしょうか。この二つの瓶と皿が現存しさえすれば、後は簡単なことなわけです。つまり、皿については無理かもしれませんが、瓶についてはその内側に付着物が残っているに違いない。その付着物についての、成分分析をすればいいだけですからね。今だったら、なかになにが入っていたかなんて、一発でわかるのではないか。誰か、この皿と二つの瓶の所在を知っていたら、どうぞ僕に知らせて下さい。僕は、気になって仕方がない。

もう、そろそろいいじゃないですか。太宰が青酸カリを服んで死んだのではないということが明らかになったとしても、それで太宰の文学的評価が下がるわけでもないのですから……。

仮に太宰が青酸カリを服んだのだとしたら、その死体には青酸反応が現われるはずだし、

まけに水底には大木の切り株なんかがごろごろしていてそれに引っかかる、もう絶対に揚がってこないんだ、この川の水底は、白骨でいっぱいさ、と言っていた。／『三人で歩いていたら、野平さんが見付けたの。土堤《どて》の一ヵ所が、あ、ここです。』／見ると、土堤の一ヵ所のその部分だけ、流れに向ってある幅で雑草が薙ぎ倒され、その両側にえぐったような跡があって、ひきちぎられた雑草と剝き出しになった赤土がまじり合っていた。なにか重いものが、そこをずり落ちていった形跡だった。／『この土堤の上に、残っていたんです。ビールの小瓶のような感じの茶色の瓶と、小さい青色の瓶と、小さなガラスのお皿と。』／『薬を飲んだな。』／と私は呻いた。／『青酸加里だ。』／ふたりを呑み込んだ上水の流れは、低くたれこめた暗雲のもと、水嵩を増して白く泡立ち、音を立てながら流れていた。その流れを睨みながら、私は立ちつくしていた。」

山岸のそれでは大きい瓶の方が青色で、小さい瓶の方が茶色だが、

それを検視官が見落とすはずがない[★3]。毒物を服んだ、おそらくそれは青酸カリだろうと噂されていたのですから、検死官はことさら青酸反応には注意したはずです。ですから、青酸カリではなかったわけですよ。また、青酸カリではないとしても、毒物を服んだという疑いがあれば、解剖にまわされるのが当然でしょう。しかし、そんなこともなかったわけですね。

　ですから、僕は、余計に気になってしまうわけです。太宰が、このとき、なにを服んだのかということがですね。案外、山岸さんのいうように、催眠薬をウイスキーで服んだだけだったのかもしれない。くどいですか。でも、やはり、もう少し話しておきたい。では、なぜ解剖にまわされなかったのか。山岸さんは、『人間太宰治』(「微笑する死顔」の章)のうちに、次のように書いています。

「もし、毒物を飲んでいる形跡のあった場合には、屍体解剖によって、その原因まで追及されねばならない筈であった。しかし、たぶん、検視係りの好意によって、外見上は毒物の形跡もみえないせいもあったのだと思うが、太宰も富栄さんも解剖までには到らないですんだのである。」

　この書き方だと、山岸さんも太宰は毒物を服んだと思っているかのように、読めますよね。だけれども、「外見上は毒物の形跡もみえな」かったので、解剖にまわされずにすんだ。青酸カリを服んだ、毒物を服んだと噂になっていたわけですから、それは「検死係りの好意」によるものだったのだろうと、山岸さんはそういっているわけです。

　僕は、太宰ファンの人たちには怒られるかもしれませんが、このとき解剖にまわされていた方がよかったと思います。〈口もとにうかぶ微笑〉といったような、太宰を「聖」な

野原のそれでは大きい瓶の方が茶色で、小さい瓶の方が青色ということになっている。また、山岸のそれでは、この二つの瓶と皿は、入水したと思われる場所に、お盆に載せられて残されていたことになっているが、野原のそれでは二つの瓶と皿だけが残されていたことになっている。

　さらにいうならば、井伏鱒二「おんなごころ」のなかでは、遺留品は「小鋏、小皿、小さな緑色の瓶、ウイスキーの瓶など」が堤の笹の間に残されていたということになっている(本章第4節注7を参照されたい)。また、二人の失踪を報じた八月十六日付『朝日新聞』には、次のようにある。

「……十五日朝になって井の頭公園寄りの玉川上水土手で、富栄さんのものと見られる化粧袋を、太宰家出入りの同町三一三元新潮社社員林聖子さん(二一)が発見、中には小さいハサミ、青酸カリの入っていたらしい小ビンと水を入れていたらしい大ビンのほか、薬をとかすために用いたらしい小ザラ一枚が入っており……」

る者として神話（フィクション）化しようとする試みなど、それで起こりようがなくなったであろうし、今日のように、そうした神話（フィクション）に煩わされることなく、僕たちは太宰文学に向きあうことができたに違いない。少なくとも、その神話（フィクション）の存在しない分、容易になっていたでしょう。太宰文学を研究しようとする者にとっては、ですから「検視係りの好意」は、余計なことだったといわざるをえません。

　さて、長篠康一郎の『太宰治武蔵野心中』を読んでいたら、ちょっと気になる一節を見つけました。長篠さんはそこで、山岸外史の『人間太宰治』のなかの「微笑する死顔」の章を簡略して、次のように引用しています。まず、それを読んで下さい。

「その日は、じつにひどい雨だったことを思い出す。前日からやむ気配もなく降りつづいていた梅雨というよりも、もっと重い感じであった。霧が煙りのように見える白い雨の遠い彼方に、深い渓谷にかかっている鉄の橋がみえてきた。こんなところが、この辺にあったのかと思った。山の景色にみえた。腕時計は六時半を示していた。★4その橋のうえには、すでに見物人らしいくろい何人かの人影が、傘をさして右往左往しながら、下の流れをみているようだった。現場は、あの橋の下流なのだ、とすぐわかった。／死体はどこにあるのか！　ぼくはその三人の近くを眺めまわした。蓆をかけたひとつの大きな塊りが、その（土堤の下の―筆者注）台地の水辺、男たちの近くにあったのである。それは雨にぬれて茶褐色に変色していた。あれだっと思うとぼくは本能的になった。傾斜地の濡れた雑草につかまりながら危いところをおりていった。こんなところによく死体をあげることができたと思った。水流は、はげしく泡だっていた。その蓆をかけた大きな塊りこそ、遺体に

　さて、野原の引用した一節からは、そうして野原が桜井浜江や林聖子と玉川上水の堤を歩いてみたのが、いつであったかははっきりしない。しかし、前後の文脈をたどってみると、それは十五日午前中のことであったことがわかる。しかし、そうであったとすると、玉川上水の流れは「水嵩を増して……」というのはおかしい。そんなわけはない。本章第2節の注3の終りに、梶原悌子『玉川上水情死行』（平成十四年五月、作品社）が当時の天候について記した一節を引用しておいた。それを、参照されたい。

★3　検死は、三鷹警察署（当時は自治警）の阿部捜査課長と三鷹警察署の警察医・松崎正己が立ち合い、検事局の依頼した慶応大学法医学中館教室の西山博士らが行なったという。

★4　二人の遺体が発見されたのが六時五十分頃なので、このとき「腕時計は六時半を示していた」というのは、明らかに間違いである。むろん、長篠の要約上のミスではない。山岸が「微笑する死

ちがいなかったのである。雨にうたれてびしょびしょに、色が変っていた。無惨であった。『今朝方、四時半頃に通行人が発見して、すぐ交番に連絡してくれたのです。そこから本部に連絡があって、それですぐ駆けつけて、引き揚げたんです』N君がそういった。／『ひき揚げたとき、太宰先生と富栄さんの腰に、赤い腰紐がむすばれていたのですが、その紐はナイフで、ぼくが切りました。山岸さん。このことは誰にもいわないでおいて下さい』K君が早口にそう言った。／『ことに新聞社には、ぜったい秘密にしておいて下さい。お願いします』NもK君も、口をそろえてそういった。さすがに若い編集者たちにとって、赤い腰紐の情死ということでは、世間体を憚る苦痛があるのだと思った。そのときふと気づくと、先刻、渡ってきた上流の遠い高い橋のうえに[★5]、見物人が蝟集しはじめていたのである。『はやくこの死体を運びあげなければなりませんね。あの人の群れだ』ぼくはその方をみながらいった。／『そうなんです。葬儀社の人夫に頼んであるのですが、いい棺をつくってるということで、なかなかやってこないのです』N君がいった。『ほんとにぐずぐずしているんです』『なにをしているのですかねえ』もうひとりのN君とK君が怒っているようにいった。『もう二時間にもなる』なお、五分十分とたっていった。みんなが寒さで苛立ちながら、ますますぐしょ濡れになっていった。雨は襯衣までとおって、ぼくは肌が冷たかった。／『友人たちは来ないのですか』ぼくがみなに尋ねた。『何人かくる約束になっているのですがね』N君がいった。／『そうなんだ。新聞の写真をとられるときには、集まるんだがねえ』皮肉な口調でK君がいった。たしかにひとりの友人も来なかった。ほんとうに、はてしなく降りしきる雨であった。」

長篠さんは、このように山岸さんの『人間太宰治』のなかの「微笑する死顔」の章を、

顔」のうちに、そう書いているのである。引用しておこう。

「霧か煙りのようにみえる白い雨の遠い彼方に、深い渓谷にかかっている鉄の橋がみえてきた。こんなところが、この辺にあったのかと思った。山の中の景色にみえた。腕時計は六時半を示していた。その橋のうえには……」

山岸は、二人の遺体発見時間についても、四時半頃としている。

★5　この橋は、新橋のことであると思われる。太宰と富栄の遺体は、この橋より川下十メートルのクイに引っかかっているのを発見された。遺体が引き揚げられたのは、その近くの「低い水辺の台地」にである。故に、「上流の遠い高い橋のうえ」の「高い」はさておくとしても、「遠い」は明らかにおかしい。むろん、これも長篠の要約上のミスではない。山岸「微笑する死顔」には、次のようにある。

「そのときふと気づくと、先刻、渡ってきた上流の遠い高い橋のうえに、見物人が蝟集しはじめていたのである。そこまでかなりの距離があったが、雨のなかで、傘や

簡略して引用した後、次のようにいうんです。

「右の文中に、青年たちの名前がそれぞれ仮名になっているが、山岸先生に伺ったところ、ある出版社の編集者から、自分も現場に居たことにしてほしいと懇願されて、やむなく仮名を用いたとのことであった。大手の出版社の編集者ともなると、その権力も強大であるだろうし、良心的な先生としては、かなり苦しまれた文章であったろう。」

僕は、この長篠さんの言葉を読んで、なにか合点がいったような気がしました。前章の終りで〈口もとにうかぶ微笑〉の謎解きをしましたが、これはそれとも関わってくる重要な証言だと思います。では、この「大手の出版社の編集者」とは誰か。僕の推測では、あの人以外にないのですが、あくまで推測ですので、いや憶測ですので、このことについても山岸さんの『人間太宰治』成立の秘密とともにですね、やがて長篠さんが……。いや、長篠さんは平成十九年二月に亡くなられている。ですので長篠さんから資料を托されたどなたかが、発表されるのを待つことに……。あっ、しゃべっちゃった。

聞き漏らした方もいますか。えー、今のは聞かなかったことに、して下さい。だめですか。内緒にしておこうと思ったことを、しゃべっちゃいました。まあ、いいでしょう。しゃべっちゃったものは、しかたがない。前章の終りで内緒にしておいた〈山岸さんの病床をよく見舞ったりもしていた、山岸さんと親しかったある太宰研究者の方〉というのは、実はこの長篠康一郎です。

平成十三年の秋に、BS朝日スペシャル『太宰治　連続心中の謎！　その死の真相に猪瀬直樹がせまる』という二時間番組が放送されました。この番組は、翌年の春までに再放送を六回か、七回、やりました。その後もですね、再放送したりしているようですから、

洋傘の数はぐっと殖えてうごめいていた。遠くからぼくたちの方を、はるかにみているようであった。」

★6　どうしても許せない場面というのは、太宰が小山初代を家出させ、青森から東京へ呼びよせたときのこと。ドラマでは、初代が太宰の下宿に突然現われ、机に向っていた太宰の振り向きざま、飛びつくようにして抱きつく、という演出がなされていた。

しかし、実際は、太宰は葛西信造とともに赤羽駅で、初代を出迎えているのである。なぜ上野駅ではなく、赤羽駅なのかといえば、家出に気づけばすぐに「玉屋」では東京の知人に連絡して上野で待ちうけるだろう。故に、その裏をかいて、一つ手前の赤羽駅で下車させたのだという。また、初代の着いた十月一日は、たまたま国勢調査の日にぶつかっていた。その戸別訪問で、初代が引っかかることを心配して、太宰たちはその日、タクシーを乗り継ぎながら街なかで時間を過ごした。そして、翌二日の午前一時頃に、小館保と葛西信造の借家に初代を案内した。初

見られた方もいらっしゃると思うんですが、その番組に実は僕も出演していた。猪瀬、それから映画監督の篠田正弘、建築学の藤森照信、江戸学の田中優子と、その番組の座談会の論客としてですね。で、前章の終りで述べました〈山岸さんの『人間太宰治』は、出版社側から資料を提供されて、こういうように書いてくれというコンセプトを提示されて、そうして書かれたものだ〉というのは、その番組の打ちあわせの席で、番組のプロデューサーの方から聞いた話なわけです。しゃべっちゃっていいのかな、いいですよね。むろん、番組では、長篠さんの所にも取材に行っている。そのとき、長篠さんから、そう聞いたのだということです。

この番組は、再現ドラマと座談会をメインにして交互に繰り返しながら、あるいはそこに猪瀬さんがゲストと太宰ゆかりの地を訪ねたりする映像や、野平さんや長篠さんたちへのインタビュー映像が差し挟まれたりしながら進行していく、そんな作りになっていたわけですが、実は一カ所だけ、どうしても許せない場面があった。それは、ドラマの方で、太宰が初代を東京に呼び寄せた場面を描いた部分です。[★6] いや、この場面だけではなく、間違いはいくつかある。いや、やめましょう。話だすと、くどくなりそうだ。

2　太宰の遺体を守る三人

さて、長篠さんは、今引用した文章に直接続けて、ちょっと不思議な一節を記しているんです。「……良心的な先生としては、苦しまれた文章であったろう」に続けてですね。こう書いています。

代を連れていった場所も、太宰の下宿ではない。さらにその翌日、太宰は、事前に初代との愛の巣（？）として用意しておいた本所区東駒形の大工の棟梁の家の二階に、初代を案内している。

つまり、この場面は、事実とは明らかに違っていたのだ。また、そのときの初代役の役者のメイクも、おてもやんのようで、どうもいただけなかった。

他の間違いについては、読者諸氏がその番組が再放送された際に、見て探してみてほしい。僕がこの本に書いたところとの違いだけでも、五つ、六つは見つかるはずである。平成二十年（二〇〇八年）が太宰没後六〇年、平成二十一年（二〇〇九年）は生誕百年にあたる年なので、再放送されることもあるのではないか。

「……良心的な先生としては、苦しまれた文章であったろう。当時の若い編集者たちについては、山崎富栄の六月十三日付日記が、そのヒントになるとも思われた。」

ここにいう「そのヒント」の「その」が、なにを指すのかが、文脈からは明確ではない。いや、「当時の若い編集者たち」を指すことはわかる。つまり、「当時の（太宰に信頼されていた―筆者補足）若い編集者たち」が誰であったかの「ヒント」になるといいたいのでしょう。しかし、それがわかったからといってなにになるのか。想像をたくましくして読むならば、それがわかれば、「自分も現場に居たことにしてほしいと懇願」した「大手の出版社の編集者」が誰であるかがわかる、ということであるように思えます。皆さんは、どう読むでしょうか。

で、こうして読むと、あの人以外にはないのです。富栄さんの昭和二十三年六月十三日付の日記のなかで、「ヒント」になるような一節といったら、「野平さん、石井さん、亀島さん、太宰さんのおうちのこと見てあげて下さい」という一行だけです★1。つまり、あの人以外にはないのです。しかし、この長篠さんの一節に対する僕の読み方が、間違っているかもしれないので、僕はこれ以上はなんともいえません。長篠さんから資料を托されたどなたかが、書かれるのを待つより仕方がない。

ところで、野原一夫の……。なにかおかしいですか。いや、この件にも触れますので、話を先に進めさせて下さい。

野原一夫の『回想太宰治』は、この山岸外史『人間太宰治』のなかの「微笑する死顔」という章に描かれたN君、N君、K君が、誰であるかを明らかにしています。野原さんの

★1　昭和二十三年六月十三日付日記の全文は、次のとおり。
「遺書をお書きになり／御一緒につれていっていただく／みなさん／さようなら／父上様／母上様／御苦労ばかりおかけしました／ごめんなさい／お体御大切に、仲睦まじくおすごし下さいまし／あとのこと、おねがいいたします／前の千草さんと、野川さんにはいろいろお世話ねがいました／御相談下さいまし／静かに、小さく、とむらって下さい／奥様すみません／修治さんは肺結核で左の胸に二度目の水が溜り、このごろでは痛い痛いと仰言るの、もうだめなのです。／みんなしていじめ殺すのです。／いつも泣いていました。／豊島先生を一番尊敬して愛しておられました。／野平さん、石井さん、亀島さん、太宰さんのおうちのこと見てあげて下さい。園子ちゃんごめんなさいね。／父上様／前の角の洋裁屋に、黒府二絹一反がいっています。まだなにも手付かずになっていると思いますから返品して下さい。／川向う

『回想太宰治』のなかには、「口もとにうかぶ微笑」という章があることは、先に述べました。その章で、山岸さんの「微笑する死顔」という章のなかの一節を引用しているのですが、その引用した文に付された注記の形をもって、さりげなくです。こんなふうにです。

「ぼくは暫く無言で、その蓆の塊りをみていた。その傍に立っていた青年たちは、新潮社のN君と展望社のK君と、筑摩書房のN君であった。（新潮社のN君とは野平君のこと、筑摩書房のN君とは私のことであろう。しかしその頃私はまだ筑摩書房に入社していない。展望社のK君とは、当然筑摩書房の石井君のことになる。）みな傘もなく服のまま雨にうたれ、頭髪もすっかり濡れきって立っていた。★2……」

川の水が打ち寄せるあたりに、わずかな地面があって、そこに太宰と富栄さんの遺体は引き揚げられていた。で、長篠さんが「微笑する死顔」の章を簡略して引用した、そのなかの言葉を借りるなら、山岸さんはそれを見つけるや、「傾斜地の濡れた雑草につかまりながら危いところをおりて」いって、死体を守るようにして立っている三人の脇に降り立ったわけです。これは、そのときのことを描いたものです。この後、山岸さんは、この三人と、太宰の死顔を見せろ見せないで、言いあいになるわけです。

さて、引用した一節のなかの丸括弧のなかが野原さんの付した注記です。しかし、なにか変だと思いませんか。イニシャルでいったなら、野平のN、野原のNはいいですけれども、石井がKになっている。また、出版社名でいったなら、野平の新潮社はいいけれども、野原さんは当時は角川書店に務めていて筑摩書房ではないし、展望社なんて出版社は、そもそも存在しない。筑摩書房で当時、『展望』という雑誌は出していましたけれどもね。おかしいわけですよ。

のマーケット（すみれ）酒店に、去年の八月の月給（未）が約三千円位あります。貰って下さい。／洗面器のこと、駅前の『丸み』に依頼してありますから訪ねて下さい。兄さん／すみません／あと、おねがいいたします／すみません」

★2　野原一夫『回想太宰治』のうちには、次のようにある。

「……降る雨のなかを、濡れながら、私たちは現場に走った。私と野平君は、海軍士官時代の紺のレインコートを着ていた。石井君はどんな雨衣を着ていたか。」

これは、野原の引用した山岸『人間太宰治』の一節中の、「みな傘もなく服のまま雨にうたれ、頭髪もすっかり濡れきって立っていた」というのと矛盾する。野原の言葉を信じるならば、三人が傘をさしていたかどうか、石井が雨着を着ていたかどうかは別にして、野原と野平は「海軍士官時代の紺のレインコートを着ていた」。はたして、野原と山岸のどちらの言葉が正しいのか。僕は、この三人が野原、野平、石井だという野原では、たとえば長篠さんが「ヒントになるとも思われた」という六月十三日付の富栄さんの日記に基づくと、どういうことになるのか。野平、石井、亀島ですからイニシャルでいったら、N、I、Kということになる。彼らの務めていた出版社は、それぞれ新潮社、筑摩書房、八雲書店です。違うのは、Iと八雲書店だけですから、野原さんの解釈による違いとしてあるKと角川書店と筑摩書房よりヒット数が高い。いや、だからといって、なにというわけではありません。そもそも野原さんは、その現場にいたわけですからね。三人のうちの一人だったわけですから、確かでないわけがない。なにしろ、『回想太宰治』の「口もとにうかぶ微笑」の章に、こう書いていたわけですからね。

「水際の、わずかばかりの地面に、抱きかかえるようにして遺体を引き揚げるとき、噎せるほどの異様な臭いが鼻をついた。それは、形容できないような、異様な臭いだった。膨れあがって白くふやけた遺体は、指先がめりこむほどで、こすれると皮膚がはがれ私たちの雨着に付着した。」

つまり、遺体引き揚げ作業のときから、そこにいたわけですからね。確かでないわけがない。

しかし、この遺体引き揚げ前後の記憶は、野原さん、ちょっとあやしいんです。引用しておきましょう。

「太宰さんと富栄さんの遺体は、その十九日の早朝、六時五十分に、通行人によって発見された。万助橋の下流約六百メートルのあたりに、新橋という小さな橋がかかっている。橋を渡りかかった通行人が、下流十メートルほどの水面に、揺れている二人の遺体を発見した。その人は万助橋交番に急報し、交番の巡査は千草にそれを知らせた。千草のおじさの言葉に疑問を持っているのだが、このことも、僕にその疑問を抱かせる理由の一つとしてある。

さて、井伏鱒二「おんなごころ」(『小説新潮』昭和二十四年十二月)には、次のような一節がある。これを読むと、遺体を守っていた一人は、石井だということになるのだが……。

「遺骸が見つかったという当日、私は傘をさして千種の入口に立って霊柩車が来るのを待っていた。太宰の友人や新聞記者などの他に、いろいろ大勢の人が立っていた。私のそばに、筑摩書房の石井君という若い編集者が雨にぬれながら青ざめた顔で立っていた。この編集者は、太宰に師事していた人である。／『君、遺骸を見ましたか』と私は、石井君に傘をさしかけて囁いた。／『見ました』と石井君は、ひくい沈鬱な声で云った。『僕が、太宰先生の遺骸を、川から担ぎ上げたのです。太宰先生は、両手をひろげていました。』／石井君は能面のように表情を強《こわ》ばらせて、それっきり黙りこんでしまった。泣くまいと努めていた。

んとおばさんは巡査と一緒に現場に走った。おじさんは、用意してあったシートを小脇にかかえて走った。」

　ここまでは、いいんです。いや、「千草のおじさんとおばさん」が、知らせてくれた巡査と一緒に現場に走ったかどうか、そのとき、「おじさんは、用意してあったシートを小脇にかかえて走った」かどうか、ということ以外は、新聞にも出ている既定の事実です。ですから、もとより、あやまりようがない。で、問題はその後です。

「さて、私たちがその報らせを受けたのは、いつ、どこでだったのだろう。その日は筑摩書房の石井立君も桜井邸に泊まっていたのだが、誰かが桜井邸に知らせにきてくれたのだったか。その十九日は朝の八時から最後の捜索が行なわれることになっていたので★3、私たちは早めに桜井邸を出て千草に行き、そこで遺体の発見を知ったのだったか。そのへんの記憶ははっきりしないのだが、降る雨のなかを、濡れながら、私たちは現場に走った。私と野平君は、海軍士官時代の紺のレインコートを着ていた。石井君はどんな雨衣を着ていたか。」

　ね、記憶があやふやなんですよ。桜井邸★4に報せがきたのか、それとも自分が早起きをして千草に出かけていって、遺体の発見を知ったのか。それがわからないなんて、そんなことってありますか。それに、石井さんは、一緒に太宰の遺体を守っていた一人です。現場に行くときに、どんな雨衣を着ていたか、わからなくたって、その後も一緒に三人でいたわけですよ。忘れちゃいますかね。どうでしょう。忘れちゃうかもしれませんね。

　遺体引き揚げ後の記憶も、あいまいです。太宰と富栄さんの遺体は、赤い紐★5でしっかりと結ばれていたといいます。野原さんは、こう書いています。

さっきから異様なにおいがしていたのは、石井君から発散していたことがわかった。私はマレー戦線で散々このにおいを嗅いでいる。」

　この一節が興味深いのは、遺体を守っていた一人が石井であったということとともに、「僕が、太宰先生の遺骸を、川から担ぎ上げたのです」と、その石井こそが遺体を「川から担ぎ上げた」のだと記述していることだ。「川から担ぎ上げた」ということは、石井が川に入っていたことを示す。しかし、それは、野原『回想太宰治』の次のような一節と矛盾する。

「さて、あの二つの重い遺体を、どうやって水中から引き揚げたのだろう。そのこまかいことは記憶から薄れているが、人夫――この人たちが山崎家が雇った人夫であることはあとで知った――と、千草のおじさんが主として働き、非力でこのような仕事には全く不馴れな私たち三人がそのお手伝いをしたということではなかったか。／手伝いとはいっても、一歩足を辷らせれば、水中に転落する。水泳には多少の自信はあったが、

「その紐をナイフで切ったのは、私たち三人のうちの誰だったのか。野平君は、自分ではないと言う。きみではなかったかと言う。しかし私にも、しかとした記憶はない。私だったような気もするが、とすると私はポケットにナイフを忍ばせていたことになる。なんのために？　ふたりが紐で結ばれていようなどとは思ってもみなかったことで、そのためにナイフを用意していたはずはない。それはしかし残るひとりの、もう亡くなっている石井君についても同じことで、石井君に常時ナイフを持ち歩く趣味があったとも思えない。／しかし、とにかく、ナイフはあった。あるいは、人夫の誰かから借りたのかもしれない。私たちのうちのひとりが紐を切った。その男が、この紐は切ろうじゃないかと言う。あとのふたりは異口同音に賛成する。……」

　変でしょ。誰がナイフで切ったかが、わからないなんてことがありますか。これって、僕は野原さんには悪いけれども、へたな小説を読まされているみたいで、閉口します。辻褄あわせに辻褄あわせを重ねた小説って、あるじゃないですか。そんな小説を、読まされているような気がします。リアリティが、まったくない。はじめに紐が切られていたという事実がある。それをもとに、お話を作ろうとして、失敗したとしか思えません。

　つまり、こういうことです。紐が切られていた。紐を切る道具といったら、ナイフだろう。そういう連想が、まず働いた。実は、はさみでも、鎌でも、鉈でも、切れるものであったらなんでもいいわけですよ。「人夫の誰かから借りたのかもしれない」なんてことにしたかったら、鎌か鉈あたりにしておけばよかった。しかし、そうした特殊な刃物で太宰と富栄さんを結んでいた紐を切ったのだったら、忘れようがない。で、一般的なナイフということにした。では、誰が切ったことにするか。そこで、また困ってしまった。誰と

雨をはらんで流れている人喰川の急流である。落ちたら最後、という恐怖感は、しかしそのときは、まったく無かった。」

　むろん、石井が「川から担ぎ上げた」というのが、井伏の創作ではないとしたならばである。

★3　長篠康一郎『太宰治武蔵野心中』には、次のようにある。

　「六月十九日早朝、折からの豪雨に押し出されたように浮き上った死体が通行人によって発見され、近所の交番に通報された。／死体発見の報らせをうけた千草の連絡所からは、真先きに主人の鶴巻幸之助が駆けつけ、野川家に滞在して連日捜索をつづけていた富栄の父山崎晴弘と、兄の山崎武士もすぐ現場に向った。津島家側関係者がそのとき居合せなかったのは、山崎家側が遺体発見まで捜索を続行する方針だったのに対し、津島家の捜索は十六日から三日間（十八日夜まで）と、期限付であったためである。／それ故、現場には津島家側から共同捜索を拒否されてから雇った山崎家の人夫や、雑誌社の人達（津島家側）も集まっ

特定すると、その特定した人がそのことを否定したら、元も子もない。それに、その人がその日、なぜたまたまナイフを持っていたのか、その理由づけをしなければならない。太宰と富栄さんが「紐で結ばれていようなどとは思ってもみなかった」わけですからね。超能力者じゃないんだから、当たり前ですよね。しかし、その理由づけはむずかしい。そうすると、その人については、普段からナイフを持ち歩いている人として設定せざるをえない。しかし、まさか普段からナイフを持ち歩いている人だとは、書けないわけですよ。それでは、その人が危ない人になってしまう。で、誰が、誰のナイフで、その紐を切ったのかを、あいまいにせざるをえなかった。そして、ナイフの出所は、「人夫の誰かから借りたのかもしれない」と、ごまかしてしまう。いや、辻褄をあわせてしまうわけです。

しかし、そうして辻褄あわせをすればするほど、リアリティがなくなっていく。おかしさを糊塗するのに、さらなるおかしさをもってするしかなくなるわけです。一つ嘘をつくと、その嘘を嘘ではないというために、さらにいくつもの嘘をつかざるをえなくなる。野原さんのこの文章を読んで、僕はそんなふうに感じました。誰と明らかにすることのできない理由が、なにかあるのではないか。そのなにかが、なにであるのかはあえていいませんが、そのせいで、こうした辻褄あわせに辻褄あわせを重ねる文章に、なってしまったのではないか。むろん、僕なりの推測はある。皆さんも分っているはずです。しかし、それをいうのは、僕は適任者ではない。長篠さんでしたら、いや、長篠さんから資料を托されたどなたかでしたら、この辺の謎解きはお茶の子さいさいだと思いますが……。

いじわるですか。いじわるですね。いや、いじわるな読み方を、わざとしてみたのです。これも、太宰治研究が、一歩でも前進するようにと、願ってのことなのです。自分のいじ

てきたが、太宰治の友人としては、山岸外史がひとり駆けつけただけであったという。」

これによると、野原の「十九日は朝の八時から最後の捜索が行なわれることになっていた」というのは、おかしい。山崎家側は「遺体発見まで捜索を続行する方針だった」のだから、決して十九日が「最後の捜索」日であったわけではない。野原は、「十六日から三日間（十八日夜まで）と、期限付であった」津島家側の捜索と間違えているのかもしれない。しかし、だとしたら十八日までである。津島家側が捜索を十八日までとしたのは、十六日朝から行なわれた水道局の減水処置が、十八日までであったためであろう。野原は『回想太宰治』（「口もとにうかぶ微笑」の章）のうちに、「この減水処置も、十六日早朝から四日間だったか、十七日早朝から三日間だったか、期限がきられていた」と書いており、あいまいのようだ。いや、途中で不都合に気づいたのか、数ページ先で「減水の期間は、もう一日、あした十九日いっぱい

わるを、自己合理化しちゃいけませんよね。

いや、僕が読んだようにも読めてしまいますよ、といいたかったにすぎない。そういう弱点が、野原さんの文章にはありますよと、僕は、そういいたかったにすぎません。信用がおけない、なんてことをいっているわけではない。なにしろ、野原さんは、そのとき現場にいたはずなんですから……。本当に、お忘れになってしまっていたのかもしれない。


しかし、やはりこれだけは、いっておかなければならない。それは、この野原さんの『回想太宰治』が、どのようにして書かれたものかということです。野原さん御自身が、その「あとがき」のうちに書いています。

「私は、いつの日か太宰治を書きたいと思いつづけていた。記憶に残っていることをメモにし、ノートにとり、想い出を蘇らせていた。……（筑摩書房で―筆者補足）『太宰治全集』を担当していたこともあって、私は何度もその作品を読み返していた。そのためもあったのだろう、絶えず揺れ動いて滲みぼやけていた太宰治の像が、次第にその輪郭を明らかにしてきた。太宰治が死んだ歳を私はもうとうに越えていた。その歳月は、こまかいディテールについての記憶の多くを私から失わせてはいたが、その一方、逆に時間のへだたりが、その距離が、ちょうどレンズの焦点が合っていくように、太宰治の像を私のなかで鮮明にさせはじめていた。」

また、こうもいいます。

「取材に当っては、多くの人のお力添えをいただいた。太田静子さん、桜井浜江さん、林聖子さん、伊馬春部氏、野平健一君・房子さん、亀島貞夫君、高橋紀一君、それに千草

に限られていた」といいなおしている。

しかし、また六月二十日付『朝日新聞』のうちには、「この日（十九日―筆者注）早朝死体捜索隊は玉川上水道を上流で断水、水かさも減じ深さ四尺ぐらいになったところで（二人の遺体は―筆者補足）発見されたもので……」とある。この記事の記述は、野原の言を支持するものだ。長篠の、引用した「六月十九日早朝、折からの豪雨に押し出されたように浮き上った死体が……」と、この二十日付『朝日新聞』の記事は、明らかに矛盾する。この『朝日新聞』や野原のいうことと長篠のいうことのどちらが正しいのか、僕には残念ながら、現時点では判断する材料がない。

なお、水道局の減水処置については、十六日付『読売新聞』に次のようにある。

「……二人が入水したと見られる現場は川幅がせまいがひどい急流で深いところは一丈五尺もあり落ちると死体もあがらぬ魔の淵で正午ごろ下流の久我山水門で男物

の鶴巻幸之助御夫妻、みなその当時、太宰治の身近にいた人たちである。私はその人たちに会い、あるいは電話によって、あの頃のことを話し合い、記憶を蘇らせることにつとめた。私が忘れ去っていた多くのことが、その懐旧談によって思い出させられた。」

ね、これで、よくわかるでしょ。それにしても、野原さんというのは無防備な人というか、いや、正直な人ですね。太宰治の記憶は、「絶えず揺れ動」くものとしてあったし、すでに「滲みぼやけ」たものに、なってしまっていたわけですよ。「歳月は、こまかいディテールについての記憶の多くを私から失わせて」いたわけですよ。これでは、太宰について書くことなんて、できませんよね。では、どうしたかというと、「何度もその作品を読み返し」たわけです。また、当時、太宰治の周辺にいた「その人たちに会い、あるいは電話によって、あの頃のことを話し合い、記憶を蘇らせることにつとめた」わけです。で、それによって、「太宰治の像が、次第にその輪郭を明らかにしてきた」わけです。また、その懐旧談によって、「忘れ去っていた多くのことが……思い出させられた」わけですよ[★6]。

　これって、どういうことなんでしょう。要するに、忘れちゃっていたわけですよ。あのときどうだったけかな、こうだったけかな、ああだったけかな、思い出せないな。しょうがない、作品を読み返してみるか。そして、みんなにも聞いてみよう、ということでしょ。「時間のへだたりが、その距離が、ちょうどレンズの焦点が合っていくように、太宰治の像を私のなかで鮮明にさせはじめていた」なんて、恰好つけてみても、だめですよ。要するに、忘れちゃったその分だけ、自分好みの、自分の思いどおりの太宰治を、想い描くことができたって、いっているにすぎない。つまり、忘れちゃったその分だけ、嘘を書くと

と女物の下駄がそれぞれ片方ずつ発見され、普段着のまゝ下駄ばきで野川方を出た二人の物と確認されたので三鷹署では十六日朝武蔵野市関町の境上水場の水門をとざし死体捜索を行う。」

「一丈五尺」は、約四・五メートルである。

　野原の文章では、引用した長篠の文章のうちには記述されているところの、そのとき現場にいた山崎家側の人たちの動きについては、まったく触れられていない。はたして、どうしてなのだろうか。

　さて、梶原悌子『玉川上水情死行』（平成十四年五月、作品社）のなかに、この二人の心中から遺体捜索の頃の天気について書かれた一節を見つけたので、ついでに引用しておこう。

「太宰の入水は雨の中というのが通説だが、実際にはこの年の六月半ばまで雨は少なかった。一九四八（昭和二十三）年六月十三日付け『朝日新聞』には《工場に休電日・十四日から》という見出しで、『カラ梅雨で一向に雨が降らないため、電力事情がまた悪く

いう意識を感じなくてすむわけですよ。

いや、野原さんが、『回想太宰治』のなかで嘘を書いたなんて、いっているわけではないですよ。もとより、太宰の生前から、野原さんにとっての太宰治の像（イメージ）って、あったわけですよ。そのことについては、すでに述べました。その像（イメージ）が、太宰が亡くなって年月も経ち、当時の記憶があいまいになったことにより、その分、より純化したものになった。そうしたものとして、像（イメージ）化することができた……。要するに、そういうことです。生前だったら、自分好みの、自分の思いどおりの太宰治像を、現実の太宰が裏切ってしまうということも、あったでしょう。たとえば、太田静子に産ませた子供に会いにいかないということも、そうでしょう。また、妻子があり、家庭があるのに、山崎富栄と同棲生活のようなことをしているということも、そうでしょう。他にも、諸々、ちょっとしたことで現実の太宰に裏切られるということが、あったわけでしょう。そうしたことに、わずらわされることもないわけです。当時のことを忘れてしまっていればいるほどに、ディテールを忘れてしまっていればいるほどにです。

で、野原さんは、自分好みの、自分の思いどおりの太宰治像を創ることができた。その典型はなにかといったなら……。いわなくても、わかりますよね。あの一週間水に浸かっていた太宰の遺体の、〈口もとにうかぶ微笑〉なわけですよ。

僕が、〈口もとにうかぶ微笑〉問題について、しつこく追求したのは、それ故にのことです。神話（フィクション）は、破壊されなければならない。そうしなければ、先には進めない。

なったので〔……〕』との記事が出ている。／当日の天気予報は『南の風くもり時々雨・晩東の風時々雨』とあるが、雨はほとんど降らなかった。翌十四日の予報は『北西の風くもり時々晴れ』で、この日は風が非常に強く吹いた。雨が降りだしたのは、二人の行方不明が知れわたった十五日の午後になってからであった。／十七日付け『読売新聞』には《電力五日分降る》の見出しで、『十五日来の雨は十六日夜明けごろから本降り、やがて土砂降りとなって〔……〕』の記事がある。」

★4　桜井浜江のアトリエのこと。太宰は生前、気心の知れた友人や編集者を連れて、よくお邪魔しては泊めてもらったり、饗応を受けていた。昭和二十二年一月六日、訪ねてきた太田静子に、太宰は、「斜陽」を書くためにお母さんの思い出を書いた日記を見せてくれと頼んでいる。その日に、静子を連れていって泊まっている。また、同年五月二十四日、太宰の子を身ごもった静子が、太宰のところに、今後の身の振り方を相談に来たとしかし、と僕はここで思うんですけど、太宰論者は皆、多かれ少なかれ、この野原さんと同じことをやっているにすぎないわけですよ。むろん、僕も含めてですね。一つの神話（フィクション）の破壊が、もう一つの神話（フィクション）を生みだす。そして、人は、その神話（フィクション）が自分に都合のいいものであるとき、その神話（フィクション）の盲従者となる。僕も、自戒しなければいけない。野原さんたちを追求して悦に入っている僕には、まだその自戒ができていない。反省しなければ、なりません。いや、本当にそう思います。

3　二人を結ぶ紐を切ったのは誰か

野原さんの『回想太宰治』の成立について、一ついい忘れたことがあります。それは、「あとがき」において、「取材に当っては、多くの人のお力添えをいただいた」とありましたが、そこで並べられていた多くの人のなかに、山岸外史の名前がないことです。いや、それは当然なことなわけです。山岸さんは、すでに亡くなられていた。

野原さんのこの本は、昭和五十五年の五月に出ています。で、野原さんがこの本を書きはじめたのは、昭和五十三年の七月に勤めていた筑摩書房が倒産し、「残務整理や事務の引き継ぎなどを終え、役員の一員として責任をとって」、十一月半ばに退社して以降になるわけです。いや、もう少しあとかもしれない。「あとがき」から引用しておきましょう。

「それから（退社してから—筆者注）間もなくの十二月のなかばに、私は熱海に臼井吉見氏を訪ねた。筑摩書房在職中、編集顧問をしておられた臼井さんに私はずいぶんお世話に

きにも、太宰は最後にこの桜井のアトリエへと静子を連れていき、泊まっている。

桜井は、太宰の小説「饗応夫人」のモデルであるといわれる。野原の『回想太宰治』によると、野原と新潮社の野平健一は、六月十五日から、この桜井邸に泊り込んでいたという。

★5　この紐については、藤縄であった、赤い腰紐であった、腰紐であった、赤い紐であった、細い紐であった、しごきであったという様々の説がある。長篠康一郎は藤縄説、山岸外史は赤い腰紐説、野原一夫は赤い紐説、三枝康高はしごき説をとっている。

★6　しかし、『回想太宰治』から十四年の月日を経て出版された『生きることにも心せき　小説太宰治』（平成六年十月、新潮社）の「あとがき」においては、やはりそれではまずいと思ったのか、まったく正反対のことを書いている。読み比べてみてほしい。僕は、疑心を育てざるをえない。

「敗戦後の、太宰治の死に至るまでの約一年半、私は三日にあげ

なった。その御礼と、退社についての挨拶をするため臼井さんをお訪ねしたのだが、そのとき臼井さんから、今後のことを問われ、太宰治を書きたいと思っていると私は答えた。それはいい、と即座に臼井さんは言って下さった。きみはいつかは太宰のことを書かなくちゃいけなかったんだ、いい機会がめぐってきたと思わなくては。筑摩の倒産は残念だが、きみにはかえってよかったじゃないか。ぜひ、書けよ。来年の一月一日から書け。いいか、一月一日からだぞ。臼井さんはそう言って下さった。この臼井さんのお言葉は、有難かった。」

臼井さんの言葉にしたがったとするなら、野原さんは昭和五十四年一月一日から、この『回想太宰治』を書きはじめたことになります。取材協力者として名前が並べられていた方々と、接触を試みられたのは、ですからそれ以降のことになるのでしょう。そのときには、山岸外史は亡くなっていた。山岸さんは、昭和五十二年の五月に亡くなられています。ですから、取材協力者のなかに、山岸さんの名前がなくて当たり前なわけです。

僕がこだわるのは、もしこのとき、まだ山岸さんが生きておられて、野原さんが山岸さんにも取材していたとしたら、はたしてどうなっただろうかということです。「口もとにうかぶ微笑」の章は、ああいう形にはならなかったのではないか。当の太宰の死顔の〈口もとにうかぶ微笑〉自体に無理があることは、見てきたとおりです。山岸さんの『人間太宰治』の「微笑する死顔」の章自体についても、太宰の死顔の〈口もとにうかぶ微笑〉へと持っていく、その持って行き方自体に無理があることを、僕は指摘しておきました。むろん、山岸さんは、僕の指摘したようなことは、『人間太宰治』の、その「微笑する死顔」の章を書いていたときから、気づいていたと思う。『人間太宰治』は、昭和三十七年の本

ず三鷹に行き、太宰に会っていた。親しく接していた。無頼派（リベルタン）としての時代への対し方、心身を摩り減らしての創作への打込み、二人の女性との情事、義のための遊び、家庭からの脱出、来客への懸命のサービス、そして、深まってゆく死への誘惑、それらを、身近にあって、つぶさに見ていた。／その時々の太宰の言葉も、その折々の姿態表情も、四十数年たった今でも、ふしぎなほどの鮮明さで思い起すことができるのである。／その後、筑摩書房に在社中、私は数度にわたって『太宰治全集』の改訂増補版を作った。そのたび、太宰治の全文業を丹念に読みかえした。そしてそのたび、作品の背後からきこえてくる生身の太宰治の肉声を、なつかしく聞き取っていた。／思い上ったことを言うようだが、私は、人間としての太宰治の、その気質と心情の、人生に立ち向う姿勢の、最もよき理解者であると自負している。」

読者の皆さんは、読み比べてみてどう思われただろうか。僕のように、野原への疑心を育てること

ですよ。それから、二十年近く経って、いまさら〈口もとにうかぶ微笑〉でもないだろう。山岸さんは、おそらく、そうアドバイスしたのではないか。いや、むろん、そのときまだ山岸さんが生きておられて、野原さんが山岸さんに取材したとしたら、ですよ。僕は、きっと山岸さんは、そうアドバイスしただろうなと思います。

それから、あのN、N、Kの部分は、使わないでほしいと申し入れたと思うんですね。長篠さんに答えられたように、「ある出版社の編集者から、自分も現場に居たことにしてほしいと懇願されて、やむなく仮名を用いた」のであったなら、なおさらにです。僕は、そう思います。

この件については、まだ話しておかなければならないことが一つあります。皆さんも、なぜこのことに触れないのかと、不思議に思っていたかもしれない。それはですね……。山岸外史『人間太宰治』のなかの「微笑する死顔」の章を、長篠さんが簡略して引用した。僕は、先に、それを引用しておきましたが、そのなかに、実は誰が太宰と富栄さんを結ぶ紐を切ったかが描かれていました。つまり、山岸さんは、誰が切ったのかについて述べている……。

「『今朝方、四時半頃に通行人が発見して、すぐ交番に連絡してくれたのです。そこから本部に連絡があって、それですぐ駆けつけて、引き揚げたんです』N君がそういった。／『ひき揚げたとき、太宰先生と富栄さんの腰に、赤い腰紐がむすばれていたのですが、その紐はナイフで、ぼくが切りました。山岸さん。このことは誰にもいわないでおいて下さい』K君が早口にそう言った。／『ことに新聞社には、ぜったい秘密にしておいて下さい。

になったかもしれない。『回想太宰治』の「あとがき」では、〈太宰治の記憶は、「絶えず揺れ動」くものとしてあったし、すでに「滲みぼやけ」たものに、なってしまっていた〉と書いていた。「歳月は、こまかいディテールについての記憶の多くを私から失わせて」いたと書いていた。それが、『生きることにも心せき　小説太宰治』の「あとがき」では、「その時々の太宰の言葉も、その折の姿態表情も、四十数年たった今でも、ふしぎなほどの鮮明さで思い起すことができる」というように書かれるのである。

さて、この様変わりをどう解釈したらいいだろうか。僕は、本文での文脈の延長線上に、解釈してみたい願望をもつ。つまり、野原は、『回想太宰治』を出してから後のこの十四年の間に、完全に〈自分好みの、自分の思いどおりの太宰治像〉を創造し終えた。いや、それはすでに『回想太宰治』において、ほぼ実現ずみのことであっただろう。つまり、この十四年の間に、それを本物の太宰だとお願いします』NもK君も、口をそろえてそういった。[★1]」

つまり、幻の出版社、展望社のK君が切ったのですよ。K君というのは、野原さんのいうところでは、筑摩書房の石井立だということになります。先にその部分を引用しましたように、野原さんは、三人のうちの誰かであったが、誰だかわからない、といっているわけです。わからないわけは、ないですよね。そもそも、山岸さんの文章に注釈を加えて、N、N、Kが誰だと特定したのは野原さんです。で、その山岸さんの文章には、K君が切ったと書いてあるのですから……。いや、僕が、長篠さんの「富栄の六月十三日付日記が、そのヒントになるとも思われた」をヒントに憶測するところでは、切ったのは、八雲書店の亀島貞夫さんだということになる。しかし、野原さんの『回想太宰治』によると、そのとき亀島さんは土手の上にいたことになっている。「口もとにうかぶ微笑」の章に、次のようにあります。

「霊柩車と寝棺が到着したのは九時半に近かった。その頃、わずかな時間だが、雨がやんだ。寝棺を下におろし、そのなかに遺体をおさめ、丸太を組んだレイルを土堤の斜面に銜わせて綱で寝棺を引き揚げる、その作業がはじまった。邪魔になるので私たちは土堤の上にのぼった。／そこには、かなりの数の人がきていた。出版関係の人が多く、八雲書店の亀島君、鎌倉文庫の常田君、そのほか顔見知りの編集者も何人かいた。お弟子の戸石泰一さん、菊田義孝さんなども見えていたのではなかったか。」

いや、誰が切ったのかを想定することが可能であるためには、あくまで山岸さんの、この「水際の、わずかばかりの地面」での会話が、創作ではなく、事実を書いたものでなければならないわけですね。蓆をかけられた太宰と富栄さんの遺体の側での、三人との会話

思いこむことに成功した。その記憶を作り直す一連の行程を終了させたということではないだろうか。それは、自らが自らにする洗脳のようなものである。無論、無意識の裡に行なわれたのかもしれないが……。ではどうして、野原はそんなことをしたのか。それは、そうしなければ「私は、人間としての太宰治の、その気質と心情の、人生に立ち向う姿勢の、最もよき理解者であると自負している」というような、「思い上ったこと」をいえないからだ。そして、「思い上ったこと」をいいたかった……。いや、「最もよき理解者である」との自負がなければ、太宰について書く資格がない。野原は、そう思いこんでいたのだろう。野原のその思いこみが、この〈記憶を作り直す一連の行程〉を進める上で、すぐれて加担していたはずだ。

僕は、この解釈が気に入っている。むろん、それは野原が、僕が本文で述べているようなことについて、無自覚であったからできたことである。十四年後には、『回

がですね。だけれども、実は、僕はあまり信用していないんです。山岸さんのそれも、それから野原さんのそれもです。どうしてかというと……。

　たとえば、山岸さんが『人間太宰治』を出されたのは、昭和三十七年のことです。「ある出版社の編集者から、自分も現場に居たことにしてほしいと懇願されて、やむなく仮名を用い」て、書いたのはですね。で、この本は筑摩書房から出ています。先に、僕は、野原さんが担当編集者だった可能性がある、と述べましたが、石井さんだったのかもしれない。いや、別にその二人でなくてもいいのですが、それが書かれたときに当然、野原さんにしろ石井さんにしろ、それが自分のことだとわかるわけですよね。自分の勤める出版社から出る本ですものね。関わりのある太宰に関する本なのだから、興味がないはずがない。

　としたら、そのとき、野原さんが『回想太宰治』のうちに書かれたようなことは、当然、野原さん、確認したと思うんですよね。なにしろ、山岸さんの本には、石井さんが切ったと書かれているわけですから……。野原さんは石井さんに、そのとき確かめたはずだ。記憶が定かでは、なくなっていたらですね。いや、本人に聞いたか聞かなかったかは、別にしてもいいですよ。としても、〈ああ、確かにあのとき石井が切ったんだ〉と記憶がよみがえり、強化されるはずですから、野原さんが『回想太宰治』を書いた時点で、誰が切ったかわからないなんてことはないはずです。考えられるのは、その昭和三十七年の時点で、三人が三人とも、野原さんが『回想太宰治』のうちに書いたように、すでに誰が切ったのか、わからなくなっていた。そして、山岸さんの本に書かれていた内容について、なんら確認しようともしなかったということです。

　いや、山岸さんは石井さんが切ったとはいってない。展望社のK君が切ったといってい

想太宰治』の「あとがき」とはまったく正反対の言を、ぬけぬけと書いてしまうことになったのは、そのせいだ。野原が嘘つきではないとしたら、そう考えるより仕方がない。

　ちなみに、この『生きることにも心せき　小説太宰治』の「あとがき」においては、「敗戦後の、太宰治の死に至るまでの約一年半、私は三日にあげず三鷹に行き、太宰に会っていた。親しく接していた」とあるが、『回想太宰治』における「最後に会ったとき」のうちには、次のようにある。矛盾してはいないだろうか。

　「昭和二十三年の春、私はある事情で新潮社を退社し、角川書店に入社して『表現』という雑誌の編集部にはいった。……私がその事（角川に移るということ―筆者注）を相談に行ったとき、太宰さんは、賛成しがたいという意味のことを言った。……角川書店に移りたい理由のひとつとして、私は林達夫氏のことを口にした。太宰さんはつまらなそうな顔をして聞いていたが、／『林達夫《りんたつぶ》という人

るわけです。その展望社のK君が石井さんだと知っているのは、野原さんだということです。あとは、野平さんと当の石井さんだということです。

しかし、昭和三十七年の時点で、誰が切ったのかすでにわからなくて、確認することもなく、ずうっとそのまま『回想太宰治』を書く時点まできてしまった……。山岸さんにも、確かめることなくです。そんなことは、考えられるでしょうか。野原さんか、石井さんが担当編集者であったなら、なおさらにです。

僕は実は、太宰と富栄さんを結んでいた紐を切ったのは、この三人のうちの誰でもなかったと、思っているのですよ。いや、この三人が三人、遺体引き揚げ現場にいたということにも、疑問を持っている。ナイフであろうが、あるいは鎌や鉈やはさみであろうが、太宰と富栄さんをむすぶ紐を切った人間が、そのことを忘れるわけはありませんよ。ですから、K君が紐を切ったというのは山岸さんの創作だし、三人のうちの誰かが切ったというのは野原さんの創作だと思う。

野原さんのそれは、文章の構成上においても、三人のうちの誰かが切ったとしなければ恰好がつかない。というのも、話はこう続くからです。

「……私たちのうちのひとりが紐を切った。その男が、この紐は切ろうじゃないかと言う。あとのふたりは異口同音に賛成する。なぜか？　なぜだったのか？　紐で結ばれている太宰さんの姿を人目に曝したくないという気持が、咄嗟に働いたのだろう。おおむねの新聞は、太宰治の死を〝情死〟として書きたてていた。その無智で卑俗な世間の目から太宰治を守るためには、紐は切られねばならなかった。あの異常な状況のなかで、咄嗟にそ

は、朝鮮人かと思っていた。』／ぽつりと言った。／私は興覚めがして、口をつぐんだ。角川書店に移ってからは、三日にあげずの三鷹訪問ということはもうできなくなった。雑誌の編集が、それも、幅の広い思想文芸誌の編集がどんなに大変なものであるかということを、私はいやになるほど知らされた。自分の無力を嘆きながら、私はきりきり舞いしていた。」

★3 二人を結ぶ紐を切ったのは誰か

★1 当の山岸外史『人間太宰治』の「微笑する死顔」のなかから、この部分に当たるところを引用しておこう。

「『今朝方、四時半頃に通行人が発見して、すぐ交番に連絡してくれたのです。そこから本部に連絡があって、それですぐ駆けつけて、引き揚げたんです』／新潮社のN君がそういった。／『ひき揚げたとき、太宰先生と富栄さんの腰に、赤い腰紐がむすばれていたのですが、その紐はナイフで、ぼくが切りました。山岸さん。このことは誰にもいわないでおいて下さ

の判断がひらめいたのだろう。またあるいは、そのときの私たちには、富栄さんへの憎しみがあったかもしれない。太宰さんを奪られてしまったという憎しみが。紐でなど結ばせておくものか、そんな怒りにも似た気持も、なかったとはいえない。」

　これでは、三人のうち誰かが切ったことにせざるをえないでしょう。

　では、誰が切ったのか。

　僕は、引き揚げの実質的な作業をしていた、人夫の人たちのうちの誰かだと思います。それが、一番、自然なんです。次のような新聞記事があります。これは、太宰と富栄さんの遺体が揚がった翌日、六月二十日付『読売新聞』朝刊の記事です。「太宰氏の死体発見死してなお離さぬ富栄さんの手」という見出しがつけられています。

「……（太宰は―筆者補足）富栄さんのわきの下に手をとおしてしっかりと抱きしめ、黒のブラウスに白いスカートをはいた富栄さんは、右手を太宰氏の首にまいたまままほとんど全身を水につけてクイにひっかゝっていたが、二人は腰の辺りを腰ヒモでしっかりとつないであった――と死体を引揚げた人夫たちは言い、太宰氏側の関係者は二人が結ばれていたことを強く否定した。早朝発見された二人は個人の意に反してすぐ引離され、太宰氏だけ熱心な雑誌社で用意された棺に入れられていたが、富栄さんは、正午すぎまで莚をかぶせたまま堤の上におかれ、実父山崎晴弘（七〇）さんが変り果てたわが子の前にたった一人、忘れられた人のように立っていた。二人の死体があがったことは直ちに太宰夫人にも知らされたが、夫人は家の奥にひっこんだまま姿をみせず、人を介して『灰になるまで見たくないのです』と言った。」

い』／展望社のK君が、早口にそういった。／『ことに新聞社には、ぜったいに秘密にしておいて下さい。お願いします』／N君も展望のK君も、口をそろえてそういった。／『わかりました』／ぼくは答えた。」

　「N君も展望のK君も」の「N君」が、筑摩書房のN君であるのなら、当然「筑摩のN君も展望のK君も」と書くであろうと考えられるので、この「N君」は、「新潮社のN君」であると考えられる。ちなみに、遺体発見の時間は、早朝「四時半頃」ではなく、朝の六時五十分頃のことである。また、「……本部に連絡があって、それですぐ駆けつけて」と、そのとき三人が本部となっていた千草に詰めていたかのように書かれているが、本文（第3章第2節）ですでに示したように、野原の記憶は曖昧である。

　さて、野原は『回想太宰治』の「口もとにうかぶ微笑」の章で、ちょうどこのK君が紐を切ったと山岸に告げる部分を「（中略）」とする形で、その前後の部分を、か

問題は、この人夫たちがいったという前半部分です。太宰は「富栄さんのわきの下に手をとおしてしっかりと抱きしめ」、「富栄さんは、右手を太宰氏の首にまいたまま」といった恰好で、見つかったわけですね。当然、こうして抱きあったまま、死後硬直を起こしていたと考えられるわけですから、人夫さんたちは二人を引き剝がすのは大変だったでしょう。そう思いますよね。あのー、皆さん今、頷かれましたね。つまり、そういうことなんです。僕は、今、「人夫さんたちは……」といいました。それが自然だからです。そして、皆さんも頷かれた。人夫さんたちの仕事だろうなと、思われたからですよね。そういうことです。で、その作業の中途に、二人をむすぶ紐を切るという作業があったとしても、不思議ではない。どちらにしろ、二人を離さなければ、お棺に入れることもできない、わけですからね。むろん、紐も切られなければならない。で、引き剝がし、紐を切った二人の遺体に、蓆をかける。人夫さんたちは、そうした一連の作業を、こなしたと思います。

僕が、野原さんの『回想太宰治』の「口もとにうかぶ微笑」の章で、不思議に思うのは、三人は、「水際の、わずかばかりの地面に、抱きかかえるようにして遺体を引き揚げる」作業に、参加しているわけですよね。しかし、こうして抱きあって死後硬直を起こしている二人、あるいはその二人を引き剝がす作業に対する記述がないことです。野原さんは、現場に着いたときのことを、こんなふうに書いているわけです。

「私たちはそこに走り寄った。目の下の、水が打ち寄せるあたりに、わずかばかりの平らな赤土の地面があり、そこに、千草のおじさんと、人夫らしい人が何人かいて、死体を岸に引き寄せようとしていた。私たちは土堤の雑草を辿りおりて、その地面に立った。すぐ目の前に太宰さんと富栄さんがいて、流れのままにまに浮きつ沈みつしていた。太宰さん

なり長く引用している。むろん、それは、三人のうちの誰が切ったかわからないと書いた自分の原稿との、辻褄をあわせるためであろう。

が上におおいかぶさるようになってワイシャツの背中を見せ、その下に富栄さんがいた。」

つまり、この、「太宰さんが上におおいかぶさるようになってワイシャツの背中を見せ、その下に富栄さんがいた」というのは、暗に、二人は抱きあっていた、[★2]ということをいっているわけでしょ。その抱きあって死後硬直を起こした二人の遺体を、引き揚げたわけですよ。こんなふうに書いていましたよね。

「水際の、わずかばかりの地面に、抱きかかえるようにして遺体を引き揚げるとき、噎せるほどの異様な臭いが鼻をついた。それは、形容できないような、異様な臭いだった。膨れあがって白くふやけた遺体は、指先がめりこむほどで、こすれると皮膚がはがれ私たちの雨着に付着した。」

しかし、その文章は、抱きあった二人を引き剝がす作業をとばして、すぐに、次のように続くんです。

「……こすれると皮膚がはがれ私たちの雨着に付着した。私たちは遺体をおじさんが用意したシートの上にねかせ、蓆をかけた。その遺体は、――いや、遺体についてこれ以上記述することは遠慮しよう。ただ、ふたりのからだが、腰のところで、赤い紐でしっかりと結ばれていたことだけを言っておこう。」

で、話は、紐を切ったのは、誰だかわからないが三人のうちの誰かだというところに、つながっていってしまう。さて、「おおむねの新聞は、太宰治の死を〝情死〟として書きたてていた。その無智で卑俗な世間の目から太宰治を守るため」に、そしてまた、「太宰さんを奪られてしまったという（富栄さんへの――筆者補足）憎しみ」から、三人のうちの誰かによって紐は切られたと、野原さんはいうわけですが、抱きあったままにしておいたら、

★2　昭和二十三年六月二十日付各紙は、次のように表現している。

「……大貫森一氏が、橋より川下十メートルのクイに、二つの死体が折重なって、引っかかっているのを発見、万助橋交番に届け出た。」（『毎日新聞』）

「……玉川上水新橋下（投身現場から一キロ下流）の川底の棒クイに抱き合ったままでかかっているのを通行人が発見し、七時三鷹町署に届け出た。」（『朝日新聞』）

『読売新聞』については、今、本文に引用したとおりである。

「……富栄さんのわきの下に手をとおしてしっかりと抱きしめ、黒のブラウスに白いスカートをはいた富栄さんは、右手を太宰氏の首にまいたままほとんど全身を水につけてクイにひっかゝっていたが、二人は腰の辺りを腰ヒモでしっかりとつないであった」。

これらを見ると、抱きあったままの形で、二人の遺体は発見されたといっていいようだ。

いくら紐を切ったって、意味はないじゃないですか。「無智で卑俗な世間の目から太宰治を守るため」には、抱きあった二人を引き剝がすとともに、二人をむすんでいる紐を切るということが必要なわけですよ。そうでなければ、目的を達することはできないわけです。だから、僕は、野原さんの書いていることに、あれ？　って、思っちゃうわけですよ。紐だけ切ったって、意味がない。

まあ、野原さんは「太宰氏側の関係者」ですから、二人が抱きあっていたことはおろか、「二人は腰の辺りを腰ヒモでしっかりとつないであった」ことも、実は否定したい立場の人であるわけですよ。引用した新聞記事にも書かれていましたよね。「太宰氏側の関係者は二人が結ばれていたことを強く否定した」と。ですから、この辺のことについては、ぼやかしたい気持ちがあったのかもしれない。

ところで、山岸外史『人間太宰治』では、山岸さんが現場に到着したとき、太宰と富栄さんの遺体を引き揚げた「水際の、わずかばかりの地面」には、N、N、Kの三人しかいなかったように書かれています。先に長篠さんが簡略したものを引用しておきましたが、ここではオリジナルから、その部分を引用しておきましょう。

「……その崖のうえから下をのぞいてみると、雨に濡れきっている傾斜面の雑草のさらに下の方に三四米の石垣のあることがわかった。そこにわずかほどの低い赤土の台地があった。……その台地に三人の若い男たちが、雨に濡れながら、立っていたのである。／死体はどこにあるのか！　ぼくはその三人の近くを眺めまわした。蓆をかけたひとつの大きな塊りが、その台地の水辺、男たちの近くにあったのである。」

で、話は、Ｋ君が紐を切ったと山岸さんに告げ、またその紐の話は秘密にしてくれといい、そのＫ君とＮ君が、特に新聞社には秘密にと「口をそろえて」いう。そして、太宰の死顔を見せろ見せないの話に接続していく。

その応対は、山岸さんと三人との間でだけ行なわれている。また、他の人がそこにいたようには、書かれていない。野原さんの文章には、千草のおじさんと人夫たちと自分たち三人が、引き揚げの作業をしたように書かれていました。むろん、ここには山崎家側の人もいたわけですが、★3 それはさておくとしても、千草のおじさんと人夫の人たちは、このときどうしてしまったんでしょう。とにかく、山岸さんが着いたときには、この水際の「低い赤土の台地」にはいない。

で、山岸さんは、死体を見ることになるわけです。こんなふうに書かれています。

「その蓆をすこしほどはねあげて、その暗い奥を覗いてみた。……暗い蓆の下に最初にみえたものは、泥にまみれて、ひどく膨れあがっている遺体の臀部であった。半ズボンが濡れて、泥土に汚れていた。腐敗臭がまた、鼻をついた。太宰なのか山崎富栄さんなのかよくわからなかった。言葉はわるいが、豚のように肥え太って、濡れたままで、腰をまげてよりそっていた。そのすぐ奥にも、ひとつ死体があったのである。二つの遺体は、擁するように密着していたが、すぐにはどちらともわからなかった。頭部は蓆の奥の方にあって、やや暗かったのである。二人とも腰をくの字にまげていた。ひとつはすこしばかり仰のけになっていた。刹那にはその判定がつかなかったのである。水中に五日あったから蓆をあげるのにつれて、いっそうの死臭を放った。匂いは鼻孔に迫った。さらに、すこし蓆をあげてみたのだが、逡巡《ためらい》があった。死者への敬意なのだろうか。／かなりよくみえてき

★3　むろん、引き揚げ作業の際には、山崎家側の人もいたはずである。前節の注３に引用した長篠康一郎『太宰治武蔵野心中』のなかの一節を参照されたい。

また、長篠は同著の別のところで、「現場へ真先きに駆けつけた鶴巻幸之助氏も、ロープを身体に巻いて水際におり、二人の死体を引揚げた山崎武士氏も、また雨中で死体を監視した野平健一氏も……」と書いている。

た。そのひとつの横顔には濡れている髪がべったりとからみついていたが、まだ男女の差別はよくわからなかった。／すでにその手足は二人とも死後硬直をおこして、異様な形に肘をまげ、躰はぐったりしていたのである。なかばひらいている指の形も、固く動かなかった。二人ともポロ襯衣《シャツ》をきていることがわかった。半ズボンであった。濡れ汚れて張りきっているようにみえた。その腰のところに、たしかに赤い腰紐がみえ、切断された部分が脇の下にだらりと下っていた。それも泥土に汚れていた。ぼくは念のためと思って、いっそう蓆をあげてみた。落ちつけ、おちつけ、と自分を励ました。はじめ臀部のあたりからみた半ズボンの死体より、すこし奥になって抱かれるようによりそわれている屍体こそ、まぎれもなく太宰だったのである。雨の日の光線の具合か、ひどく茶色の頬にみえた。髪はその頬にもべったりとからみついていた。その黒い乱れた髪で、はじめは女の顔のようにもみえたのである。ふたつともひどく似た重い物体の印象だった。情死とは、こういう悲惨なものかとあわただしく思った。蓆のむこうの明るくなっている端に青くひかる水流がみえ、やや奥の太宰のなかばひらかれて、固くなっている左手の指が、すこしほどその水に濡れて、洗われているようだった。腰にはやはり赤い細紐があった。」

　この一節を引用しておきたかったのは、「二つの遺体は、擁するように密着していた」とか、「抱かれるようによりそわれている屍体」といった、要するに抱きあっていたということを暗示する一節があるからです。しかし、僕には都合の悪い一節もある。それは、「その腰のところに、たしかに赤い腰紐がみえ、切断された部分が脇の下にだらりと下っていた」というように、二人の死体を引き剝がすことなく、紐だけが切られていたかの記述が含まれていることです。では、いつ二人の遺体は引き剝がされたのか。どちらにしろ、引き剝がされざるをえない。タイムリミットはある。それは、太宰側の霊柩車と寝棺が到着して、お棺に遺体をおさめ、土手の上に引き揚げるときです。で、その作業は、当然、人夫の人たちがしたと思われます。野原さんも書いていましたよね。

「霊柩車と寝棺が到着したのは九時半に近かった。その頃、わずかな時間だが、雨がやんだ。寝棺を下におろし、そのなかに遺体をおさめ、丸太を組んだレイルを土堤の斜面に匍わせて綱で寝棺を引き揚げる、その作業がはじまった。邪魔になるので私たちは土堤の上にのぼった。」

4　太宰は山崎富栄に殺されたのか

山岸さんが蓆をめくって、この「低い赤土の台地」で太宰の死顔を見る……。その場面を引用しておきたかったのには、もう一つ理由があります。

それはエグいというか、趣味が悪いというか、世間の人からみたら、ちょっと目を背けたくなるような一節であるわけですよ。太宰や富栄さんの遺体の描写であるわけですからね。それ故に、のことです。

野原さんも、それについては避けています。太宰と富栄さんの遺体を引き揚げたことを描いた場面でも、「……異様な臭いだった。膨れあがって白くふやけた遺体は、指先がめりこむほどで、こすれると皮膚がはがれ私たちの雨着に付着した」というところまで書いて、「いや、遺体についてこれ以上記述することは遠慮しよう」とまとめてしまう。千草の土間で行なわれた検視の場面もそうです。立ちあうようにいわれて、すぐ側で見ていたわけです。しかし、その場面は書かない。「その検死の模様について詳述する興味は、私にはない」とか、「ごく事務的に事は運ばれ、ごく事務的に事はすんだ」と書かれるばかりです。で、例の〈口もとにうかぶ微笑〉へと話を続けてしまう。遺体の描写をしたら、〈口もとにうかぶ微笑〉へと、続けづらくなるわけですから、描写することを避けたかった……。描写しなかったのは、そのせいではないのか。いや、そうではない。野原さんは、趣味が良い方なわけです。

いやみを、いっているわけではありません。いや、いやみに聞こえますよね。ですけれども、だったら、山岸さんは、趣味が悪いのか。確かに、悪いと思います。しかし、僕も趣味が悪いので……。ですから、ここで、山岸さんが描いた検視の場面も、引用しておきましょう。全章の終わり近くにも、途中を省略して引用しましたが、やはり全文を引用しておかなければならないと思います。というものや、太宰論者の方々は、皆さん避けていらっしゃる。野原さんのように、通り一遍のことは書きますが、それだけなのですね。山岸さんのように、詳述されたものはない。これは、太宰と富栄さんの遺体について、検視の模様について、唯一、リアルに描いている一文であるわけですよ。山岸さんは、検視官の脇で、野原さんと、その作業を間近に見ていたわけです。その生き証人の言葉でもあるわけですから……。では、引用しておきましょう。

「はじめに（千草の土間に—筆者補足）運びこまれてきたのは富栄さんであった。検視の若い美男の医師が棺の蓋をとると、仰むいて棺のなかにいた富栄さんは、朝、蓆の下で瞥見したときよりも、いっそうハッキリと、ほんとに無慙に肥った豚のように水脹れしているることがわかった。寝棺がせますぎるかと思われたくらい、膨れあがっていたのである。

医師は手早く、胸もとを押してみたり、半ズボンを脱《(ママ)》ぎとってみたりした。富栄さんも、たぶん、死後の要慎をしたのだと思うが、スカートを避けたことが、このときぼくにハッキリ解った。その半ズボンが文字どおり、はちきれんばかりになって、腰の膨らみをみせていた。医師は無慙だと思うくらい、力をこめてその半ズボンを脱《(ママ)》ぐと、泥にまみれたパンツがあらわれ、その下縁《したへり》が股に深く食いこむくらい太股も膨張していることがわかった。ブラウスは、ボタンをはずしてすこしひろげてみただけだったが、胸もとも驚くくらい膨満していた。両腕は死後硬直で固くなり、怪しい手つきでひらかれていた。その指さきは、奇妙にまがっていて、完全に奇怪な形を呈していた。……医師が、懐中電灯をつかって顔面や瞳孔を調べた。そのまるい輪になった白い光線が、いっそう富栄さんの顔をあかるくした。みると、その膨らみきった顔は、両眼をかっとみひらいて、宙を睨んでいた。黒眼の周囲はすっかり白眼になって、瞳が大きくひらかれていた。懐中電灯のひかりでそれがよく解った。叫ぶように口をひらいていたが、その唇のなかには、青紫色になった舌が、鸚鵡《おうむ》の舌のように固くなって躍っていた。はげしく恐怖しているおそろしい相貌だった。富栄さんは水中におちたとき、おそらく、はてしなくごぼごぼと水を飲んだのにちがいなかった。苦しくなった呼吸に驚愕し恐怖し、さらに苦しくなって、むせびながら水を飲みぬいていった富栄さんの死の瞬間が、みえるような気がした。水中で死ぬまで苦しんでいった人間の、これ以上ない驚愕と恐怖とを、あますところなくみせていた。可哀相な気さえしたくらいである。それは富栄さんの最初にして最後の体験だったのである。ほバッブにしていたまだ濡れている髪の毛が、乱れた形で、額ぎわにへばりついていた。ほんとに悲惨で恐ろしい死の形相であった。それを、地獄の表情といっても言いたりないほどである。こんなに烈しい恐怖の表情をぼくは考えることもできなかったが、富栄さんの顔は、そんな表情のまま固まっていたのである。ことによると富栄さんは、迫ってくる死の暗黒の瞬間のなかで、なにか、恐怖すべき幻影でもみたのかも知れないと、ぼくが思ったほどである。その手の指さきの曲り具合さえ異様に感じられた。それは虚空をつかんでいる指の形であった。／若くて美男の検視の医官も、さすがに顔をそむけて、すこし息をぬいたほどである。それでも役目上、さらになんらかの形で、手を触れながら検視をつづけなければならなかったのだと思う。そんな体裁を躰で示しながら、改めて形式的に死骸にさわっていった。もう一度、膨満している胃袋のところをおしてみたり、太股を押してみたりした。それがなんの意味なのか、ぼくたちにはまるで解らなかった。それから足もとの方にまわると、丸太のように固くなった足首をもちあげて、まるで足袋でもぬがせるように、白い皮を、足首のところから、裏がえしにして剝ぎとったのである。ぼくは、はじめ、白足袋をぬがせているのかと思ったが、それは足の甲と足の裏の皮だった。すぐ解ったことだが、足首の踝《くるぶし》のややでばっているところが、水中でごろごろしている間に、岩石や木の根にあたって、擦りきれたのに相違なかった。そこが亀裂したように皮が裂けて、剝がれかかったのである。そこから水が浸透して、白くふやけたのである。白足袋ではなかったのだ。さすがに医官がその白い皮を、足袋をぬがせるように、くるりと剝いでみせたときには、室内に立っていた人々の咽から、嘆声のように呻く声がでた。驚嘆する恐怖の声だったのである。医官は、どういうわけか、その裏がえった皮の匂いを嗅いでみせたりした。その皮の匂いだけで、なにかがわかるというような、そんな嗅ぎ方であった。しかし、医官はその一片の皮を投げ入れるように、もとの棺のなかに入れた。これで富栄さんの屍体の検視はおわったのである。その棺が屋外に待たせてあった霊柩車に戻されると、やがて入れちがいに、太宰の棺が運びこまれてきた。立会っていたみなの間に動揺《どよ》めきのおこるのがわかった。やはり、太宰の死体ということになると、一種の期待と感動とがあったのである。／その死体に対すると、医官はいっそう、寛大だったようである。おなじように傷ついている足首に対しても、その白い皮を剝ぐようなことはしなかった。死臭は、やはり強く迫ってきたが、医官はひどく形式的に、そして手早く、死体の各部分をみてまわった。敏捷で勤勉な足どりにさえみえた。しかも、富栄さんが、あれほど死への恐怖と驚愕とを示していたのに、太宰の死顔は驚いていていいくらい平静なものであった。」

長かったですね。こんなに長く引用しちゃ、だめですよね。しかし、必要な引用だったわけです。もう少しだけ、山岸さんの文章を引用しておきましょう。

「(私の—筆者補足) 背後には長身の豊島さんが立っていた。それから井伏さん、亀井君、伊馬春部君★1、今官一君などがつづいて一列に立っていたことをおぼえている。……顔をそむける人も背後にいた。死臭は一段と強まっていたのである。ひろい野外にあって雨にうたれていたときとちがって、土間がせまかったせいだと思う。五日間も水中にあったうえ、すでにひきあげてから十時間以上もたっていたから★2、腐敗の度合もすすんでいたのである。文字どおりに、腐臭が室いっぱいになって、鼻をついた。」

検視がはじまったのは、午後三時半ごろであったといいます。「雨天で厚い雲があったせいだと思うが、ほとんど夕刻を思わせるくらい四辺は暗かった」。「天井の電灯が、百燭光のあかるい球につけかえられたが、やはり陰惨で暗い感じ」であったといいます。

4　**太宰は山崎富栄に殺されたのか**

★1　長篠康一郎『太宰治武蔵野心中』（昭和五十二年三月、広論社）によると、伊馬春部はこの日、「仕事の都合（NHKのラジオ番組）で駆けつけることが出来」なかったという。故に、この検視の現場にはいなかった。

★2　山岸外史は、前節の注1に引用したように、遺体発見を午前四時半頃とし、それからさほど時間の経たないうちに引き揚げられたとしているので、それから数えて「十時間以上」ということである。むろん、遺体発見は午前六時五十分頃であり、遺体が引き揚げられたのは午前七時半頃のことである。

いかがだったでしょうか。なかなか、リアルだったでしょう。現場を彷彿とさせられたと思います。臨場感とでもいいますか、自分が検視の現場に、立ちあっているような感じさへおきる。誉めすぎですか。

いや、ちょっと観念的なといいますか、抽象的な言葉使いが気になるといえば、気になるんですけどね。それと、たとえば「両腕は死後硬直で固くなり、怪しい手つきでひらかれていた」なんて一節については、両腕を開いたまんまで、どうやって寝棺に入っていたのかなんて、茶々をいれたくなる。そうした部分も、前節の終り近くに引用した、蓆をめくって、水際に引き揚げられた二人の遺体を見たときの場面の描写のなかにもありましたし、ここにも間々あります。それに、富栄さんが身に着けていたのは、ポロシャツじゃなかったのか。水際に引き揚げられた二人の遺体を見る場面では、「二人ともポロ襯衣《シャツ》をきていることがわかった。半ズボンであった」と書かれていたと思います。

でも、まあ、ずいぶん長く引用させてもらったから、このくらいは誉めておいても、いいですよね。

しかしですね、今、誉めたのは、富栄さんの検視の場面についてです。太宰の検視の場面になると、突然、だらしなくなっちゃう。この後、どう続くかというと、すでにさんざん批判した、例の、太宰の死顔はうっすらと微笑んでいたって、場面に続くわけです。ここでは、ふたたび批判することは、しません。いや、どちらにしろ、山岸さんのように、ここまで書いたものは、他に存在しません。それに、これは、現場に立ちあった生き証人の言葉なわけですよ。とても、重要なものです。しかし、むろん、検証作業は、なされなければならない。富栄さんの検視の場面についてもですね、本当はちゃんと検証されなければならない。実際の検死医の方に、読んでいただいて、意見を聞くということも必要でしょう。先にも述べましたように、生前の太宰と富栄さんの関係をそれに象徴させようとして、太宰の遺体との差異を際立たせた、ことさらにこうした悲惨さを強調するような書き方をした、ということも考えられるわけですからね。そう書くようにと、出版社の方から、コンセプトを提示されたのかもしれませんしね。やはり、検証作業が必要でしょう。

さて、なぜ執拗に野原さんの『回想太宰治』、および山岸さんの『人間太宰治』に対して検証してきたのかというと、太宰の伝記や評伝、あるいは論を書くときにですね、この二冊は、誰もが参考にする本だからです。ほとんどの方が、なんの検証もなしに丸写しする、といったら言い過ぎかもしれませんが、自らの書く伝記や評伝や論のベースに使っている。とりわけ野原「口もとにうかぶ微笑」の章と山岸「微笑する死顔」の章は、二人の独擅場なわけですよ。それ故に、のことです。他意はありません。誤解なさらないように、お願いします。

ところで、太宰治は富栄さんに殺されたんだという説が、いっとき、ずいぶんと流布されたことがあります。いや、太宰と富栄さんの死後、ずいぶん長い間、そうしたデマゴギーが流され続けました。野原さんも、『回想太宰治』のうちに「附記」という一節を設けて、そのなかでこう書いています。

「太宰さんの首筋に細紐でしめられた絞殺のあとがあり、それは富栄さんの仕業で、つまり富栄さんが太宰さんを絞殺して水中に引きずりこんだのだという。その説をなした最初の人は、三枝康高さんという人だそうで、三枝さんの『太宰治とその生涯』という本によると、発表はさし控えたが、検視に立ち合った三鷹署員が絞殺の痕跡を認めたのだそうである。太宰さんの友人の亀井勝一郎さんも、『無頼派の祈り』という本のなかで、『直接の死因は、女性が彼の首にひもをまきつけ、無理に玉川上水にひきずりこんだのである。遺体検査に当った刑事は、太宰の首にその痕跡のあったことをずっと後になって私に語った。』と書いておられる。」

もちろん、野原さんはここで、三枝さんや亀井さんの言葉を否定する立場をとります。「もし検視医が太宰さんの首筋に締められた痕跡を発見したら、黙って見のがすことはなかったにちがいない。なにかの表情か身振りか、あるいは言葉があったはずだが、そんな気配はまるでなかったのである。……そのことは、すこし離れてはいたが、亀井さんは見て知っていたはずである。／断じて、そのような痕跡はなかった。私はすぐ間近かで、検視医と同じくらいの間近かさで、太宰さんに見入っていたが、その首筋には、締められた痕跡など、断じてなかったのである」という具合いにです。これは、きわめて良識的な意見といっていい。

では、三枝さんは別にしても、なぜ亀井さんが、こうした富栄さんが太宰を殺したというような説に、与するようになったのか。いや、結論を急ぐのはよしましょう。

ところで、この野原さんの「附記」のなかには、富栄さんが太宰を殺したという「その説をなした最初の人は、三枝康高さんだそうで」とありますが、これは間違いです。その説についてのプライオリティは、三枝さんにはない。

三枝さんの書下ろし『太宰治とその生涯』が出たのは、昭和三十三年九月です。野原さんがいうような一節は、その「玉川上水の流れ」という章のうちにあります。「三鷹署はあえて発表はさし控えたが、太宰の首筋を細紐でしめた絞殺のあとから、かれの死は富栄による他殺であると認定したのである」。おそらく、この一節のことでしょう。三枝さんは、さらに次のようにも書いています。

「おそらく富栄はパビナールを用いて、ふらふらになった太宰を玉川上水の堤へ伴い、かれの首筋を締めたがすぐには死にきれず、あの世へいっても離すまいと、しごきでふたりの身体を堅く縛りつけた上で、かねて用意の青酸加里をあおって、水中へずるずると引き摺りこんだものと見える。その死に場所を見ると、太宰の下駄で土を深くえぐり取った跡が二条残っていて、いよいよの時かれが死ぬまいと抵抗したのを偲ぶことができた。★3」

それから、野原さんが「附記」のうちに引用した亀井さんの一節は、昭和三十年九月に『文学界』に発表された「罪と道化と」という文章のなかにあるものです。で、後に『無頼派の祈り★4』に収められている。野原さんの引用した前後を含めて、もう一度引用しておきましょう。

「昭和二十三年六月十三日、『自殺』の報をきいたとき★5も、私は信じることが出来なかった。自殺の理由がどうしても考えられなかった。後にパビナール中毒のことなど聞いたが、直接の死因は、女性が彼の首にひもをまきつけ、無理に玉川上水にひきずりこんだのである。遺体検査に当った刑事は、太宰の首にその痕跡のあったことをずっと後になって私に語った。しかし一緒に死んだのだから、そのことをあらだてるにも及ぶまいという話であった。」

ちょっと、待って下さい。この文章、おかしいですよね。太宰が富栄さんと、玉川上水

★3　三枝のように、戦後、ふたたび太宰がパビナールを用いていたとの説をとる人もあるが、太宰は昭和十一年にパビナール中毒ということで武蔵野病院に強制入院させられて以降、パビナールを用いていない。また、「(富栄は—筆者補足)青酸加里をあおって」とあるが、青酸カリは即効性の薬なので、服んだ後に「(太宰を—筆者補足)水中にずるずると引き摺り」こむなんて動作ができるわけがない。それも、「しごきでふたりの身体を堅く縛りつけた上で」である。
ちなみに、この一節中、「かれの首筋を締めたがすぐには死にきれず、あの世へいっても離すまいと……」の「かれ」は太宰である。では、「すぐに死にきれず」の主語はなんだろう。「富栄は」ではないだろうか。変な文章である。

★4　亀井勝一郎『無頼派の祈り』(昭和三十九年八月、審美社)

★5　亀井勝一郎は、「太宰治の思い出」(『新潮』昭和二十三年九月)のうちには、「六月十五日の朝。太宰君の失踪のことを新聞で

に入水したのは、六月十三日から十四日にかけての深夜です。で、太宰と富栄さんがいなくなったのがわかったのが、十四日の昼近くになってです。野原さんの『回想太宰治』（「口もとにうかぶ微笑」の章）のなかに、そのときのことが、こう書かれています。ちょうどいいので、それを借りちゃいましょう。

「昼近くになっても富栄さんがおりてこないので、不審に思った野川家のおばさん（富栄の下宿の大家─筆者注）が階段の下から声をかけたが返事がない、部屋にあがってみると、雨戸を閉ざした室内に、線香の匂いが鼻をついた。／『線香？』／『竹の行李をたてに置いて、それを本箱代りに使っていたでしょう。その本箱の上に太宰さんと山崎さんの写真が並んで飾られてあって、その写真の前に、お水を入れた小さなお茶碗がおいてあって、それからお皿があって、そのお皿のなかに、燃えつきたお線香の灰がつもっていたんだそうです。』／野川のおばさんは仰天し、千草に駆け込み、千草のおばさんの手を引っぱるようにしてとって返した。室内はきちんと整理され、縞柄の和服が一着、部屋の中央にたたんであった。千草のおばさんから富栄さんが借りていた和服で、その上に千草の夫婦宛の遺書がおかれていた。隅の小机の上には、奥さん宛の遺書がおかれ、伊馬春部氏に宛てた色紙がたてかけてあり、数冊のノートが重ねてあった。色紙には、『池水は濁りににごり藤波の影もうつらず雨降りしきる』伊藤左千夫の歌が書かれてあった。ノートの上には紙がおかれ、『伊豆のおかたにお返し下さい』と伊馬春部氏宛に富栄さんの筆跡で書かれていた。『斜陽』のもとになった太田静子さんの日記であろうか。人からの預りものらしい原稿や本の類は、それぞれ区分けされて紐でゆわえられ、宛名が書いてあった。／千草のおばさんはその場にへたりこみ、自分たち夫婦宛の遺書に目を走らせた。それは太宰さ

知った」と書いている。

ちなみに、亀井は晩年の太宰とは、あまり交流がなかった。「罪と道化と」のうちに、次のように書かれている。

「『斜陽』は昭和二十二年の暮に完成したが、三鷹の町もその頃は次第に繁栄し、進駐軍のキャバレーなども出来たので町の様子は一変した。吉祥寺までわざわざ飲みにくる必要もなかったし、また三鷹に仕事部屋を設けたので、この年はそんなに往来していない。太田静子、山崎富栄の二人の女性のことも殆んど知らなかった。三鷹界隈で深酒に耽っていたようである。この頃の『作品』を通じてわずかに生活を窺うのみであった。」

ところで、ここにいう太宰の『斜陽』は昭和二十二年七、八、九、十月号の『新潮』に発表され、十二月に単行本化された。亀井は、単行本化のことを「完成した」といっているのであろうか。作品の完成は、六月末のことである。

んと富栄さんの連名になっていた。／太宰さんの遺書は、／『永いあいだ、いろいろと身近く親切にして下さいました。忘れません。おやぢにも世話になった。おまえたち夫婦は、商売をはなれて僕たちにつくして下さった。お金の事は石井に／太宰治』／富栄さんの遺書には、借りていた着物のお礼を述べ、あとのことをよろしくたのむとあり、父、姉、友人にウナ電で知らせてくれるよう住所が書かれてあったという。／生憎その日、千草のおじさんは米の買出しで外出していた。おばさんは、ただ途方にくれているだけだった。夕刻、おじさんが帰ってきて、またそこへちょうど、『グッド・バイ』の打合せに『朝日新聞』の末常氏と挿絵を担当する吉岡堅二画伯が訪ねてきた。事の重大さを知った三人は、すぐ奥さん宛の遺書を持ってお宅に向った。時をおかず、三鷹警察署宛に捜索願が出された。太宰さんの捜索願は奥さんを願人として出され、富栄さんの捜索願は千草のおじさん鶴巻幸之助を願人として出された。／もう時刻は夜になっていたが、急報は四方に飛んだ。電話のない当時のことで、若松屋（太宰が行き付けの屋台のうなぎやさん—筆者注）の自転車が役立った。桜井（浜江—筆者補足）さんも（林—筆者補足）聖子さんも若松屋から急報を受けた。野平君と房子さんの新居は当時西荻窪にあったが、その家の玄関を目を血走らせた若松屋がたたいたのは、もう夜半に近かったという。」

ね、ですから、亀井さんがいくら早く太宰と富栄さんの失踪を知ったって、十四日の夜のことなのですよ。それに、このときはまだ失踪であって、自殺がほぼ確定的になるのは、翌十五日の朝になってです。以前、太宰が野平健一に、死ぬときは玉川上水だって、話したことがあったのだそうです。野平さんは、それが気になって、その日朝早く、妻の房子さんと林さんとともに、玉川上水の土手を歩いてみた。そして、土手の一カ所に、そこだ

★6　ついでだから、ここで、「罪と道化と」をめぐる他の疑問点もあげておこう。たとえば、亀井は昭和三十八年七月、『オール讀物』に、「文士田中英光の破滅」を発表している。この「文士田中英光の破滅」では、「罪と道化と」において「自殺の理由がどうしても考えられなかった。後にパビナール中毒のことなど聞いたが……」と書いた一節が、次のように進化（？）していたりする。

「……太宰自身も情人とともにパビナール中毒に犯されていたのである。太宰は自殺するまで、友人に中毒のことはひた隠しに隠していた。彼の死は自殺ということになっているが、むしろ中毒死と言っていいだろう。彼の情人も同じ中毒にかかっていた。そしてある日急に太宰を玉川上水に誘い、その首に縄をまきつけて、上水の中にひきずりこんだのである。太宰の死体を検視した警官は、ずっと後になってからこの事実を私に語り、あれは自殺ではなく、中毒患者の他殺だったといった。」

「罪と道化と」のなかでは、「遺

け「流れに向ってある幅で雑草が薙ぎ倒され、その両側にえぐったような跡」がある場所を見つけたのだといいます。土手には、二つの瓶と小皿も残されていた。で、ここから入水自殺したんだろう、ということになったわけです。また、十五日午後には、下流の久我山水門で男物と女物の下駄が片方ずつ発見されます。それが太宰と富栄さんのものだと確認されるにおよんで、もう間違いないということになった。

ですから、亀井さんのいっていることはおかしいわけです。★6

さて、三枝さんのそれは、亀井さんの「罪と道化と」に比べても、後になるわけです。★7むろん、三枝さんの『太宰治とその生涯』が出された後にも、富栄さんが太宰を殺したという説は有象無象出され続けるわけで、三枝さんのそれが、それら有象無象のベースになったということはいえるかもしれない。そうした意味では、「最初のもの」なのでしょう。

しかし、実際は、もっとうんと前に、富栄さんが太宰を殺したという説は出ている。たとえば、僕が先に、批判の槍玉にあげた井伏鱒二が書いている。彼の、昭和二十四年に発表された原稿のなかに、すでにそうした富栄さんが太宰を殺したという説を、見ることができます。太宰の死の翌年の話です。このあたりが、一番最初ということになるのではないでしょうか。

引用しておきましょう。まず、「点滴」のなかの一節です。「点滴」は、昭和二十四年五月、『素直』という雑誌に発表されました。

「敗戦後、彼は東京に転入したが、結果から云うと無慙な最期をとげるため東京に出て

体検査に当った刑事は、太宰の首にその痕跡のあったことをずっと後になって私に語った」と書かれ、この「文士田中英光の破滅」では、「太宰の死体を検視した警官は、ずっと後になってからこの事実を私に語り、あれは自殺ではなく、中毒患者の他殺だったといった」と書かれているが、この「刑事」と「警官」は同じ人なのだろうか。また、この二つはどちらも「ずっと後になって」聞いたことになっているが、この「ずっと後になって」は同じときなのか。つまり、この二つは、同じときに語られた言葉なのだろうか。同じ人が、同じときに語った言葉だとしたら、ではなぜ「罪と道化と」において、「中毒患者の他殺」説として書かなかったのか。それとも、この「中毒患者の他殺」説は、「罪と道化と」を発表した昭和三十年九月以降、昭和三十八年七月に発表する「文士田中英光の破滅」を書いている時期までの間に聞いたことなのだ、とでもいうのだろうか。

「罪と道化と」に書かれたような話を亀井が刑事（警官？）から

来たようなものであった。彼は女といっしょに上水に身を投げた。／その死場所を見ると、彼の下駄で土を深くえぐりとった跡が二条のこっていて、いよいよのとき彼が死ぬまいと抵抗したのを偲ぶことが出来た。その下駄の跡は連日の雨でも一箇月後まで消えないで残っていた。」

また、昭和二十四年十二月、『小説新潮』に発表した「おんなごころ」のなかにも、次のようにあります。

「（亀井勝一郎は――筆者補足）諸所方々から講演を頼まれる。最近も三鷹署から頼まれて、その講演が終った後で、数人の署員と暫時のあいだ雑談した。そのとき、ある一人の刑事が、こう云ったそうである。太宰という作家が身投げをして、遺骸が見つかったとき、自分は検死の刑事として現場に立ちあった。その検死の結果によると、太宰氏の咽喉くびに紐か縄で締めた跡が痣になって残っていた。無理心中であると認められた。しかし身投げをした両人の立場を尊重して、世間に発表することは差控えた。／そんな意味のことを、その刑事が話したそうである。……太宰の友人であった私が、もし太宰が他人の手で咽喉を締められている場面を見つけたら、その邪魔をして防いでやった筈である。それは云うまでもないが、そんな状態に立ち到る前に、某という相手の女を避けるように友人たちの応援を求めたりした筈である。もっとも某女の方では、太宰と連れだって桜上水（玉川上水のこと――筆者注）の堤に現われたとき、太宰の死におくれることを怖れたため咽喉を締めてやったのかもわからない。太宰は極めて気が弱い。某女の方でも、それを知りぬいていたことだろう。相対死の場合、どちらかの一方が積極的であるという昔からの定説は、太宰たちの最後の模様にも当てはまるのだろうか。しかし、このような定説は、事件の起っ

聞いたのは、この後すぐに本文のうちに引用する井伏鱒二「おんなごころ」（『小説新潮』昭和二十四年十二月）と照らしあわせるならば、井伏によって「おんなごころ」が書かれている時期の少し前ということになる。太宰たちの心中事件以降一年数カ月も「ずっと後になって」であり、十数年後も「ずっと後になって」と表現されることはあるまい。亀井ともあろう者が、そこまで言葉に鈍感であるとは思えない。とするなら、これは同じ人が、同じときに語ったものであろう。つまり、太宰たちの心中事件から一年数カ月後にだ。

いや、「刑事」と「警官」は、明らかに別の人間を指示する言葉だ。しかし、片や「遺体検査に当った刑事」であり、片や「太宰の死体を検視した警官」である。やはり、同じ人間と考えるべきであろう。すでに、本章第1節の注3で明らかにしておいたように、「検死は、三鷹警察署（当時は自治警）の阿部捜査課長と三鷹警察署の警察医・松崎正己が立ち合い、検事局の依頼した慶応大学法医学

た後に、よく誇張され歪曲された噂を誘発させる可能性がある。太宰たちの遺骸が見つかったとき、太宰の口のなかに荒縄を押し込んであったという噂も、もしかしたらその一例かもわからない。★8」

まだ、溯れそうですね。これを読むと、どうも話の出所は、亀井勝一郎のようです。この「おんなごころ」の一節を、亀井さんから聞いた話だとして、井伏さんは書いている。で、実は亀井さんには、昭和二十三年九月に『文芸』に発表した、「罪と死」という文章があるんです。そのなかに、こうした一節を見つけました。

「それにしても、用意周到な計画性をもつ女の虚栄心ほど恐るべきものはない。人は愛する女とともに死んだと言います。しかし憎むべき女とともに死ぬ場合だってあるのです。己の意に反して死なざるをえぬようなこともあると思います。自殺という形をとった微妙な他殺もあります。」

おそらく、この亀井さんの抽象的な文章に尾鰭がつく形で、引用した井伏さんの二つの文章が生まれたのではないか。

いや、太宰の死の直後から、亀井さんや井伏さんは、仲間たちと太宰の死をどう諒解するのかを、話しあっていたに違いありません。別に特別な席でなくていいですよ。お酒を飲んだりする席などでです。集まれば、そんな話になったのではないでしょうか。才能を惜しむ気持ち、苦悩や孤立感を理解してやれなかったことへの悔恨、太宰の身体が弱っていたことへの配慮の欠如、あるいは売れた作家への嫉妬、出版社の側からしたらまだまだ儲けられたのにという思い……。そこでは、そうした様々な立場の、様々な思いが、入り組んでいたに違いありません。しかし、太宰の死を止めることができなかったという、太

中館教室の西山博士らが行なった」わけである。いったい、このうちの誰だというのだろうか。

★7　三枝の『太宰治とその生涯』が出版されたと同じ年、昭和三十三年に出版された村松梢風『日本悲恋物語』のなかにも、富栄が太宰を殺したという説が展開されている。ここには、「……太宰の死体には、首を絞めて殺した荒ナワが巻き付けたままになっていて、ナワのあまりを口の中へ押し込んであった」とも書かれている。

また、昭和三十一年二月、『別冊新評』に、臼井吉見が「太宰治の情死」を発表している。これもまた、三枝のそれと同系列のものだ。引用しておこう。

「……あらゆる軽蔑と嫌悪と困惑にもかかわらず、しかも半狂乱の女の恋情にほだされての太宰の最後の『サービス』が、心中のかたちをとって現われたものに違いないとぼくは信じている。……太宰が入水した個所と推定された上水の土堤の斜面には、すべり落ちた二つの肉体の重みで、くっきりと深い黒い土の削られた跡が印さ

宰の死に対する負債の意識は、皆、共通にもっていたのではないでしょうか。そして、彼らの間に、その負債の意識を解消するための自己合理化の機制が働いた。太宰を救うことができなかったことを、彼らはなんとか自己合理化したかったわけですよ。その思いが、太宰生前からの、彼らの富栄さんに対する悪感情とむすびついて、このような、富栄さんに太宰は殺されたんだという説が、生まれることになったのではないか。

　富栄さんに殺されたんだということにすれば、負債の意識は解消されますからね。

　これも、一つの神話（フィクション）の形成である、といっていいでしょう。そして、〈人は、その神話（フィクション）が自分に都合のいいものであるとき、その神話（フィクション）の盲従者となる〉わけですよ。亀井さんの「罪と死」の一節も、井伏さんの「点滴」や「おんなごころ」のなかの一節も、そうした自己合理化の機制の働きによって、生まれたわけです。ですから、盲従者が多かったのも、頷けることです。盲従することによって、太宰の死に対する負債の意識を解消することができる。つまり、気が楽になるわけですからね。むろん、それはチチンプイプイみたいなもので、一つの暗示のようなものでしかないわけですから、いつか効き目が薄らいでくる。それ故、何度も何度も念仏のように、唱えられなくてはならない。繰り返し繰り返し、唱えられなくてはならないわけです。そうして、強化されなおす必要があった。それが、太宰業界に、富栄さんが太宰を殺したんだという説が、はびこった理由です。だから、何度も何度も書かれねばならなかった……。

　むろん、当時の太宰ファン、太宰の取り巻きの人々も、これを免れることはできません。たとえば、太宰さんを一番わかっているのは自分だ、と彼らが思っていればいるほどにで

れていたが、そこに人気作家との恋に半狂乱になっていた女が、その独占の完成のために、強引に太宰を引きずっていったさまを、ありありと想像することができたのである。／以上は単なる推量ではなく、これを立証するいくつかの材料があるのだが、そんなことよりも『難解な生きもの』である女の典型ともいえるひとにたまたま邂逅したということ、そして女につけこまれて破滅した男の手記である『人間失格』を文学的遺書として残していることが、何よりも雄弁にこのことを語っている。」

　三枝の「他殺説」が、本家本元でないのはもちろん、決して早かったわけでもないのである。おそらく、三枝のそれと同系列のものは、太宰が心中事件を起こし、昭和二十三年、二十四年に亀井の「罪と死」、井伏の「点滴」「おんなごころ」が書かれて以降、それらや風評をもとにして、いくつも書かれているのではないか。僕には、そう思える。

　亀井の「罪と死」、井伏の「点滴」「おんなごころ」については、

す。思っていればいるほどに、太宰の死に対する負債の意識は強くならざるをえないからです。彼らは、太宰さんを理解している自分こそが、太宰さんを救えたはずであると思うでしょう。しかし、自分は何もしなかった。そうした思いに、とらわれざるをえないからです。

今のファンにとっても、事情は変わるものではありません。自分が、そのとき、まだ生まれていなかったこと自体に負債の意識を感じる、なんて人はまれでしょうが、こういうことがいえるからです。太宰さんを一番わかっているのは自分だ。太宰さんの純粋さ、それ故のこの薄汚れた世界で生きていくことの辛さ、彼の孤立感、彼の苦悩、全部わかる。自分だって、そうだからだ。太宰さんのことを見ていると、まるで自分のことを見ているようだ。そうして、太宰に、アイデンティファイすればするほどにです。さて、そうして太宰にアイデンティファイし、太宰と同じはずなのだが……。しかし、太宰は自らの命を絶ち、自分はのうのうと生きている。というところまで、思考回路がまわれば、そしてそのことを悩めば悩むほど、当時の業界の人や当時のファン、取り巻きの人たちと同じく、自己合理化の機制に、ひっかからざるをえません。自分の純粋さ、それ故のこの薄汚れた世界で生きていくことの辛さ、孤立感、苦悩……、実は嘘なんじゃないか。自分は太宰ほど純粋でも、辛くも、孤独でも、苦しくも、ないんじゃないか。いや、そんなことはない。では、なぜ太宰は……。ね、ひっかからざるをえないでしょう。わかりませんか。だから、殺されたって話にすればいいわけですよ。

誰も、自分を否定したくない。嘘つきだと思いたくない。そして、負債は解消したい。気が楽に、なりたいですからね。

本文において、この後すぐに触れる。ちなみに、井伏の「おんなごころ」（『小説新潮』昭和二十四年十二月）のなかには、すでに「太宰たちの遺骸が見つかったとき、太宰の口のなかに荒縄を押し込んであったという噂も」云々という言葉が見受けられる。村松梢風が『日本悲恋物語』で書いたような話は、井伏が「おんなごころ」を書いている当時、もう噂として流布されていたのだ。

★8 「点滴」の一節を本文に引用しておいたが、この「おんなごころ」のうちには、それを、より具体的に書いた次のような一節もある。

「太宰の滑り落ちた現場には、遺留品として、小鋏、小皿、小さな緑色の瓶、ウイスキーの瓶などが堤の笹の間に見つかった。太宰が腰をおろしたと思われる部分だけ、笹が乱雑に踏みしだかれ、そこから流れに向って、お尻の幅だけ笹が薙ぎ倒されていた。雨で朽《きう》土《ど》が柔らかくなっていたせいである。黒い朽土に、べっとり笹がへばりつき、その両側に一とすじず

5　三枝康高『太宰治とその生涯』の嘘

さて、僕は、〈ファンが太宰を殺したんだ〉と、前々からいってきたわけですが★1、彼らは意識的にしろ無意識的にしろ、自分が太宰を殺したんだと、感じざるをえない人たちであったわけです。太宰の関係者、取り巻き連や当時のファン、現在のファンが、太宰の死に対して負債を感じるのは、それ故にのことであったわけです。で、負債の意識が強ければ強いほど、より強く自己合理化の機制が働く。つまり、述べたような罠に引っかからざるをえなくなるわけです。そして、富栄さんが太宰を殺したという説の、信奉者にならざるをえない……。

彼ら、富栄さんが太宰を殺したという説の、信奉者の存在は、ですから僕の立てた論、〈ファンが太宰を殺したんだ〉という論の正しさを証明してくれるもの、としてあるわけです。

いや、〈救うことができなかった〉ということは、〈太宰を殺したんだ〉ということに、直接つながりませんよね。それに、僕が〈ファンが太宰を殺したんだ〉といったのは、こうした太宰の関係者や取り巻きやファンの人たちが紡ぎだす太宰治という像（イメージ）が、太宰を殺したんだと、述べたのでした。むろん、彼らは〈殺したんだ〉なんて、考えてみたこともないかもしれない。しかし、彼らの感じた負債の意識を突き詰めていけば、必然的に僕の立論へと行きつくと思います。

つまり、彼らは太宰治という像（イメージ）を紡ぎだしたわけです。そして、その像

つ下駄の歯で抉《えぐ》ったと見える跡が残っていた。はじめ私はそれを見て、この下駄で抉った跡は、太宰が死ぬまいと最後の瞬間に抵抗した名残りだろうと思った。この推定（『点滴』における―筆者注）は間違っていたようである。遺骸が見つかったとき、女は太宰の膝をまたいで組みついていたそうである。流れに滑り落ちるとき、もはや太宰の息の根がとまっていたとすれば、女は流れに背を向けて太宰の膝に馬乗りになって、両足でうしろに漕いだものだろう。下駄の歯で朽土が抉れたのは、太宰の膝に女の体重が加わったためだと思われる。」

5　三枝康高『太宰治とその生涯』の嘘

★1　『SPA』という週刊誌に連載されていた「中森文化新聞」平成五年十二月八日号が、「緊急激論　自殺の時代を生きるには?」と題し、ベストセラーになった『完全自殺マニュアル』の著者・鶴見済と柳美里の対談を掲載している。いうまでもなく、柳は今で

〈イメージ〉は、自分のなかの〈負〉の部分に共鳴させて紡ぎだされたものだった。たとえば、ファンの人たちが、自分も太宰と同じだとか、自分は太宰のことがよくわかるという。それは、自分のなかの〈負〉の部分に共鳴させて、同じだとかよくわかるといっていたに過ぎない。いや、そうして彼らは、自分の〈負〉の部分を、太宰にすべておっ被せたわけです。つまり、その〈負〉の部分をもって、彼らによって紡ぎだされた太宰治という像〈イメージ〉が、太宰を死へと誘うことになったわけですから……。ですから、彼らの〈救うことができなかった〉という負債の意識の裏側には、〈殺したんだ〉という意識が、意識しようがしまいが、張りついているはずです。皆さんは、どう思われるでしょうか。いや、関係者や取り巻きやファンの人たちでも何か利害関係が絡んだら、たとえば〈まだまだ儲けられたのに〉なんて思っていた出版社の方々は、ちょっと違うかもしれませんけれどもね。

さて、彼らの負債の意識は、ですから決して消え去ることはない。僕は、そう思います。

話を戻しましょう。

三枝さんの「玉川上水の流れ」の一節のベースになっているのは、亀井さんの「罪と死」、井伏さんの「点滴」と「おんなごころ」だということは、読み比べてみれば、わかりますよね。書いてあることがいっしょです。三枝さん自身も、そういっています。『太宰治とその周辺』★2 という本のなかの、「太宰治における死」という章の「太宰治の死とその前後」★3 という節のうちに、三枝さんは次のように書いています。

「太宰治の死は常識的にいえば、『情死』と呼ばれるべきものであろう。私はそれについ

こそ〈命は大切だ〉などといって転向したが、当時は少年の自殺劇『魚の祭』で平成五年度岸田戯曲賞を最年少受賞するとともに、NHKの某番組で〈私は二十九歳までに自殺します〉と宣言し話題をさらっていた。その二人の対談で、柳は次のように発言している。

「太宰治はある意味で他殺ですよね。みんなが死ぬことを期待してたじゃないですか。編集者も読者も。その期待に応えちゃった尾崎豊も近いでしょ？ 破滅してほしいって願うまわりに殺された。」

これは、僕が「太宰治と尾崎豊のアナロジー」（『太宰治というフィクション』平成五年六月、パロル舎刊所収）において展開した論旨である。ちなみに、『太宰治というフィクション』の帯には、この論稿からとられた「太宰治を殺したのも、尾崎豊を殺したのもファンですよね」という一節が使われている。柳美里は、僕のこの『太宰治というフィクション』を読んでいたのだろう。僕の「太宰治と尾崎豊のアナロジー」の方が、時間的に先行していることはいう

てかつて『太宰治とその生涯』という著書のなかの、『玉川上水の流れ』という章で、かれは愛人の山崎富栄に殺されたのだという、隠された事実を発表したことがある。……もちろん太宰と富栄とが情死する場面を目撃したものは、ひとりもいなかったはずである。だから私が扱ったその『事実』もじつはその前後のさまざまな資料をもととして、想像するほかはなかった。しかしそれを百も承知のうえで、私があえてその『事実』と思うところを、著書のなかへ書きこんだのは、当時これに取材した新聞記事の間違いにたいして、私自身腹立たしい思いにかり立てられていたからに他ならぬ。……そこでは太宰の『死』を扱っているというよりは、『死体』をきわめてザハリッヒに扱っているのである。それならばいっそのこと『事実』によって、こうした味気ない記事に復讐する他はない。そう思った私は、亀井・井伏の所説によって、三鷹署はあえて発表をさし控えたが、太宰の首筋を細紐でしめた絞殺のあとから、かれの死が富栄による他殺であると認定した事実を、突きとめたのであった。」

　こうした非論理的な文章を読むと、僕は、いやになっちゃいます。新聞記事に腹が立ったので、「記事に復讐する他はない」と思った、というわけです。なぜ、腹が立ったかというと、「太宰の『死』を扱っているというよりは、『死体』をザハリッヒに」、即物的にというような意味でしょうか、そんなふうに扱った「味気ない記事」だったからなわけです。新聞記事というのは、もとより即物的なもの、味気ないものでしょう。報道なんですから、味気があったら、むしろ困る。三枝さんは、なにをいっているんだか。僕は、これは、太宰ファンであった三枝さんの、太宰の死に対する負債の大きさを示しているように思います。では、その腹が立ったという新聞記事は、どんなものであったのか。三枝さん

までもない。僕が、柳のこの「中森文化新聞」における対談の発言をヒントにして、「太宰治と尾崎豊のアナロジー」を書き、かつまた本稿の論を展開しているのではないかと思われる方がいるといやなので、念のために記しておく。

★2　三枝康高『太宰治とその周辺』（昭和五十年二月、有信堂）

★3　三枝康高「太宰治の死とその前後」（初出、『国文学』昭和三十八年四月）。本文における引用は『太宰治とその周辺』から。

の本から孫引きしておきましょう。『太宰治とその周辺』（「太宰治における死」という章の「太宰治の死とその前後」という節）からです。

「（太宰と富栄の遺体が揚がった翌日の―筆者補足）二十日附けの新聞には、『抱きあう死体』という見出しで、……こういう記事が載せられたのである。『玉川上水に投身した作家、太宰治と愛人、山崎富栄さんの死体捜査は、すでに第一回、第二回と行われ、十九日午前八時から第三回の捜査が行われる筈であったが、これより先同日午前六時五〇分頃、投身現場より約十《ママ》メートル下流の、三鷹町牟礼地内、明星学園前、玉川上水新橋を通りかかった、同字二〇〇二、建設院出張所監督、大貫森一氏が、橋より川下十メートルのクイに、二つの死体が折重なって、引っかかっているのを発見、万助橋交番に届け出た。報せにより太宰氏の仕事場、『千草』の主人鶴巻幸之助氏が現場にかけつけ、附近の人の応援を得て、七時半頃死体を川ぶちに引揚げた。』私は実のところ、この記事を読むに堪えなかった。」

これは、『毎日新聞』の昭和二十三年六月二十日付の記事です。「投身現場より約十メートル下流の」とあるのは、「約千メートル下流の」の間違いでしょう。三枝さんの本の誤植だと思います。さて、こうした新聞記事に、三枝さんは腹を立てた。「新聞記事の間違いにたいして、私自身腹立たしい思いにかり立てられ」たと述べていました。別になにか新聞記事に、事実関係のあやまりがあるということを、「間違い」といっているわけではないでしょう。「約十メートル下流」じゃなくて、「約千メートル下流」なんです、けれどもね。そんなことじゃない。「太宰の『死』を扱っているというよりは、『死体』をきわめてザハリッヒに扱っている」、その扱い方が「間違い」だといいたいのでしょう。しかし、述べたように、それはけっして「間違い」なんかではないわけですよ。新聞記事としては、ごく普通のものであるわけです。三枝さんは、要するに、太宰という偉大な人が死んだ、にもかかわらず新聞は、どこにでもいる普通の人の死と同じように書いている。その扱い方が気にくわない、ということなのでしょう。★4

で、「記事に復讐する他はない」と思い、「事実」の究明にのりだした。新聞記事を読んだり、「その（太宰と富栄が心中した―筆者注）前後のさまざまな資料」にあたったりした。そうしたら、「亀井・井伏の所説」に行きあたった。そう、いっているわけです。ここにいう「その前後のさまざまな資料」とは、要するに太宰と富栄さんの心中について伝える新聞記事や、その後、それについて様々な雑誌や新聞に発表された文章を指すのでしょう。そのなかに、「亀井・井伏の所説」があって、これだ、って思ったたって話です。その説とは、「三鷹署はあえて発表をさし控えたが、太宰の首筋を細紐でしめた絞殺のあとから、かれの死が富栄による他殺であると認定した」という説なわけです。で、それを三枝さんは、「隠された事実」だというわけですけれどもね。それは「事実」じゃなくて、三枝さんの「憶測」でしょ。日本語では、そういうはずです。

三枝さんだっていっているわけですよ。「むろん太宰と富栄とが情死する場面を目撃したものは、ひとりもいなかったはずである。だから私が扱ったその『事実』もじつはその前後のさまざまな資料をもととして、想像するほかはなかった。しかしそれを百も承知のうえで、私があえてその『事実』と思うところを」云々。つまり、「『事実』と思うところを」「想像するほかはなかった」わけでしょ。そういうのを、「憶測」というわけですよ。むろん、その質の良いものは「推測」という。けれども、三枝さんのは「憶測」としかい

★4　この「太宰治における死」という章の「太宰治の死とその前後」という節の一節を読む限りでは、文脈上、三枝のいう「新聞記事の間違い」はこのようにしかとれない。しかし、「玉川上水の流れ」（『太宰治とその生涯』所収）においては、新聞が「他殺説」を報道しなかったことを指すものとなっている。その部分を、引用しておこう。

「……ところがそれほどまでに『無神経』で、『エゲツない』ジャーナリズムも、一ばん大事なところで取り返しのつかない間違いを犯していた。三鷹署はあえて発表はさし控えたが、太宰の首筋を細紐でしめた絞殺のあとから、かれの死は富栄による他殺であると認定したのである。」

いようがない。むろん、「事実」でもなんでもない。
三枝さんというのは、この当時、静岡大学の国文学の教授をしておられた。そうした方が、日本語をいいかげんに、使ってはいけない。「太宰の首筋を細紐でしめた絞殺のあと」っていう言い方も、すごいですよね。馬から落ちて落馬している……。いや、やめましょう。僕の日本語も、ずいぶんひどいですから、人のことをいえた義理ではない。

さて、先に野原さんの、『回想太宰治』のなかの「附記」の一節を引用しましたけれど、検視のときに、太宰の首筋に絞殺のあとなんかなかったわけです。三枝さんは、亀井さんと井伏さんの書いていることだから、正しいのだろうと、思ったのかもしれない。しかし、これはデマゴギーです。そのデマゴギーを、三枝さんは、「隠された事実」だと信じてしまったわけです。むろん、三枝さんが、それをそう信じたかったからです。信じて、太宰の死に対する負債をかかえた地獄（?）から、救済されたかったからです。信じるものは救われる、わけですよ。嘘でもかまわないわけです。

いや、それが明らかに嘘だということになると、困ってしまうわけですよ。信じることができなくなってしまう、わけですからね。ですから、三枝さんは、それ以上、事実を究明しようとはしない。たとえば、検視のとき現場にいた野原さんに確認するとか、ですね。亀井さんや井伏さんも検視の現場にいたんですけれどもね。それ以外の、その現場にいた豊島さん、今さん、山岸さんに問いあわせるとか、すればいいわけです。しかし、それをしようとはしない。あるいは、二人の遺体を引き揚げた人夫の人たち、野原さんが遺体引き揚げのとき一緒にいたという野平さんや石井さん、こうした人たちに聞いてまわればいい。さらにいうならば、当の三鷹署に、いってみればいいわけですよ。検視に立ちあった刑事さん、検視医に話を聞けば、一発でしょう。そもそも、なんという刑事が亀井さんにそんなことをいったのか、その刑事の名前を仮に亀井さんから聞いて知っているのなら、その刑事に会ってみればいいわけでしょ。そんな刑事が、仮に存在するのだったらですけどね。しかし、なにもしない。それは、嘘だということになってしまうと、自分が救われなくなってしまうからですよ。

ところで、長篠康一郎は『太宰治武蔵野心中』のなかで、次のように述べています。

「三鷹署に永年勤続するH氏は、この事件に関し他殺の疑いのある調書など見たことも聞いたこともないそうだし、現場へ真先きに駆けつけた鶴巻幸之助氏も、ロープを身体に巻いて水際に降り、二人の死体を引揚げた山崎武士氏も、また雨中で死体を監視した野平健一氏も、そのような絞殺痕など心当りはないという。」

また、そこで長篠さんは、「なお検視官の意見に関しては、私の独自の調査とは別に、村松定孝氏が詳細に発表せられているので、その一部分を抜粋して引用させていただくことする」として、村松さんの「太宰治の死とその認定」[★5]という文章から、次のような一節を引用しています。

「……太宰の首筋を細紐でしめたあとを何者かが認めないことには、三枝説は出てこないことになるし、『三鷹署はあえて発表はさし控えたが』とあるのは、同署は他殺を認定したことになる。だとすれば……検視官に尋ねる以外はない。……死体の検視に立合った警察医の松崎正己氏に紹介して貰えた。松崎氏のいうには、検視は阿部捜査課長立合いのもとに、検事局の依頼した慶応大学法医学中館教室の西山博士らが行い、自分もその場に

★5　村松定孝「太宰治の死とその認定」(『解釈と鑑賞』昭和四十年六月)

いたが、絶対に首筋にそういうあとはなかったという。……警察医松崎氏の言を信ずるとすれば、氏の認定以外のところで他殺説は発生したことになる。少なくとも『三鷹署の認定云々』はあやしくなってくる。」

むろん、三鷹署は、そんな認定などしていないわけです。

しかし、三枝さんは、あくまで強気です。同著の「太宰治における死」の章の「遺書としての三つの作品」★6という節では、こうも述べています。

「……それに私も『国文学』昭和三十八年四月号で、『太宰治の死とその前後』という一文を書き、そのような説をなした動機として、当時の新聞が太宰の死を扱った記事に、私なりに反撥した心事を叙しておいた。しかし私の説については、その出所が一ばん問題になろうと思われるので、いまはそれを書いて私の意見をつけ加えるに止めたい。私が前者（前著？——筆者注）『太宰治とその生涯』を世に問うたのは、昭和三十三年九月のことであったが、それに先立って他殺説は、太宰の旧知の人たちの間でかなり一般化していたもののように、私には思われる。すでに『小説新潮』の昭和二十四年十二月号に掲げられた、井伏鱒二の『おんなごころ』と題する小品にも、他殺説は現われている。／この『おんなごころ』は、死の直前の太宰と富栄の間柄を書いたものだが、いまその死に関する部分を引いてみよう。『先日、私は亀井勝一《（ママ）》君に会ったとき、意外な話をきいた。意外というよりも、『しまったな』というような感慨であった。そう云った方が適切なようである。この話は、もう亀井君が、ほかの人にも伝えているかもわからない。もしそうでなかったにしても、もはや私の方で二、三の友人に喋ったので、あるいは半信半疑の話として、五人

★6　三枝康高「遺書としての三つの作品」（初出、『太宰治と無頼派の作家たち』昭和四十三年四月、南北社）。本文における引用は『太宰治とその周辺』から。

六人の人に伝わっているだろう。』これはその文章の冒頭のところであるが、私はここを読んで他殺説がある程度拡がっていると思ったわけで、その話というのがじつはいわゆる『他殺説』の根拠なのである。」

引用前半部分、「……そのような説をなした動機として、当時の新聞が太宰の死を扱った記事に、私なりに反撥した心事を除しておいた」とありますが、それについては、すでに先に批判しておきましたので、ここでは触れません。で、引用最後の部分、「……私はここを読んで他殺説がある程度拡がっていると思ったわけで、その話というのがじつはいわゆる『他殺説』の根拠なのである」という部分を、ここでは問題にしたい。要するに、三枝さんは、井伏さんが亀井さんから聞いて二、三の人にしゃべり、亀井さんもまた自分で何人かの人にしゃべったかもしれない、そうしてすでに「太宰の旧知の人たちの間でかなり一般化し」、世間にも「ある程度拡がっている」であろうあの三鷹署の刑事から亀井さんが聞いたという「他殺説」が、自分の「いわゆる『他殺説』の根拠」だと、いっているわけですね。

僕の先の批判の文脈に即していうならば、つまり「太宰の旧知の人たちの間でかなり一般化し」、世間にも「ある程度拡がっている」であろうデマゴギーが、三枝さんの「いわゆる『他殺説』の根拠」になっているものだということになります。そのデマゴギーが「拡がって」いくであろう、そして繰り返し繰り返し語られることになるであろう必然性についても、僕はすでに述べておきました。そうして、亀井さんや井伏さんからそれを聞いた何人かの人たちが、またそれぞれ何人かの人にしゃべる。その人たちがまた、それぞれ何人かずつにしゃべる。そうだとしたら、井伏さんが「おんなごころ」を発表してからすでに十年近くが立っているのだから、この話はすでに「太宰の旧知の人たちの間でかなり一般化し」、世間にも「ある程度拡がっている」。いや、ずいぶんと拡がっているだろう。三枝さんは、そう考えたのでしょう。みんなだって、そう思っている、故に自らの「他殺説」は正しい。引用した一節を読むと、どうも、そういいたいように、思えてなりません。

しかし、国立大学の教授、学者さんの研究というのは、これで許されるのでしょうか。要するに、噂が自分の論の根拠だといっているわけですからね。彼らの研究費用は、僕たちの税金ですよ。いや、ごめんなさい。まさか、国立大学の教授ともあろう方が、〈自分の論の根拠は噂です〉なんて、いうはずがない。これは、おそらく僕の読み間違いでしょう。そうであることを、祈ります。

引用するところを、間違えてしまった。〈しかし、三枝さんは、あくまで強気です〉ということで引用しなければならなかったのは、同節のその先にある次の一節でした。

「ところで私は昭和十四年の夏、亀井の門を叩き、その紹介で太宰のところへも出入して、自作の小説をみてもらっていた。じつをいうとその後私に、太宰のことを書いてみないかとすすめたのも亀井であって、それだから私は『太宰治とその生涯』を書いたときにも、亀井のところへは再三足を運んでいる。私が一おうその原稿を書きあげたとき、亀井はいかにも重大なことをうち明けようとするかのように、井伏に話したのとほぼ同じことを、私にも確信をもって話して聞かせた。ただ私に話したところでは、三鷹署の刑事は、殺した当の女も自殺しているのだから、刑罰の対象にはしないといったとのことであった。むろん、一たん公表したことを、警察のほうでし直すなどということは期待できないし、またその刑事の名前を明らかにしなければならぬとも私は考えない。」

ね、なかなか強気でしょう。自分は亀井さんの弟子であり、太宰にも小説を見てもらっていたと、自分を権威づけることも忘れていません。で、そもそも『太宰治とその生涯』は、亀井さんにすすめられて書いたものだというわけです。さらに、「太宰の旧知の人たちの間でかなり一般化し」、世間にも「ある程度拡がっている」であろう「他殺説」を、亀井さんの口から聞かされる。「いかにも重大なことをうち明けようとするかのように」、聞かされたというわけですよ。さらに、そこにはプラスアルファがあったというわけですね。つまり、「三鷹署の刑事は、殺した当の女も自殺しているのだから、刑罰の対象にはしない」ともいったのだ……。

先に僕は、亀井さんが、三枝さんの『太宰治とその生涯』が発表される三年前、昭和三十年九月に『文学界』に発表した「罪と道化と」という文章のなかの一節を引用しておきましたが、このプラスアルファは、そのなかの「……しかし一緒に死んだのだから、そのことをあらだてるにも及ぶまいという話であった」に対応するものでしょう。いや、横着しないで、もう一度引用し直しておきましょう。

「昭和二十三年六月十三日、『自殺』の報をきいたときも、私は信じることが出来なかった。自殺の理由がどうしても考えられなかった。後にパビナール中毒のことなど聞いたが、直接の死因は、女性が彼の首にひもをまきつけ、無理に玉川上水にひきずりこんだのである。遺体検査に当った刑事は、太宰の首にその痕跡のあったことをずっと後になって私に語った。しかし一緒に死んだのだから、そのことをあらだてるにも及ぶまいという話であった。」

この最後の部分に対応するものであるわけですね。[★7]で、三枝さんはですね、どちらにしろ「一たん公表したことを、警察のほうでし直すなどということは期待できない」という。つまり、富栄さんが太宰を殺したんだと、警察が公表しなおすことはないだろうとですね。しかし、「期待できない」からなんだと、三枝さんはいいたいのか。それが、よくわからない。むろん、「期待できない」とできるとにかかわらず、真実は究明されるべきでしょう。公表しなおすよう、警察に迫るべきでしょう。それに、富栄さんによる「他殺説」を三枝さんがとる以上、そしてそれを公に発表した以上、三枝さんはその証拠を提示する義務がある。つまり、警察がそう認定しているというのがその根拠であるというのだったら、警察の口からそういわせるべきでしょう。どうも、逃げをうっているとしか、僕には思えない。

『太宰治とその生涯』のなかで、「三鷹署はあえて発表はさし控えたが、太宰の首筋を細紐でしめた絞殺のあとから、かれの死は富栄による他殺であると認定したのである」といいきったわけですよね。三鷹署が「他殺であると認定した」とですよ。さらに、ここでは、三枝さんは、そう語った三鷹署の刑事の名前を、さも知っているかの口振りです。しかし、「その刑事の名前を明らかにしなければならぬとも私は考えない」という。そんなことが許されるわけがない。あまりに無責任に過ぎる。殺人者にされた富栄さんの立場はどうなるのか。殺人者の汚名を着せられた富栄さんの家族の方々の気持ちはどうなるのか。その刑事がいったという言葉だけが、唯一の根拠として語られているわけですから、名前を出さないというのはおかしいでしょう。

むろん、僕は、先にも述べましたように、警察は富栄さんが殺したんだなどと認定なん

★7　また、さらにいうならば、これは先に本文にも引用した井伏鱒二「おんなごころ」(『小説新潮』昭和二十四年十二月)のなかの、「……無理心中であると認められた。しかし身投げをした両人の立場を尊重して、世間に発表することは差控えた」という一節に、対応するものでもある。

つまり、亀井は三枝に、別に目新しいことを語って聞かせたわけではない。

かしていないし、認定したと話したという刑事も、もとより存在していないと考えているわけですよ。そもそも、三枝さんは、その刑事の名前を知っているかのようでしたよね。にもかかわらず、その刑事のところに事実確認にすらいっていないわけでしょ。いったのなら、当然そのことを書きますよね。いけないわけですよ。そんな刑事は存在しないんですから……。先にも述べましたように、たとえば絞殺の跡があったかどうかを証言できる人たちの、誰のところにも事実確認にいっていないわけですよ。亀井さんは、別にしてですけれどもね。誰が考えたって、おかしいとしか思えないでしょう。

まだ、いいたいことがあります。この三枝さんの一節は、なんともいやらしい。

先に、〈自分は亀井さんの弟子であり、太宰にも小説を見てもらっていたと、自分を権威づけることも忘れていません。で、そもそも『太宰治とその生涯』は、亀井さんにすすめられて書いたものだというわけです〉と、そのいやらしさについて触れておきましたが、さらにこんなふうにもいっていたわけです。

「……私が一おうその原稿を書きあげたとき、亀井はいかにも重大なことをうち明けようとするかのように、井伏に話したのとほぼ同じことを、私にも確信をもって話して聞かせた。ただ私に話したところでは、三鷹署の刑事は、殺した当の女も自殺しているのだから、刑罰の対象にはしないといったとのことであった。」

要するに、自分は亀井さんにものすごく信頼されている弟子であるって、いいたいんでしょう。亀井さんが、その「他殺説」で、まだ誰にもしゃべったことのないそれを、自分だけに語ってくれたんだ、と書いているわけですよ。自分は、〈亀井流「他殺説」免許皆伝〉なんだ、奥義を授けられたんだって、いいたいわけでしょう。僕は、いやらしい、と思います。で、三枝さんも三枝さんだと思うんだけれども……。その奥義というのは、実は昭和三十年九月に『文学界』に発表した「罪と道化と」という文章のうちに、書かれたものでしかなかったわけですよ。それは、「しかし一緒に死んだのだから、そのことをあらだてるにも及ぶまいという話であった」の、いいかえでしかなかったわけですからね。

さらにいうならば、三枝さんは、亀井さんの弟子であったわけで、「太宰のことを書いてみないかとすすめたのも亀井であって、それだから私（三枝―筆者注）は『太宰治とその生涯』を書いたときにも、亀井のところへは再三足を運んでいる」わけですね。その「再三足を運んでいる」ときに、亀井さんから「他殺説」を聞かされているわけでしょう。だったら、亀井がこういっているという、その亀井さんの証言を自らの「他殺説」の根拠にすればいいわけで、なにも井伏さんの「おんなごころ」を持ちだす必要もないと思う。そもそも、井伏さんの「おんなごころ」自体が、亀井さんの話に基づいて書かれたものなわけですよね。おかしいと思いませんか。おかしいでしょ。いや、実は三枝さんの文章だと、こうして『太宰治とその生涯』を書いているときにも、亀井さんのところに「再三足を運んでいる」わけだけれども、そのときには奥義はもちろん、「他殺説」そのものを聞かされていなかったかのような口振りになっている。「……私が一おうその原稿を書きあげたとき、亀井はいかにも重大なことをうち明けようとするかのように、井伏に話したのとほぼ同じことを、私にも確信をもって話して聞かせた」というわけですからね。

井伏さんの「おんなごころ」を読むと、そこに亀井さんから聞いた話だと書いてある。その亀井さんも、むろん「罪と道化と」などで「他殺説」を発表している。そして、自分はその亀井さんからすすめられて、今、『太宰治とその生涯』を書いている。で、それを書いている最中、亀井さんのところに何度も足を運んだ。それで、なにも聞かなかったなんて、不自然でしょう。真偽を確かめたいでしょう。目の前に、当の本人がいるわけですよ。話をいろいろ、聞きたいるわけですから、「他殺説」の真偽を確かめるのは、むしろ書き手としての義務ではないか。

しかし、三枝さんの言葉を信じるならば、三枝さんは、そうしなかったわけです。で、書きあげてから、奥義を含めて、「他殺説」について聞かされるわけです。変ですよ、そんなの……。不自然すぎます。

さて、三枝さんは、この「太宰治における死」という章の「遺書としての三つの作品」という節において、さらになんといっているか。

「……戦後すでに流行作家として、世間からも注目されるようになった太宰である。かりに死を決意したとしても、十年ばかり前の無名作家のときと同様、自殺未遂を何べんもくり返すような、みっともない真似はもはや許されない。ところがかれ自らに、『自殺体質』といわれる自意識の過剰や自殺への願望はあっても、幸い現実に直面しえない性格的な弱さから、かれはいつでも未遂に終って、自殺に成功したためしはなかった。……だからいざというときにも、太宰が持ち前の弱さから、自らを殺させる役割りを、かの女（富栄――筆者注）に負わせざるをえないということのなりゆきに従って、富栄はむしろ過剰なくらい忠実にその意図を酌み、他殺と見まがうような死にかたに、たち到ったのではないかと思われる。」

どうにも、よくわからない文章です。前半部分、太宰は晩年にも自殺未遂を繰り返していたかのようにも読める。「……いつでも未遂に終って、自殺に成功したためしはなかった」。決して、そんなことはないわけですよ。自殺未遂を繰り返していたのは、無名作家時代から少しは名前が売れるようになった「十年ばかり前」までの時期です。いや、僕はそれが自殺であったかどうかには疑問を持っているわけですよ。それはすでに、述べたことなので繰り返しません。「『自殺体質』といわれる自意識の過剰」というのも、なんのことだかわからない。「自意識の過剰」が「自殺体質」といわれているなんて初耳です。後半部分は、さらにわからない。「だからいざというときにも、太宰が持ち前の弱さから、自らを殺させる役割を、かの女（富栄—筆者注）に負わせざるをえない」わけで、「富栄はむしろ過剰なくらい忠実にその意図を酌」んで太宰を殺す役割を実行した、とでもいうならわかりますが、そうではない。「他殺と見まがうような死にかたに、たち到ったのではないか」というわけです。「たち到った」の主語は、「富栄は」でしょう。しかし、富栄さんが「他殺と見まがうような死にかた」をしたわけではない。「他殺と見まがうような死にかた」をしたのは、太宰なわけです。日本語になっていない。いや、やめましょう。問題にしたかったのは、そんなことではない。

問題にしたかったのは、ここで、「他殺と見まがう」といっていることについてです。「他殺と見まがう」ということは、要するに他殺ではなかったということになる。しかし、三枝さんは、富栄さんが太宰を殺したんだといっていたわけですよね。本家本元ではなくても、『太宰治とその生涯』を書いて以降、富栄さんが太宰を殺したという「他殺説」の旗手的存在だったわけですよね。ただ単に、言葉を間違えたんでしょうか。だとしたら、国文学の教授としては、やっぱり、ちょっとひどすぎる。いや、もう批判は繰り返しません。話を進めましょう。

『太宰治とその生涯』のなかの「玉川上水の流れ」という章では、こんなふうにいっていました。

「おそらく富栄はパピナールを用いて、ふらふらになった太宰を玉川上水の堤へ伴い、かれの首筋を締めたがすぐには死にきれず、あの世へいっても離すまいと、しごきでふたりの身体を堅く縛りつけた上で、かねて用意の青酸加里をあおって、水中へずるずると引き摺りこんだものと見える。その死に場所を見ると、太宰の下駄で土を深くえぐり取った跡が二条残っていて、いよいよの時かれが死ぬまいと抵抗したのを偲ぶことができた。」

つまり、富栄さんが殺したんだとですね。その少し前では、こんなふうにもいっていましたよね。

「太宰が仕事部屋を借りていた『千草』のお主婦《かみ》の話によると、死ぬ少し前に太宰のほうから別れ話を持ち出し、いく日かいざこざの日が続いたという。けれどもけっきょくは別れることができぬ。太宰が別れるといえば、富栄は自殺してしまうといい、他の女に取られるなら、暴力ででも奪い返してみせると脅し、過労のため心身ともに衰弱の極に達していた太宰には、もはやどうにもならなかったらしい。／ついには富栄は妻子ある太宰に結婚を迫り、太宰を独占したいという女らしい浅はかな虚栄心から、かれが厭世観に取りつかれて死の誘いを受けていることを見抜き、無理心中を謀ったもののようである。」

つまり、富栄さんが「無理心中を謀った」んだ、太宰を殺したんだとですね。

しかし、こうして憶測に憶測を重ねて、富栄さんを殺人者扱いすることに、三枝さんは、心が痛まなかったのでしょうか。僕には、不思議でなりません。

6　抱き合い心中した二人

野原さんや長篠さんや村松さんもそうなのですが、多くの太宰論者の方が三枝さんを、富栄さんが太宰を殺したという説の本家本元のように扱っている。しかし、見てきたように、旗手的存在ではあっても、本家本元ではありません。その本家本元は、「罪と死」を書いた亀井さんだし、「点滴」「おんなごころ」を書いた井伏さんであるわけですよ。三枝さんというのは、それを信じてしまった一信者にすぎないわけです。ですから、富栄さんを殺人者扱いして、心が痛まないのかもしれない。自分が救われることに急で、そちらの方にまで気がまわらなかったのかもしれない。

いや、そのことではない。「他殺説」のプライオリティの話です。三枝さんは、あくまで一信者にすぎない。このことを、誤解のないように、再度、ここで強調しておきたいと思います。

ところで、この二人の死体引き揚げについては、わからないことだらけなんです。

すでに述べましたが、山岸さんが現場に駆けつけたとき、死体を守っていたのは誰なのか。山岸さんがいうN、N、Kとは、野原さんがいうように野平と野原と石井なのか。いや、それよりも、誰が二人の死体を引き揚げたのか。そのことからして、よくわからないわけですよ。先に引用した長篠康一郎の『太宰治武蔵野心中』では、「……現場へ真先きに駆けつけた鶴巻幸之助氏も、ロープを身体に巻いて水際に降り、二人の死体を引揚げた山崎武士氏も、また雨中で死体を監視した野平健一氏も……」と書かれているわけで、富栄さんのお兄さんである山崎武士が引き揚げたというわけですよ。[★1]また、死体を守っていたなかに野平さんがいたことは確かなようだ。しかし、野原さんの文章では、山崎武士のことなんか、まったく書かれていないわけです。

他にも、わからないことがあります。そもそも、心中したときの二人の恰好です。二人は、なにを着ていたのか。

すでに、これまで引用した山岸さんの『人間太宰治』や『読売新聞』の記事などにおいても、文献によってそれが違っているということに気づかれた方もいらっしゃるに違いない。そうなんです。そんなことも、実ははっきりしないんです。履いていたものは、いいんです。十五日午後、久我山の水門で二人の下駄が片方ずつ発見されているので、下駄であったということに異同はない。[★2]太宰の恰好については、山岸『人間太宰治』はポロ襯衣に半ズボン、野原一夫『生きることにも心せき　小説太宰治』はグレイのズボンに白いワイシャツ、三枝康高『太宰治とその生涯』はネズミ色ズボンに白ワイシャツとし、二十日付『朝日新聞』はワイシャツにズボン、となっている。富栄さんについては、山岸『人間太宰治』はポロ襯衣（あるいはブラウス）に半ズボン、二十日付『読売新聞』が黒のブラウスに白いスカート、同日付『朝日新聞』が黒のツーピース、となっている。

あるいは、すでに述べましたように、太宰と富栄さんを結んでいた紐を切ったのは誰かという問題、その二人を結んでいた紐は藤縄なのか、赤い紐なのか、赤い腰紐なのか、し

6　抱き合い心中した二人

★1　先に本文でも引用したが、二人の遺体発見を報じる昭和二十三年六月二十日付『毎日新聞』の記事では、「……報せにより、太宰氏の仕事場、『千草の主人』、鶴巻幸之助氏が現場にかけつけ、附近の人の応援を得て、七時半頃死体を川ぶちに引揚げた」となっている。また、井伏鱒二「おんなごころ」では、本章第2節の注2に引用したように、石井が「川から担ぎ上げた」ことになっている。

★2　二人の遺体捜索を報じる昭和二十三年六月十六日付『朝日新聞』の記事では、その下駄を「男ものコマゲタと女もの赤紫ななめに縞の緒のゲタ」としている。

ごきであったのかという問題……。ただ腰紐であった、細い紐であったという文献もある。また、太宰と富栄さんは、いわゆる抱き合い心中をしたわけですが、その紐でどんなふうに二人は結ばれていたのか。抱き合い心中の場合、男女が胸と胸、腹と腹をあわせ、その二人の胴体をぐるぐる巻きにしてあるのが一般的だといわれているわけですが、太宰たちの場合はどうだったのか。[★3] 腰紐とか藤縄とかいわれていますから、あまり長い感じはしないので、ぐるぐる巻きまではいかぬ一重巻きだったのでしょうか。

二十日付『朝日新聞』の記事の「互いの脇の下から女の腰ヒモで離れないように固く結び合い」という言い方は、これに見あっているように思えます。また、二十日付『読売新聞』の記事の「(太宰は―筆者補足) 富栄さんのわきの下に手をとおしてしっかりと抱きしめ……富栄さんは、右手を太宰氏の首にまいたまま」という言い方も見あっているように思えます。しかし、同記事はまた、人夫たちの言葉として、「二人は腰の辺りを腰ヒモでしっかりとつないであった」ともいいます。この言い方は、なにかなじまない。「つないであった」は、変ですよね。山岸『人間太宰治』も、先に引用しました水際で蓆をめくって二人の死体を見る場面で、「(富栄の遺体の―筆者補足) その腰のところに、たしかに赤い腰紐がみえ、切断された部分が脇の下にだらりと下がっていた」、またその奥の、富栄さんの遺体に「抱かれるようによりそわれている」太宰の遺体の「腰にはやはり赤い細紐があった」という言い方をしている。これも、なにかなじまない。これだと、ぐるぐる巻き、いや一重巻きではなくて、太宰の胴体を紐で結んで、そのあまった紐で富栄さんの胴体を結んでいるように思われます。で、太宰と富栄さんの胴体は紐でつながっているが、そこには若干余裕がある……。ごめんなさい、うまくいえません。

★3 佐藤晴彦『にっぽん心中考』(平成十年十月、青弓社)に、次のような抱き合い心中の例が紹介されている。

「明治四十一年(一九〇八)三月一日、岐阜県武儀郡の武芸川(武儀川ともいう)から抱き合い心中死体が見つかった。男は三十七歳の左官職、このあたりでは評判の美人の妻と二人の子に恵まれながら、どういうものか十九歳の酌婦と思い思われる仲になった。通い詰めること四十日、男も女も不義理な借金で身動きできなくなり、名残の酒を酌み交わしたうえ、雨の夜、次のような抱き方で飛び込んだ。／『男が締めたる黒縮みの三尺帯を二つに引き裂き銘々鉢巻きをなし、女の黒繻子に唐ちりめんの昼夜帯と襟巻きとを繋ぎ合わせ、男女は腹を合わせてしっかと結び、男は女の左足を、女は男の右足をばいずれも内股にはさみ、双方互いに首を抱きたるまま投要するに、男女が胸と胸、腹と腹をあわせ、その二人の胴体を一重巻きにしたら、結び目は一つですよね。そうではなく、結び目がそれぞれの胴体に一つずつ、つまり二つあるということです。で、その二人をつないでいる紐の余裕の部分にはさみが入れられて、その切られた紐が垂れ下がっていたというように、山岸さんの文章は読めるわけです。いや、はさみではなくて、野原さんの言葉を信じるとするならば、ナイフでしたね。

さらに、井伏鱒二「おんなごころ」のなかの、次のような一節はどうでしょう。

「（二人が入水した場所は─筆者補足）太宰が腰をおろしたと思われる部分だけ、笹が乱雑に踏みしだかれ、そこから流れに向って、お尻の幅だけ笹が薙ぎ倒されていた。雨で朽土《きうど》が柔らかくなっていたせいである。黒い朽土に、べっとり笹がへばりつき、その両側に一とすじずつ下駄の歯で抉《えぐ》ったと見える跡が残っていた。はじめ私はそれを見て、この下駄で抉った跡は、太宰が死ぬまいと最後の瞬間に抵抗した名残りだろうと思った。この推定は間違っていたようである。遺骸が見つかったとき、女は太宰の膝をまたいで組みついていたそうである。流れに滑り落ちるとき、もはや太宰の息の根がとまっていたとすれば、女は流れに背を向けて太宰の膝に馬乗りになって、両足でうしろに漕いだものだろう。下駄の歯で朽土が抉れたのは、太宰の膝に女の体重が加わったためだと思われる。」

この、「流れに滑り落ちるとき、もはや太宰の息の根がとまっていたとすれば、女は流れに背を向けて太宰の膝に馬乗りになって、両足でうしろに漕いだものだろう」という一節です。この恰好が富栄さんに可能であるためには、紐の結び目はそれぞれの胴体に一つずつ、二つなければならない。さらに、二人をつないでいる紐の余裕の部分も、それなりの長さがなければならないわけです。しかし、これはもとより、読めばわかりますように、

身』（名古屋新聞）……この二人はなかなか準備がよく、妻や楼主への遺書のほか二メートル近くの白布に『これが此世の別れ南無阿弥陀仏　明治四十一年十一月三十日』と大書して二人の名前を書き、『なお、この旗立てて送って下さい』と書き添えていたという。新聞は『念入りの抱き合い心中とて評判非常に高く』と書いている。」

ここには、他にも湖南（琵琶湖）での抱き合い心中例など、幾例か紹介されている。

井伏さんの想像による描写でしかない。ですから、参考程度にとどめておいた方がいいのかもしれません。

さて、二人はどんな結び方をしていたのでしょう。僕は、前者、結び目一つ説をとりたいのですが、太宰業界では、どうも後者、結び目二つ説が有力のようです。いや、いままで、こんな僕のような問題提起をした人はいない。ですから、実はまだ、どちらともいえないわけです。

ところで、僕は先（本章第3節）に、誰が、太宰と富栄さんを〈結んでいた〉、あるいは〈つないでいた〉紐を切ったのか、ということについて述べましたが、もう一つ大きな謎がありました。それは、その紐はいつ切られたのか、ということです。

僕は先（本章第3節）に、「水際の、わずかばかりの地面」に抱きあっている二人の遺体を揚げ、その抱きあったまま死後硬直を起こした二人を、引き剝がすときに、人夫さんによって切られたのではないか、と述べました。お棺に入れるときには、どうしても引き剝がさざるをえないわけですからね。

しかし、この意見は、考えてみると合理的ではないかもしれない。僕は、野原さんの〈三人のうちの誰かが切った〉という言葉に、ひきずられてしまっていたのかもしれない。野原さんは、引き揚げられた二人の遺体を結ぶ紐を、三人のうちの誰かが切ったといっていたわけです。「水際の、わずかばかりの地面」に、引き揚げられた後に、ということです。僕も、暗黙のうちに引き揚げられた後にと、そう考えてしまっていたようです。

では、どう合理的ではないのか。それは、つまり、流れから遺体を引き揚げるときに、二人一緒に引き揚げるのと一人ずつ引き揚げるのではどちらが楽か、ということです。当然、一人ずつ引き揚げる方が、楽なわけですよ。としたら、紐は、その引き揚げの作業の際に切られた、と考えるべきではないのか。僕に、それを気づかせてくれたのは、二人の遺体発見を報じる六月二十日付『朝日新聞』の記事です。そのなかの「……死体は十時半まず山崎さん、続いて太宰氏も引揚げられ直ちに火葬に付された」という一節です。

むろん、ここに引き揚げの時間について、「十時半」とあるのは間違いです。実際は、七時半頃のことです。また、「直ちに火葬に付された」というのもおかしい。火葬に付されたのは、その日の午後、千草の土間で行なわれた検死がすんでからです。いや、注目してほしいのは、ここに「まず山崎さん、続いて太宰氏も引揚げられ」と書かれていることです。これは、一人ずつ引き揚げたという記述ですよね。それも富栄さんが先で、太宰が後だったというように、順番まで書いている。順番まで書かれると、なにか信憑性がありますよね。で、僕は、ひょっとしたら、って思ったんですよ。つまり、一人ずつ引き揚げたのではないか。だとしたら、そのとき切られたのではないか、とですね。むろん、その際に二人は引き剥がされているわけですよ。そう、考えられるわけです。

この日、「玉川の上水道を上流で断水、水かさも減じ深さ四尺ぐらい」（『朝日新聞』昭和二十三年六月二十日付）になっていたとするなら、流れは急であったとしても、ロープを結んだりして流れに入ることはできたでしょう。そうして、二人の遺体を岸のそばまで持ってきて、引き揚げたのだとしたなら、当然、そう考えられる。

長篠さんのいうように、減水処置は十八日で終っており、この日は折からの雨で増水していたのだとしても、事情は変わるものではないかもしれません。結局、誰かが流れに入らなければならなかったのではないか、と考えられるからです。つまり、どんなふうに引っかかっていたのかはわかりませんが、クイからはずさなければならない。棒で突ついたりして、どうにかなるものでもないでしょう。仮に、それではずれたとしても、こんどはそのまま流れていってしまう。いや、仮に杭が何本も打ってあってですね、流れていくようなことはなかったとしても、それを川岸までどうやって引き寄せるか。やはり、誰かが川に入ることが、必要だったのではないでしょうか。

こんなふうにいう人もいるんですよ。「死体は同九時半、堤の上にあげられ、一つに抱き合った死体は、『故人の意に反して』引き離され……」。つまり、堤に揚げてから、二人は引き剝がされたんだというわけですよ。紐が、いつ切られたのかは別にしてですね。これをいっているのは、『太宰治とその生涯』の三枝さんです。「玉川上水の流れ」という章のなかで、そう述べています。しかし、これこそ、変な話ですよね。土手の急斜面を引き揚げなければならないわけですから、一人ずつの方が楽でしょう。流れから水際の地面に引き揚げるのより、土手の急斜面を引き揚げるのはもっとしんどいはずです。水に一週間近くつかっていた、二人の抱きったまま死後硬直を起こした遺体を、そのまま引き揚げるのは至難のわざだと思います。だいいち、わざわざ土手の上まで引き揚げて、人の目につきやすいところで二人の遺体を引き剝がすという作業をしたりするでしょうか。そういうことは、できるだけ目立たないように、やろうとするのではないか。そう考えたならば、この三枝さんの説は却下していいのではないか。僕は、述べたように、水際の地面に引き揚げる際に、作業上の必要から引き剝がされたと考えるのですけれどもね。そう考えるのが、合理的だと……。いや、わかりませんよ。

だけれども、土手の上に引き揚げるのは、やはり一人ずつでしょう。僕は、野原さんが『回想太宰治』にいうような方法で、引き揚げられたのだと思う。野原さんは、書いていました。

「霊柩車と寝棺が到着したのは九時半に近かった。その頃、わずかな時間だが、雨がやんだ。寝棺を下におろし、そのなかに遺体をおさめ、丸太を組んだレイルを土堤の斜面に銜わせて綱で寝棺を引き揚げる、その作業がはじまった。」

しかし、それは太宰の遺体についてです。富栄さんの遺体は、そうして土手の上に引き揚げられたのではない。そのことは注意しておかなければならない。『読売新聞』（昭和二十三年六月二十日付）は、次のように書いていましたよね。

「早朝発見された二人は個人の意に反してすぐ引離され、太宰氏だけ熱心な雑誌社で用意された棺に入れられていたが、富栄さんは、正午すぎまで蓆をかぶせたまま堤の上におかれ、実父山崎晴弘（七〇）さんが変り果てたわが子の前にたった一人、忘れられた人のように立っていた。」

この記事をそのまま絵にしたような写真も残されています。つまり、「蓆をかぶせたまま堤の上におかれ」ていたわけです。ですから、富栄さんの遺体については、シートか蓆にくるんで引き揚げたのでしょう。九時半に到着した霊柩車と寝棺は、太宰の分しかなかったわけです。

と、まあ、わからないことだらけなんです。

さて、先（前節）に、三枝さんの「玉川上水の流れ」のなかの、次のような一節を引用しておきました。

「太宰が仕事部屋を借りていた『千草』のお主婦《かみ》の話によると、死ぬ少し前に太宰のほうから別れ話を持ち出し、いく日かいざこざの日が続いたという。けれどもけっきょくは別れることができぬ。太宰が別れるといえば、富栄は自殺してしまうといい、他の女に取られるなら、暴力ででも奪い返してみせると脅し、過労のため心身ともに衰弱の極に達していた太宰には、もはやどうにもならなかったらしい。／ついには富栄は妻子ある太宰に結婚を迫り、太宰を独占したいという女らしい浅はかな虚栄心から、かれが厭世観に取りつかれて死の誘いを受けていることを見抜き、無理心中を謀ったもののようである。」

三枝さんが、どうしてこうした「無理心中を謀った」などという憶測を働かせることになったのかについては、すでに散々述べてきました。では、ここにいう「死ぬ少し前に太宰のほうから別れ話を持ち出し、いく日かいざこざの日が続いた」ということは、実際にあったのか。どうも、あったことのようです。いや、「太宰のほうから別れ話を持ち出し」たかどうかは、別にしてですね。また、そのことによって、「太宰が別れるといえば、富栄は自殺してしまうといい、他の女に取られるなら、暴力ででも奪い返してみせると脅し、過労のため心身ともに衰弱の極に達していた太宰には、もはやどうにもならなかったらしい」という事態に陥ったのかどうかは、別にしてですね。

太宰と富栄さんは、いわば社会的に認知されない関係です。俗にいう、不倫関係ですからね。ですから、そういうこともあって、二人の閉じられた世界のなかで煮詰まっていってしまった、ということがあったかもしれない。たとえば、富栄さんの昭和二十三年五月十六日付の日記の一節を、見て下さい。

「二時頃おいでになる。どうもお玄関の戸の開けようが平常のように思われなかったと思ったら、昨夕帰りに御一緒のところを奥様に見つかってしまったとか、びっくりしてしまう。／『あれ、誰？』／『……』／『女のひとと歩いてたでしょう？　あなた方は気がつかなかったようですけど……』／ああ、神様！／『ブロバリンを二十錠のんでも寝られないんだ。どきっとして、歩かないよって言っちゃったんだよ。そのとき、死んじゃおうかと思ったね、二人とも近眼だしねえ』／と仰言る。『あら、ごめんなさい。どうしたらいいかしら……。お怒りになったでしょうねえ、悪いわ』／私の方でうまく避けようと思っていたのに、なんにもならなくなってしまった。スムースにいってくれればいいけど……。／『夕べ、気まずくてね、今朝もいけねえんだ。』」

一緒に歩いているところを、太宰の奥さんに見られた、という話なわけです。で、太宰は奥さんに問いつめられて困っちゃった……。

しかし、僕は正直にいうと、なにを今更という気がしないわけではない。太宰と富栄さんが出あったのは、前年、昭和二十二年の三月二十七日のことです。で、五月頃には、男と女の関係になった。すでに一年以上続いていたわけです。太宰が富栄さんの部屋に泊まることも、多くなっていた。だいいち、富栄さんの部屋から太宰の家までは、ゆっくり歩いても七、八分の距離なわけですよ。ご近所さんなわけです。富栄さんは家の近くまで、太宰を送っていったりもしている。太宰の奥さんが、気づかないわけがない。いや、気づかなくたって近所の人の目がある。そのことが、奥さんの耳に入らないわけがない。富栄さんのことを、奥さんはすでに知っていたと考えるのが自然でしょう。ですから、なにをいってるの、という気がしないわけではない。しかし、その日、「今日は、もう、じっとして落ち着いてなどいられない」と、太宰はあたふたと「ウィスキーの残りと、鱒を持って」、家へと帰ろうとするわけです。それを富栄さんは、「いつもと違う道を通って御送りする」わけです。今更、警戒しても、遅いと思う。

五月十八日付の日記にも、次のようにあります。

「奥様が『吉祥寺の方から帰っていらっしたようね』と言ったので、ここぞとばかり、『うん、魚でもあるかと思って見に行ったんだ』と仰言られたという。／『それから?』／『あとは、あまりしつっこいとでも思ったのか黙っていたよ』」

この、「吉祥寺の方から帰っていらっしたようね」は、ちょっと説明がいります。富栄さんの部屋は三鷹にあり、太宰の家はそこから吉祥寺方面に歩いていったところにある。ですから、いつもは玉川上水の土手に沿った道をいくことが多かった。つまり、太宰が「吉祥寺の方から帰って」きたということは、逆の方角から帰ってきたということです。ですから、太宰は「ここぞとばかり、『うん、魚でもあるかと思って見に行ったんだ』」と、妻に応えるわけです。「ここぞとばかり」に、です。マーケットといいますか、闇市といいますか、そこに「魚でもあるかと思って見に行ったんだ」と、ですね。

この五月十八日付日記における太宰と奥さんの会話は、富栄さんの五月十六日付の日記に書かれたようなことが、あった日のことでしょう。つまり、あたふたと「ウィスキーの残りと、鱒を持って」家へ帰る太宰を、「いつもと違う道を通って」富栄さんが送っていった日の、です。太宰はその日、ずいぶんと遠回りして帰ったわけです。これは、そうして帰った日のことを、太宰が富栄さんに語ったものでしょう。

こうして五月十六日付、十八日付の富栄さんの日記を見ると、太宰と富栄さんが奥さんに見られたことを、気に病んでいたかのようにも受けとれます。そう、受けとれないこともない。太宰論者の方々は、おそらく、そういった意味あいで、この日記の一節を引用するでしょう。

しかし、僕には、そんなふうには読めません。なにを今更という気がしないわけではないと、先に述べておきました。

それほど、深刻だったのか。富栄さんの文章からは、深刻さが伝わってこない。皆さん、読んでみて、どうですか。奥さんに見られちゃった、どうしよう、どうしたらいいだろうというような、追いつめられた感じを受けますか。二人は引き裂かれる運命だ、その運命の前に二人はあまりにも無力だ、といった追いつめられた感じを、受けますか。僕は、この富栄さんの文章に、そうした深刻さを感じることができません。本当なら、もっと、どろどろとしているのではないでしょうか。なにか、言葉だけといった感じしかしない。作り事といったらなんですが、心に迫ってこない。切実さが、伝わってこないわけです。いや、むしろ楽しがっているかのようにさえ思えます。

ですから、僕は、なにを今更という思いもありますし、この件について、富栄さんはそれほど追いつめられた思いを抱いたわけではない、そう思うわけです。

あと、「死ぬ少し前に太宰のほうから別れ話を持ち出し、いく日かいざこざの日が続いた」ということの傍証として、よくあげられるのは、富栄さんの五月二十二日付の日記の一節です。

「『僕ね、こないだ千草で酔って、女将にそう言っちゃったんだよ、ごめんね』／『なにを？』／『ごめんね、あのね、苦しいんだよ……。恋している女があるんだ』／

『……』／三年位前からのおつきあいで、ファン・レターから、お見合いが始まり、この間手紙がきて、結婚を強いられている由。それで、この三十日にお逢いしたいとのこと。（この日は太宰さんがお決めになった日）……そしたら女将が『山崎さんが直ぐ前にいるから具合いが悪いけれど、裏からでも、一度位なら大丈夫でしょう』といった。『もしかしたら泊るかも知れないぜ』とそう言って約束したとのこと。／『お前のところで二日泊って、いろいろ考えたけれど、やっぱりお前と一緒の方が、僕はいいんだ。――そう思ったよ。お前に悪いよ。ねえ。何でも言えって約束してたから言うんだよ、ごめんね』／前に一度きいたことのある事件（女のひと）井原さん（伊原さん？）とかいって、二十六才。女子大卒で、美人。スラリとしていて、温和しく、申し分のないようなひとらしい。／阿佐ヶ谷に住んでいて、御嬢様の由。／ちょっとした、ドン・ファン。可哀想な日本のロマンサー。／『僕には女がある。僕と一緒に死にたいというんだといったんだが、問題にしねえんだ。美容師ですって？　と、よく知ってるんだ、おまえのことを』／『……』／『その女、僕に逢うと、すぐ泣くんだ』／『……』／『だから言ったじゃないか、お前がいつも、そばから離れずに、付いていてくれなきゃ駄目だって……。僕はどうしてこう女に好かれるのかなあ！　丁度いいらしいんだね、僕は。余り固くもないし、場もちは上手だし――。貴男は、小説にいつも御自分のことをまずい顔の男だとお書きになるけど、ずるいって――とも言うんだよ』／――随分な人です……。／〝死ぬ気で僕と恋愛してみないか。責任をもつから〟と言われて、親も兄弟も棄てて、世間も狭く歩いている私。それでも、恋とか、愛とかいうことより以上に、兄妹と言いたいような血のつながりを感じ合っている私達だからこそ、こうしたことも話し合い、修治さんも本性をむき出しにして下さるのだ、とも思う。／『自惚れじゃないけれども、お前もあるだろう、私じゃなければ駄目だ、というようなこと』／『ええ、自分の口から言うのは変ですけど――』／『そうなんだ。さっきお前が言ったけど、赤い糸で結ばれているような二人なんだ、お前でおしまいにするよ。信じてね、死ぬ時は一緒だよ』／と仰言る。／昨夜、自殺しようと書き置いた。泣きながら、これでもう最後ね、と心に言いながら、新しいおねまきと更えて差し上げる。／修治さんは、ものすごい寝汗をかいて、／『すごい美人なんだ……女房より……腕力が強くてね。……大隅さん、あなたは進行性ですか？　ええ？　二カ月でしょうね……夜遅い電報は困りますねえ……』／と、ねごと。でも、私にはうわごとのようにきこえたのです。すごい美人だ、なんて。私は泣きました。グッド・バイのこと、病気のこと、身にまつわる女性のことども、私は生きていなければいけない。可哀想なこの子を守るために、と思わずにはいられない。／――女子大のお嬢様で（父君は医者）あるあの女のひとと、万一ご一緒になって――もちろん何から何まで、つまりブルジョアであり、美貌であり（修治さんのいう手足小さく背スラリとして、道ゆく人がみな振りかえる）、学あり、フランス語も話し、衣装も常にパリッとしていて――。／『そういう女のひとと生活して、それで最後になれば、あなたも一番幸せのことなのでしょう……』／『いや、最後になるかどうか、そこは分からないんだ』／『それじゃいけませんわ。私から離れて、次々にまた女のひとを変えるなんて、お子様方が大きくなって、結婚をなさるときなど、一体、どういうことになるとお思いなのですか。あなたのお友達の方達だって、もう信用しなくなるでしょう』／『だから、何にもならない前に皆お前に言ってるんじゃないか。離れないで守ってね。僕は、本当に駄目なときがあるんだ。一生僕のそばにいるって言ってね。サッちゃんでおしまいにする方が、僕自身のためなんだから――』／……書きたくても、書けないことばが、次々に生まれてきます。／私より前からおつきあいしていた女子大生。それから伊豆。／それから私。それからまた女子大生の手紙に戻る。／いろいろ考えてみても、修治さんの仰言る通り、たとえ、私を方便的に一時は利用していたとしても、胸を開いて、いま、心を読まして下さるのは、私一人きり。伊豆の人は、『据膳』で愛情は全くないとのこと、女子大生のひとには、伊豆に子供のあることも言っていない。私ひとりきりなのだ。修治さん、結局は、女は自分が最後の女であれば……と願っているのですね。頬を打ち合い、唇をかみ合い――／和解も喧嘩も最初から私達二人の間にはなかったのね。私はあなたの〝乳母の竹〟やであり、とみえであり、そして姉にもなり、〝サッちゃん〟ともなる。離れますものか、私にもプライドがあります。／五月雨が、今日もかなしく、寂しく降っています。／『死のうと思っていた』とお話したら、ひどく叱られた。『ひとりで死ぬなんて！　一緒に行くよ』」

これが、五月二十二日付日記の全文です。

7　山崎富栄の日記に書かれていたこと

「死ぬ少し前に太宰のほうから別れ話を持ち出し、いく日かいざこざの日が続いたという」ということの傍証として、よく引用されるのは、この五月二十二日付日記の最初の部分です。

「『僕ね、こないだ千草で酔って、女将にそう言っちゃったんだよ、ごめんね』／『なにを?』／『ごめんね、あのね、苦しいんだよ……。恋している女があるんだ』／『……』／三年位前からのおつきあいで、ファン・レターから、お見合いが始まり、この間手紙がきて、結婚を強いられている由。それで、この三十日にお逢いしたいとのこと。（この日は太宰さんがお決めになった日）……そしたら女将が『山崎さんが直ぐ前にいるから具合いが悪いけれど、裏からでも、一度位なら大丈夫でしょう』といった。『もしかしたら泊るかも知れないぜ』とそう言って約束したとのこと。」

こんなことをいわれたら、富栄さんも穏やかではありませんよね。これをいわれたのは、どうも五月二十一日の夜であったのではないかと思われます。というのも、五月二十一日付日記に、次のようにあるからです。

「志賀直哉のことゞも思えば太宰さんはいきり立ち[★1]、やるかたなくてお飲みになった御様子で、朝、血痰出る。進行中の鮮明な色。／五月二十一日夜――。」

つまり、「五月二十一日夜――。」とあって、五月二十二日付の引用したような冒頭の部分につながるからです。この「五月二十一日夜――。」の「――」の部分が、何を意味するか。僕は、この二十二日付の日記のような会話が、太宰と富栄さんの間に交わされたことを示すものであるのだと思います。しかし、僕よりも想像力のたくましい人もいます。梶原悌子さんが『玉川上水情死行』[★2]のなかで、こんなふうに述べています。

「この日記の日付と罫線は、富栄が何を意味して書いたものだろうか。もしもこの罫線がその夜の二人の情事を表現したのであれば、太宰は富栄を傷つけるような告白をする前に、少しでも衝撃を和らげるため富栄を抱いたのではないか。太宰は相手に後ろめたさや気まずさを感じると、機嫌を損じないようにやさしくサービスをし、慰めの言葉をかける

7　山崎富栄の日記に書かれていたこと

★1　五月二十日に、太宰は野平健一を呼び、「如是我聞」第三回の口述筆記を行なっている。そのとき、『文芸』六月号に掲載されることになる座談会「作家の態度」の速記録を読んだ。志賀直哉、中村真一郎、佐々木基一の三人によるものだが、そこで志賀が太宰の「斜陽」の登場人物の言葉遣いがおかしいとか、「犯人」は最初から落ちがわかってしまうので読めた作品ではないとか、批判していた。太宰はそれを読むと怒りだし、「如是我聞」第三回に、次のような一節を付け足した。

のが常だった。おそらく何の導入もなしにこんな酷い話はしなかっただろう。」

つまり、「――」は、セックスしたことを意味するのだというわけです。そうかなあ。そこまで考えるかなあ。僕は、ありそうなことだとは思いますが、そこまでは考えません。引用したような、富栄さんにはショックである話を、太宰から聞かされたのだと、思うばかりです。いや、「死ぬ少し前に太宰のほうから別れ話を持ち出し、いく日かいざこざの日が続いた」ということの傍証とされるような日記の一節というのは、それ以降のものにも、まだあるんです。たとえば、五月二十三日付のなかの、次のような一節もそうでしょう。

「私の悲しみを知っているひとはただ一人。自分自らの手によって私の心を傷つけたあの人。ああ、楽しい恋の苦しみや、涙に濁った恋の楽しみやが、やがて、心に強い痛手を投げようとは、夢にも思ったことはありませんでした。／ああ『信頼』の二字！／／夫が病んでいます／わたしの夫が……／生まれて初めての恋だよと／昔……／夫はわたしに言いました／仲よくしてたそのときでも／夫はあの人の幻を胸に描いていらしたとか／わたしを一番愛しているから、信頼しているからと／すべてを打ち明けてくれました／――手をにぎったこともなく／唇をふれ合ったこともないと」

また、五月二十五日付のなかの次のような一節。

「昨日のおひるから、一物も咽喉に通らない。お食事がちっとも欲しくなくなった。／何をするのも、いやになり、涙がいつもこみ上げてきそう。私の容貌など、三鷹に来た頃と、修治さんにおつき合いしてからと全然変わったと、人に言われる。」

五月二十六日付の次のような一節も、そうでしょう。

「これを書き終えたとき、私は偶然に、ある雑誌の座談会の速記録を読んだ。それによると、志賀直哉という人が、『二、三日前に太宰君の『犯人』とかいうのを読んだけれども、実につまらないと思ったね。始めからわかっているんだから、しまいを読まなくたって落ちはわかっているし……』と、おっしゃって、いや、言っていることになっているが、（しかし、座談会の速記録、或いは、インタヴィユは、そのご本人に覚えのないことが多いものである。いい加減なものであるから、それを取り上げるのはどうかと思うけれども、志賀という個人に対してでなく、そういう言葉に対して、少し言い返したいのである）作品の最後の一行に於て読者に背負い投げを食わせるのは、あまりいい味のものでもなかろう。所謂『落ち』を、ひた隠しに隠して、にゅっと出る、それを、並々ならぬ才能と見做す先輩はあわれむべき哉、芸術は試合でないのである。奉仕である。読むものをして傷つけまいとする奉仕である。けれども、傷つけら

「こうしたことを書き認めてみているのも、結局はあなたに愛されているのですよということを一層たしかめ、深め、刻みこみたい、悲しい、さびしい心からなのです。せずにはいられない心からなのです。」
『古田★3が言ったよ、伊豆へときたま行ってやれって――』／――馬鹿……太宰さんだけが可愛いんでしょう。どうせ私たち二人のことなど……。／どうしても子供を産みたい。欲しい。／きっと産んでみせる。貴方と私の子供を。」

さて、しかし、先ほどの五月十六日付、十八日付日記の一節と同じように、僕はこれら五月二十二日付以降の日記の一節からも、富栄さんの追いつめられた感じ、深刻さのようなものを感じることができません。僕の読み方がおかしいのかもしれませんが、リアリティが感じられない。なにか、他人事を書いているようにしか、読めないんです。富栄さんには申し訳ないけど、へたな小説の一節を読まされているような感じしかしません。いや、富栄さんは、小説を書くようなつもりで、この日記を書いていたのではないか。そんなふうにも思える。実は、この感想は、今引用したような部分にだけ感じたものではなく、その日記全体についてのものといっていい。富栄さんの日記の全文を読み返すたびに、そのたびに感じていたことです。

五月二十二日付日記のなかには、こんな一節がありました。僕には、この一節が、以前から不思議でしょうがなかった。この一節についても、富栄さんが日記を、小説を書くようなつもりで書いていたのだとしたなら、納得がいくわけです。こんな一節です。

「……書きたくても、書けないことばが、次々に生まれてきます。／私より前からおつきあいしていた女子大生。それから伊豆。／それから私。それからまた女子大生の手紙に

れて喜ぶ変態者も多いようだからかなわぬ。あの座談会の速記録が志賀直哉という人の言葉そのままでないにしても、もしそれに似たようなことを言ったとしたなら、それはあの老人の自己破産である。いい気なものだね。うぬぼれ鏡というものが、おまえの家にもあるようだね。『落ち』を避けて、しかし、その暗示と興奮で書いて来たのはおまえじゃないか。／なお、その老人に茶坊主の如く阿諛追従して、まったく左様でゴゼエマス、大衆小説みたいですね、と言っている卑しく痩せた俗物作家、これは論外。」

★2　梶原悌子『玉川上水情死行』(平成十四年五月、作品社)

★3　古田晁。筑摩書房社長。

戻る。」

つまり、これは、この後どう書き進めるか、その構想をメモした言葉ではないでしょうか。あるいは、話を進める上で、ここのパートで書いておかなければならないことをメモした言葉で、です。そう理解すれば、すっきりします。

もとより、この日記は、原稿用紙に書かれていたといいます[★4]。であるならば、なおさらにです。富栄さんは、太宰が「斜陽」など幾つかの作品を、人の日記をもとにして書いていることを知っていた。それで自分のものも、使ってもらおうと考えたのかもしれません。あるいは、当の太宰から、日記を付けるようにと、うながされたのかもしれません。そうして、この日記は、付けはじめられたのではないでしょうか。富栄さん自身がそうしてもらうことを期待したのか、あるいは後に自分の作品に生かそうと太宰が考えたものか。どちらにしろ、そうして付けはじめられたものであるように思われます。

ところで、五月二十二日付の日記に出てくる太宰が「恋している女」とは、誰なのでしょうか。日記には、こんなふうに書かれていました。

「前に一度きいたことのある事件（女のひと）井原さん（伊原さん？）とかいって、二十六才。女子大卒で、美人。スラリとしていて、温和しく、申し分のないようなひとらしい。／阿佐ヶ谷に住んでいて、御嬢様の由。」

「もちろん何から何まで、つまりブルジョアであり、美貌であり（修治さんのいう手足小さく背スラリとして、道ゆく人がみな振りかえる）、学あり、フランス語も話し、衣装も常にパリッとしていて――。」

★4　たとえば、長篠康一郎『太宰治武蔵野心中』（昭和五十七年三月、広論社）の口絵写真に、原稿用紙に書かれた昭和二十二年五月五日付の日記が掲載されている。

この「女子大のお嬢様で（父君は医者）あるあの女のひと」は、はたして実在の人物か。すでに多くの太宰論者によって指摘されていますが、「グッド・バイ」の三回目から登場する女主人公の永井キヌ子とかなり似通っています。太宰によって、永井キヌ子は次のように描かれています。

「洋装の好みも高雅。からだが、ほっそりして、手足が可憐に小さく、二十三、四、いや五、六、顔は愁いを含んで、梨の花の如く幽かに青く、まさしく高貴、すごい美人」

「すれ違うひとの十人のうち、八人は振りかえって、見る。」

「その奥さんたるや、若くて、高貴で、教養のゆたからしい絶世の美人。」

むろん、「グッド・バイ」のキヌ子の方は、同時に、かつぎ屋を生業とし、「十貫は楽に背負う」怪力の持ち主であり、鴉声《あせい》、普段は「さかなくさくて、ドロドロのものを着て、モンペにゴム長、男だか女だか、わけがわからず、ほとんど乞食の感じ」といった女性としても描かれています。しかし、その片面だけを見ると、かなり似ています。ですから、太宰が富栄さんに語ったという阿佐ヶ谷の女性とは、「グッド・バイ」の女主人公のイメージを語ったものなのではないか、つまり実在しないのではないか、といわれてきました。僕も、実在しないと思います。たとえば、長篠康一郎さんも、『太宰治武蔵野心中』★5のなかで、次のように述べています。

「この富栄の日記に出てくる阿佐ヶ谷の美人なる人が、一体どんな女性であったか。私もかなりの興味を持って、ぜひこの女性に逢ってみたいものと追跡を試みた。ところが、いくら探せど千草の増田ちとせをはじめとして、阿佐ヶ谷の女性に心当りのある関係者は一人として現われない。なにしろ日記に書かれた当人の増田さんでさえ、まったく知らな

★5　長篠康一郎『太宰治武蔵野心中』（昭和五十七年三月、広論社）

い事柄であって、なぜ太宰がそのようなことを富栄に語ったのか、驚いておられた。この女性の件についてては、増田さんが誓って全面的に否定しておられるので、太宰治の自作自演による架空の女性と見るのが妥当であるだろう。」

さて、「グッド・バイ」は、このキヌ子を連れて、主人公の田島周二が、日本橋のデパートの美容室に勤める三十歳前後の戦争未亡人の青木さんをはじめとして、付きあっていた十人に近い女たちに、一人ずつ別れを告げにいくという話です。で、最後には、小さな家を買って妻子と暮す生活に戻っていく。いうまでもなく、この作品は、太宰の死によって十三回目まで書かれたところで中断され、終わっています。二人目の水原ケイ子の所へ行こうとするところまでで、です。ですから、エンディングが、主人公の当初の目論見どおりになるのかは、わかりません。しかし、田島周二というネーミング自体、太宰の本名である津島修治を彷彿とさせるとともに、青木さんは富栄さんをモデルにしたかのようにも思われます。で、長部日出雄『桜桃とキリスト』[★6]のように、「太宰が口にした（たぶん架空の）愛人の出現に端を発して、さまざまにいい争ううちに、さらに新たな疑念を生じさせる葛藤が、日記に記された一日だけで終わったはずはない。／それから何日間にもわたった収拾のつかない軋轢と悶着」があったのだろう、と推測されたりもするわけです。いや、見てきましたように、日記に記されているのも一日だけではなかったわけですね。この「グッド・バイ」もまた、こうして「死ぬ少し前に太宰のほうから別れ話を持ち出し、いく日かいざこざの日が続いた」ということの傍証として、よくあげられるものです。

しかし、だからといって、富栄さんが太宰を殺したんだ、なんていうことにはなりませ

★6　長部日出雄『桜桃とキリスト』（平成十四年三月、文芸春秋社）。長部さんはこの作品で、平成十四年に第二十九回大佛次郎賞、および和辻哲郎文化賞（一般部門）を受賞した。

ん。それに、日記の文章には、リアリティが感じられない……。

なにかいざこざがあったことは事実なんでしょう。その過程で、別れる別れないという話になったのかもしれません。「けれどもけっきょくは別れることができ」なかった。あるいは、売り言葉に買い言葉で、「太宰が別れるといえば、富栄は自殺してしまうといい、他の女に取られるなら、暴力ででも奪い返してみせる」と、そのとき、富栄さんが太宰を威すというようなこともあったかもしれません。で、「過労のため心身ともに衰弱の極に達していた太宰には、もはやどうにもならなかった」のかもしれない。いや、なにもかにもが、面倒臭くなってしまったということがあったかもしれない。また、その過程で、「富栄は妻子ある太宰に結婚を迫」ったりしたかもしれない。「太宰を独占したいという女らしい浅はかな虚栄心」を持ったかもしれない。あるいは、太宰が「厭世観に取りつかれて死の誘いを受けていることを見抜」いたかもしれない。百歩譲って、そうしたことはあったかもしれない、としてもいい。しかし、だからといって、富栄さんが「無理心中を謀っ」て、太宰を殺したということにはならないでしょう。僕は、そう思います。

さて、最後にもうちょっとだけ、延べておきたいことがある。長部日出雄は『桜桃とキリスト』のうちに、太宰のこの「グッド・バイ」という作品について、次のように書いています。それに対する批判をです。

「朝日の連載だというのに、（太宰は―筆者補足）肩にまったく力が入っていない。／筆者がまず、なによりも感心するのは、その度胸のよさだ。／しかもそれは、『太宰などは、ただ読者を面白がらせるばかりで、……』という評論家の悪口への反撃であり、『人間が、人間に奉仕するというのは、悪い事であろうか。もったいぶって、なかなか笑わぬというのは、善い事であろうか』という自分自身の文学論の果敢な実践なのである。／陰鬱なれており、じっさいに原文を読んでもらうしかないのだけれど、ほとんど一行ごとに軽妙な機知と諧謔が籠められていて、笑いをとどめる暇《いとま》がない。／半世紀もまえに書かれたのに、少しも古びておらず、このまま最新のテレビドラマか、ハリウッド映画の原作にでもなりそうだ。／女は呆れるくらい強く、男は情けないほど弱い。戦後の作品に一貫した作者の認識が、極端までに戯画化された光景は、それから五十年を経て、いまや現実そのものとなった。／一回ごとの結びに、かならず次回を読みたくなる仕掛けが施され、まさに『かれは、人を喜ばせるのが、何よりも好きであった！』という言葉を墓碑銘に望んだ作者の面目躍如たるものがある。／太宰の創作力と想像力に、いささかも衰弱の翳りが見られない……とくに太宰の作品を繰り返し読んできた者には、この未完の作品に充溢する、いかにも才気煥発で自由奔放な筆力の豊かさと、『小説を書くのがいやになったから死ぬのです』という遺書の文句とが、どうしても結びつかなかったのである。」

僕には、この「グッド・バイ」に対する長部さんの評価が、理解できない。なぜ、これほどまでに、誉めなければならないのか。僕には、「グッド・バイ」は、長部さんとはまったく逆の評価しかできません。

読んでもらうしかありませんが、太宰の創作力と想像力に、衰弱の翳りしか見ることができません。長部さんは、「持ち前の快活なユーモアが、ここではぞんぶんに発揮されており」と述べていますが、ここにあるのは、言葉は悪いですが下品な笑いでしかありません。「ほとんど一行ごとに軽妙な機知と諧謔が籠められていて、笑いをとどめる暇《いとま》がない」といいますが、軽妙な機知や諧謔を僕は認めることができず、ちっとも笑うことができません。むろん、「このまま最新のテレビドラマか、ハリウッド映画の原作にでもなりそうだ」なんて、とても思えません。「グッド・バイ」以降五十年を経て、「女は呆れるくらい強く、男は情けないほど弱い」という光景が「いまや現実そのものとなった」ことは、そのとおりでしょう。しかし、「一回ごとの結びに、かならず次回を読みたくなる仕掛けが施され」ているかというと、僕はクエスチョン・マークをつけざるをえない。そこにある「仕掛け」は、読者の俗な興味に訴えかけるものでしかない。

ですから、長部さんが「グッド・バイ」には、「まさに『かれは、人を喜ばせるのが、何よりも好きであった！』という言葉を墓碑銘に望んだ作者の面目躍如たるものがある」というわけですが、そうだろうか、としか思えないわけです。その言葉を太宰が自らの墓碑銘に望んだなどというのは、僕には悪い冗談にしか聞こえません。いや、実際に太宰がそう語っていたのだとしても、ですよ。この言葉は、太宰治の陥った悲劇、僕がこれまで述べてきたような、〈非在〉者（フィクション）とでも形容せざるをえない存在でしかなかった太宰の悲劇をですね、際立たせる言葉として読まれなければならないものです。

いや、もとより太宰は、決してこんな下品な笑いをとることや、読者の俗な興味に訴えかけて、喜ばせようなんて思ってはいなかったはずです。僕は、そう思います。喜ばせるということの質の問題です。「グッド・バイ」は、作品が薄っぺらい。なにか、投げ遣りな感じすらします。「才気煥発で自由奔放な筆力の豊かさ」を、僕はこの作品に、感じることはできません。ですから、「『小説を書くのがいやになったから死ぬのです』という遺書の文句」は、僕にはわかるような気がします。むろん、この遺書の言葉は、従来いわれてきたような意識混濁のなかで書かれた意味不明の言葉などとして、片付けられるべきものではない。もっと、重いものとしてある。僕がこれまで述べてきたような、太宰治の陥った悲劇の文脈に即して読むとですね。そのことに気づいてあげなければ、太宰がかわいそうだ。

太宰は、『朝日新聞』という大舞台で、大恥じをかくことを怖れたのではないか。作品の出来が悪いということは、太宰が一番わかっていたと思います。文壇の諸先輩の方々には、「如是我聞」で喧嘩を売っているのですから、この作品の失敗をネタにした反撃はすさまじいだろう。誰もが憧れる『朝日新聞』への連載を、太宰がゲットしたということへの妬みもあるだろうし、その大舞台での失敗ということになれば、よってたかって彼らは自分を攻撃するだろう。そのことにより、自分の作家生命そのものが葬られてしまうに違いない。太宰がそう考えたとしても、不思議ではありません。

また、そのことは、読者（ファン）を裏切ることを意味しています。読者（ファン）の期待に応えられるような作品ではないということはもちろん、そうした大舞台で大恥じをかくというようなことを、読者（ファン）は、決して許してはくれないだろう。仮に、諸先輩方が手心を加えてくれたとしても、読者（ファン）は許してはくれない。なぜなら、読者（ファン）にとって、そんなつまらない作品を書く太宰治は、太宰治ではないからですよ。自分の人気は、これによって地に落ちるに違いない。プライドが高く、かつスタイルを気にする小心なインテリゲンチャである太宰には、つまり他者の目を過剰に気にせずにはいられない太宰には、それは耐えられないことであったと思います。むろん、小説家にあらざれば太宰治ではないわけですから、それは〈死〉を意味する……。
他者による認知、読者（ファン）による認知に、太宰は振りまわされざるをえない。むろん、この「グッド・バイ」の失敗への恐怖ばかりがあったわけではありません。すでに、第2章第7節「誰が太宰治を殺したのか」でも述べましたように、太宰の〈死〉には、さまざまな理由が考えられます。しかし、それらの理由も皆、この読者（ファン）の目に自分がどう映るか、ということに淵源する問題であろうと思います。つまり、読者（ファン）が、太宰治を殺したんです。

第2章第7節「誰が太宰治を殺したのか」において述べましたように、このとき太宰は、〈小説家・太宰治（第二の自我）と太宰治（という自らが書く小説中の主人公）の区別がつかなくなってしまっていた〉と考えられます。すでに、第一の自我である津島修治は消滅していた。ですから、これらは、小説家・太宰治（第二の自我）と太宰治（という自らが書く小説中の主人公）、つまり第三の自我をめぐる話なわけです。太宰治（という自らが書く小説中の主人公）＝第三の自我が、そうした事態には我慢できないと思ったわけです。小説のなかに仮構された人生を一つの大きな作品として見たときの、その主人公がです。恐怖が現実になる前に、奈落の底に突き落とされる前に、ここいらが潮時かなと考えたのでしょう。そろそろ幕を閉じてしまった方がいいのではないか、とですね。そして、現実に事を決行したのは、その傀儡であるところの小説家・太宰治（第二の自我）であるわけです。

このことは、注意しておかなければならない。小説家・太宰治は、自らの描いた小説中の主人公に、自らを同一化した生を生きざるをえなかった。小説中の主人公にあわせて、自らの生を虚構せざるをえなかったわけです。脆弱な自我の所有者でしかない太宰が、〈小説家になりたい、小説家であり続けたい〉と望むならば、そうした生を生きざるをえないことは、いわば必然でしかなかった……。

いや、このことについてふたたび話しはじめますと、エンドレステープになってしまう。いつまでたっても、終わらないので、端折ります。皆さん、どうぞ御自分で、もう一度第2章第7節「誰が太宰治を殺したのか」を含めてですね、これが本になったときに、ご精読下さるようお願いします。

あとがきにかえて

今、この「あとがき」を書く段になって、私はちょっと、びびっている。地雷を踏んでしまったのではないか。そうした思いが胸中に去来するからである。太宰業界においては、井伏鱒二と亀井勝一郎が太宰について書いたものを、批判することはタブーだったのではないか。もし、そうであったのだとしたら……。

むろん、今から書き直せるというものでもない。この二人だけではない。松本健一に対しても、山岸外史や野原一夫、三枝康高に対しても、私は本著において辛辣な批判を試みた。松本さんには、私は若い頃にずいぶん世話になったし、野原さんの遺族の方とは、親しく懇談させていただいたこともある。

本著での批判が正しいものであるにせよ、なにもそこまで書くことはなかったにと、もう一人の私が耳元で囁く。別に〈江戸の敵を長崎で討とうとした〉などというわけではない。誓って、他意はない。太宰論という土俵の上でのことである。私は、相撲でいう「恩返し」のようなものだと考えている。お許し願いたい。

さて、ゲラを校正していて気づいたことがある。それについて、ここでちょっと触れておこう。

第1章「水上心中事件と結婚をめぐる謎」において、私は「姥捨」を執筆し始めたときをもって、太宰の中期の始まりとすべきではないかという説を提出しておいた。では、中期と後期の境はどこにとるべきなのか。多くの論者は、戦後の始まり＝後期の始まりと考えているようだが、私は太宰が東京に戻ったとき（昭和二十一年十一月）からとしたい。いうまでもなく、前期が小山初代との時代、中期が石原美知子との時代、後期が太田晴代、山崎富栄との時代と考えるならばである。

私は、敗戦という事態が太宰（や太宰の作品）に与えた影響は、さほどのものではなかったと考えるからだ。太宰の作品には、それ以前に書かれたものとそれ以降に書かれたものとの間に、差異は見られないことからしてもである。

また、この中期という時代は、前半と後半に分けた方がいいのではないか。太宰が前期への未練のような言葉をまだ作中に書き記すことの多かった前半の時期と、そうした言葉をほとんど書き記すことのなくなった後半の時期とにである。つまり、民衆とともに、太宰が戦争体制（〈おとなの世界〉）にとりこまれていってしまった時期とにである。

それから、私が本著第2章「太宰の死顔は微笑んでいたのか」において、次のように述べた部分については、少し説明しておかなければならないだろう。

「……最後の玉川上水に山崎富栄と入水して果てた心中事件においても、事情は同じなのではないか。読者が耳元で囁いたんだと思うんですよ。『トカトントン』の主人公にも、トカトントンという音が聞こえていたようにですね、太宰には、読者の囁きが聞こえていた」と述べた部分についてはだ。太宰には、読者の「死んで果てろ、心中して果てろ」という囁きが聞こえていた……。

これを、いささか御都合主義的と感じた読者諸氏もおられるに違いない。この部分は、私がある読書会で「津軽」のナビゲーターを務めたときに話したことだ。「津軽」のなかの次のような一節を受けてだ。

「そうして私は、実に容易に、随所に於いてそれ（純粋の津軽人—筆者注）を発見した。誰がどうというのではない。乞食姿の貧しい旅人には、そんな思い上った批評は許されない。それこそ、失礼きわまる事である。……私はたいていうなだれて、自分の足もとばかり見て歩いていた。けれども自分の耳にひそひそと宿命とでもいうべきものを囁かれる事が実にしばしばあったのである。私はそれを信じた。」

この一節後半部分は、この旅で津軽の人たちと親しく接するうちに、自分と彼らとの類縁性を感じたというほどの意味の言葉であろう。自分のなかにも、間違いなく津軽人の血が流れていることを自覚したというほどの意味でだ。前後の文脈に即して読むならばである。しかし、なにか文章の流れが不自然なのである。太宰は、ここに自分のこれまでの人生をダブらせて語っているのではないか。文章の不自然さは、そのことに由来するのではないか。私は、そう考えた。もとより、太宰はこの旅を、これまでの自分の人生の総括として行なっているのである。としたならば、である。

つまり、「私はたいていうなだれて、自分の足もとばかり見て歩いていた」というのは、この津軽の旅における自分の姿であると同時に、自分のこれまでの人生における歩みをも暗示するものとしてある。「けれども自分の耳にひそひそと宿命とでもいうべきものを囁かれる事が実にしばしばあったのである。私はそれを信じた」も、同様である。いや、これはこの旅におけることとしてよりも、むしろ自分のこれまでの人生での歩みにおける記述として読んだ方がフィットする。私には、そう思えた。

と、実はこんなところから本文につながるのである。こうした前段があったのだ。むろん、太宰が聞いていたその「囁き」は、太宰の内面の声であろう。私はそれを、「読者の囁き」として読みかえてみたのである。

この十数年の間に行なった講演や読書会のナビゲーターをした際の、あるいはカルチャーセンターで講義した際のテープが、二十数本残っていた。その際のメモ類もである。むろん、いつもテープにとっていたわけではない。残っていたテープも劣化し、音声が途中消えてしまっているものが多々あった。メモも紛失したものが少なくない。それらのテープを聞き、メモを見て、私はノートを作り直した。この間雑誌などに発表した原稿、あるいは書きかけてあった原稿なども参考にしてである。むろん、資料にもあたりなおした。

本著の原稿は、そうした行程の果てにできたものである。人に話しかけるような文体になっているのは、その来歴に由来する。この行程で、残すべきか残さざるべきか迷ったものの多くを捨てた。けずれるだけ、けずった。ここでちょっとだけ触れた中期と後期の境をどこにとるかという問題も、中期を前半と後半に分けた方がいいということについても、また「津軽」の一節についての解釈も、そうしてけずったものの一つである。それでも、予定の枚数を大幅にオーバーしてしまった。

私の狭い仕事部屋は、本はもとより様々の資料やコピーやノートが、いわば「地層」を成している。なにかを見つけ出すのは、化石の発掘のようなものなのである。ちょっと大きな地震のたびにそれらは崩れ、「地層」の形を変える。ときには、私が下敷きになることもある。この本の元になったテープやメモ類、雑誌などに発表した原稿、あるいは書きかけてあった原稿などは、それらの「地層」のなかからたまたま発掘されたものである。私は今回、それらを使ったに過ぎない。まだ未発見のそれらが、この「地層」のうちにはずいぶんと残っているはずだ。

本著の原稿を書く作業を始めてから、私は何度も、新たに書いた方が楽なのではないかという思いに突き動かされた。しかし、その度に思いとどまった。この十数年間にしてきた太宰関連の仕事に対して、私には愛着があったからである。一度、どうしても、それらを整理しておきたかった。今回、その機会が与えられたことはうれしい限りである。といっても、いまだ未発見のそれらが残されている。私には今、その存在が気にかかる……。

この本の出版にあたっては、『三億円事件と伝書鳩　１９６８―６９』に引き続き、社会評論社の松田健二さんの世話になった。感謝の念に堪えない。

二〇〇八年四月二十五日

吉田和明

著者紹介
吉田和明（よしだ・かずあき）
千葉県館山市生まれ。法政大学経済学部卒業。東京工業大学社会理工学研究科博士課程修了。80年代に総合評論誌『テーゼ』を創刊、主宰。大学やカルチャーセンターの講師を務める。現在、日本ジャーナリスト専門学校講師。

[主要著書]
フォー・ビギナーズ『吉本隆明』1985　現代書館
フォー・ビギナーズ『三島由起夫』1985　現代書館
『吉本隆明論』1986　パロル舎
フォー・ビギナーズ『柳田国男』1986　現代書館
フォー・ビギナーズ『太宰治』1987　現代書館
フォー・ビギナーズ『芥川龍之介』1989　現代書館
『続・吉本隆明論』1991　パロル舎
フォー・ビギナーズ『宮沢賢治』1992　現代書館
『あしたのジョー論』1992　風塵社
『太宰治というフィクション』1993　パロル舎
『文学の滅び方』2002　現代書館
『三億円事件と伝書鳩 1968-69』2006　社会評論社

太宰治はミステリアス

2008年5月20日　初版第1刷発行

著　者———吉田和明
装　幀———後藤トシノブ
発行人———松田健二
発行所———株式会社 社会評論社
東京都文京区本郷2-3-10
☎ 03(3814)3861　FAX 03(3818)2808
http://www.shahyo.com
印刷・製本：スマイル企画＋瞬報社写真印刷株式会社

三億円事件と伝書鳩　1968－69

●吉田和明

四六判★ 1800 円＋税／ 0935-6

団塊の世代にとって伝書鳩は、漫画、学生運動、車・オートバイと並ぶ重要なアイテムの一つだ。同時期、東京府中で三億円事件が発生。同世代の著者はその錬金術の謎を追い、三億円事件の真相に迫っていく。(2006・12)

ジェームス三木のドラマと人生

●ジェームス三木

四六判★ 1800 円＋税／ 0186-1

二十一世紀前半のとある一日、人生劇場の舞台の上で、脚本家自ら語ります。するどく、きわどく、かる～く、ジョーク。大河ドラマの仕掛け人がドラマと人生のツボを楽しく伝授。(2008・2)

島崎こま子の「夜明け前」

エロス愛・狂・革命

●梅本浩志

四六判★ 2700 円＋税／ 0928-3

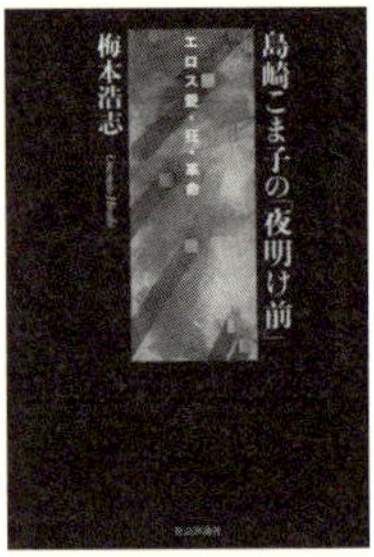

『夜明け前』執筆を決意した藤村は、姪のこま子との愛を断つため『新生』を発表する。こま子は京都へ移り、革命と抵抗の世界へと歩む。1930 年代日本のイストワール。(2003・9)

月とクモ

●大同耕太郎

四六判★ 1700 円＋税／ 0954-6

舞台は芸術の都パリ。日本人の青年とマダムとの出会いと別れの物語。中国の元曲の構成をかりて四折(章)とし、多くの東洋の伝統の力をかりて西洋の石の文化に拮抗せんとする異色の文芸作品。(2007・7)

5